Les ailes d'Émeraude

L'exil

Alexiane de LYS

Les ailes d'Émeraude

L'exil

Éditions Nouvelles Plumes

Éditions Nouvelles Plumes,
16, Rue d'Orchampt – 75018 Paris

www.nouvellesplumes.com

ISBN : 979-10-245-0129-1

A ma famille,

vous êtes les remparts de mon existence.

Je vous aime.

Prologue

Moscou, de nos jours

L'homme marchait d'un pas décidé vers la petite porte qui menait à son laboratoire. Il la franchit et s'engagea dans la pièce sombre et froide, meublée d'ordinateurs, de télescopes et surtout de tubes à essai. Des tubes à essai dans tous les recoins, avec des étiquettes dont l'inscription était incompréhensible.

Il lut plusieurs rapports sur les expériences menées jusqu'à ce jour, depuis presque vingt ans maintenant, toutes infructueuses.

Il nota des formules mathématiques sur un carnet qui ne le quittait jamais, puis alluma un des moniteurs en veille.

Une douzaine de caméras s'affichèrent à l'écran, montrant des cellules où se tenaient les créatures recroquevillées sur leur matelas, ou au contraire marchant comme des lions en cage.

Ce qu'elles étaient, après tout.

Rassuré de voir la situation parfaitement sous contrôle, il changea de fenêtre et ouvrit un onglet où clignotait par intermittence le petit voyant rouge signalant un résultat. Il le lut, sans nourrir d'espoir, déçu par les milliers d'essais déjà réalisés. Pourtant, cette fois-ci, ses yeux s'agrandirent et son cœur s'emballa sous l'effet de l'excitation.

L'inscription, qui normalement affichait : « Échec de la synthétisation », annonçait cette fois-ci : « Synthétisation réussie ».

Après un instant de flottement, durant lequel ses yeux se demandaient s'ils ne rêvaient pas, il se précipita sur les tubes à essai de l'expérience EX2158, en sortit un de son emplacement et le porta à ses yeux. Une substance dorée luisait dans le contenant en verre, dans l'obscurité de la pièce.

Il se mit à pouffer en le reposant doucement, puis se dirigea de nouveau vers l'ordinateur et chercha, les mains fébriles, les formules de synthétisation de cette expérience.

Ses yeux s'agrandirent sous l'effet de l'évidence.

— Mais bien sûr ! gloussa-t-il, trépignant d'excitation.

Il appuya sur un bouton près d'un micro et répéta plusieurs fois, d'une voix qu'il espérait posée :

— Les scientifiques des niveaux A, B, et C sont convoqués en urgence au laboratoire de l'aile ouest.

Il s'adossa ensuite contre la paillasse située derrière lui et observa avec amour les cinq merveilles posées à quelques mètres de lui. La substance phosphorescente qu'elles contenaient lui donnait envie de les manipuler, de commencer les expériences pratiques sur-le-champ, mais il lui fallait suivre le protocole.

Jamais il ne s'en était plaint, et pourtant aujourd'hui il aurait tout donné pour que le laboratoire soit régi par l'anarchie.

Plusieurs voix enjouées retentirent dans le couloir, et l'homme se composa un masque de calme et de sérieux qui, il en était sûr, n'arriverait pas à cacher le bonheur et la nervosité qui le possédaient tout entier.

Une dizaine d'hommes et de femmes de tous âges pénétrèrent dans la pièce et le calme se fit en quelques secondes, lorsque les personnes présentes remarquèrent le regard grave et solennel de leur supérieur.

L'homme s'éclaircit la voix, et après avoir désigné les tubes à essai bénis, leur fit un sourire triomphant.

— Mesdames et messieurs, après près de vingt années de recherches et de travaux acharnés, la molécule A001 vient d'être synthétisée avec succès.

Une vague de murmures incrédules et excités s'éleva parmi les nouveaux venus.

L'homme les fit taire d'un geste de la main.

— Nous allons pouvoir passer à la dernière étape. Mesdames et messieurs, vous allez être témoins et participer au début de la nouvelle ère !

Des hourras s'élevèrent dans la pièce, alors que le sort du monde venait d'être tranché.

Partie 1

Chapitre 1

Cassiopée

J'ouvre mes yeux fatigués sur le décor qui m'entoure. Mon esprit embrumé essaie de faire le point sur ma situation.

Je me trouve dans une chambre plus ou moins ronde, creusée dans la pierre. L'air y est frais, mais le feu n'est pas allumé.

Dehors, on dirait qu'il y a une tempête. Mais je comprends qu'en fait, ce n'est que mon ouïe ultrasensible qui intercepte le bruit du vent s'infiltrant dans les fissures de la roche.

Des poutres en bois soutiennent le plafond bas et le mobilier y est chaud et agréable, malgré l'aspect froid et hostile de la pierre. Des tapis épais recouvrent le sol lisse afin de limiter les parties glacées de la roche. Dans la pièce où je me trouve, le nombre de meubles est limité et ils sont à la mesure de l'endroit : pas bien grands. Il y a une petite table de chevet à côté du lit deux places dans lequel je me trouve. La chambre est sans fenêtre, mais une petite lampe sur la table permet d'y voir clair si besoin. Je ne l'ai jamais utilisée : même dans le noir complet, grâce à la Facette du Chat, j'y vois comme en plein jour. Des rideaux en velours épais cachent une alcôve dans le mur, dans laquelle je peux ranger mes vêtements.

J'observe un moment la pièce, l'esprit vide, puis tourne mon regard vers la porte, en face de moi.

Elle mène vers une autre salle, le séjour, qui partage son espace avec la cuisine. La salle de bain est une petite pièce qui se trouve enfoncée dans la caverne, à droite de ma chambre.

Je suis dans une maison.

Ma maison.

J'ai encore du mal à la considérer comme telle, mais c'est peut-être le vide immense que je ressens dans ma poitrine qui me fait sentir si absente, si lointaine.

Je touche le matelas à ma gauche et n'y rencontre que du tissu froid.

Ça va faire une semaine que je n'ai pas vu Gabriel.

Une semaine que je suis arrivée au nouveau Tornwalker.

Une semaine que je me maudis de ne pas être restée à ses côtés lorsque nous avons été séparés.

Je rabats les épaisses couvertures et m'assois au bord du lit en soupirant.

Je voudrais rester couchée encore plusieurs heures, mais j'ai des obligations.

Je sors du lit, enfile mes chaussons et me dirige vers le séjour en traînant les pieds.

Une souris, ou peut-être tout simplement une araignée indiscrète, détale sur le plafond en pierre. Je n'y prête aucune attention.

Le séjour est faiblement éclairé par les rayons de la lune qui filtrent à travers la petite fenêtre ronde, à gauche de la porte d'entrée. Je m'en approche et observe distraitement le paysage. Je ne vois qu'une chaîne de montagnes, à perte de vue, ainsi que quelques vallons que l'approche de l'été fait verdir. Si je me penche un peu, je peux apercevoir d'autres maisons-cavernes, toutes sombres et silencieuses. Il est encore bien trop tôt pour que le plus matinal des Myrmes ose mettre le nez hors de ses couettes. À une cinquantaine de mètres en contrebas, je peux distinguer une silhouette assise en tailleur, sur une petite plate-forme.

Je me détourne en souriant.

Il faut que je me prépare, ça va bientôt être mon tour de garde.

Je me dirige vers le petit coin cuisine et ravive le feu de la cuisinière. Je fais ensuite chauffer la bouilloire. Pendant que l'eau tiédit, je rêvasse en observant mon mobilier.

Je n'ai pas pu y ajouter grand-chose, étant donné que je n'avais pas de chalet à moi dans Tornwalker 1. Certains Myrmes compatissants m'ont passé des meubles dont ils ne voulaient plus, et je me retrouve donc avec un vieux tapis troué qui couvre le sol du séjour et de la cuisine, une lampe à abat-jour jauni par le temps, un vieux canapé aux ressorts défoncés et une vieille cuisinière à bois. Mais vous savez quoi ? Je n'ai jamais autant aimé une maison. Parce que c'est ma maison.

Le sifflement de la bouilloire, de loin trop aigu pour mes oreilles sensibles, me tire une grimace de douleur et j'attrape en jurant la poignée brûlante.

Je m'assois sur la chaise en osier que Henry m'a donnée, devant une minuscule table en bois, qui ne tient plus que sur trois pieds. J'ai remplacé le quatrième par un bâton épais que j'ai calé dans un creux de la roche. Je verse mon eau bouillante dans une tasse et y ajoute mon café lyophilisé.

Si seulement Gabriel pouvait être avec moi, à ce moment ! Nous plaisanterions et profiterions de ce moment à partager, comme deux amoureux normaux.

Je jette un coup d'œil à mon annulaire gauche, désespérément nu.

Il m'a demandé en mariage, mais nous n'avons pas exactement eu le temps d'officialiser la chose. Et même si je suis en quelque sorte fiancée à lui, je ne le vois déjà plus.

Pas que ce soit sa faute, non.

C'est celle de Soraya.

Je serre l'anse de ma tasse en repensant à tous les évènements qui se sont déroulés, après que Gabi, Isha et les quatre Mousquetaires m'ont libérée de l'emprise des scientifiques psychopathes qui m'avaient mis la main dessus.

Après nous être retrouvés à la grange, notre point de rendez-vous, nous étions partis tous les huit – Henry nous attendait là – rejoindre le nouvel emplacement de Tornwalker, dans des montagnes glacées et inhabitées du Canada sauvage.

Je n'avais pas été surprise d'apprendre que Tornwalker 1 se situait non loin du nouveau village, car j'avais déjà mes idées sur l'endroit où il se trouvait, lorsque j'en étais partie.

Nous avons traversé l'État de New York en cinq sec et voyagé le plus discrètement possible vers le nord de l'État. Inutile de préciser que Gabriel et moi n'avons pas eu une minute en privé. Et il se trouve que nous n'avons donc pas pu aller plus loin que ce qu'il s'était passé la dernière fois que j'avais été droguée.

Cette situation me frustrait et me soulageait tout à la fois.

Eh bien, oui ! Aussi étrange que cela puisse paraître, la perspective de me déshabiller devant lui ne m'emballait pas outre mesure.

Nous avons franchi la frontière du Canada sans encombre et nous sommes enfoncés dans les terres. Après cinq jours de voiture, nous avons été forcés d'abandonner les vieilles Ford rouges dans une ravine et avons continué à pied.

Ça a été le plus long voyage de toute ma vie. J'ai cru mourir d'épuisement une bonne dizaine de fois, mais nous sommes finalement arrivés au pied de la montagne qui abritait Tornwalker 2.

Gabriel est passé par un chemin invisible pour celui qui ne connaît pas son existence, et nous avons commencé l'ascension. Un escalier aux marches irrégulières, taillé à même la roche, nous a fait gravir la montagne sur cinq cents mètres.

Et tout d'un coup, après un virage à 90°, je suis tombée nez à nez avec une porte en bois. Oui, une porte.

Quand j'ai élargi ma vision, j'ai aperçu non seulement une fenêtre, mais en plus une dizaine d'autres portes et fenêtres à différentes hauteurs, sur environ une cinquantaine de mètres de largeur et de hauteur. Nous étions de l'autre côté de la montagne, invisibles aux yeux du monde.

Un village troglodyte s'étalait devant mes yeux. Je n'avais jamais rien vu d'aussi extraordinaire.

Il était fait d'une soixantaine de maisons étalées sur plusieurs terrasses. La terrasse supérieure à celle où nous nous tenions était plus enfoncée dans la roche et ainsi de suite.

Un peu plus bas, il y avait un petit plateau, et devant nous, seulement des montagnes. Des montagnes à perte de vue, avec quelques vallées verdoyantes où l'on pouvait apercevoir des petites taches marron et blanches, des mouflons devinai-je.

— C'est magnifique ! me suis-je exclamée.

Gabriel s'est tourné vers moi et m'a souri, un sourire qui m'a effleurée comme une caresse. Mon ventre en a été tout retourné pendant plusieurs minutes. J'ai eu très envie de me lover dans ses bras, bien au chaud contre lui et de ne plus bouger. Je ne l'ai pas fait, bien sûr. Nous avions d'autres chats plus importants à fouetter.

Gabriel, notre groupe et moi avons grimpé les marches qui menaient à la dernière terrasse, en prenant garde de ne pas glisser sur les plaques de neige et de verglas. Mais heureusement pour mon vertige, une rampe et un filet empêchaient la chute lorsque nous gravissions les marches. Il a frappé à la porte d'une maison-caverne plus grande que les autres, qui était rouge quand toutes les autres étaient grises, pour se confondre avec la roche, ai-je supposé.

Un « entrez » autoritaire, que j'ai aussitôt reconnu, a retenti à l'intérieur.

Gabriel a poussé la porte avec détermination et Soraya a vu débarquer huit gus exténués et crasseux jusqu'aux orteils sur ses tapis persans.

La tête médusée qu'elle a tirée a été une courte mais savoureuse revanche. C'est vrai que c'était un peu enfantin de ma part de me délecter de son air ahuri, mais elle m'avait quand même mise dehors, sans que j'aie rien demandé !

Après quelques instants de flottement, Soraya a plaqué un sourire éblouissant sur son visage, qui n'a malheureusement trompé personne.

Elle s'est levée et pendant un court instant j'ai cru avec effroi qu'elle allait me serrer dans ses bras. Bonjour le malaise !

Mais heureusement, et à mon grand soulagement, elle n'a fait que nous serrer la main.

— Ah, Gabriel, les garçons ! Je suis très heureuse de vous revoir.

J'ai croisé les bras et relevé le menton quand je me suis rendu compte qu'elle évitait soigneusement de croiser mon regard.

— Je suis contente de te revoir aussi, Soraya.

J'ai presque dit ça sincèrement. J'étais réellement heureuse de retrouver son visage. Il faisait remonter beaucoup de souvenirs, dont la plupart étaient agréables.

Mais j'avoue que j'appréhendais sa réaction et que j'étais agacée de voir qu'elle faisait comme si je n'existais pas.

Elle s'est tournée vers moi et toute trace de jovialité a disparu de son visage. Elle a repris un air grave.

— Pour tout t'avouer, Cassiopée, j'aurais préféré que tu restes loin de Tornwalker. Ta présence ne nous apportera que des ennuis.

Comme c'est délicat, ai-je pensé amèrement.

J'ai failli la remercier chaleureusement pour son accueil hospitalier et sincère, mais je me suis finalement dit que ça ne ferait qu'empirer les choses. De toute façon, Gabriel ne m'a pas laissé le temps de réagir.

Il a passé un bras autour de ma taille et m'a attirée tout contre lui. J'ai froncé les sourcils et l'ai regardé avec interrogation. Il ne lui arrivait pas souvent d'être démonstratif en public et je me demandais ce qu'il avait derrière la tête.

Gabriel a pris la parole d'un air sans équivoque :

— Soraya, Cassiopée et moi sommes fiancés, tu ne voudrais pas mettre la mère de mes futurs enfants dehors, quand même ? Parce que sache que je ne la quitterai plus d'une semelle. Si tu la bannis, tu me bannis.

J'ai haussé un sourcil. N'y allait-il pas un peu fort, tout de même ? Je veux dire, nous avions encore des étapes à franchir avant de penser « enfant », non ?

Soraya, elle, s'est étouffée avec sa salive, ce qui, je pense, voulait bien dire qu'elle était aussi abasourdie que moi.

Pourtant, j'ai immédiatement senti mon cœur battre plus vite. Il pensait à moi comme à la mère de ses futurs enfants. C'était tellement mignon que j'en ai rougi de plaisir. Mais à mon avis, ça devait être en partie dû à mon état de zombie exténué.

Oui, c'était sûrement ça.

— Tu t'es fiancé avec *elle* ?

La façon dont elle a prononcé le dernier mot m'a carrément fait redescendre sur terre. J'ai écarquillé les yeux, outrée au possible. C'est vrai que je ne suis pas une lumière et la plus grande des beautés de cette terre, mais quand même, elle aurait pu se montrer un peu plus respectueuse... je me suis sentie blessée et me suis immédiatement mise sur la défensive. Moi qui l'avais toujours eu en grande estime, j'en étais pour mes frais.

— Mais... mais Gabriel ! Et Tamina ?

— Quoi, Tamina ?

Les mots sont sortis de ma bouche comme un coup de hachoir. J'ai plissé les yeux et je pense que si j'avais été un chien j'aurais certainement grogné et montré les dents. Peut-être même lui aurais-je mordu le mollet.

— Qu'est-ce qu'elle vient faire là-dedans, elle ?

Soraya a cherché à garder un air autoritaire et sûr d'elle, mais je voyais bien qu'elle avait du mal à contenir sa rage et sa frustration.

— C'est que... Tamina et Gabriel sont faits l'un pour l'autre, Cassiopée. Cela fait longtemps que c'est évident pour tout le monde.

Ça m'a laissée comme deux ronds de flan. Mes bras sont tombés inertes le long de mon corps et ma bouche s'est ouverte en grand.

J'ai regardé Gabriel, incrédule et horrifiée, mais je n'ai vu que de la colère dans son regard. Et elle n'était pas dirigée vers moi, ça non.

— Je n'ai jamais accepté quoi que ce soit de ce genre. C'est seulement toi qui as fait tes plans sur la comète sans me demander ne serait-ce qu'une seule fois si j'étais d'accord ! dit-il en abattant violemment son poing sur le bureau derrière lequel elle était assise quelques minutes plus tôt. Maintenant je me rends compte que je me suis trompé. Je ne vais pas te laisser insulter *celle que j'aime*, devant moi en plus ! Si tu l'insultes, tu m'insultes. Et tu ne sais que trop bien comment je réagis aux insultes.

Il s'est tourné vers moi et son regard s'est adouci :

— Viens mon cœur, j'ai eu tort de nous ramener ici. Visiblement, *nous* ne sommes pas les bienvenus.

Je lui ai souri, toujours sous le choc, soyons honnêtes, mais également fière comme un paon. Il m'avait défendue comme si on l'insultait, lui, et je ne m'étais jamais sentie aussi reconnaissante à son égard.

J'ai lancé un dernier regard déçu à Soraya et Gabriel et moi nous sommes dirigés vers la porte.

— Un instant, je n'ai pas fini.

Gabi a fait volte-face et a planté son regard bleu outremer dans celui de l'Oulda. Je l'ai imité, surprise par son mouvement soudain. Je savais parfaitement qu'il bluffait, mais je ne m'attendais pas à ce que la chef des Myrmes cède aussi facilement.

— En quoi cela nous concerne-t-il ? a rétorqué Gabriel. Aux dernières nouvelles, tu ne voulais pas de nous dans ton village. On n'a aucun ordre à recevoir de toi.

Elle a soupiré de lassitude et j'ai vu dans son regard que Gabriel avait gagné.

— J'accepte que Cassiopée et toi restiez au village. Je vais demander à Carl qu'il lui montre son... votre nouveau logement. Je te demande juste de rester ici et de discuter avec moi des termes de notre entente, pendant qu'elle, *ta fiancée*, s'installe.

Ça me faisait tout drôle d'entendre ces mots de la bouche d'une autre personne que Gabriel, mais j'étais aussi moyennement emballée à l'idée de le laisser seul avec cette sorcière.

— C'est hors de...

Gabriel ne m'a pas laissé le temps de finir :

— C'est d'accord.

Il s'est tourné vers moi et m'a souri avec tendresse. Je n'arrivais pas à lui en vouloir quand il me souriait comme ça.

Mais je n'ai quand même pas pu m'empêcher de protester.

— Gabriel, ai-je chuchoté inquiète, je ne le sens pas ce coup-là. Et si elle te demandait un truc horrible comme, je ne sais pas moi, capturer des bébés Narques pour faire du chantage à Manassé ? Ou qu'elle...

Il s'est penché à mon oreille :

— Cass, c'est juste un petit arrangement, je ne vais pas marchander la lune, promis.

Il a fait une pause et a ajouté, malicieux :

— Je promets de ne pas te vendre, bon à part si elle me fait vraiment une proposition en or.

Je l'ai frappé sur l'épaule, mais sans colère.

J'ai ensuite soupiré bruyamment et ai suivi le groupe des garçons, qui étaient restés silencieux jusque-là, vers la sortie.

Mais Gabriel m'a rattrapée par le poignet et m'a tirée vers lui. Je ne lui ai opposé qu'une petite résistance, juste par principe.

Il a passé ses bras puissants autour de ma taille et a déposé un baiser long et langoureux sur mes lèvres. Je commençais à penser que j'allais lui arracher ses vêtements, là, dans la maison de la leader des Myrmes, quand il s'est écarté en me souriant malicieusement.

— Toi et moi, Cass, on ne se quitte plus, je te l'ai dit.

J'ai pris un air faussement sévère.

— J'y veillerai personnellement, mon pote.

Il a fait une petite moue super sexy avec ses lèvres.

— Mmmm... est-ce une menace ?

Je n'ai pas eu le temps de répondre, parce que Soraya s'est raclé la gorge avec entrain.

J'ai passé un doigt sur sa poitrine et penché la tête sur le côté.

— On verra ça quand tu rentreras à la maison.

Il a souri de toutes ses dents et je suis sortie avec l'esprit plus léger.

Sauf que même après une heure passée dans notre nouvelle maison-caverne, il n'était toujours pas revenu.

J'ai appris un peu plus tard par Henry que Soraya lui avait demandé de partir pour une mission secrète et qu'il avait quitté le village sans même me prévenir. Henry pense que Soraya a usé de moyens de pression pour le convaincre de partir sur-le-champ. Qui sait ce qu'elle a pu lui dire ? Qu'elle allait prévenir mon père ? Qu'elle me vendrait à un marchand itinérant quand il aurait le dos tourné ?

Le marché en question, c'était qu'il aille espionner pour elle je ne sais quel type et qu'il parte immédiatement en mission de plusieurs jours, voire de plusieurs semaines.

Il a accepté, et même si je me dis qu'il devait avoir une bonne raison – en tout cas, il a sacrément intérêt –, je ne peux m'empêcher de ressentir de la rancœur à la pensée qu'il n'est même pas passé me dire au revoir.

J'ai bien cru que j'allais tuer Soraya, mais je n'ai pas réussi à la revoir jusqu'ici. À mon avis, elle devait savoir à quoi s'attendre si je croisais son chemin.

Je la jetterais certainement par-dessus rampes et filets, la tête la première.

Henry a été affecté avec moi et d'autres Myrmes « aux sens particulièrement aiguisés » à la garde de Tornwalker 2, à tour de rôle, sur le petit plateau en contrebas.

Tout ça pour ne pas dire que seuls les Kamkals cherchant à se racheter ou punis doivent se charger de cette tâche ingrate et éreintante.

Sauf que je ne cherche pas à me racheter. Je dois donc être dans la catégorie des « punis ».

Un autre poste d'observation se situe de l'autre côté de la montagne, mais je n'y suis pas affectée.

À mon avis, Soraya avait trop peur que je livre le village aux Narques, si ceux-ci attaquaient par le côté le plus vulnérable de la montagne.

Ce que je serais tentée de faire, après sa proposition de serpent.

Et me voilà donc, l'indésirable du village, à devoir protéger tous ces gens qui me détestent, pour que tout ce que Gabriel a fait pour moi ne soit pas vain.

Je n'ai pas croisé une seule fois Max ou Marlène. En fait, je n'ai vu pratiquement personne. Suivant les conseils de Henry, je n'ai fait de sorties que lorsque j'étais seule ou quand je devais aller prendre mon tour de garde, ce qui n'était de toute façon pratiquement que de nuit.

Je m'attendais à voir débarquer des Myrmes furieux de ma présence, comme Marlène ou Morgane, mais personne ne s'est manifesté. C'est comme si j'étais inexistante.

Et je pense que c'est encore plus douloureux.

Mes quatre copains m'ont assuré que tout le monde est au courant de notre retour. Merci les gars ! Trop sympa de remuer le couteau ! Soraya a même ordonné qu'on ne me persécute pas et qu'on me traite comme une citoyenne de Tornwalker à part entière.

C'était sympa de sa part, mais apparemment elle s'est fatiguée pour rien. Tout le monde semble se moquer comme de l'an quarante que je sois de retour.

Seuls Henry, mes amis et Saphira me rendent visite très régulièrement.

Cette dernière a été hystérique lorsqu'elle m'a revue la première fois. Et moi j'ai été tellement heureuse de la revoir que j'ai failli en pleurer. Je me suis alors rendu compte qu'elle était la seule véritable amie que j'avais et à quel point elle m'avait manqué.

Elle m'a expliqué qu'elle suivait l'entraînement également, mais qu'elle n'était pas dans la même classe que Morgane et les quatre Mousquetaires.

Normal, elle est une Siléa. Elle avait sauté les deux premiers grades d'un coup, et ça aurait été mon cas si j'avais été autorisée à reprendre l'entraînement.

Mais je me console de leur présence ou de celle de Henry, qui ne manque jamais une occasion de me remonter le moral.

Tiphaine est venue me voir une fois, j'ai bien cru que j'allais mourir de joie à sa vue. Elle m'a dit que je lui avais horriblement manqué, mais qu'elle ne pourrait pas revenir me voir avant longtemps, parce qu'elle et ses parents adoptifs partaient dans la civilisation. Thomas et Esther ont accepté le poste privilégié de famille sous couverture, au profit de la communauté.

À peine ai-je retrouvé ma petite sœur qu'elle s'en va loin de moi.

Quant à Isha... eh bien, il est resté égal à lui-même.

Il a grommelé quelque chose au sujet de mon retour, mais je l'ai surpris à plusieurs reprises en train de s'assurer que j'allais bien, lors de mes tours de garde.

À tous les coups, Gabi lui a confié la lourde tâche de veiller sur moi.

Oh, ma vieille ! Tu te réveilles ? Si tu es en retard, Henry va s'endormir et tomber de la plate-forme, et tu auras sa mort sur la conscience.

Je lève les yeux au ciel en entendant la voix résonner dans la partie la plus profonde de mon cerveau.

— Oh oui, je compte sur toi pour me le rappeler, pour le restant de mes jours si besoin, sifflé-je entre mes dents.

Ma conscience s'était faite plutôt discrète les premiers jours au village, mais je peux vous assurer qu'elle rattrape le temps perdu avec assiduité.

Je vide finalement ma tasse et me lève en m'étirant et en bâillant. Je souris largement et sautille sur place pour me réveiller. Aujourd'hui, j'ai décidé que j'allais être de bonne humeur et pleine d'optimisme. Il faut que j'arrête de pleurer sur mon triste sort et que je relève la tête. Après tout, je suis en vie et tous mes amis le sont aussi. C'est le principal, non ?

J'attrape mon manteau en fourrure et une grosse couverture polaire. Puis, avec un livre et tout ça dans les bras, j'enfile mes grosses bottes en cuir.

Je sors et referme la porte derrière moi, avant de m'aventurer dans l'air glacé et rare en oxygène de la montagne.

Chapitre 2

Gabriel

Le jeune homme serre les dents alors que le vent glacé s'infiltre sous sa parka. Il ne comprend pas qu'il fasse si froid. Le printemps est là, il n'est pas censé être sujet au froid, et pourtant il le subit sans répit.

Il pose une main sur une prise et se cale contre la roche, reprenant son souffle. Cette falaise n'a pas de fin. Il doit la franchir et ne peut pas se servir de ses ailes. D'une part il est au milieu d'un groupe d'alpinistes humains, d'autre part... sa cible est parmi eux. Et il ne faut en aucun cas qu'elle sache qu'il est de la même espèce qu'elle.

— Alors, Gabriel ! Tu faiblis ? lance un homme blond au regard azur. Tu es toujours le premier à arriver en haut. Ça ne te ressemble pas de traîner la patte. Tu vas me laisser la place de gagnant ?

Le jeune homme sourit avec défi.

— Ça n'est pas une course, les garçons, leur rappelle leur professeure d'escalade. Le but est d'arriver, pas d'être le premier en haut. Matthew, sers-toi de tes pieds comme appui, et hisse-toi à la force de tes jambes, pas avec tes bras ! Gabriel... je trouverai bien quelque chose à te reprocher, ne t'inquiète pas.

La guide, harnachée un peu plus haut, se tourne vers le reste du groupe, en tout quatre hommes et deux femmes.

— Allez, vous autres ! On se bouge ! J'aimerais arriver au campement avant le coucher du soleil.

Parmi ces alpinistes amateurs se cache un Narque qu'il doit absolument débusquer et interroger.

Si Soraya a vu juste, il est un informateur précieux de Manassé. S'il arrive à le démasquer, il pourra en apprendre certainement beaucoup sur les plans du leader des Narques. Cela fait presque deux semaines qu'il investigue, fouine, sans pour autant se dévoiler aux yeux des autres. Il reste secret, mais arrogant. Un mélange qui lui permet de ne pas attirer les soupçons sur lui. Et après ces jours passés en la compagnie du groupe, à ne jamais les quitter, il sent qu'il s'apprête à démasquer sa cible.

Revigoré à l'idée qu'il approche du but, il gravit plusieurs mètres en quelques secondes, heureux de sentir ses muscles jouer sous sa peau, le tirailler, crier grâce. Cette douleur est une bonne douleur. Elle le réveille, fait circuler son sang, éclaircit ses idées. Il se sent tellement libre, là, suspendu au-dessus du vide d'un précipice de plusieurs centaines de mètres, avec en tout et pour tout une simple corde qui le rattache à la vie. Il pourrait rester là des heures et des heures, à respirer l'air frais et pur de cette nature encore intacte, à observer le paysage, à rêver d'aventures plus folles les unes que les autres.

Et en même temps... en même temps, il ne peut s'empêcher de ressentir un vide qui, quelques mois plus tôt, n'était pas là. Comme s'il lui manquait quelque chose. Comme s'il avait laissé une partie de lui là-bas, dans ce village.

Il n'y a pas à dire, Cassiopée lui manque. Il la voit partout. Dans le vide qui se trouve à ses pieds – elle ne supporterait pas l'idée de le voir suspendu ainsi, elle est pétrie de vertige –, dans le vert des arbres, dans la solidité de la roche qu'il gravit... une vraie obsession. Et pendant une mission, il ne peut se permettre d'être déconcentré.

Il secoue la tête et escalade encore plusieurs mètres de roche. Ça n'est pas le moment de s'émouvoir. Elle lui manque, c'est vrai, mais il a autre chose à penser pour l'instant. Et puis, plus vite il aura accompli sa tâche, plus vite il sera rentré.

Elle va me détester, maugrée-t-il silencieusement.

Il rumine encore cette pensée quand Linda, la guide, l'interpelle. Il s'arrête net en se rendant compte qu'il est à présent plusieurs mètres au-dessus d'elle.

— Gabi, le voilà ton défaut : tu te presses trop. Un jour, tu vas commettre une erreur et tu vas en pâtir. Ralentis le rythme et concentre-toi sur ce que tu fais.

Gabriel lui sourit avec une fausse humilité :

— C'est vrai, Linda. Je ferai plus attention à l'avenir.

Il se sermonne intérieurement. Aux yeux de la professeure, il n'est qu'un amateur comme les autres. Si elle venait à se rendre compte qu'il est rompu aux pratiques d'escalade, cela pourrait attirer l'attention sur lui, voire ruiner sa couverture.

Il se remet à grimper, en mesurant ses gestes cette fois. Ni trop rapides ni trop assurés. Sa fierté le pousse à arriver toujours le premier, mais il faut qu'il prenne garde à ne pas passer pour un professionnel.

Il se laisse dépasser par Linda et en profite pour souffler un instant. Il laisse délibérément sa main glisser et fait mine de tomber. Il pousse un cri faussement apeuré, et grimace quand son harnais le retient en plein vol. Il se balance au bout de sa corde, visiblement étourdi.

Linda se met à rire.

— Tu vois Gabriel, tout juste ce que je disais ! Fais attention à l'avenir.

— Ou... ouais, marmonne-t-il pour faire bonne figure.

Désormais, il est le dernier des cinq et est bien décidé à ne pas arriver premier. Il va devoir laisser de côté sa fierté et assumer de perdre. Juste pour une fois. Parce que s'il couvre trop vite la distance qui le sépare de Matthew, le jeune homme blond, il risque d'éveiller les soupçons. C'est vrai, quel amateur grimperait aussi rapidement une falaise de cette taille sans avoir reçu un entraînement intensif ? Et dans ce cas, que ferait-il parmi une bande de novices ?

Il termine l'ascension en gémissant intérieurement. Il ne supporte pas de perdre, c'est dans sa personnalité. Mais il le faut bien, de temps en temps, pour paraître plus crédible.

Il se hisse sur la corniche et subit en râlant un peu les railleries de ses camarades. Le personnage qu'il s'est forgé n'apprécie pas qu'on se moque de lui. Lui non plus d'ailleurs. Ça leur fait plus d'un point en commun.

L'endroit où ils doivent établir leur campement les attend à trois kilomètres de là. Ils doivent redescendre jusqu'au pied du promontoire qu'ils viennent de gravir par un petit chemin, traverser une forêt du Wyoming et crapahuter à travers les ravines pour l'atteindre.

Ils se mettent en route en discutant joyeusement. Gabriel s'approche de Matthew, avec qui il a le plus sympathisé.

— Alors, pas trop déçu d'être arrivé en dernier ? l'embête gentiment Matthew. Tu me diras, je ne vais pas me plaindre. Pour une fois que j'atteins le sommet avant toi !

Gabriel le pousse sans méchanceté.

— Ce n'est que partie remise. La prochaine fois, je te pulvérise.

Gabriel aperçoit du mouvement dans son champ de vision et lève les yeux au ciel. Kate et Ashley sont en train de discuter en gloussant, lui jetant de petits coups d'œil à la dérobée. Cela fait au moins dix jours que les deux filles du groupe tentent de l'approcher et de flirter avec lui. Avant, il aurait marché dans la combine sans hésiter une seconde. Maintenant, cette attention qu'on lui porte lui donne juste la nausée. Il n'y en a qu'une qui le fait rêver. Et elle n'est pas là avec lui...

Matthew fronce les sourcils et se retourne. Il sourit finalement avec amusement.

— Aaaah, on dirait que ta belle gueule te joue à nouveau des tours ! Si j'étais toi, je me mettrais direct à pleurer là, tout de suite. Tu veux mon épaule ? Je te la prête, vas-y, lâche-toi.

Son ami lui lance un regard ennuyé.

— La ferme, Matt. Ça n'est pas de ma faute si j'ai des goûts difficiles.

L'autre hausse les épaules.

— Tu peux te le permettre, en effet. Je parie que tu as l'habitude qu'on te tourne autour en poussant des petits cris excités.

Gabriel hausse les sourcils avec un certain écœurement.

— Tu sais que ta phrase était vraiment étrange ?

— Je dis ça, je ne dis rien.

Le jeune homme sourit. Si une de ces filles avait été suspecte à ses yeux, il n'aurait pas hésité une seconde à aller faire le joli cœur, Cassiopée ou pas. Tout pour obtenir des informations. Mais comme ça n'est pas le cas, il n'a aucune raison de lui faire des infidélités. Surtout, il n'en a pas envie.

Matthew se penche vers lui, un air de conspirateur sur le visage.

— Allez, avoue, ton cœur est pris ?

Il n'est pas pris, pense-t-il avec gaieté, *il m'a été volé, oui. Je n'ai plus aucune prise sur lui.*

— N'importe quoi, répond-il néanmoins avec dédain.

Matthew s'écarte de lui en plissant les yeux.

— Quoi... t'es gay alors ?

Gabriel le fusille du regard mais ne répond rien. Autant laisser planer le doute, ça ne peut que jouer en sa faveur. Au lieu de ça, il pointe du menton un homme d'une quarantaine d'années, nommé Brice. Personne ne connaît son nom de famille, alors tout le monde l'appelle par son prénom.

— Dis, tu ne le trouves pas bizarre le vieux là-bas ?

Matthew suit son regard et fait une moue incertaine.

— Si un peu... Il ne se mêle pas aux autres et il ne parle presque jamais. La seule à qui il adresse la parole, c'est Linda. Ils ont l'air de bien s'entendre, tous les deux.

Gabriel hoche la tête d'un air distrait. L'homme nommé Brice est assez costaud, dans le genre musclé. Il est grand et a une coupe de cheveux impeccable. Il ne sent jamais la sueur, même s'il fait autant d'efforts que les autres. Il est un des trois suspects de sa liste.

Matthew n'a pas besoin d'encouragement pour parler.

— Il paraît qu'il a une position importante dans le business. Que c'est un grand entrepreneur, un truc comme ça, et qu'il est venu se ressourcer dans ces montagnes.

Le jeune homme sait déjà tout cela, mais il laisse son ami palabrer.

— Il n'est pas mauvais en escalade, mais ça n'est visiblement pas sa tasse de thé non plus. Tu veux qu'on aille lui parler pour en apprendre plus sur lui ?

Matthew se prend pour un vrai agent secret. Gabi hausse les épaules d'un air indifférent.

— Si ça peut te faire plaisir.

Il emboîte le pas à son ami, les mains dans les poches, un air renfrogné sur le visage. Il ne lui faut pas montrer l'intérêt qu'il porte à cet homme.

— Eh, mon ami ! s'exclame Matt en donnant une tape amicale sur l'épaule de Brice. T'as bien grimpé, dis donc !

Arriver deuxième, c'est pas mal du tout.

L'entrepreneur le regarde de haut et ne répond rien. Matthew ne se démonte pas.

— Tu fais quoi dans la vie ?

Gabriel secoue la tête en se frottant les yeux. Heureusement que son ami n'est pas un Myrme sous couverture. Il aurait été grillé direct. Il n'a manifestement aucun talent pour l'espionnage. Le jeune homme brun détourne le regard et fait mine de s'intéresser à la nature autour de lui tout en écoutant attentivement la conversation. Il aurait aimé analyser les expressions du visage de Brice, mais il craint de se faire repérer.

— Je suis entrepreneur.

Il y a un blanc.

— Et ? insiste Matthew.

— Et je ne raconte pas ma vie au premier étranger venu.

Le blond prend un air blessé.

— Mec ! Ça fait quinze jours qu'on se connaît, qu'on vit ensemble ! Comment peux-tu me traiter d'étranger ?

L'autre ne répond pas. Gabriel pose une main sur son épaule.

— Laisse tomber, il est trop bizarre.

Et il l'attire à l'écart. Il se doit de tenir compagnie à Matthew. Après tout, il est un de ses suspects.

Chapitre 3

Cassiopée

En descendant prudemment les marches qui mènent à la plate-forme, j'observe la silhouette en contrebas, avec la Facette du Chat. Je distingue sans problème les cheveux de la Sentinelle, la couverture passée autour de ses épaules, et ses inspirations régulières, que je peux aussi entendre, à plusieurs dizaines de mètres de distance.

J'arrive maintenant à focaliser mon ouïe sur les sons qui m'intéressent et à occulter les autres.

Je souris en arrivant le plus silencieusement possible. Depuis que j'entends le moindre bruit, aussi faible soit-il, je suis devenue beaucoup plus silencieuse.

Arrivée à sa hauteur, je pose une main sur son épaule.

— Salut Henry, je viens te relever.

Il fait un bond sur lui-même, tant et si bien que je crains qu'il ne passe par-dessus bord.

Il me jette un coup d'œil surpris, puis se met à grommeler en me reconnaissant.

— Bon sang, espèce de foutue ninja ! Tu sais bien que je manque de faire une crise cardiaque à chaque fois que tu t'approches de moi avec ta démarche de serpent ! J'ai peut-être l'air d'avoir vingt-cinq ans, mais j'en ai vingt de plus. Manquerait plus que je fasse une attaque, tiens !

Je lui fais un clin d'œil en m'installant à côté de lui.

— Toi et moi, on sait très bien que les Myrmes ne font pas d'attaque. Ta santé et sauve.

Il me bouscule amicalement avec sa main gauche et je ris.

Comme il n'a pas l'air pressé d'aller se recoucher, j'entame la conversation après avoir activé instinctivement la Facette du Serpent. Celle-ci remplace celle du Chat sans attendre et je ne vois plus aussi bien le monde qui m'entoure, les formes ne sont plus aussi nettes qu'avec la Facette du Chat. En revanche, je perçois toutes les formes vivantes dans un rayon de plusieurs kilomètres, et c'est plutôt pratique quand on cherche à éviter une attaque.

— Comment va Tina ? Elle était contente de retrouver son papa ?

Henry sourit en regardant vers les montagnes, devant nous. Je vois ses dents blanches contraster avec la couleur rouge vif de son visage. Quand j'y pense, la façon dont j'appréhende le monde avec cette Facette pourrait en faire flipper plus d'un. Surtout ceux qui n'y sont pas habitués.

— Elle a essayé de me faire la tête un moment, parce que je l'avais laissée toute seule avec Maggie. Mais ça n'a pas duré bien longtemps. Elle a dormi avec moi la nuit dernière. Mais comme la situation s'est un peu compliquée, Maggie a accepté d'emménager chez nous pour garder Tina lorsque je monte la garde.

Maggie est certainement une des doyennes du village. Elle fait presque soixante ans, ce qui en dit long sur son âge réel. Je suis sûre qu'elle a au moins quatre siècles au compteur.

Je souris à mon tour en pensant que j'aimerais avoir un père aussi gentil que lui. Malheureusement, le mien ne pense qu'à dominer le monde ou à anéantir l'espèce humaine tout entière, voire carrément les deux à la fois.

Avoir comme géniteur la réincarnation de Dark Vador ne doit de toute façon pas être de tout repos. Je ne peux pas m'attendre à aller faire le tour des fêtes foraines avec lui, en mangeant des barbes à papa.

— Tu devrais aller la rejoindre, je prends le relais. Va te reposer et profite d'elle. Elle a de la chance d'avoir un père comme toi.

Henry me jette un coup d'œil attristé, mais je ne lui prête plus aucune attention. Je viens de remarquer une minuscule tache rouge, en face de nous. Elle est sur le flanc d'une des montagnes qui nous entourent, et se déplace lentement dans notre direction.

— Cass...

Je fais signe à Henry de se taire, et montre du doigt la forme vivante se mouvant à plusieurs kilomètres de nous.

— Tu vois ça ?

Il tourne le regard et plisse les yeux.

— De quoi tu parles ? Je ne vois que de la neige et des arbres. Je n'ai pas la Facette du Chat, je te rappelle...

Ce qui est d'ailleurs étrange pour un veilleur de nuit, mais passons.

— Là, sur le flanc de la deuxième montagne à notre gauche ! Il y a une forme qui se déplace. Je suis presque sûre qu'elle est humaine.

Henry se concentre de nouveau mais avec l'obscurité ambiante il ne doit pas y voir grand-chose. Il hausse les épaules d'un air sceptique.

— T'es sûre de toi ? C'est peut-être un mouflon. Ces animaux ne manquent pas dans les environs.

Un... mouflon ?

Je secoue la tête.

— Bien sûr que non. Je n'ai jamais vu de mouflon se déplacer ainsi. Il est seul, il se tient debout sur ses deux jambes arrière, il marche en titubant. Ça n'est pas un animal rompu à l'escalade et à la vie hostile de la montagne.

Je fais un geste pour désigner le paysage de nuit qui nous entoure.

— Bon sang, on est à des centaines de kilomètres de la moindre habitation humaine, le village se situe au milieu d'une immense chaîne de montagnes et nous ne sommes même pas du côté d'où devraient normalement arriver les menaces, si menaces il y avait ! Qu'est-ce qu'il peut bien venir trafiquer ici, en pleine nuit en plus ?

— T'as raison, c'est bizarre. Assez pour que j'aille réveiller Soraya. Garde-le à l'œil, je reviens.

Henry se lève et gravit l'escalier en pierre à toute vitesse alors que je continue à observer la minuscule tache rouge.

Au bout de plusieurs minutes, elle cesse de se rapprocher du village et je crois comprendre qu'elle est étendue dans la neige.

Je commence à faire les cent pas le long de la corniche, quand un grincement de porte au-dessus de moi et des murmures dans l'escalier m'indiquent que Soraya revient avec Henry.

Encore deux minutes et je les vois sauter sur la plateforme, l'air soucieux.

Soraya s'approche, les sourcils froncés. Je comprends qu'elle ne va pas me croire aussi facilement. J'ai envie de lui dire ce que j'ai sur le cœur depuis le départ de Gabriel, mais je sais que ce n'est ni le lieu ni le moment pour ça. Je mets donc ma rancœur de côté et montre du doigt la tache qui commence à s'éclaircir :

— Il y a un homme, allongé dans la neige, à peu près à six kilomètres d'ici. Sur le flanc de la deuxième montagne à notre gauche. Tu le vois ?

Soraya a la Vue et l'Odorat comme Sens Phare, mais j'ai des doutes sur sa capacité à voir aussi loin que moi.

Elle plisse les yeux et après quelques secondes de silence, elle secoue la tête.

— Je ne vois rien du tout, Cassiopée. Tu es sûre de ce que tu dis ?

Absolument pas, c'est juste pour te faire lever à quatre heures du matin. Juste pour le fun de te voir à moitié fringuée. Tu peux aller te recoucher maintenant, je me suis bien marrée.

Je garde mon sang-froid.

— Bien sûr. Je l'ai remarqué depuis un bon moment. Il vient de s'étaler dans la neige.

Elle pince les lèvres.

— Tu pourrais le confondre avec un animal, personne n'est à l'abri des erreurs.

Je garde le silence un moment, étudiant cette possibilité.

— Non, impossible. Je suis sûre qu'il s'agit d'un être humain. Sa forme et sa taille ne sont pas celles d'un animal. Il doit faire environ un mètre quatre-vingt, a deux jambes et deux bras. À moins que je me trompe et qu'il s'agisse en fait du yéti ou de Big Foot... ajouté-je en riant pour détendre l'atmosphère.

Ma plaisanterie tombe à l'eau, parce que personne ne rit. Je grimace. Je parie que Soraya ne me croit pas.

Comme pour étayer mes dires, elle se tourne vers Henry et lui montre du doigt une maison-caverne.

— Henry, va chercher Roland, s'il te plaît.

Je secoue la tête, craignant que cette perte de temps ne joue en notre défaveur, et surtout en celle du pauvre homme étendu dans la neige. Pourquoi ne peut-elle pas me faire confiance ? Je me tourne vers la montagne pour cacher mon désaccord et croise les bras.

Roland est le seul Myrme de la communauté, moi mise à part, à posséder la Facette du Serpent, ce qui n'est pas rien, puisque c'est la plus rare du Sens Phare de la Vue.

Henry me lance un dernier regard d'avertissement et s'élance vers l'escalier.

La tache est de plus en plus froide. J'ai bien peur que le type ne tienne pas longtemps. Tout ça parce que personne ici, à part Henry, ne daigne me faire confiance. Je me remets en question. Est-ce que j'ai fait ou dit quelque chose qui permettrait de comprendre pourquoi c'est le cas ? Est-ce que je ne suis pas fiable ? Très sincèrement, à part être revenue dans ce village sans la permission de l'Oulda, je ne vois pas ce que j'ai bien pu faire pour mériter ce traitement injuste. Mais bon. Je vais arrêter de me lamenter sur mon pauvre sort et attendre patiemment qu'on me fasse à nouveau confiance. Si je me tiens bien et ne fais rien qui puisse me faire du tort, je suis sûre que tout pourra redevenir comme avant.

C'est cela, Thérèse, cours toujours.

Je décide de ne pas faire cas du pessimisme de ma conscience et me concentre sur le positif de ma situation. J'ai un toit au-dessus de ma tête, des amis qui me soutiennent et un petit copain dévoué qui est prêt à sacrifier sa vie amoureuse pour me permettre de vivre en paix. Ou presque. C'est clair que s'il était resté, ç'aurait été encore mieux.

Je mets ma tête entre mes mains en grognant. Pourquoi mon côté positif disparaît-il toujours au profit du négatif ? Je sens que je vais lui faire sa fête au Gabriel, que je le veuille ou non, quand il va revenir...

Soraya reste silencieuse et moi aussi. Aucune de nous deux n'a envie d'adresser la parole à l'autre. Et ça me convient parfaitement.

Je me dis que je suis bien vulnérable, si près de la chute mortelle, et que si elle le voulait, elle pourrait essayer de me pousser dans le vide.

Mais j'entends chacune de ses respirations, chacun de ses battements de cœur.

Qu'elle essaie, pour voir.

Pour le moment en tout cas, elle ne semble pas disposée à se débarrasser de moi.

Un bruit de pas précipités dans l'escalier me fait me retourner. J'adopte momentanément la Facette du Chat afin de mieux distinguer les nouveaux arrivants.

Roland descend les marches d'un pas léger et saute la dernière volée avec la grâce d'un félin.

Il est noir de peau et très grand. Il a toujours un air sévère et impassible sur le visage. Il est très discret et je ne le connais que par sa notoriété de Sentinelle à la Facette de Serpent.

Il s'approche de Soraya et lui fait un bref signe de tête en guise de salut.

— Roland, je t'ai fait venir ici pour confirmer les dires de ta semblable, ici présente.

Je me retourne entièrement et hoche la tête pour saluer Roland.

— Cassiopée dit avoir aperçu une tache de forme humaine, à six kilomètres d'ici, sur le versant de la deuxième montagne à l'ouest. Tu peux confirmer ?

Je penche la tête sur le côté, curieuse de voir comment Roland se débrouille avec sa Facette.

Il ferme les yeux et les plisse fortement, durant plusieurs secondes. Lorsqu'il les rouvre, je comprends qu'il voit désormais le monde en rouge et bleu. Il a mis trois fois plus de temps à changer de Facette que moi. Est-ce si difficile pour lui ? Sans vouloir me vanter, je fais ce changement presque naturellement.

Il scrute avec silence l'endroit que lui a désigné Soraya puis se retourne vers elle, son visage toujours aussi impassible.

— Il y a bien un être humain sur la montagne. Mais si vous voulez le récupérer, il va falloir vous bouger. Dans une heure, il sera froid comme de la glace.

Je me retiens de lancer un regard triomphant à Soraya. Après tout, je ne suis plus une enfant et réagir ainsi aurait été puéril, n'est-ce pas ? N'empêche, ça me démange.

Henry pose sa main sur mon épaule avant que j'aie pu faire une bêtise, puis prend la parole :

— Soraya, je devrais peut-être aller chercher des Moaks... si on doit le ramener, il faudra des Myrmes puissants.

Elle hoche la tête et repart avec Roland par l'escalier.

Je me tourne vers Henry, curieuse :

— C'est quoi des « Moaks » ? Ça fait deux fois qu'on les mentionne devant moi, sans expliquer ce qu'ils sont.

Henry me fait signe de le suivre dans l'escalier et m'explique en même temps :

— Ce sont des Myrmes ou des Narques qui ont négligé leur entraînement au Sens Phare au profit de celui du vol. La plupart du temps, ce sont des recrues qui ont un potentiel très bas dans les Sens dès le départ et qui préfèrent se rendre utiles autrement. Ils se concentrent sur leurs ailes afin de les rendre plus fortes. Ils s'entraînent toujours à voler plus vite, plus longtemps, avec plus de charge. Ce sont des atouts inestimables dans chaque camp.

Je tourne et retourne ses paroles dans ma tête, alors que nous nous dirigeons vers les maisons-cavernes des Moaks.

***

Je suis les silhouettes des yeux, alors que l'aube point à l'horizon. Les Moaks, de solides gaillards aux ailes immenses et puissantes, sont partis depuis cinq minutes, et ils ont déjà traversé une distance hallucinante, que je n'aurais pas pu franchir en une demi-heure. Ils sont presque arrivés à la tache rouge.

Avec leur allure, le corps à l'horizontale, leurs ailes puissantes fendant l'air comme des hachoirs, ils me font penser à des anges guerriers.

Je conserve ma Facette du Serpent pour ne pas perdre une miette du spectacle.

Après quelques minutes à voler, ils se posent enfin près du corps inerte.

Je me concentre au maximum et tends l'oreille. L'un d'eux se tourne vers nous, et les mains en coupe, il crie :

— Il est toujours vivant, nous le sanglons et le ramenons le plus vite possible !

Sa phrase, portée par le vent et le vide immense qui nous sépare, me parvient avec clarté.

Je la répète à Soraya, qui est maintenant au courant de mon statut de Siléa.

Elle a préféré ne réveiller personne afin que la population ne panique pas. Ce qui m'arrange de toute façon, je n'avais aucune envie de me retrouver au milieu de mes ex-amis et voisins.

Du coup, il n'y a que Henry, Soraya, Roland et moi qui attendons les quatre Moaks sur la corniche.

Parmi eux, je suis la seule Auditive.

Elle acquiesce et remue une lampe torche afin de leur signifier son assentiment.

Les Moaks s'activent autour de l'homme. Je crois qu'ils passent des sangles autour de son corps inerte. Ils harnachent ensuite trois cordes attachées au corps à leur propre harnais, puis en un coup d'aile puissant et avec une synchronisation parfaite, ils se soulèvent au-dessus du sol.

Ils avancent ensuite plus lentement qu'à l'aller mais gardent tout de même une vitesse largement supérieure à celle de n'importe quel Myrme. Le corps vole derrière eux.

Ils arrivent à portée de vue et j'échange la Facette du Serpent pour celle de l'Aigle. Tout d'un coup, j'y vois si loin et si nettement que le contraste avec la dernière Facette en est presque douloureux pour mes rétines.

J'observe attentivement le corps qui se balance sous les Moaks. C'est un jeune homme, si j'en crois ses cheveux courts et son air juvénile. Il a un teint blanc inquiétant, mais je perçois sa poitrine qui se soulève lentement.

Je recule afin de laisser la place aux Moaks de se poser, mais ils mettent encore trente secondes pour atteindre la plate-forme.

Une fois qu'il est au-dessus de nous, nous les aidons à le faire descendre en toute sécurité.

J'admire d'autant plus la puissance et l'endurance des Moaks qui font du surplace à plusieurs mètres au-dessus de nos têtes. Le vent violent que produisent leurs huit ailes gigantesques me fait vaciller et fait voltiger mes cheveux tout autour de mon visage.

Nous posons finalement le corps sur le sol. Les Moaks nous rejoignent en soufflant à peine et nous nous penchons tous les huit sur le corps inerte.

Je ne me suis pas trompée. Il s'agit bien d'un jeune homme, seize ans au maximum. Il a des bleus sur tout le visage et les cheveux gras et collés sur son crâne. Du sang séché macule sa tempe.

Il est d'une maigreur terrifiante.

Le pauvre bougre devait errer depuis de longs jours.

Je regarde Henry avec ahurissement :

— Mais qu'est-ce qu'un humain vient faire dans ces montagnes, aussi près de Tornwalker 2 ?

Soraya me regarde à son tour et l'espace d'une seconde, j'ai l'impression qu'elle me jauge. Elle s'apprête à dire quelque chose, mais n'en a pas le temps.

Le jeune homme ouvre soudainement des yeux hagards et se met à tousser convulsivement. Nous sursautons tous et faisons un bond en arrière. Puis il pose un regard fou sur les personnes qui l'entourent.

Il ouvre la bouche :

— Je suis... tombé par terre... c'est la faute à... Voltaire.

Et aussi rapidement qu'il a repris conscience, il s'évanouit de nouveau.

Houlà ! Pauvre type...

Henry et moi échangeons un regard interloqué. Je le vois qui retient difficilement un fou rire, ce qui me donne bien sûr envie de l'imiter.

— Le pauvre gars, il doit traîner dans la neige depuis un sacré bout de temps, dit Henry en se mordant l'intérieur de la lèvre pour contenir son hilarité.

Je me retiens d'éclater de rire alors que Soraya me prend à part.

— Cassiopée, va chercher tous les médecins et demande à des Myrmes assez forts de venir. Il nous faut aussi une civière pour le transporter. Et une couverture de survie. Oh, et puis demande-leur carrément d'apporter tout le matériel nécessaire pour ce genre de situation. Après tout, ils connaissent mieux leur boulot que nous. Tu leur expliques.

Je reste interdite un moment, surprise qu'elle me fasse assez confiance pour me confier cette tâche. J'ai bien envie de lui en faire la remarque d'ailleurs, mais elle ne m'en laisse pas l'occasion.

Elle ouvre de grands yeux et me pousse vers l'escalier.

— Allez, dépêche-toi !

— Je crois qu'on a un souci.

La voix de Henry me fait sursauter et je me retourne. Il est accroupi près du garçon et l'ausculte, comme le chirurgien qu'il est.

Je m'approche, la curiosité l'emportant sur le sens du devoir. Soraya m'imite et nous nous penchons sur ce que nous désigne Henry, sous la doudoune blanche du blessé.

Dans son dos, deux grandes ailes grises sont repliées contre sa peau.

Le garçon est un Kamkal.

Chapitre 4

Gabriel

Gabriel frotte ses mains engourdies et souffle dessus. La température tombe avec la nuit et il fait de plus en plus froid. Il aurait aimé faire du feu, mais Linda leur a bien spécifié que cela était formellement interdit par les gardes forestiers et qu'elle ne voulait pas s'attirer des ennuis en allant contre cet ordre. Ils devraient donc se contenter des réchauds et de leurs polaires.

Le jeune homme attrape les piquets de sa tente et commence à les planter dans le sol meuble de la clairière avec un maillet en bois. Il adore le camping et cet exercice ne lui pose aucun problème particulier. Les autres ont mis quelque temps à savoir établir le campement, et il a dû imiter leur gaucherie pour ne pas éveiller l'attention. À présent, chacun se débrouille parfaitement pour monter sa tente et il n'a plus de soucis à se faire à ce sujet.

— Tout le monde a fini ? lance Linda à la cantonade. On va passer à table, préparez vos réchauds.

Gabriel, toujours silencieux, attrape son matériel de cuisine et s'approche du cercle difforme qu'ont formé les membres du groupe. Il se passerait bien de partager ce repas avec toute l'équipe, mais apparemment les rassemblements pour dîner font partie intégrante du jeu et du

« stage d'initiation aux activités en plein air » auquel il participe.

— Gabriel ! Gabriel ! Viens t'asseoir à côté de nous ! propose Ashley.

Il leur adresse un sourire mystérieux.

— Désolée les filles, j'ai déjà promis à Matt de lui expliquer ma technique de descente en rappel. Une prochaine fois, peut-être.

Il grimace discrètement en se posant à côté de son ami qui se penche vers lui, une lueur amusée dans le regard.

— Tu ne m'as jamais promis quoi que ce soit, chuchote-t-il.

— Oui, et d'ailleurs je ne sais pas quelle excuse je vais pouvoir leur donner la prochaine fois qu'elles me le proposeront. Je suis à court d'arguments.

Matthew touille innocemment la mixture qui se trouve dans sa casserole.

— Oui, c'est vrai que je te plains. Te retrouver assis entre deux super nanas, visiblement en admiration devant toi, je ne vois pas ce qu'il peut bien y avoir de pire.

Gabriel chasse sa remarque d'un geste de la main.

— Laisse tomber, tu ne comprendrais pas.

— Non, en effet je ne comprends pas. Qu'est-ce qui t'empêche de t'amuser un peu ?

Le jeune homme reste silencieux. Il n'aime pas se confier et n'a aucunement l'intention de divulguer la raison de son indifférence à cette pipelette de Matthew. En moins de temps qu'il n'en faut pour le dire, tout le campement serait au courant et il doute que cela puisse lui servir pour sa couverture. Autant qu'il passe pour quelqu'un de mystérieux et d'introverti. Ce qu'il est naturellement de toute façon.

Au lieu de ça, il lève les yeux au ciel et, surpris, constate qu'entre les branches des arbres il peut apercevoir une partie de la constellation de Cassiopée. Il se met immédiatement à rêvasser. Peut-être un jour, quand toute cette situation se sera calmée, pourra-t-il l'amener dans ces montagnes et lui apprendre à escalader et à se débrouiller seule en pleine nature. Elle aurait du mal au début, c'est sûr, avec son vertige, mais il est sûr qu'elle apprendrait vite. Elle a une faculté d'adaptation hors du commun. Il adorerait lui apprendre à se battre, elle qui est déjà une bagarreuse accomplie. Il baisse la tête et sourit en pensant à ce petit bout de femme au caractère bien trempé et à l'ironie acérée. S'ils se retrouvaient seuls un jour, il pourrait l'aider à affiner ses Sens, à se servir plus profondément de ses dons. Elle est déjà très puissante sans avoir beaucoup exercé, alors il n'ose imaginer ce dont elle serait capable si elle était entraînée correctement. Elle lui manque terriblement. Il aurait tout donné pour entendre sa voix.

Il se force à inspirer profondément et chasse les yeux ambrés de Cassiopée de son esprit. Il est en mission et se doit d'être concentré. Il sent que les choses vont vite changer et qu'il saura bientôt qui est le Narque caché parmi ses camarades. Et surtout, il pourra l'interroger sur ses intentions.

Soraya lui a donné, avant de partir, un dossier contenant le nom et diverses informations sur les six personnes qu'il allait côtoyer durant sa mission. Linda, leur guide métisse, une jolie brune aux yeux noisette ; Matthew, le blond aux yeux bleus ; Ashley et Kate, toutes les deux petites et musclées ; Lee, un Asiatique peu causant ; et Brice, le quadragénaire antisocial. Il a eu des informations sur leur métier respectif, leurs centres d'intérêt, leur âge, leur poids exact, etc. Il ne sait pas comment Soraya en est venue à penser qu'un Narque se trouve parmi eux, et il ne lui a pas posé la question. Sa mission est de le démasquer et de lui poser des questions sur sa venue dans le Wyoming. Qu'est-ce qu'il cherche à faire ? Qu'est-ce que Manassé lui a demandé d'accomplir ?

Toutes ces questions sont pour l'instant en suspens, mais elles ne le resteront pas longtemps, et il le sait.

***

Gabriel ouvre les yeux. Il fait nuit noire et le campement est endormi. Pourtant, il est persuadé d'avoir entendu un bruit de pas s'enfonçant dans la forêt.

Il se redresse en position assise, l'oreille tendue, aux aguets. Oui, il est sûr que quelqu'un est en train de s'éloigner du campement ! Ce doit forcément être sa cible. À moins qu'il ne s'agisse tout simplement d'une envie d'aller aux toilettes. De toute façon, il faut qu'il s'en assure.

Il enfile rapidement un sweat et un pantalon et saisit son poignard qu'il glisse dans sa ceinture. Il n'a pas pu apporter son arc car cela prenait trop de place et aurait été étrange aux yeux des autres. Il devra se contenter de son habileté au combat et de sa lame aiguisée.

Il sort de la tente silencieusement. Il ne zippe jamais la fermeture Éclair, justement au cas où ce genre de situation se présenterait.

Il passe en mode Chat et ses yeux se mettent immédiatement à luire dans l'obscurité. Quiconque l'eut aperçu à ce moment-là aurait eu l'impression de voir des yeux félins sur une silhouette humaine. Il inspire profondément et ferme les yeux, à la recherche de la piste de sa proie. Il les rouvre et un sourire se dessine sur ses lèvres. Il connaît déjà l'identité de la personne qui est de sortie et cela ne l'étonne guère.

Il se met à sa poursuite, se faufilant entre les branches, zigzagant entre les arbres et les rochers, sans faire le moindre bruit et avec la souplesse d'un jaguar. Il a appris depuis fort longtemps à se déplacer en silence pour ne pas éveiller l'attention. Seul un Auditif pourrait percevoir sa présence et il espère que le Narque n'en est pas un. Et même si c'est le cas, celui-ci pourrait, avec un peu de chance, confondre sa présence avec celle d'un cerf ou d'un chevreuil.

Il aperçoit pour la première fois la silhouette de l'homme qu'il traque. Ce dernier se débat avec une ronce qui s'est accrochée à son pantalon. Une fois libéré, il regarde autour de lui.

Gabriel se glisse avec une agilité déconcertante derrière un arbre et attend que le bruit de pas se fasse de nouveau entendre. Il sort alors de sa cachette et poursuit son chemin, toujours aussi silencieux.

Le Narque continue à marcher durant dix minutes et plus les secondes s'égrènent, plus Gabriel est persuadé qu'il s'agit bel et bien de sa cible. Mais il ne veut pas lui sauter dessus tout de suite, non. Il veut d'abord savoir pourquoi ce Kamkal sort de sa tente de nuit. Il veut savoir ce qu'il compte faire au milieu d'une forêt du Wyoming, alors qu'il n'est qu'une heure et demie du matin.

Il sent l'adrénaline et l'excitation monter en lui comme de la lave en fusion, réchauffant tous ses muscles. Il n'avait pas ressenti l'exaltation de la chasse depuis bien longtemps, depuis qu'il avait filé Cassiopée en fait, et il avait l'impression de renaître. Cette énergie nouvelle pulse dans ses veines et il se rend compte à quel point les missions lui avaient manqué.

Le Narque s'arrête soudain en tendant l'oreille, aux aguets. Il regarde autour de lui, comme s'il se sentait suivi. Un animal s'enfuit en courant non loin de lui et c'est l'étincelle qui met le feu aux poudres. Il pousse un cri rageur et se met à courir.

Gabriel n'hésite pas une seconde. Il se lance à la poursuite de sa cible. L'autre court vite mais le jeune homme est bien plus rapide. En quelques secondes, il le rattrape et le plaque violemment au sol.

Pendant une demi-seconde, celle qu'il lui faut pour atterrir sur l'intrus, il se demande ce qu'il va bien pouvoir donner comme excuse s'il s'est planté. Et si cet homme n'était pas le Narque ?

Il s'écrase lourdement sur le Kamkal qui pousse un cri de stupeur. Les deux hommes roulent sur quelques mètres et Gabriel se retrouve rapidement en position de force, au-dessus d'un Brice étourdi. Le jeune Myrme se redresse et, d'un geste souple, pose la lame de son poignard sur la gorge de son adversaire pétrifié.

Les yeux de Brice s'agrandissent de terreur.

— Ga... Gabriel ? Qu'est-ce que tu fais ?

Le Myrme lui lance un regard dur.

— Ttt... c'est moi qui pose les questions ici. Alors, Brice, qu'est-ce qui t'amène dans cette belle région ? Quelle est ta mission ?

Il appuie un peu plus son poignard contre sa gorge. L'autre s'étrangle :

— Quoi ?!

Brice fait alors quelque chose qui surprend Gabriel. D'un mouvement brusque et violent de ses jambes, il envoie valdinguer le Myrme qui, déconcerté, s'écrase quelques mètres au-dessus de lui. Il arrive malgré sa surprise à se rattraper et se retrouve debout en moins de temps qu'il n'en faut pour le dire.

Brice est en train de fuir en courant et Gabriel jure entre ses dents en se lançant à sa poursuite. Il est un peu rouillé, se rend-il compte avec amertume. Auparavant, il ne se serait jamais laissé avoir par un coup aussi classique. Il faut qu'il soit plus concentré.

Il rattrape Brice, se jette sur lui et le plaque au sol. L'autre se retourne et tente de lui asséner un coup de poing au visage que Gabriel évite de justesse. Les jointures du quadragénaire frôlent sa joue et il en profite pour attraper son poignet et le coucher au sol. Il lève à son tour son poing et l'abat sur Brice avec puissance. Ses jointures craquent au moment de l'impact.

Brice ne se démonte pas pour autant. Il repousse Gabriel à l'aide de ses jambes et se relève. Cette fois, il ne fuit pas et le regarde droit dans les yeux, essuyant le sang qui coule de sa bouche du revers de la main. Les deux hommes se jaugent silencieusement pendant quelques secondes et Brice finit par rompre cette trêve en se jetant sur le Myrme. Celui-ci se déplace souplement sur le côté, attrape le bras du Narque et le tord derrière son dos. Les deux hommes font à peu près le même poids et ont la même carrure, c'est un choc des titans qui est en train de se dérouler.

Brice donne un coup de coude puissant dans les côtes de Gabriel qui pousse une exclamation de douleur, le souffle coupé. Il se penche à temps pour éviter un crochet du droit et profite de ce que son adversaire est déstabilisé pour lui foncer dessus comme un bélier. Sa tête heurte son estomac avec violence et c'est au tour du Narque de se plier de douleur. Le jeune Myrme reprend le dessus et abat son poing sur le dos de Brice. Celui-ci s'affaisse en hoquetant. Gabriel le retourne d'un geste brusque et pose de nouveau sa lame contre la gorge de son adversaire.

— Tu vas répondre à mes questions maintenant ! Qu'est-ce que Manassé t'a demandé de faire ici ? Quelle est ta mission ?

Brice répond d'une voix rauque et mal assurée :

— Qui est Manassé ? Je ne comprends rien à ce que tu racontes ! Pourquoi tu m'attaques ?

— Ne fais pas l'innocent ! Si tu n'es pas un Narque, comment se fait-il que tu saches te battre ainsi ?

Brice cligne des yeux, étonné.

— Je... j'ai pris des cours de self-defense. Je suis un businessman et j'ai toujours eu peur qu'on s'en prenne à moi pour mon argent. C'est ça que tu veux ? Du fric ?

Un doute commence à s'insinuer en Gabriel. Il fronce les sourcils et ignore la dernière question de son interlocuteur. Il attrape son col et le repousse. Il n'y a que de la peau sous sa parka. Pas la moindre trace de duvet gris, comme il s'y attendait. Il jure et se redresse vivement. Il laisse Brice se relever et laisse libre cours à sa colère en plantant violemment son poignard dans le tronc d'un arbre. Il a compromis sa mission. Il lui reste deux suspects et il ne saura jamais qui est le Narque. Il a échoué. Mince, il ne se rappelle pas avoir été aussi nul par le passé.

Il se tourne rageusement vers un Brice ahuri.

— Qu'est-ce que tu faisais au milieu de la forêt ?

Le quadragénaire recule d'un pas en titubant.

— C'... c'est la guide, elle m'a donné rendez-vous ici cette nuit. Elle devait me parler de quelque chose...

Gabriel se fige dans ses mouvements.

— La guide ? Tu veux dire Linda ?

— On parle de moi ? chantonne une voix féminine derrière Gabriel.

Celui-ci se retourne vivement.

Linda lui sourit, un arc bandé dans les mains et une flèche pointée sur sa poitrine.

Chapitre 5

Cassiopée

Roland et un Moak transportent la civière vers la grotte du milieu de la troisième terrasse. C'est celle qui fait office d'hôpital, et lorsqu'on pénètre à l'intérieur, on oublie totalement qu'on se trouve dans une grotte creusée dans le flanc d'une montagne.

La caverne est trois fois plus spacieuse que la mienne, le plafond et le sol sont couverts de lino blanc, et contrairement à ma caverne, ils sont aussi lisses que ceux d'une véritable maison.

Des lits sont disposés de chaque côté de la porte, dix de chaque côté, et plusieurs médecins en blouse blanche s'activent autour de ceux occupés par des malades.

La caverne est éclairée par des néons blancs qui donnent au tout une impression immaculée.

Noah, le Moak, et Roland déposent précautionneusement le garçon sur un des lits.

Immédiatement, Henry, qui est le seul chirurgien du village et un des meilleurs dans sa catégorie, se met à désinfecter et à recoudre la plaie que le jeune homme a à la tempe.

Ça me fait plaisir de le voir s'activer ainsi. Il est trop doué et aime trop son boulot pour finir à surveiller le paysage pendant la nuit.

Pendant ce temps, des médecins viennent prendre la tension du patient et le mettent sous perfusion. Ils le couvrent de plusieurs couvertures de survie et lui enfilent un masque à oxygène. Une femme blonde vient écouter son rythme cardiaque avec son stéthoscope.

J'observe tout cela les bras ballants, me sentant comme un éléphant dans un magasin de porcelaine. En plus, cette ambiance d'hôpital me rappelle des souvenirs très douloureux que je préférerais oublier définitivement.

Immanquablement, j'en viens à me demander pour la millième fois en une semaine où est Gabriel, comment il va, s'il est en sécurité ou en danger.

Mais je ne m'autorise pas à penser plus gravement, parce que j'ai tendance à hyperventiler et à devenir hystérique.

De toute façon, il est bien trop prudent et malin pour qu'il lui arrive un pépin.

Henry fait un geste à mon intention, dont la signification est totalement mystérieuse.

Je le regarde en plissant les yeux et lorsqu'il voit que je ne bouge pas, il lève la tête puis les yeux au ciel.

— Cassiopée, viens ici, s'il te plaît.

À vos ordres, capitaine.

Je m'approche en déglutissant, pas à l'aise avec le film d'horreur qui menace de se dérouler sous mes yeux.

Il lève les yeux vers moi une minuscule seconde.

— Pourrais-tu aller voir Maggie et lui dire que je ne rentrerai pas à l'heure prévue ? Elle a déjà dû s'en rendre compte, mais je préfère qu'elle ne se fasse pas de mauvais sang. Dis-lui aussi que ça risque de prendre un moment, mais eh ! Il attrape mon bras et plante ses yeux dans les miens d'un air sérieux : tu ne lui parles pas de tout ça, hein ? Reste vague. Je ne voudrais pas qu'elle s'inquiète, et Tina a souvent les oreilles qui traînent.

Je hoche la tête et m'apprête à partir quand il me retient par le bras une deuxième fois.

— Tu... tu rentres chez toi, non ? Est-ce que... est-ce que tu accepterais de garder Tina le temps que Maggie se repose ? La pauvre, à l'âge qu'elle a, je me sens coupable de lui laisser la garde d'une enfant d'un aussi jeune âge.

Je lui fais un sourire rassurant.

— Pas de soucis, ça me fera plaisir de passer un moment avec elle. Elle est adorable, elle me rappelle Tiphaine.

À la pensée de ma petite sœur, partie depuis quelques jours dans une région des États-Unis dont on n'a rien voulu me dire, mon cœur se serre.

— Merci Cass, tu m'enlèves une épine du pied.

— C'est moi qui te remercie, passer du temps avec des enfants m'avait manqué. Je vais l'occuper, elle ne s'ennuiera pas.

Je me retourne et me dirige vers Soraya, qui est en pleine discussion avec un médecin.

— Excuse-moi, je voulais juste te demander si vous aviez toujours besoin de moi ici, parce que je dois aller voir Maggie et lui dire que Henry sera absent un moment et...

Elle se tourne vers moi, ouvre la bouche pour aboyer quelque chose, puis se ravise. Elle hésite un instant, me scrutant avec concentration.

Je fais un pas en arrière.

Houlà, ma vieille, on ne t'a jamais appris que fixer les gens comme ça n'était pas très poli ?

En effet, je réponds intérieurement, c'est on ne peut plus étrange.

Le visage de l'Oulda s'éclaire soudainement et elle me fait grâce d'un chaleureux sourire.

Psychopathe.

— C'est bon, Cassiopée, rentre te reposer, on va gérer la situation maintenant qu'elle est sous contrôle.

Elle hésite une seconde puis son sourire devient malicieux.

— Merci d'avoir été aussi rapide à nous prévenir. Si on avait encore attendu, ce n'est pas dit qu'il serait revenu vivant.

Je l'observe un moment, interloquée. Je ne sais pas si c'est le fait qu'elle m'ait remercié ou qu'elle se soit en quelque sorte excusée pour son manque de confiance en moi, mais j'en reste comme deux ronds de flan. Son attitude étrange me trouble et j'ai l'impression d'avoir affaire à une bipolaire. Un coup elle me sermonne, l'autre elle me félicite. Comment suis-je censée réagir ? Elle ne manque pas d'air, quand même ! Si elle m'avait de suite écoutée, on n'aurait pas perdu un temps précieux à tergiverser !

Je garde mes remarques pour moi, consciente qu'elles ne feraient qu'envenimer la situation.

Je hoche la tête et me dirige vers la sortie de la caverne-hôpital en bâillant, pressée de quitter ce lieu porteur de mauvais souvenirs.

Je n'ai pas besoin de descendre ou de monter vers une autre terrasse, car la maison-caverne de Henry se situe sur le même niveau que la caverne-hôpital, afin qu'il puisse être sur les lieux le plus rapidement possible, en cas de besoin.

Je dépasse six portes et frappe à la septième.

Un bruit de pas précipités se fait entendre à l'intérieur, puis la porte s'ouvre brusquement sur une petite silhouette menue.

Maggie me toise de haut en bas avec des yeux inquiets.

— Morbleu, Cassiopée, ma fillote, où s'trouve l'sieure Henry ? L'est rien arrivé d'grave, hein ? J'arrêste point d'lui mander de ne point faire d'folies et d'quérir un autre labeur. Y me fait trouiller à s'mesttre aussi près du bord. J'crains toujours qu'y batacule un jour ou l'austre dans l'vide.

Je souris en attendant sa voix nasillarde.

Maggie n'a toujours pas réussi à s'adapter au langage du XXIe siècle. Elle a consenti à adopter notre façon de parler, mais a gardé des expressions et des mots qui me semblent être vieux comme Hérode.

Mais j'adore l'écouter parler, même si parfois cela demande une concentration toute particulière. J'ai l'impression de changer d'époque, c'est très divertissant.

— Non, non, Maggie ne t'inquiète pas, il va très bien, il soigne quelqu'un à l'hôpital, mais rien de grave, je te rassure. Je viens chercher Tina pour que tu puisses te reposer un peu.

Elle me fait signe d'entrer en souriant. J'en profite pour observer son visage. Ses longs cheveux gris sont retenus en un chignon d'où dépassent quelques mèches folles. Elle a un visage ridé mais rassurant, et une expression toujours soucieuse sur ses traits.

— Ah ! La fillote du sieure, c'est qu'c'est point une besogne aisée d'garder un œil sur elle. L'est d'jà fringante, comme jouvencelle. L'a voulu festoyer, la veille. J'puis point la garder d'faire des diableries d'ordinaire, mais cette fois, elle est restée sage. Mais c'est la bonne fortune qui t'amène. Elle est dans sa... comment qu'vous nommez ça, vous austres ? Sa chambre. Va la quérir, moi j'suis lasse et j'te mande de bien vouloir m'pardonner, j'm'en va choir sur ma couche.

— Vas-y Maggie, je m'occupe d'elle.

Maggie est adorable, elle fait comme si elle était agacée par Tina, mais elle l'adore et la considère comme sa propre petite-fille. Henry m'a présentée dans la semaine et lui a dit qu'elle pouvait me la confier sans problème.

Alors si le sieure Henry l'a dit...

Je m'approche de la porte de la chambre de Tina, puis l'ouvre après avoir frappé doucement. La fillette est couchée sous les couettes de son lit, et vu sa figure d'ange innocente, elle fait semblant de dormir.

Je me racle la gorge en souriant.

Elle ouvre un œil ensommeillé, puis lorsqu'elle découvre ma présence, elle se redresse d'un bond et me sourit de toutes ses dents :

— Cassiiiii !

Je m'appuie sur le chambranle de la porte et prends un air dégagé :

— Eh, la jouvencelle, ça te dirait de passer la journée dans mon humble chaumière ?

Elle pousse un petit cri excité puis sort du lit en se débattant avec les couvertures. Elle enfile ses vêtements à la vitesse de l'éclair, alors que je ris aux éclats.

***

— Maggie, elle dit que les Narques sont tous des chiabrena et qu'on devrait les occire jusqu'au dernier.

Tina et moi sommes agenouillées sur le sol de ma caverne, en train de faire un puzzle géant. Elle a tenu à l'emporter, comme ça, dès qu'elle viendra chez moi, elle pourra le continuer. Ce qui veut dire que je vais me retrouver pendant dix ans avec un énorme carton couvert de minuscules pièces sur le sol de mon salon, déjà pas bien grand.

Elle pose innocemment une pièce sur son emplacement. On a déjà presque terminé le contour, et je me rends compte sans surprise que Tina est super douée.

Je la regarde en plissant les yeux.

— Ça veut dire quoi « chiabrena » ?

— Chiure de merde, me répond-elle du tac au tac, comme si ce n'était pas une insulte épouvantable.

Je manque de m'étouffer, à moitié hilare, à moitié choquée.

— Ce n'est pas bien de dire des mots comme ça, Tina.

Elle hausse les épaules :

— Ce n'est pas moi qui les dis, c'est Maggie. Elle dit aussi qu'heureusement que la Narque qui a tué maman s'est ouvert les *nèves* juste après avoir été capturée, parce que sinon c'est elle qui l'aurait estrillée.

Je ne cherche pas à savoir ce que veut dire ce dernier mot, je n'en devine qu'aisément sa signification. Par contre... que peut bien signifier nève ?

Je regarde plutôt Tina d'un air ahuri.

— Ça veut dire quoi *nève* ?

— Ben tu sais, ça veut dire qu'elle a rejoint maman au ciel.

J'ouvre grands les yeux.

Oooh, elle s'est ouvert les *veines*... elle s'est suicidée ? Je ne le savais pas...

Tina lève des yeux indifférents vers moi :

— Papa a dit à Maggie qu'elle s'était ouvert les *nèves* et que le Narque que tu avais assommé avait fait pareil. Il lui a dit qu'ils avaient rejoint maman au ciel. C'est Maggie qui me l'a dit. Elle dit aussi que le méchant Narque qui a essayé de me faire enlever et qui a fait tuer maman est ton papa. C'est vrai ?

Elle parle beaucoup la Maggie...

Je regarde Tina avec tristesse :

— Oui, Tina, je suis désolée. C'est vrai. Et si je pouvais revenir en arrière, je ferais tout mon possible pour sauver ta maman. Je ne suis pas fière que Manassé soit mon papa, tu sais...

Elle retourne son attention sur le puzzle et soupire :

— Je sais. Peut-être que Maggie a raison. On devrait tous leur faire comme ils ont fait à maman. Comme ça, ils n'essaieraient plus d'enlever les enfants et de nous occire. C'est des gueux, ils s'en prennent aux plus faibles !

Y a du vrai...

Je fronce les sourcils d'un air sévère :

— Ce n'est pas bien de souhaiter la mort de quelqu'un, Tina. Même si ce quelqu'un est méchant. Et puis, comment connais-tu tous ces vieux gros mots ?

Elle me lance un sourire radieux :

— Avec Maggie, on a passé un pacte : elle m'apprend les vieux gros mots, et moi je lui enseigne les nouveaux. On fait moitié-moitié.

Je secoue la tête, amusée. Tina a beau avoir dix ans, elle n'a pas du tout l'état d'esprit d'une fillette de son âge. Je me demande si la mort de sa mère l'a obligée à vieillir plus vite.

Je pose une pièce sur le puzzle.

— Ta maman ne te manque pas trop ?

Elle hausse les épaules, presque joyeusement :

— Si, bien sûr, il m'arrive même de pleurer en pensant à elle, mais papa m'a dit qu'elle était beaucoup plus heureuse où elle était maintenant, alors j'évite de ne penser qu'à moi et je me dis qu'un jour je la rejoindrai et qu'on pourra définitivement vivre heureux, tous ensemble.

Sa réponse me scotche. Mais quelle gosse de dix ans pourrait vous répondre ça ? Quelles sont les probabilités ?

Ma gorge se serre alors que je me rappelle des circonstances de sa mort : j'avais sauvé la petite de l'enlèvement, mais sa mère était déjà morte. Sur le coup, je m'étais dit que j'avais fait ce que j'avais pu. Jusqu'au jour où mon cher papa m'avait joyeusement annoncé que si des Myrmes étaient morts ce jour-là, c'était entièrement de ma faute. Qu'il avait lancé cette attaque uniquement comme avertissement et pour obliger Soraya à me livrer.

Quel chiabrena !

Tina me jette des petits coups d'œil sournois, entre deux pièces de puzzle posées.

— Dis-moi... Papa m'a dit que Gabriel et toi vous alliez vous marier, comme maman et lui. Vous avez déjà fait l'amour alors ? Tu vas bientôt avoir un fillot ?

La grenadine que je suis en train de boire fait carrément machine arrière et je recrache tout en hoquetant, assez loin du puzzle, heureusement.

Tina me regarde hoqueter pendant une bonne minute, sérieuse et attendant visiblement une réponse. Comme elle ne vient pas, elle regarde la grosse flaque de grenadine sur le sol nu de la caverne en grimaçant.

— Beurk. Ça va être tout collant maintenant. Il doit y avoir plein de bave partout par terre...

Elle se fiche de moi, en plus ! Je m'offusque :

— Je ne vais pas te dire si on a fait l'amour ou non, Tina ! C'est quand même hyper personnel !

Elle hausse les épaules avec indifférence.

— C'est bon, ne fais pas ta damoiselle effarouchée ! Je te propose un marché : tu réponds à ma question et je t'apprends plein de trucs intéressants sur Tornwalker.

Je ricane en m'essuyant le menton, qui dégouline de grenadine.

— Et qu'est-ce que tu pourrais m'apprendre de si intéressant, James Bond ? Je te signale que tu n'es pas assez vieille pour savoir des choses qui m'intéresseraient vraiment.

Elle paraît vexée à son tour.

— Eh, j'ai bientôt dix ans et demi ! Et toutes les informations que j'ai, c'est papa ou Maggie qui me les ont donnés. Maggie, elle est très très vieille, m'a dit papa. Elle a presque cinq mille ans...

Ben voyons. Pourquoi pas trois milliards d'années, tant qu'on y est ?

— Alors elle sait plein de trucs rigolos sur les autres !

Je soupire en épongeant le sol avec un chiffon.

— Et qu'est-ce que tu pourrais m'apprendre de si vital ? Mon désir numéro un dans ma liste n'est pas de savoir qui s'est disputé avec qui il y a trente-deux piges.

Elle penche la tête sur le côté.

— C'est quoi des piges ?

— Des années, si tu préfères.

Elle se met à se balancer d'avant en arrière, un sourire angélique sur le visage.

— Tu ne veux pas que je t'apprenne des trucs rigolos ?

Je lui fais un sourire sarcastique :

— Essaie toujours.

Elle croise les bras en me souriant à son tour :

— D'abord ta réponse.

Je secoue la tête, émerveillée par la volonté de la gosse. Je ne peux retenir un sourire amusé de s'étendre sur mes lèvres :

— O.K., bon. On n'a pas eu le temps ni l'occasion de se retrouver seuls donc... (j'hésite une seconde) non. On n'a pas encore fait l'amour.

Elle hoche la tête, satisfaite.

Je hausse un sourcil :

— Alors, cette info vitale ?

Elle pince les lèvres pour éviter de répondre tout de suite et ménage le suspens en tripotant quelques pièces :

— Eh biiiien, je sais plein de choses sur les gens qui habitent à Tornwalker.

Je roule des yeux :

— Ça, tu l'as déjà spécifié, Tina. Arrête de radoter et accouche.

Elle me lance un sourire enjôleur :

— Par exemple, je connais des choses sur Gabriel que tu ne dois sûrement pas savoir.

Elle a totalement attiré mon attention. Toutes mes antennes sont en mode « captage intensif » et balaient le périmètre pour ne pas en perdre une miette :

— Je t'écoute.

Tina ouvre la bouche mais sa phrase n'a pas le temps de sortir. Quelqu'un frappe à la porte.

Je lui fais signe qu'on n'en a pas encore terminé toutes les deux et elle explose de rire avec moi.

J'ouvre la porte avec un sourire débile sur le visage qui se fige immédiatement.

Marlène et Max se trouvent devant ma porte.

Chapitre 6

Ma conscience réagit plus rapidement que moi :

Ferme la porte ! Ferme la pooooooooorte !!

Je suis tentée d'obtempérer, pour une fois, craignant déjà de me faire agresser à coups de... de...

Je jette un coup d'œil sur ses mains.

De sac en papier marron ?

Hum, peu probable.

Je regarde de nouveau ses yeux. Ils sont remplis de larmes.

Max me saute dans les jambes.

— Cassi ! Je suis trop content de te voir, tu m'as trop manqué !

J'essaie d'avoir l'air joyeux, mais je suis déconcentrée par la présence de sa mère. Je n'arrête pas de lui lancer des œillades inquiètes tandis que j'étreins Max.

Elle se balance d'un pied sur l'autre, mal à l'aise.

Je me redresse et passe nerveusement une mèche de cheveux derrière mon oreille. Je m'éclaircis la gorge, mais elle me coupe l'herbe sous le pied.

— Bonjour Cassiopée. Je suis vraiment contente de te voir, sincèrement. Est-ce que je... tu veux bien que...

Je sors enfin de ma torpeur et sursaute :

— Ah, euh oui, bien sûr, où est-ce que j'avais la tête ? Entre, je t'en prie.

Je m'écarte et lui fais signe de pénétrer à l'intérieur. Max s'engouffre dans la pièce comme un ouragan et, apercevant Tina, il galope joyeusement vers elle.

Marlène l'imite et je vois bien qu'elle est dans ses petits souliers.

Alors ça, pour une surprise, c'est une sacrée surprise... t'es armée, au cas où ?

Je ferme la porte en intimant silencieusement à ma conscience de la boucler.

Je croise les mains, un peu embarrassée, et tente un sourire.

Je pense que ça ne devait pas être très réussi, parce que ses yeux débordent maintenant de larmes.

— Tu... tu veux boire quelque chose ?

— Volontiers.

Sa voix est chevrotante, elle a un mal fou à se retenir de pleurer.

Mais pourquoi cet état, pourquoi cette visite ?

Je jette un coup d'œil à Tina.

Cette chipie fait mine de s'intéresser au puzzle, mais je vois bien que ses petites antennes d'espionne sont déployées, puissance maximum.

Max, qui lui parle joyeusement, n'arrive pas à attirer son attention.

Si je ne fais pas gaffe, elle va capter des informations qui ne la regardent pas, et elle va les revendre à prix d'or à Maggie, pour que celle-ci enrichisse sa collection de ragots.

Je souris, un sourire machiavélique.

Je me dirige vers Tina, qui me fixe, inquiète.

— Tina, tu veux bien déplacer le puzzle dans la chambre, s'il te plaît ?

Elle me lance un regard courroucé et je me retiens de hausser les sourcils de contentement.

— Mais... mais je ne peux pas ! On va tout le détruire si on le déplace !

— Mais non, voyons. Regarde.

Je me baisse, attrape chaque bout du grand carton et le soulève avec précaution. Je me dirige ensuite vers ma chambre.

— Tu vois, il n'y a aucun risque, ton puzzle, ta raison de vivre, est sauf.

Tina se met à sautiller nerveusement à mes côtés. Si elle continue comme ça, je vais renverser le puzzle.

— Mais on n'a pas de place dans la chambre, ça ne va pas être pratique pour assembler les pièces, se lamente-t-elle.

J'ouvre la bouche en cœur :

— Alors, ça te fera un défi supplémentaire, la jouvencelle.

Je lui souris avec malice et elle croise les bras d'un air boudeur.

— Mortecouille, jure-t-elle tout bas.

Je freine net et la regarde, des fusils à la place des yeux. Elle a dit ça dans un murmure inaudible, mais inaudible pour un être humain. Moi je suis une Kamkal Auditive, et le juron a écorché mes oreilles sensibles.

Elle capte mon regard et se met à bafouiller, les yeux fixés sur ses pieds :

— Hum, je veux dire, c'est nul...

Je plisse les yeux.

— J'aime mieux ça !

Je dépose le puzzle dans ma chambre et fais signe aux enfants d'y pénétrer. Tina me jette un dernier regard implorant et je lui tire la langue avec espièglerie. Elle se renfrogne et ferme la porte derrière elle.

Je me tourne vers Marlène qui n'a pas bougé d'un millimètre durant toute l'opération.

Je lui lance un sourire contrit :

— Désolée Marlène, on sera plus tranquilles comme ça. Il y a des oreilles qui traînent dans cette maison ! dis-je en élevant la voix.

J'entends Tina grommeler doucement et souris avec amusement.

Je vais me diriger vers Marlène, lorsque je change finalement d'avis au dernier moment.

J'ouvre de nouveau la porte de la chambre à la volée, renversant en arrière une Tina collée à la cloison.

— Au fait, Tina, tu te souviens que je suis une Auditive, n'est-ce pas ? En tant que telle, je peux capter le moindre de tes battements de cœur. J'espère donc que je n'entendrai ni de respirations trop près de la porte, ni de silence trop pesant, O.K. ? Sans oublier le doux murmure des pièces qu'on remue. Donc je compte sur toi pour t'occuper de Max et pas de nous, d'accord ?

Elle hoche la tête avec agacement.

J'acquiesce à mon tour, satisfaite, et referme la porte.

— Voilà, maintenant on sera tranquilles pour de bon.

Je tends l'oreille et j'entends avec satisfaction les pièces du puzzle remuer et les deux enfants rire doucement.

— Oui, je les entends aussi. Je pense qu'ils seront tranquilles un moment. À ce propos, que veut dire « mortecouille » ?

Je ris brièvement.

— Je n'en sais rien, c'est une des insultes de Maggie. Je suppose que c'est l'équivalent de « c'est pas possible » ou « zut », en plus vulgaire.

Je lui fais signe de s'asseoir sur l'une des deux chaises branlantes de la cuisine.

Elle obtempère et je vais vers ma bouilloire.

— Je n'ai que du thé ou du café, que préfères-tu ?

— Du café, s'il te plaît.

La situation est gênante au possible.

Je prépare la boisson en silence.

Mais qu'est-ce qu'elle vient faire là ? Elle ne va pas encore te reprocher d'avoir soi-disant corrompu son fils chéri !

En effet, ce serait plutôt embarrassant.

Je me retourne d'un coup, les bras croisés sur ma poitrine.

— Écoute, Marlène. Je ne veux pas être désagréable, mais je t'ai déjà dit ma version de l'histoire. J'étais malade que Camille soit passé de l'autre côté, et qu'il m'ait *enlevée*, mais je n'ai rien à voir avec ce brusque changement de situation, qui n'est pas si brusque que ça, d'ailleurs. Il m'a dit qu'il se sentait Narque depuis toujours, et...

Je m'interromps, bouche bée.

Marlène vient d'éclater en sanglots.

***

Si la situation était embarrassante quelques minutes plus tôt, maintenant elle est mortifiante. Je regarde pleurer ma maman d'adoption, et même si je pensais ne plus ressentir aucune émotion à son égard, cette vue me fend le cœur.

J'essuie nerveusement mes mains sur mon jean puis me décide à faire un pas en avant.

Allez Cassiopée, du cran, elle ne va pas te mordre la madame, me rassuré-je lamentablement.

Normalement, ajoute sarcastiquement ma conscience.

Je lui aurais bien demandé de la fermer, mais j'ai des problèmes plus urgents à régler, maintenant tout de suite.

J'attrape une chaise et la tire juste à côté de celle de Marlène, qui sanglote, la tête dans ses mains.

Je m'assois à côté d'elle et passe un bras autour de ses épaules. Je me sens affreusement mal, à ce moment même. Je suis tout de même abominablement égoïste. Marlène doit souffrir le martyre de savoir que son fils est passé de l'autre côté de la barrière, et moi j'enfonce le clou en disant qu'il avait toujours adoré nos ennemis et qu'il n'attendait que le bon moment pour trahir les membres de sa famille.

Parfois, je voudrais être capable de réfléchir avant de parler. Mais je pense que c'est trop me demander, c'est bien au-delà de mes compétences.

J'hésite une demi-seconde et pose ma tête sur son épaule.

— Là, là. Marlène, je suis tellement désolée, je ne voulais pas te faire de peine, je… c'est sorti tout seul, je n'aurais jamais dû dire cela. Excuse-moi, je sais que tu as le droit de m'en vouloir mais tu comptes tellement à mes yeux et…

Elle relève brusquement la tête, me faisant sursauter. Elle plante ses yeux larmoyants dans les miens et je me fige.

— Ne t'excuse surtout pas, Cassiopée.

Je sens une vague de déception étouffante me submerger complètement. Et une tristesse sans fond envahir la moindre parcelle de mon corps. En l'espace de cinq petites minutes, j'ai presque eu l'espoir de la retrouver, la femme qui avait réussi à combler une part de moi-même que je croyais perdue à jamais. Et l'espace de ces cinq petites minutes, je me suis rendu compte, douloureusement, que je ne cesserais jamais de l'aimer. Et d'avoir besoin d'elle pour combler ce vide.

Du coup, faute de mieux, je me mets aussi à dégouliner.

— Euh, pardon, enfin non, je veux dire, euh…

Elle me prend par les épaules et je me tais, ravalant mes sanglots.

Son visage se radoucit et les larmes se remettent à couler sur ses joues.

— C'est moi, ma chérie, c'est moi qui dois m'excuser.

Je me sens soulagée et en même temps malheureuse. Soulagée parce qu'elle ne semble plus m'en vouloir. Malheureuse parce que je ressens cette trahison que Marlène supporte depuis que son fils est parti.

Elle me prend dans ses bras et me serre fort contre elle.

— Tu n'imagines pas à quel point je m'en veux, Cassiopée.

Son souffle chatouille ma nuque et elle est en train de m'étrangler, mais je m'en fiche. Je suis trop heureuse de la sentir près de moi.

Elle me lâche finalement et je me racle la gorge, certaine de ne proférer qu'un couinement inaudible tant elle est serrée. Sans trop me ridiculiser, je réussis à articuler :

— Tu… tu ne m'en veux pas ?

Elle inspire profondément pour se calmer et essuie ses larmes.

— Je t'en ai voulu longtemps. Sans vraiment savoir pourquoi ni comment, j'ai tout mis sur ton dos : la trahison de Camille, le fait qu'il soit parti sans nous prévenir, sans se soucier de son petit frère qu'il abandonnait, de sa mère qu'il laissait seule, comme son père l'avait fait des années plus tôt. J'ai eu l'impression de revivre le même scénario. C'était un cauchemar.

Elle hausse les épaules, un geste qui masque mal sa honte.

— Et je ne sais pas. Tout semblait si simple, si limpide. Ça devait être ta faute, il n'y avait pas à chercher midi à quatorze heures. C'était comme ça.

Je me penche en arrière et m'appuie sur le dossier de ma chaise, ma lèvre inférieure coincée entre mes dents. Je demande doucement :

— Et qu'est-ce qui t'a fait changer d'avis ?

Elle regarde du côté de la chambre où jouent les enfants.

— C'est Max.

Je me redresse, curieuse.

— Ah oui ?

— Oui.

J'apprécierais qu'elle développe, mais elle se contente de regarder dans le vide, perdue dans ses pensées. J'attends patiemment trente secondes, mais n'y tenant plus, je me penche en avant.

— Et euh, comment ça ?

Elle inspire profondément et me fixe de nouveau.

— Il ne cessait de demander où était Camille, pourquoi il ne rentrait plus à la maison, quand il allait revenir. Je ne voulais pas rentrer dans les détails, Cassiopée. Pas parce que je ne voulais pas dire du mal de toi devant lui, je dois bien t'avouer, mais parce que c'était trop douloureux.

Merci de ta franchise.

— Je n'avais pas la moindre idée de la manière dont j'allais pouvoir lui expliquer que son grand frère, son modèle, était parti. Qu'il nous avait abandonnés comme son père.

Elle passe une main sur son visage en secouant la tête. Je l'observe, la tête penchée sur le côté. C'est évident qu'elle est exténuée. Et c'est normal qu'elle en ait voulu à quelqu'un après tout. Je pense que dans sa situation, j'essaierais aussi de trouver un coupable.

J'aurais juste été reconnaissante qu'elle en choisisse un autre. Ça n'est pas comme si elle n'avait pas eu l'embarras du choix, non ? Manassé, Dimitri et, pourquoi pas, Camille lui-même. Mais je suppose qu'elle était en état de choc et qu'elle n'a pas réussi à réfléchir profondément à la situation. C'est complètement compréhensible.

Alors que j'essaie de me mettre dans sa situation pour mieux la comprendre, Marlène reprend la parole :

— Mais il continuait à demander, dit-elle, et sa voix se brise. Il continuait et je ne savais plus quoi inventer comme excuse pour éviter de lui dire la vérité.

Une nouvelle larme glisse sur sa joue et sa lèvre tremble. Mais elle continue à me regarder droit dans les yeux.

— Alors je lui ai tout raconté. Enfin, je lui ai raconté la version que tout le monde connaissait en tout cas.

Elle hausse une épaule, tandis que les larmes commencent à couler de mon côté aussi.

— Je lui ai dit que tu lui avais monté la tête, qu'il était parti chez les Narques, chez les méchants. Je lui ai dit qu'il ne reviendrait plus.

Sa dernière phrase est quasi inaudible et je lis de la souffrance brute dans ses yeux. Une souffrance que personne, ni moi, ni son autre fils, ne pourra jamais faire disparaître.

Sans me quitter une seule fois des yeux, elle secoue une nouvelle fois la tête.

— Tu aurais vu sa tête, Cassiopée ! Il m'a regardée pendant une bonne minute, et je voyais qu'il retenait ses larmes. Je pensais qu'il m'accuserait de mentir, ou qu'il partirait dans sa chambre.

Elle se tait un instant et j'inspire par saccade.

— Mais non. Il m'a regardée droit dans les yeux en se retenant de pleurer. Et il m'a demandé : « Pourquoi est-ce que tu crois que c'est la faute de Cassi ? »

Elle a un rire nerveux, mêlé de sanglots.

— Je ne m'attendais tellement pas à ça ! J'ai été incapable de répondre ! Pour la simple et bonne raison que je ne le savais pas moi-même. Tout le monde ici était persuadé que c'était de ta faute, et moi je me suis contentée de suivre le mouvement. Et c'est à ce moment précis, alors que mon petit garçon de sept ans attendait que je lui réponde, que je me suis rendu compte que je ne savais pas. Je ne connaissais pas mon propre fils. Qui étais-je pour t'accuser alors *que je ne connaissais pas mon propre fils* ?

Et là, sur la petite table de mon petit salon de ma petite maison minable, elle s'cffondre en sanglotant.

Je dois faire appel à toute ma volonté pour ne pas l'imiter immédiatement. À la place, je me penche et la prends dans mes bras en déglutissant pour tenter d'avaler la boule de billard qui s'est coincée dans ma gorge. Elle se remet à parler, sa voix brisée, chargée de tant de douleur que je reçois chaque mot comme un coup de poignard.

— Il est parti. Il est parti pour toujours et il ne reviendra pas.

Les sanglots ne semblent pas vouloir se calmer et j'ai l'impression qu'elle pleure de la souffrance.

C'est juste insoutenable.

Fais quelque chose, empotée ! Elle va inonder toute la maison.

Je hais ma conscience de me dire un truc pareil.

Mais ça me fait quand même réagir.

— Je... non, Marlène, ce n'est pas dit. Peut-être que, euh, il va changer. Ma maman disait toujours que seule la mort est définitive. Il peut revenir. Je sais qu'il peut. Et je sais qu'il y a du bon en lui.

Je pense que le moment est malvenu pour lui annoncer que c'est lui qui a poignardé à mort l'amour de ma vie et que si je le recroise un jour je ferai en sorte que sa mort soit définitivement définitive. Je garderai peut-être ça pour un autre jour.

Elle ouvre la bouche pour parler, mais soudain ma porte d'entrée s'ouvre en grand et si violemment que le battant claque contre le mur.

Je pousse un cri et me lève en renversant ma chaise en arrière. Marlène relève la tête et cligne des yeux, surprise.

Henry se tient sur le seuil de ma porte, essoufflé, ses cheveux bruns voletant avec le vent et je le fixe, les yeux écarquillés, choquée.

— Cassiopée, on a un pr...

Son regard tombe tout à coup sur Marlène et ses yeux s'agrandissent de stupeur.

— Euh, c'est... Peut-être que je devrais... ? Tout va bien ? J'ai... euh ?

Marlène se relève et secoue la tête :

— Ça va, te fatigue pas Henry, j'allais y aller de toute façon. Max !

Il y a du remue-ménage dans la pièce d'à côté et deux petites têtes passent par l'entrebâillement.

— Allez viens, Max, on doit rentrer. Cassi a des choses à régler avec Henry.

Tina aperçoit enfin son père et son regard s'illumine.

— Papa !

Elle pousse la porte et se rue dans ses bras.

— Morbleu, tu m'as manqué ! J'en ai marre de ne jamais te voir, tu sais ?

Elle enfouit son visage dans son cou et il la serre contre lui.

Marlène me lance un dernier regard, et je crois percevoir un léger – mais très léger – sourire sur ses lèvres, et après un gros baiser de Max, ils quittent la caverne.

Je plante mes mains sur mes hanches et attends.

Henry ne cesse de me faire les gros yeux et de faire des gestes hystériques en direction de sa fille.

Je hausse les épaules en fronçant les sourcils, paumes en l'air. J'articule silencieusement :

— Quoi ?

Il roule des yeux, l'air agacé et désespéré.

— Mais fais quelque chose !

Cette conversation muette ne mène à rien. Je le fixe comme s'il avait complètement perdu la raison, et puis je finis par comprendre où il veut en venir.

Je lève les mains et les yeux au ciel.

— Tina ?

La petite fille retire son minois du cou de son père et se tourne vers moi, curieuse.

— Tu… voudrais nous laisser juste une minuscule seconde ? Je dois parler à ton papa. Des trucs importants.

Elle se renfrogne et, comme la sale gamine qu'elle est, elle enfouit de nouveau son visage dans le cou de son géniteur.

— Nan, je veux pas. T'es pas ma mère, j'ai le droit de voir mon père quand je veux et de rester avec lui si j'en ai envie.

Oh, par tous les saints du paradis !

Henry lui caresse tendrement le dos.

— Bien sûr mon cœur que tu as le droit de me voir quand tu veux, voyons. Mais là, papa doit entendre ce que Cassiopée veut lui dire, et elle ne me dira rien si tu es là.

J'ouvre la bouche en grand, médusée.

Il hausse les épaules en guise d'excuse.

Après un instant de suspense insoutenable, la chipie se décide à se glisser sur le sol et à retourner dans la chambre, sans manquer de me lancer un regard noir.

J'attends que les pièces du puzzle remuent à nouveau pour me tourner vers Henry et lui coller mon poing dans l'épaule.

— Aïe !

— Tu ne manques pas d'air, toi !

Il me lance un regard mi-désolé, mi-amusé.

— Quoi ? Attends, elle m'en veut déjà beaucoup, je ne peux pas risquer de me la mettre totalement à dos !

Je plisse les lèvres, à deux doigts de le refrapper.

— Et après, c'est moi qui passe pour l'affreuse sorcière !

— C'est normal, tu es la nounou. La nounou est toujours l'affreuse sorcière.

Avant que je ne puisse répliquer, il m'attrape par le bras et m'entraîne jusqu'à la porte d'entrée. Nous sortons et il la referme avec précaution derrière lui.

— O.K., on règlera nos comptes plus tard, on a des problèmes plus urgents.

Je croise les bras et relève le menton.

— Je t'écoute.

Il passe ses deux mains dans les cheveux et regarde en l'air.

J'ai un mouvement de recul. Houlà, ça paraît plus sérieux que je ne le pensais.

Il finit par me regarder à nouveau.

— Le Kamkal.

Je hausse les sourcils.

— Oui ?

— Sa mère l'a reconnu.

Les bras m'en tombent.

— Pardon ? Qu'est-ce que tu veux dire ?

Il lève les bras au ciel, presque agacé. Comme s'il se demandait de quel droit j'étais aussi stupide.

— Sa mère, Cassiopée ! Ce gosse, là ! C'est un des enfants disparus. Enlevés par les Narques. Le premier, pour être précis.

Je reste immobile plusieurs secondes, interdite. En effet, nous avons un problème.

Je me ressaisis néanmoins et secoue la tête.

— Bon, O.K., c'est une situation de crise, mais en quoi ça me concerne ? Je te rappelle que c'est à peine si je suis considérée comme une réfugiée politique ici. Alors pourquoi viens-tu tambouriner à ma porte pour m'annoncer la nouvelle, comme si c'était d'une importance vitale ?

Il lève un doigt pour m'imposer le silence.

— Tais-toi et écoute.

Je hausse les sourcils.

— Le gosse s'est réveillé et n'a prononcé que deux mots. Le premier, c'était le prénom de sa mère. C'est comme ça qu'on a pu l'appeler pour lui demander si elle le connaissait. Et tu parles, qu'elle le connaît, c'est son fils ! Il avait disparu depuis plus de douze ans. Tu peux imaginer dans quel état elle se trouve actuellement.

J'inspire profondément, je répète, agacée :

— O.K., mais en quoi ça me concerne ?

Henry se mord la joue.

— Ça te concerne, à mon avis, parce que le deuxième mot qu'il a prononcé, personne ne l'a entendu.

Il déglutit et s'essuie les mains sur sa chemise en regardant à droite puis à gauche. J'ai l'impression de voir le genre de type dans les films d'espionnage qui se fait poursuivre par des agents super méchants de la CIA, et qui a peur que le caillou à côté de lui soit en fait un espion déguisé, prêt à le flinguer dès qu'il passera aux aveux.

— Accouche, Henry, personne ne va te balancer par-dessus bord !

Il se rapproche de moi et me saisit par les bras, ses yeux lançant des éclairs.

Je ne l'ai jamais vu dans cet état. Il a l'air au bord de la crise de nerfs.

— N'en sois pas si sûre, Cassiopée, me chuchote-t-il, et des frissons parcourent tout mon corps.

— Le gosse, reprend-il, il a posé sa main sur mon bras, et avant qu'il ne s'enferme dans le silence, une voix a résonné. *Dans ma tête.*

Je fais un pas en arrière, les yeux exorbités. Henry ne me lâche pas pour autant.

— Il a prononcé ton prénom.

Chapitre 7

Gabriel

Linda lui sourit derrière son arc. Il ne l'a pas sentie arriver, le vent n'étant pas en sa faveur. Instinctivement, Gabriel se décale d'un pas afin de masquer le poignard planté dans le tronc de l'arbre qui se trouve derrière lui. Au moins, se dit-il avec amertume, lui reste-t-il quelques réflexes. Il n'arrive pas à croire qu'il ait pu se faire berner aussi facilement.

Linda fait un pas en avant.

— Hop hop hop, pas si vite, mon joli, tu ne bouges plus ou je tire. Je sais que tu n'as pas la Facette de la Mouche. Moi, en revanche, je la possède, alors ne tente rien qui pourrait tourner en ta défaveur.

Visiblement, la guide est trop concentrée sur lui pour avoir remarqué le poignard.

Un mouvement dans le champ de vision de Gabriel lui fait tourner légèrement la tête. Brice est toujours là, les bras ballants, les yeux exorbités par l'incompréhension. Linda suit son regard et sourit. Gabriel en profite pour faire un rapide pas en arrière. La guide, focalisée sur le quadragénaire, ne le remarque pas.

— Mon cher Brice, toi et moi avons une affaire à conclure. Mais celle-ci avec notre ami commun ne te regarde nullement. Je te prierai donc de t'éloigner de quelques pas le temps que je règle ce problème. Et je te conseille vivement de ne pas aller trop loin – au campement par exemple – ; tu risquerais de réveiller les autres ce qui me mettrait fort en colère. Me suis-je bien fait comprendre ?

Brice hoche vivement la tête et s'enfonce précipitamment dans la forêt, à l'opposé du campement.

Linda soupire de soulagement et baisse son arme sans pour autant la lâcher. Gabriel fronce les sourcils. Quelles sont ses intentions ?

— Ah, je commençais à avoir mal au bras. Je ne sais pas toi, mais moi je déteste le tir à l'arc. Je suis très douée, ne te méprends pas, mais si je peux éviter de rester dans cette même position inconfortable, je peux te dire que je n'hésite pas une seconde. Ce qui ne veut pas dire que...

À la vitesse de l'éclair, Linda bande de nouveau son arc et pointe la flèche sur la poitrine de Gabriel.

— ... je suis lente à la détente.

Gabriel serre les poings mais hoche la tête pour faire signe qu'il a compris.

— Bien ! s'exclame la guide en baissant une nouvelle fois son arc. Je suis disposée à répondre à toutes tes questions. Tu as vu comme je suis gentille ? Et je ne te demande rien en échange. Vas-y, lance-toi !

Gabriel plisse les yeux, méfiant. Il n'est pas en position de force et la Narque lui propose quand même de répondre à ses questions ? Sans rien demander en retour ? Qu'est-ce qu'elle mijote, au juste ?

Le jeune homme, maintenant tout près de l'arbre, s'adosse nonchalamment contre son tronc et fourre ses mains dans les poches. Il ne va pas passer à l'attaque tout de suite. Autant qu'il profite de la situation, même si celle-ci n'a pas tourné comme il l'avait prévu.

— O.K., si tu me le proposes... Quelle est donc cette affaire que tu dois conclure avec Brice ?

Linda grimace.

— Ah, je suis désolée, toutes mes excuses, j'ai parlé un peu trop vite. Je ne suis point autorisée à discuter de ce sujet avec toi. Ordre de Manassé. Mais tu peux me poser un tas d'autres questions tout aussi intéressantes !

Soit la guide se moque de lui en se montrant si enjouée, soit elle est simplement stupide, Gabriel n'arrive pas à se décider.

— Très bien. Dans ce cas, pourquoi Manassé t'a-t-il envoyée ici ?

Linda sourit de toutes ses dents.

— Hormis le fait que je suis un de ses meilleurs agents et que Dimitri n'est plus en état d'accomplir quoi que ce soit ? Eh bien, il y a trois réponses à cela. La première étant que je devais m'approcher de notre cher Brice et faire ami-ami avec lui afin d'arriver à un accord. Tu comprendras que je ne puis en dire plus. La deuxième, qui ne t'en intéressera pas moins, est que je me suis déplacée exprès pour toi.

Gabriel se redresse, surpris.

— Pour moi ? Comment ça ?

Linda sourit, satisfaite de la réaction de sa cible.

— Tu vois ? Je t'avais bien dit que cela t'intéresserait. Pour répondre à ta question, il va me falloir t'expliquer quelque chose. D'une part Soraya est tellement prévisible que nous savons tous à l'avance non seulement qu'elle va envoyer quelqu'un pour nous surveiller, mais en plus nous connaissons l'identité de cet espion. Je veux dire, toi étant de retour au village, il était évident que tu serais son premier choix. C'est pour cela que Manassé a laissé filtrer l'information comme quoi il allait envoyer un agent en mission pour collecter des renseignements sur ses projets. Je ne peux te parler de ces projets, mais je peux néanmoins te dire qu'il ne m'a pas envoyée dans le seul but de m'approcher de Brice. Ma mission était aussi de te piéger, toi.

Gabriel s'adosse de nouveau à l'arbre. Son poignard lui rentre dans les côtes, mais il s'en moque. Il est rassuré de le sentir tout près.

— Pourquoi moi ? Qu'est-ce que Manassé me veut ? Je n'ai aucune importance.

Linda penche la tête sur le côté.

— Tu te trompes, mon grand. Non seulement tu *as* de l'importance, mais en plus je parie que tu sais précisément pour quelle raison Manassé cherche à mettre la main sur toi.

Oui, il le sait.

— Pourquoi toutes ces manœuvres pour l'atteindre ? Pourquoi passer par moi alors que vous auriez pu tout simplement faire comme la dernière fois, l'attirer hors du village et la kidnapper ?

— C'est une très bonne question. Figure-toi que, premièrement, Manassé en a assez de courir sans arrêt après sa fille et il a décidé de la laisser venir à lui. Et quel meilleur moyen d'en arriver là que de te détenir prisonnier chez lui et de le faire savoir à Cassiopée, et seulement à elle ? Deuxièmement, j'avais de toute façon une mission à accomplir ici et tu allais venir à moi tout naturellement. Cela utiliserait moins d'effectif, de temps et d'énergie que d'agir ainsi. Le plan était tout trouvé.

— Et la troisième raison ?

— Il faut que Soraya croie que tu es mort.

Il fronce les sourcils.

— Pourquoi ?

La guide sourit :

— Un simple avertissement.

Gabriel fait mine de mettre les mains dans le dos et saisit discrètement le poignard qu'il laisse tomber à ses pieds. La lame atterrit sans bruit sur le sol meuble de la forêt et il fait un pas de côté pour la cacher sous sa chaussure.

Linda lève de nouveau son arc, suspicieuse.

— Hé ! Pas de bêtise, hein ? Remets les mains devant toi, que je les voie.

Gabriel sourit d'un air innocent et lève les mains en l'air pour rassurer la guide.

— On se calme, je suis désarmé, j'ai perdu mon poignard dans la bagarre de tout à l'heure avec Brice.

La métisse éclate de rire.

— Toi ? Perdre ton arme dans une bagarre ? J'en doute fortement. Mais compte sur moi pour vérifier.

— Et maintenant ? demande Gabriel. Qu'est-ce que tu comptes faire ?

Linda devient sérieuse, pour la première fois depuis le début de leur entretien.

— Tourne-toi et mets les mains contre le tronc d'arbre, que je les voie clairement.

Gabriel la fixe un moment en serrant les mâchoires puis s'exécute à contrecœur. Il pose les mains de part et d'autre de sa tête, contre l'écorce rugueuse de l'arbre, et attend patiemment que Linda s'approche.

— Ne tente rien, Gabriel, le menace-t-elle. J'ai posé mon arc et j'ai un couteau à la main. Si tu fais le moindre geste suspect pendant que je te fouille, je te poignarde. Et crois-moi, je suis bien plus à l'aise avec un couteau qu'avec un arc. Alors, tiens-toi tranquille et tout ira bien.

Il hoche la tête et elle s'approche lentement de lui. Il reste strictement immobile pendant qu'elle le fouille du bout des bras. Il l'entend se figer. Puis elle éclate d'un rire surpris.

— Tu as vraiment perdu ton arme pendant une bagarre ! Soraya doit vraiment être à court d'effectifs pour envoyer un agent rouillé comme toi ! Je me demande bien ce que Cassiopée te trouve. Tu n'es pas aussi doué qu'on me l'avait dit.

Gabriel serre les dents mais ne dit rien. Ce n'est pas le moment de faire le fier, sa liberté en dépend.

Quelque chose atterrit à ses pieds. Il baisse la tête et découvre une paire de liens en plastique blanc.

— Attrape les liens, passe les bras autour du tronc et attache-toi avec.

Gabriel fait comme elle le lui demande et se retrouve accroupi sur le sol, les mains liées et d'humeur de plus en plus noire. Heureusement, il peut sentir son poignard sous son genou droit et cela le rassérène un peu.

— O.K., maintenant que je suis attaché et hors d'état de nuire, quelle est la suite des opérations ?

Linda lui répond, le sourire revenu dans sa voix :

— Maintenant, je vais accomplir le reste de mon plan. Je vais tuer tous les membres de l'équipe.

Gabriel sursaute et regarde derrière son épaule, affolé. Linda est en train d'essuyer son couteau sur sa veste.

— Quoi ?! Mais pourquoi ?

Elle redresse la tête et fait une moue désolée.

— Comment veux-tu que Soraya te croie mort si je n'élimine pas la totalité de l'équipe ? Oh, et je suis désolée, mais il va falloir que je te blesse aussi. Assez gravement pour que tu perdes beaucoup, beaucoup de sang.

Et sans ajouter un mot de plus, elle le poignarde dans le flanc gauche.

Chapitre 8

Cassiopée

Henry et moi marchons d'un pas vif vers l'hôpital. J'ai beau tourner et retourner ses paroles dans ma tête, elles sont toujours aussi étranges.

— Henry, tu es sûr de ce que tu dis ? Il a bien prononcé mon prénom ?

Henry pousse un grognement agacé. Depuis qu'il est arrivé chez moi, il n'est plus qu'une boule de nerfs en mouvement. Il me répond, et sa voix est chargée d'irritation et d'une angoisse relativement mal contenue.

— Évidemment, que je suis sûr, Cass. Je n'ai même pas eu besoin d'utiliser mes oreilles, il a parlé dans ma tête. Je vois mal comment j'aurais pu me tromper. En confondant « me casse les pieds » avec « Cassiopée », peut-être ?

Je roule des yeux à son ton railleur.

— Ha, ha ! Super drôle ! C'est que tu deviens à se rouler par terre quand t'es stressé Henry, faudrait que t'essaies plus souvent.

Il ne me répond pas, trop occupé à regarder autour de lui. Le jour s'est levé depuis une demi-heure et les Myrmes ne vont pas tarder à sortir de chez eux pour vaquer à leurs différentes occupations. Normalement, c'est là que je bats en retraite dans ma caverne et que je n'en sors plus jusqu'au soir.

Je me gratte la tête et reprends la parole, refusant de croire que toute cette affaire ait un rapport avec moi. Refusant de croire que ça ait un rapport avec *celui* qui doit *forcément* être derrière toute cette situation.

Très logique tout ça.

— Mais euh, peut-être qu'il voulait parler de la constellation ? tenté-je lamentablement. D'un truc qui a un rapport avec les étoiles ?

Henry s'arrête net et se tourne vers moi, les mains sur les hanches.

— Tu te fiches de moi, là, hein ? Rassure-moi. Parce que si ça n'est pas le cas, c'est que j'ai largement surestimé ton intelligence.

Avant que j'aie eu le temps de lui montrer mon offuscation, il reprend la parole, plus calme.

— Il parlait de toi, Cassiopée. Tu es une Myrme, mais tu es surtout la fille de notre plus puissant ennemi, ennemi qui a kidnappé cet enfant quand il avait cinq ans.

Il laisse ces mots s'enfoncer profondément dans mon esprit encore quelques instants, et me regarde bien en face.

— C'est de toi qu'il parlait, pas des étoiles.

Dans le mille, chantonne ma conscience, et je ne peux m'empêcher d'être d'accord avec elle. Pour cette fois.

Je pousse un soupir mêlant fatigue et frustration et me masse les tempes.

— O.K., O.K., c'est forcément toi qui as raison. Mais je te jure que si mon père a un rapport avec tout ça, je vais le retrouver moi-même et lui faire la peau.

Henry se remet à marcher et je lui emboîte le pas.

— Excellente idée, ça réglera deux ou trois soucis chez nous. D'une pierre deux coups, comme on dit.

Je lève les yeux au ciel. Il est décidément d'humeur très sarcastique ce matin. J'aurais dû lui proposer un café, il serait peut-être de meilleur poil.

Il pousse la porte de l'hôpital et nous nous y engageons l'un après l'autre. Je me crispe quand l'odeur des antiseptiques et celle, plus légère mais quand même bien présente, du sang frais viennent *chatouiller* mes narines. Un frisson glacé me fait trembloter des pieds à la tête.

Bon sang, ce que je peux haïr les hôpitaux !

Henry ne semble pas avoir de problème avec eux néanmoins, et il marche avec détermination vers le lit où est couché le pauvre gamin.

Je le suis en déglutissant et ne remarque qu'à cet instant-là qu'une femme endormie est assise à ses côtés, et lui tient la main.

Je m'arrête un instant et observe la femme pendant que Henry vérifie les constantes vitales du jeune homme. Elle doit avoir son âge, une quarantaine d'années, et comme tous les autres, elle ne devrait en faire que vingt-cinq. En revanche, son teint fatigué, ses traits tirés et sa peau blanchâtre lui ont fait prendre dix ans en une matinée. Mais bon, si mon fils disparu depuis plus de dix ans, que je croyais probablement mort, réapparaissait du jour au lendemain, blessé, affaibli et manifestement dérangé à cause de ce qu'il avait subi pendant tout ce temps, je pense que je serais aussi légèrement chamboulée.

Je me rappelle vaguement avoir vu cette femme durant mon court séjour ici, quand Tornwalker était encore un village qui avait les pieds sur terre, et que les Myrmes ne souhaitaient pas tous ma mort, lente et douloureuse si possible.

Je me mets bizarrement à espérer qu'elle ne va pas se réveiller. Qui sait ce qui va lui passer par la tête si elle me voit ici, moi la fille du ravisseur de son fils ?

Je ne sais pas, peut-être qu'elle tenterait légitimement de me tuer. C'est ce que je ferais en tout cas.

Je reviens à moi alors que Henry me fait de grands gestes silencieux.

Je l'observe un moment, fascinée par ce langage mystérieux et sa signification tout aussi inconnue, jusqu'à ce qu'il lève les yeux au ciel et vienne carrément me tirer par le bras pour m'entraîner à l'extérieur.

— Viens ici, me siffle-t-il à l'oreille.

Je hausse les épaules. Je lui réponds à voix basse, de peur de réveiller la mère éplorée, même si normalement maintenant nous sommes hors de portée auditive.

— Ce n'est pas de ma faute si t'es nul en langage gestuel, mon pauvre ami.

Il se met à marmonner dans sa barbe et je ne peux m'empêcher de sourire.

— Je vais t'en donner du langage gestuel, moi, tu m'en diras des nouvelles.

Je mets une main sur la bouche.

— Oh ! Quelle grossièreté !

Il se penche vers moi sans faire attention à mon sarcasme et me chuchote à l'oreille en jetant des coups d'œil nerveux à la porte.

— Il faut qu'on fasse sortir la mère. Je ne crois pas qu'elle soit ravie que tu interroges son fils…

Je lève une main pour l'interrompre et le regarde dans les yeux, les sourcils froncés.

— Comment ça « interroger » ? Tu me prends pour qui ? L'inspecteur Colombo ?

— Et à ton avis, on est venus là pour quoi ? Le regarder dormir ?

Je lève les paumes au ciel.

— Je n'en sais rien moi, c'est toi qui m'as traînée ici, et il n'a jamais été question que je l'interroge ! Regarde ce pauvre gamin ! Il est à moitié mort, je ne veux pas en plus le fatiguer avec un interrogatoire.

Henry m'attrape par les bras et plonge son regard dans le mien.

— J'ai peur, Cassiopée. Tu ne comprends donc pas ? Ce gamin, comme tu dis, est un Tactile. Est-ce que tu as saisi ce détail ? Tu te souviens de notre conversation dans la forêt ? De ce qu'il arrive aux Myrmes qui ont ce Sens Phare ? Ils disparaissent. Parce que la plupart du temps, on ne retrouve pas de corps. Ici, ils ont des ennemis et je ne sais pas qui. Et si jamais on apprend qu'il en est un…

Il fait un pas en arrière sans me quitter du regard.

— … il est mort.

Je laisse ces mots flotter autour de nous, rebondir sur les murs, faire écho des milliers de fois dans ma tête. Henry chuchote encore :

— Et j'ai peur parce que je ne veux pas qu'il arrive malheur à Tina, tu comprends ça ? Je ne pourrais pas la perdre. Elle est tout ce qu'il me reste.

Je déglutis et hoche la tête. Je n'avais pas vraiment pris conscience de la gravité de la situation, et maintenant j'ai l'impression d'être encore plus nerveuse que Henry. Le pire, c'est qu'il ne sait pas que je suis une Tactile moi-même. Et comme je ne suis pas forcément la fille la plus appréciée du village, ajoutez-y le fait que j'ai un Sens Phare qui a une tendance à faire crever son propriétaire, et je peux être sûre de dire bye-bye à mon projet de mariage.

Entre autres choses.

Il fouille dans sa sacoche et en sort une blouse d'infirmière et un masque.

— Enfile ça, elle ne te reconnaîtra pas.

Je le regarde un moment.

— Tout le monde connaît la couleur de mes yeux, Henry. Il suffira qu'elle jette un coup d'œil dans ma direction et je serai grillée.

— Dans ce cas, baisse les yeux et on n'en parle plus !

Je me mords la lèvre et commence à passer les habits d'infirmière.

— Je suis curieuse de savoir ce que tu vas bien pouvoir dire à une maman qui croyait son fils perdu à jamais et ne l'a pas vu depuis dix ans pour la faire sortir de cette pièce.

— Je suis chirurgien, Cass, prendre en main les proches de patients hystériques, c'est mon boulot. Je m'en envoie dix comme elle au petit déj'.

Je plisse les yeux et un fin sourire étire la commissure de mes lèvres, même s'il doit être crispé par la peur. J'ai rarement eu aussi peur de toute ma vie.

— Hum, hum, tu m'en diras tant.

— Tais-toi et contente-toi de me suivre. Une fois à l'intérieur, mets-toi de dos et fais mine de farfouiller dans un coin. Je m'occupe d'elle. Une fois qu'elle sera sortie, on sera plus tranquilles.

Je hoche la tête et inspire un grand coup. Je n'aime pas, mais alors pas du tout ce genre de situation.

Il hoche la tête à son tour et passe la porte. Du coin de l'œil, je remarque que la maman s'est réveillée. Je m'empresse de me mettre de dos et j'obéis aux instructions de Henry tout en écoutant ce qui se dit.

— Henry, est-ce qu'il va mieux ? Son état est normal ?

— Je vais vérifier ça, Beatrice. Je vais faire un examen plus poussé et il serait bienvenu que tu sortes un moment, veux-tu ?

Je peux presque voir la femme secouer frénétiquement la tête.

— Non. Non, Henry, je ne veux pas. Mon… mon bébé. Tu comprends ? Dix ans que je l'ai perdu et je ne veux pas le laisser une minute de plus.

— Bien sûr, Bea, je comprends. Mais pense à lui. Il sera certainement mal à l'aise que sa mère assiste à tous les examens que nous allons lui faire, dont certains où il va devoir être dénudé. Et moi-même, j'ai besoin de concentration pour faire un travail correct. Dans les hôpitaux, les proches n'assistent pas à tout le traitement des patients, tu comprends ?

Il y a un silence, et Beatrice reprend la parole d'une toute petite voix.

— Tu n'en auras pas pour longtemps, n'est-ce pas ?

— Non, non, ne t'inquiète pas. Va donc prendre un café chez moi, c'est la troisième maison en partant de la gauche. Maggie est là, elle sera ravie de te servir, et en plus tu ne seras pas loin de l'hôpital, O.K. ?

— O.K., répond la mère d'une voix angoissée. Tu m'appelles dès que tu as terminé, d'accord ?

Henry acquiesce chaleureusement.

Honnêtement ? Je suis méga impressionnée. Henry est le roi de la manipulation, va falloir que je fasse plus gaffe à l'avenir.

Dès que la mère est sortie et que je suis certaine qu'elle ne reviendra plus, je me retourne.

Henry lève un sourcil genre : « Alors, c'est qui le boss, ici ? »

Je tends l'oreille et entends la voix de Maggie non loin ainsi qu'une porte qui se referme. Je me permets de me détendre.

— Arrête de fanfaronner, tout le monde aurait pu réussir à faire ça, ce n'est pas sorcier.

— Détrompe-toi, femme, c'est tout un art.

Je m'approche de l'adolescent.

— C'est ça, c'est ça. Et ne m'appelle plus jamais « femme » si tu ne veux pas qu'il t'arrive un pépin.

Je me penche sur son visage et l'observe. Il a des traits fins, un teint très pâle, comme s'il n'avait pas vu le soleil depuis des années, et ses pommettes sont brûlées par les rayons UV.

Je me tourne vers Henry.

— On ne va pas le réveiller, tout de même ? Regarde-le, ça crève les yeux qu'il a besoin de sommeil.

Que nenni, ma pauvre Cassiopée.

Une main à la poigne d'acier se referme sur mon bras et je suis obligée de pousser un cri où se mêlent la peur, la douleur et la surprise.

Je me retourne et me retrouve face à face avec « le gamin ».

Celui-ci est assis sur le lit, ses yeux aussi froids que de la glace. Un regard si étrange pour un adolescent de quinze ans que j'en fais un pas en arrière, les yeux agrandis par l'horreur.

Sa main, refermée autour de mon bras comme un étau d'acier, m'oblige à rester sur place.

Henry s'élance à ma rescousse, mais il a à peine posé sa main sur le bras qui m'emprisonne que ses yeux se révulsent, et qu'il tombe en arrière, raide mort.

Enfin, c'est une façon de parler.

Enfin, j'espère.

Je pousse un couinement horrifié et veux me baisser pour lui porter secours quand le gamin me tire vers lui.

Je m'affale à moitié sur ses genoux, terrifiée par la tournure que prennent les évènements.

— Lâche-moi, espèce de fou furieux ! qu'est-ce que tu as fait à Henry ?

Mais alors que je termine ma phrase, je sens comme un courant électrique me traverser le poignet, remonter mon bras et parcourir mon torse jusqu'à mon cerveau. C'est si rapide que je n'ai pas le temps de réagir. Je comprends en moins d'une seconde ce que fait le garçon. Il essaie de prendre possession de mon corps.

Chapitre 9

Quand je rouvre les yeux, je suis dans une pièce aux murs blancs immaculés. Je cligne des paupières et regarde autour de moi. C'est une pièce carrée, dépourvue de meubles. Sur le mur en face de moi se trouve une télévision allumée, dont le son est coupé, sur une scène qui me surprend. On me voit, moi, sur les genoux, les yeux dans le vague. Je suis complètement immobile. Je déglutis, me demandant si je suis morte.

— Non, tu ne l'es pas.

Je fais volte-face et fais un pas en arrière, terrifiée. Le gamin, mon agresseur, est assis en tailleur contre un des murs et il me regarde, l'air serein. Il est habillé tout de blanc : pantalon en tissu blanc, chemise blanche, tennis blanches. Il n'a plus de trace de blessure sur lui, ni aucune brûlure sur le visage.

J'arrive à bafouiller :

— Qu... qu'est-ce que tu me veux ? Où est-ce que je suis ?

Il penche la tête sur le côté et tapote le sol en face de lui.

— Viens t'asseoir.

Je recule encore.

— C'est hors de question ! Je ne bougerai pas tant que tu ne m'auras pas répondu !

— Je ne te répondrai que si tu acceptes de t'asseoir.

Je m'apprête à répliquer, mais le visage impassible de l'adolescent me fait dire qu'il ne cédera pas tant que je n'aurai pas obtempéré. Je fais quelques pas hésitants dans sa direction et m'assois dans la même position que lui, à une distance respectable.

— Je m'appelle Leo. J'ai été envoyé ici pour te transmettre un message.

Je regarde autour de moi, n'écoutant qu'à moitié ce qu'il me dit.

— Où... où sommes-nous ?

— Il y a plusieurs réponses à ta question. Techniquement parlant, nous n'avons pas bougé d'un pouce. Je suis toujours assis sur mon lit d'hôpital et tu es toujours agenouillée devant moi. Tu vois ? Le poste de télévision retransmet la réalité.

Je jette un coup d'œil à l'écran. Je suis bel et bien dans la position qu'il décrit. Mais comment puis-je me retrouver en même temps dans cet endroit ? Je secoue la tête.

— Mais... mais cette pièce ?

— Néanmoins, continue-t-il sans me prêter attention, on peut dire que je t'ai transportée dans une autre dimension. Je manipule électriquement ton esprit pour que tu croies que nous nous trouvons dans « une pièce blanche aux murs immaculés, dépourvue de meubles ».

Je sursaute. Il a utilisé les termes exacts de ma description ! Comment est-ce possible ?

— Je lis en toi comme dans un livre ouvert. Si je le voulais, je pourrais te faire faire n'importe quoi, là tout de suite. Tu es à la merci de mon bon vouloir. Mais ne t'inquiète pas, je ne te veux aucun mal.

Je déglutis.

— Tu veux dire que... nous sommes dans mon esprit et que tu peux lire dans mes pensées ? Cette pièce, cette télévision... ce n'est qu'un genre d'hallucination créé par toi, c'est ça ?

Il hausse une épaule.

— On peut dire ça comme ça, même si c'est un peu simpliste. Nous nous trouvons effectivement dans ton esprit et je joue avec l'électricité de ton cerveau pour te faire croire que tu te trouves dans cette situation.

J'ouvre grand la bouche.

— Comment fais-tu cela ?

— Je suis un Tactile, me répond-il simplement.

Je pose les mains à plat sur le sol et me penche en avant.

— Moi aussi et pourtant je suis incapable de faire ça ! De manipuler l'électricité du cerveau des gens, je veux dire.

— Bien sûr que si, sauf que ton pouvoir est encore embryonnaire, bien qu'il grandisse de jour en jour. Regarde derrière toi.

J'hésite un instant puis jette un coup d'œil par-dessus mon épaule. La télévision montre toujours la scène de tout à l'heure. Puis elle change tout à coup de chaîne et je me vois couchée sur un lit d'hôpital, me débattant avec des infirmiers. L'un d'eux me saisit le bras et je ferme les yeux très fort. Il ouvre grand les siens et recule de plusieurs pas, un air sonné sur le visage. Puis on change de nouveau de chaîne et je me vois en train de caresser un grizzli énorme, Goliath.

Je me tourne vers Leo :

— Je comprends pour les infirmiers, c'est vrai que je leur ai commandé de me lâcher en étant en contact avec leur peau, mais comment se fait-il que je puisse communiquer avec un ours sans le toucher ? Par exemple, quand il est venu à ma rescousse, alors que des Narques me poursuivaient, je l'ai appelé au secours par la pensée, mais je ne l'ai pas touché et donc n'ai pas pu le manipuler électriquement.

Leo trace un trait imaginaire sur le sol sans me regarder.

— Tu as certainement déjà entendu dire que les animaux ont un sixième sens ?

Je hoche la tête.

— Eh bien, ce « sixième sens » n'est en réalité qu'un sens du toucher exacerbé. En tant que Tactile, tu es toi-même capable de manipuler ce sixième sens en ta faveur, sans même les toucher. C'est très rare qu'un Kamkal soit capable de manipuler les animaux. Cela est arrivé une fois dans l'histoire de notre peuple.

Je me mords la lèvre, essayant de comprendre.

— D'accord, mais comment puis-je manipuler ce Sens ? Qu'est-il exactement ?

— C'est une question très complexe. Les animaux communiquent entre eux grâce à leur sixième sens, et non grâce à des sons ou à des comportements, comme on pourrait le croire. Ce Sens est un mélange d'ondes et de phéromones, invisibles donc à l'œil humain et indétectables à l'odorat, même par un Pisteur. Seuls les animaux, qui possèdent en quelque sorte un genre d'antenne capable de réceptionner et d'analyser ces ondes et ces phéromones, peuvent les détecter. Visiblement, tu possèdes cette antenne et tu es capable de t'en servir pour manipuler à distance les animaux. Tous les Kamkals Tactiles n'ont pas cette chance.

Je sens un frisson d'excitation me parcourir. Je serais donc capable d'un tel exploit ?

Leo hoche la tête.

— Oui, tu en es capable. Je suis le seul à être au courant, pour l'instant. Personne n'a visiblement fouillé dans ton esprit auparavant, pas même ton frère Nathan. C'est une information que tu te dois de protéger. Si on l'apprenait...

Il s'interrompt et détourne le regard.

Je me penche en avant, attendant la suite.

— Si on l'apprenait... quoi ?

— Je vais trop loin dans ma mission. Je ne peux te répondre plus avant. Tout ce que je peux te dire, c'est de ne pas utiliser ton sens tant qu'on ne t'aura pas appris à le faire. Les Tactiles sont des êtres très dangereux pour les autres. As-tu d'autres questions ?

Je fronce les sourcils. J'ai complètement occulté la deuxième partie de sa tirade.

— Une mission ? Quelle mission ?

— Je ne peux répondre à cette question non plus.

Je lève les yeux au ciel.

— Bon, très bien, dans ce cas, j'aurais une autre question. Quelle est cette voix que j'entends toujours dans ma tête et qui est insupportable ? D'après ce que m'a dit Nathan, tous les Tactiles en ont une, mais je ne sais pas à quoi elle sert.

Il me regarde droit dans les yeux.

— C'est ton antenne Cassiopée, c'est ton antenne.

Je reste immobile, pas sûre de bien comprendre.

— Comment ça ?

Il soupire. Il a l'air tellement las ! Ce n'est pas l'attitude qu'aurait un gamin de quinze ans. Il fait si sérieux...

Il me sourit tristement.

— C'est parce que j'ai dû grandir plus vite que les autres... mais revenons-en à ton antenne. Ta conscience, comme tu l'appelles, n'en est pas vraiment une. C'est en fait un organe sensoriel invisible qui te permet de manipuler les êtres vivants. Soit par les phéromones et les ondes, dans le cas des animaux, soit par le toucher, dans le cas des humains. Cet organe n'est détectable qu'avec un scanner cérébral. Tu sais que l'être humain n'utilise qu'une infime partie de ses capacités cérébrales, n'est-ce pas ? Eh bien toi, tu te sers d'un morceau de ton cerveau qu'aucun être humain n'a jamais utilisé et que seuls les Kamkals possédant le Sens du Toucher utilisent. C'est là que se trouve ta conscience. Une voix dans ta tête qui parle sans arrêt et qui est la plupart du temps agaçante est le prix à payer pour pouvoir accomplir les prodiges que tu fais. C'est en quelque sorte un message de ton cerveau qui te dit que tu n'es pas comme les autres.

— Et quand elle prend une voix flippante et caverneuse, ça veut dire quoi ?

Leo rit.

— Ça veut dire que tu utilises à ce moment précis cette petite partie de ton cerveau. C'est tout simple.

Je passe une main dans mes cheveux.

— Je ne trouve pas ça simple du tout...

Il me sourit avec bienveillance :

— Ça viendra. As-tu d'autres questions ?

Je réfléchis.

— Oui. Je suppose que tu n'as pas fait tout ce chemin juste pour éclaircir certains points à propos de mon Sens caché... pourquoi es-tu là ? Qu'est-ce que tu me veux et qui t'envoie ?

Il inspire profondément et attrape une télécommande blanche jusqu'à présent cachée dans les plis de ses vêtements. Il appuie sur un bouton et le son revient tout à coup sur le poste de télévision.

Je me retourne complètement et hoquète de surprise.

Mon père me regarde de ses yeux ambrés, assis à son bureau, l'air satisfait.

Chapitre 10

Je reste figée un moment, interdite par ce que je vois. J'ai l'impression d'être en télécommunication avec mon paternel par esprit interposé. C'est vraiment bizarre.

— Ma chère Cassiopée…, commence-t-il.

— Qu'est-ce que tu me veux ? demandé-je avec véhémence.

— ... suis heureux de pouvoir te transmettre ce message.

Je secoue la tête, étonnée par ma propre stupidité. Je ne peux pas communiquer avec lui, ce qui passe à la télé en ce moment est un genre de message enregistré. Je soupire de lassitude, consciente que je ne pourrai pas y échapper. Leo ne le permettrait pas. Et comme j'ai du respect pour lui, je veux éviter de l'obliger à m'obliger à regarder.

Je m'assois sur le sol et pose mon menton dans mes mains.

— Je suis conscient que tu n'as pas envie de me revoir, ou même d'entendre parler de moi.

Tout juste.

— Mais je suis ton père et en tant que tel, il est de mon devoir de veiller sur toi en toute circonstance.

J'ai un reniflement méprisant. C'est pour veiller sur moi qu'il a foncé dans notre voiture, à maman et moi, et nous a balancées dans un fleuve glacé, c'est ça ?

— Cassiopée, j'ai besoin de toi à mes côtés. Tu es ma fille, ma chair, et tu me manques. Tu manques aussi énormément à Nathan. Cassiopée, les Myrmes ne sont pas ce que tu crois.

Je fronce les sourcils et me penche en avant, surprise et intéressée. Je ne suis pas non plus insensible au fait que mon père me dise d'une façon très maladroite qu'il tient à moi, mais ça, je ne l'avouerai à voix haute pour rien au monde.

— Tu es en danger dans cette communauté. Des gens te veulent du mal et cherchent à te nuire. Rejoins-moi et je te promets que tu seras en sécurité.

Il fait un geste évasif de la main.

— Tu pourras même amener qui tu veux avec toi. Tes amis, ceux qui cherchent asile, ceux à qui tu tiens... je ne peux pas venir te chercher, j'ai beaucoup à faire, mais, crois-moi, je le ferais si cela était possible. Il ne tient qu'à toi de t'échapper et de me rejoindre. Tu connais déjà le chemin et Saphira également, si tu comptes l'amener. Je te promets aussi de te donner des explications et de répondre aux questions que tu te poses.

Je secoue la tête. Il croit vraiment que je vais avaler le morceau ?

— Comme je sais que tu es sceptique, je te donne une alternative. Va à Talkeetna et cherche un bureau de tabac. Prends les nouvelles du jour et tu seras peut-être décidée à venir me voir. Je ne peux pas te mâcher le travail en te dévoilant tout, alors vas-y de toi-même.

C'est bien mon père, ça...

— Je t'ai tout dit. Ne parle à personne de ce que tu viens de vivre, il en va de ta vie. Je t'embrasse Cassiopée, j'espère te voir bientôt.

La télévision revient sur la chaîne où l'on me voit accroupie, un air de zombi sur le visage. Je m'apprête à me retourner vers Leo mais un mouvement sur le poste attire mon attention. Une main se pose sur mon épaule et la seconde d'après je suis projetée en arrière, assez violemment.

Mon cerveau court-circuite, et c'est le trou noir.

Je dois néanmoins reprendre mes esprits plutôt rapidement, parce que lorsque je rouvre les yeux, Beatrice est au-dessus de son fils et le secoue par les épaules en lui demandant s'il va bien tous les dixièmes de seconde.

Je me redresse sur les coudes en grimaçant, en prise à un affreux mal de tête. J'ai l'impression que toutes mes fonctions cognitives sont en train de se réinstaller dans chacun de mes fichus neurones et ça fait super mal.

Je me rends tout à coup compte que je suis de retour dans la réalité et je ne peux m'empêcher de hoqueter de soulagement, à mi-chemin entre les sanglots et le rire.

Je ne me sentais pas spécialement en danger lorsque Leo me manipulait, mais je n'étais pas à l'aise non plus dans cette pièce étrange. Je me relève avec difficulté et regarde autour de moi. Henry est affalé sur le sol, toujours inerte. C'est là que je percute. Je me précipite sur lui, inquiète. Comment n'ai-je pu que penser à moi pendant tout ce temps ? Henry est peut-être mal en point !

Je m'agenouille à ses côtés. Il est toujours inconscient, les yeux fermés et la bouche légèrement ouverte. Pendant un instant, je crains qu'il ne soit mort, que Leo lui ait provoqué une rupture d'anévrisme ou je ne sais quelle saleté, mais je repousse rapidement cette idée. Leo n'est pas un tueur. Il est juste un peu perturbé, c'est tout. Et il a été très gentil avec moi. Je refuse de croire qu'il ait fait le moindre mal à Henry. Mes soupçons se confirment quand je vois tout à coup sa poitrine se soulever.

Je pousse un soupir de soulagement et pose une main sur son biceps.

— Henry ? Henry, est-ce que tu m'entends ?

Comme il ne réagit pas, je le secoue un peu. Peut-être Leo y est-il allé un peu fort, sans le faire exprès...

— Henry ! Tu ne peux pas me faire ce coup-là, hein ? Tu n'as pas le droit de rester dans le coma ! Qu'est-ce que je vais dire à ta fille, moi ? Je te préviens, si tu crois que je vais te maintenir en vie par voie artificielle, tu te mets le doigt dans l'œil mon gros ! Alors, réveille-toi avant que je ne t'incinère vivant !

Les plaintes derrière moi ont soudainement cessé.

Je me retourne et découvre Beatrice, la tête d'un Leo inconscient sur les genoux, qui me regarde fixement, interloquée.

Je lui souris d'un air contrit.

— Ah, les progrès de la médecine ! On n'y croyait pas encore la veille, mais il s'avère qu'il a été prouvé que menacer un patient dans le coma est très productif et amène l'homme à réagir. C'est fascinant, n'est-ce pas ?

Pour faire bonne mesure, je me retourne vers Henry et prends une voix revêche :

— Si tu ne te réveilles pas, je te jure que je vends Tina aux Narques !

J'ai à peine le temps de terminer ma phrase que Henry ouvre les yeux et cligne plusieurs fois des paupières, l'air paumé.

Je me redresse d'un coup, surprise, et porte une main à ma bouche, en proie à l'étonnement le plus total :

— Mince alors, ça marche en plus ! murmuré-je, abasourdie.

Beatrice plisse les yeux et détourne le regard, à nouveau concentrée sur son fils.

Henry me fixe avec des yeux ronds :

— Qu'est-ce que tu viens de me dire ? Est-ce que tu viendrais de me menacer de...

Je mets ma main devant sa bouche pour l'interrompre :

— Chut. La médecine est une science exacte et je t'interdis de critiquer mes méthodes scientifiques.

Je me penche vers lui, qui est toujours affalé sur le dos, et murmure à son oreille, le plus silencieusement possible, profitant de ce que la mère de Leo est trop occupée à essayer de le ranimer pour me prêter attention.

— Henry, si tu savais ce qui vient de m'arriver !

Mon ami promène son regard autour de lui et finit par poser ses yeux sur Leo :

— Qu'est-ce qu'il m'a fait ? Je me souviens m'être précipité vers lui pour qu'il te lâche, ensuite, c'est le noir total. Comment as-tu fait pour lui échapper ?

Je m'apprête à lui répondre quand la voix de Manassé résonne en moi comme un avertissement : *Ne parle à personne de ce que tu viens de vivre, il en va de ta vie.*

Je reste la bouche ouverte pendant quelques secondes, ne sachant que faire. Dois-je faire confiance à Henry et tout lui raconter ? J'aimerais le faire, mais... et si cela le mettait en danger, comme je le suis d'après mon père ?

Je décide de taire tout ce qui vient de se passer. Je chuchote :

— Pour l'instant, on a un problème plus urgent. Il faut qu'on réanime Leo et qu'on lui dise de ne pas divulguer son état de Tactile. Il est en danger, comme tu l'as dit.

— Excusez-moi, infirmière ?

Il me faut deux secondes pour comprendre que Beatrice s'adresse à moi. Ça n'est pas ma faute, je suis entrée dans le métier de la médecine depuis moins d'une heure (en admettant que je sois restée aussi peu de temps dans le cerveau de Leo, ce qui ne me semble pas possible), et je ne suis pas habituée à être désignée ainsi. Non mais, c'est vrai quoi, un peu de tolérance !

Je me retourne vers elle et prends un air le plus dégagé possible.

— Hum, oui ?

Elle me lance un regard accusateur.

— Je peux savoir ce qui s'est passé ? Qu'avez-vous fait à mon fils ? Quand je suis rentrée dans cette pièce, le docteur était inconscient sur le sol et vous, vous sembliez en transe. Que lui avez-vous fait subir ?

Un esprit normalement constitué aurait posé la question sensiblement différemment. Comme, « qu'est-ce qu'*il vous* a fait ? ». Mais non, il semblerait que ce soit notre faute si je me suis retrouvée manipulée par son fils. Même si je n'arrive pas à lui en vouloir.

Je me relève et joins les mains d'une manière qui se veut conciliante, mais je n'ai qu'une envie, c'est de partir en courant et ne jamais remettre les pieds dans cet hôpital. Je ne sais absolument pas comment je dois réagir et ce que je peux donner comme excuse à Beatrice. Cette dernière ne doit pas être mise au courant que son fils est un Tactile.

— Beatrice, votre fils… Leo a eu un… moment d'égarement et il s'en est pris à Henry avant de m'attraper par le poignet. Il a serré tellement fort que la douleur m'a fait tomber à genoux. Je suis sujette aux... aux crises d'épilepsie et la douleur m'a déclenché une crise. J'étais en plein dedans quand vous êtes arrivée.

Elle secoue énergiquement la tête, butée comme un cochon.

— Impossible, mon Leo n'aurait jamais fait de mal à personne.

Et voilà, j'étais sûre qu'elle ne me croirait pas ! Je suis aussi crédible qu'un clown dans ce rôle. De toute façon, j'ai toujours détesté le théâtre.

— Madame, puis-je vous demander depuis combien de temps vous avez perdu votre fils ?

J'arrive à garder ma voix calme et posée, mais c'est au prix d'un sacré effort de volonté. J'ai envie de m'énerver, de lui crier dessus.

Elle relève le menton.

— Plus de dix ans. Dix ans et quatre mois, pour être précise.

Je reprends avec douceur :

— Comprenez donc que vous ne pouvez pas juger de son état. Vous ne pouvez pas savoir comment il réagira aux situations. Pour l'instant, il a besoin de soins et d'aide pour se remettre de traumatismes qu'il a certainement dû subir et nous sommes là pour l'aider, Henry et moi. Je suis sincèrement désolée d'avoir fait une crise à ce moment-là, j'ai dû faire peur à votre fils. Mais je vous promets que cela ne se reproduira plus. Pouvez-vous, s'il vous plaît, nous laisser un moment, le temps de le réanimer ?

Elle secoue vigoureusement la tête et pointe un doigt menaçant dans ma direction.

— Je ne quitterai plus mon fils tant que vous serez là, espèce de danger pub...

— Ça suffit, Beatrice ! s'exclame Henry. C'est moi le chirurgien, c'est moi qui décide ! Alors, soit tu sors de cette pièce de ton plein gré, soit c'est moi qui te fais sortir ! Je te conseille de choisir la première solution.

Beatrice, surprise par les invectives de Henry, déglutit et hoche la tête. Elle se tourne vers moi, le regard implorant.

— Je vous en prie, prévenez-moi dès qu'il se réveille.

Je pose une main sur son épaule.

— Je vous le promets.

Beatrice pose une dernière fois les yeux sur son fils puis quitte l'hôpital en tremblant.

C'est là que je me rends compte que je porte encore tout l'attirail masque-blouse-gants. Heureusement d'ailleurs, parce que si elle m'avait reconnue, elle n'aurait certainement pas aussi bien pris les choses.

Je fais volte-face et me retrouve devant Henry.

— Dis donc, c'est que tu fais vraiment peur quand tu es autoritaire ! Je crois qu'elle ne s'attendait pas à ce que tu réagisses avec autant de virulence !

Il me lance un regard goguenard.

— C'était tellement émouvant ce que tu viens de dire, Cass, je n'aurais jamais cru que tu sois capable d'autant de patience et de compassion. Je m'attendais à ce que tu lui lances une remarque acerbe, mais non, tu es restée calme et posée. Chapeau.

Je pince les lèvres.

— Merci beaucoup.

— Est-ce que tu pourrais dire quelques mots pour mon enterrement ? Allez ! En échange, je te lègue ma collection de coquilles de bernard-l'ermite ! Je sais que tu l'adores.

— Oh, la ferme !

Je le contourne en grognant et il me suit, le sourire aux lèvres.

— J'aurais dû te laisser sombrer lentement dans le coma, tiens. Ça t'aurait fait les pieds.

Chapitre 11

Après avoir examiné Leo et compris qu'il s'était simplement évanoui, Henry et moi restons là, à l'observer, encore sous le choc de ce qu'il vient de nous faire vivre.

— Je n'arrive pas à croire qu'il lui ait suffi de me toucher pour me rendre complètement inconscient.

Je me touche le menton en repensant à l'expérience que je viens de vivre.

— Hum, hum, c'est sûr.

Il se tourne vers moi et lève un sourcil.

— Et toi, tu ne m'as toujours pas expliqué comment tu as réussi à te débarrasser de lui. Il te tenait très fermement quand je me suis retrouvé dans les vapes.

Je hausse les épaules.

— Il est entré dans ma tête mais il n'a apparemment pas réussi à me contrôler. Je ne sais pas, peut-être que nos esprits ne sont pas compatibles, ou un truc comme ça.

Il croise les bras et reporte son attention sur Leo.

— Mouais. Mon petit doigt me dit que tu ne me dis pas tout.

— Ouais, ben ton petit doigt est un indic' pourri, tu ferais mieux de le virer et de choisir un autre de tes illustres doigts.

Je fais volte-face et me dirige vers la porte.

— Où tu vas ?

Je ne me retourne pas.

— Prendre l'air. J'ai besoin de réfléchir. Et aussi loin que possible de cet endroit.

— Reviens rapidement, s'il te plaît, il va falloir qu'on tire ça au clair avant que Soraya et les autres ne se rendent compte que quelque chose cloche chez ce gosse. Il faut qu'on le protège.

Je secoue la tête et m'engage sur le chemin en roc. Il faut que je réfléchisse rapidement. Si Leo a la mauvaise idée de parler mentalement à quelqu'un d'autre, ou de le rendre inconscient par la force de la pensée, il risque de lui arriver malheur.

Je me mets à marcher sans but précis. Je n'arrête pas de ressasser la conversation que nous avons eue, Leo et moi, dans cette pièce immaculée. Je repense à toutes ces choses qu'il m'a patiemment apprises sur moi et sur le Sens mystérieux qu'est le Toucher. Je revois son sourire triste et son regard las. Je ferai tout pour le protéger. Même mentir à Henry. De toute façon, Manassé m'a clairement dit que je ne devais en parler à personne. Je pense que c'est une recommandation qui concerne autant ma sécurité que celle des autres. Mais en quoi est-ce un danger d'être Tactile ? Qui veut s'en prendre à nous ? Quelles sont leurs intentions ? Et surtout, mon père pensait-il vraiment que j'allais mordre à l'hameçon et rappliquer la queue entre les pattes et la tête basse en demandant pardon ?

Les questions se bousculent dans ma tête et plus les minutes passent, plus je sens la frustration et la colère se mêler à l'incompréhension. J'aimerais tant que Gabriel soit là pour qu'il m'aide à gérer cette situation, mais il doit être à des centaines de kilomètres d'ici, à l'heure qu'il est. À faire je ne sais quoi d'ailleurs. Peut-être qu'il s'amuse comme un petit fou pendant que moi je cherche *encore* à sauver ma peau. J'en ai marre de courir après la paix. J'en ai tellement marre ! Tout ce que je souhaite, c'est vivre une existence paisible sans mon père, sans Soraya, sans les Myrmes en fait.

Je m'arrête net dans mes pas. Je n'arrive pas à croire que je viens de me l'avouer. Mais si, il n'y a aucun doute. Je ne veux plus vivre ici. Je ne veux plus vivre parmi ces gens qui me détestent. Comment pourrais-je tenir des dizaines d'années dans ce village, en supportant l'indifférence méprisante de mes voisins, en sachant que les trois quarts ne peuvent pas m'encadrer ? Il viendrait un moment où la pression me ferait exploser. Je veux partir ailleurs, découvrir d'autres endroits où je pourrais vivre avec Gabriel, juste lui et moi.

Et peut-être Henry aussi. Et les quatre Mousquetaires. Et aussi Saphira. Enfin bref, avec les gens que j'aime et qui m'aiment vraiment.

Mais aurais-je vraiment ce que je recherche ? Est-ce qu'on finirait par nous oublier, par nous ficher la paix ? Mon père abandonnerait-il son idée de me rallier à sa cause, Soraya celle de m'enterrer dans son village, de faire de moi la gentille fille soumise qu'elle veut que je sois ?

J'ai comme un doute. Un gros doute. Je pense que pour qu'on nous oublie vraiment, il faudrait que nous soyons morts.

Je me frotte le visage à deux mains, les coudes appuyés sur la rambarde du garde-fou. Dire que neuf mois plus tôt j'étais encore une fille normale (à deux ou trois détails près) qui vivait une existence normale (à deux ou trois détails près) ! Mon seul souci à ce moment-là, c'était de combattre la solitude et la tristesse. Je ramasse une poignée de cailloux et m'imagine qu'ils sont des couteaux à la lame aiguisée. Je reporte mon attention devant moi et prends pour cible une zone circulaire autour d'une punaise verte sur un rocher à vingt mètres de là.

Je lève mon bras, prends de l'élan, et lance mon premier projectile. Aujourd'hui, ma vie n'a plus rien de normal.

1) Une population entière me hait.

Le caillou rebondit sur le rocher, à cinq centimètres de l'insecte.

2) Mon amoureux est parti à l'aventure sans moi.

La deuxième pierre s'éclate quand elle atterrit sur le rocher, sans toucher la punaise.

3) Mon père est un tueur qui cherche à mettre la main sur moi en passant par un de ses minions, qu'il a soit dit en passant enlevé quand il était encore un enfant.

Mon troisième projectile manque d'écraser la bestiole et je grimace. Néanmoins, il roule plus loin sans lui faire le moindre mal. La punaise frémit des ailes et s'envole.

4) J'ai une conscience omniprésente, si je puis dire, que je vais devoir supporter jusqu'à mon dernier souffle, si j'en crois ce que m'a dit Leo.

Je tends mon bras en arrière, prête à lancer mon dernier « couteau » mais hésite un instant. Je réfléchis et finalement jette mon arme de toutes mes forces.

Oh oui, et 5) une paire d'ailes géantes ainsi que trois sens surdéveloppés qui font de moi un être en marge de l'humanité. Une mutante.

Le caillou s'écrase à l'endroit exact où l'insecte prenait le soleil.

J'inspire profondément, un peu ragaillardie par ma performance.

Je pense que beaucoup de gens en viendraient à se demander s'ils ne sont pas victimes d'une malédiction, ou d'un truc dans le genre. Mais moi non, parce que je sais d'où tout cela vient : je suis victime d'un manque de bol intergalactique. Je suis juste horriblement poisseuse. Je ne vois pas d'autres explications.

Je souris tristement en pensant à cela. Devant mes yeux s'étend un paysage montagnard de carte postale.

Pas une seule habitation en vue. Des sommets recouverts de neige éternelle, et des vallons qui reverdissent avec le printemps. Je vois au loin un groupe de mouflons qui paissent paisiblement sur le flanc escarpé d'une montagne. J'arrive à distinguer trois chevreaux, leur petite queue qui s'agite dans tous les sens alors qu'ils suivent prudemment leur mère. Un léger tremblement attire mon attention plus loin encore et je distingue vaguement une traînée blanche sur la pente d'un mont. Les avalanches sont fréquentes en ce moment avec la fonte des neiges.

Je passe une main dans mes cheveux et mes yeux tombent sur le petit bracelet en cuir tressé lacé autour de mon poignet. C'est Gabriel qui me l'a offert, lorsque nous étions à Kirkland Lake, une ville paumée du Québec.

J'ai soudainement envie de crier. Depuis tout à l'heure, je réfléchis à quel point ma situation est, pour être polie, foireuse, et pourtant je n'ai pas eu une seule fois envie de me laisser aller aux larmes. Mais alors que je vois ce bracelet, j'ai l'impression que la dernière carte qui empêchait encore mon château de tomber en morceaux vient d'être balayée d'une pichenette. Et tout le beau château de cartes qu'est ma vie s'effondre lamentablement.

Il me manque tellement, c'est atroce. Son absence est partout : dans la maison que je devrais partager avec lui, sur ce ponton avec moi, pour observer la beauté du paysage, lorsque je suis en danger, pour qu'il me protège et me rassure. Dans mes bras, pour que je puisse le serrer contre mon cœur et sentir son odeur. Ce manque, je ne peux pas y échapper, m'aperçois-je. Il me suit partout et est plus dur à supporter chaque seconde.

Je ne me rappelle pas avoir connu cela avec ma mère. Je veux dire, bien sûr que j'étais malheureuse à en mourir quand elle est morte, bien sûr que j'étais désespérée, seule et abandonnée. Mais là, c'est différent. Je n'arrive pas à penser à autre chose, toutes sortes d'émotions me rongent à l'intérieur : la jalousie (et s'il rencontrait une jolie fille sur son chemin ?), l'angoisse (et s'il lui arrivait quelque chose ?), la colère (pourquoi est-il parti sans me dire au revoir ?), la terreur (et s'il ne revenait jamais ?).

Je me frappe le front à plusieurs reprises sur la barrière en bois, dans l'espoir que toutes ces inquiétudes quittent mon esprit, mais bien loin de les chasser, j'ai l'impression qu'elles s'enracinent plus profondément en moi.

C'est l'effet marteau ça, ma grande.

Je pousse un gémissement irrité.

— Oh, pour l'amour du ciel, tu ne pourrais pas, juste une seule fois dans MA vie, m'épargner tes sarcasmes ?

— Tu parles toute seule maintenant, Cass ? Tu me diras, venant de toi plus rien ne m'étonne.

Je me retourne d'un bond et lève les yeux au ciel quand je reconnais Isha.

— Génial, après tout, la journée avait mal commencé, je ne vois pas pour quelle raison ça irait en s'améliorant, hein ?

Il rit doucement et vient s'adosser à la rambarde, les mains dans les poches. Ça m'agace qu'il soit aussi silencieux, et ça m'agace d'avoir été surprise alors que je suis une Auditive. Ce genre de chose ne devrait plus m'arriver maintenant ! Bonjour la crédibilité !

— Dis donc, dis donc, tu es de bien bonne humeur aujourd'hui ! Enfin, c'est déjà mieux que d'habitude.

Je hausse les épaules.

— Si tu le dis.

Un immense sourire s'épanouit sur son visage et j'ai autant envie de le gifler que de sourire avec lui. Assez paradoxal comme mélange, c'est vrai, mais c'est souvent l'effet que me fait Isha.

— Aaaah, tu sais Cass, j'adore nos conversations. Ça m'avait manqué de me prendre la tête avec toi.

Je le regarde en plissant les yeux.

— Promets-moi un truc, Isha.

Il lève un sourcil interrogateur.

— Quand tu auras une copine un jour, enfin, dans l'hypothèse où il existe une fille dans ce monde assez patiente pour te supporter, laisse-moi la prévenir que tes mots d'amour sont souvent tranchants. Tu sais, histoire qu'elle sache que « tu es moche », ça veut en fait dire « je te trouve super attirante », dans ta langue.

Il me pousse du coude et sourit encore.

— Je te ferais bien promettre la même chose, mais bon on dirait que finalement Gab est assez maso pour vouloir TE supporter. Donc bon, je me tairai. À moins qu'il n'ait pas le choix, et dans ce cas…

— Ah, ah !

Un ange passe et je me demande si je vais un jour savoir ce que me vaut l'honneur de sa présence à mes côtés.

Il rompt le silence en premier :

— Tu as des nouvelles de Gabriel ?

Je ne peux retenir un rire sarcastique, que même moi je trouve particulièrement amer. J'ai l'impression de devenir plus cynique de minute en minute. C'est triste à mon âge quand même.

— Non, Isha. Pas de nouvelles de Gabriel. Mais tu sais, je ne suis que sa petite amie, sa fiancée à la rigueur. Et apparemment, ça n'est pas assez pour qu'on me fasse grâce d'informations.

Isha me fixe un moment, les lèvres pincées.

— Tu as l'air… irritée.

Irritée ? Est-ce qu'il vient de dire *irritée* ?

Je passe une main sur mon visage fatigué. Pour sûr que je suis irritée. Je n'arrive plus à maîtriser la situation et je déteste ça.

— Je ne suis pas *irritée*, Isha. Au mieux, je suis blessée. Au pire, particulièrement en colère et inquiète. Tu vois, je ne sais même pas si je vais réussir à lui pardonner une fois qu'il sera rentré. Je détourne les yeux. En supposant qu'il revienne un jour.

Il souffle.

— Arrête Cass, je sais que tu n'en penses pas un mot.

Je hausse de nouveau une épaule et me force à sourire. Je dois me montrer forte pour mes amis.

— Tu as peut-être raison. Je me rends compte que je ne vois que le verre à moitié vide. Il faudrait que je le voie à moitié plein. Je veux dire, Cassi, arrête de te plaindre, tu n'es pas handicapée, ni malade, tu as une espérance de vie quasi illimitée et des amis qui tiennent à toi. J'ai aussi la chance d'avoir un homme prêt à faire des sacrifices pour moi et ça, ça n'a pas de prix.

Isha me donne une claque dans le dos qui me déclenche une quinte de toux.

— Ça, c'est la Cass que je connais. J'aime quand tu parles comme ça ! T'inquiète pas, il va revenir ton Jules, et vous allez vivre heureux pour toujours.

Je ris en essuyant mes yeux humides.

— Tu voudras bien répéter ça quand il sera là ? Je suis sûre que si je lui raconte que tu as été gentil avec moi pendant qu'il n'était pas là, il ne va pas me croire...

Il prend un air offensé.

— Hé ! Je pourrais dire la même chose de toi ! T'es toujours en train de m'envoyer balader !

Je plisse les lèvres.

— C'est parce que tu es un insupportable gamin. Il faudrait que tu grandisses un peu, tu ne crois pas ?

— N'importe quoi, s'offusque-t-il, c'est justement ce qu'aiment les filles dans ma personnalité ! Ma jeunesse d'esprit.

Je grimace.

— On ne doit pas parler du même genre de filles alors... peut-être n'attires-tu que celles qui sont désespérées ? demandé-je en le taquinant.

Il regarde sa montre.

— Ha, ha, ha ! Très drôle. Bon, je dois y aller, ma sœur m'attend. À la prochaine Cass !

Et il s'éloigne en bondissant comme un cabri.

Chapitre 12

Gabriel

Le jeune homme suffoque en silence, les yeux plissés par la douleur. Il se tient le flanc et peut sentir son sang couler entre ses doigts. Abondamment. *Allez... Gabriel... lève-toi bon sang !*

Il se redresse avec difficulté en étouffant un gémissement de douleur. La garce, elle ne l'a pas loupé ! Après l'avoir poignardé, elle a littéralement tourné le couteau dans la plaie. Il ne se rappelle pas avoir eu aussi mal, même quand Camille lui a enfoncé un couteau dans la poitrine. Pourtant, il sait pertinemment qu'il ne mourra pas de cette blessure. Linda a fait exprès de le planter à un endroit où il n'y a pas d'organe vital. Si elle se dépêche, elle pourra stopper assez facilement l'hémorragie. Et il sait qu'elle le veut vivant. Pour l'instant, ce n'est pas sa santé qui le préoccupe.

Gabriel sent le couteau à ses pieds, à demi enfoui dans l'humus de la forêt. Il commence à contourner l'arbre de sorte à se retrouver à portée de l'arme. L'écorce rugueuse lui écorche les poignets, mais il s'en moque. De toute façon, il a bien trop mal pour s'en rendre compte.

Il finit par arriver à proximité de son poignard et il s'accroupit en gémissant un peu pour l'atteindre. Il tend les mains et tâte le sol, mais il s'aperçoit que l'arme est trop loin. Il grogne de frustration et colle son visage au tronc pour tendre un peu plus ses mains.

Il effleure le couteau, mais ce dernier glisse hors de portée.

— Ce n'est pas possible, marmonne-t-il, de plus en plus frustré. Y a quelqu'un là-haut qui veut ma peau !

Il s'écrase littéralement contre l'écorce et, dans un grognement de douleur, finit par saisir le couteau. En soupirant de soulagement, il le fait tourner d'un geste adroit et scie les liens qui l'entravent. Il est libre en quelques secondes.

Il se relève en se tenant le côté d'une main, le poignard dans l'autre, et se dirige en titubant vers le campement. Il n'entend pas un seul bruit. Il se demande ce que peut bien fabriquer Linda. Il espère de tout son cœur arriver à temps, avant qu'elle ne mette à exécution son macabre plan.

Il a parcouru une centaine de mètres lorsqu'il entend le premier cri :

— Alerte ! Alerte ! Le campement est en feu ! Sortez, vite !

C'est la voix de Linda ! Elle est en train de leur tendre un piège.

Oubliant la douleur, Gabriel s'élance à toute vitesse vers l'origine du cri. Il arrive au campement juste à temps pour voir une Ashley endormie tituber hors de sa tente.

Il se précipite vers elle, les dents serrées.

— Baisse-toi ! hurle-t-il.

Mais il n'a pas le temps de l'atteindre. Une flèche se fiche en plein dans son cœur. Ashley ouvre des yeux surpris et regarde la tige de bois qui sort de son corps. Elle ouvre la bouche pour pousser un cri qui ne sortira jamais et s'effondre sur le sol, inerte.

Gabriel pousse un juron et se plaque au sol alors que les flèches se mettent à pleuvoir. Kate tombe à son tour.

Gabriel rampe jusque derrière un arbre à l'orée de la clairière et regarde tout autour de lui. Ce qu'il ne donnerait pas pour avoir la Facette du Serpent, comme Cassiopée ! La Narque doit certainement se cacher dans un des arbres feuillus qui bordent le campement et il n'arrive pas à la localiser.

Une autre flèche venant de sa gauche s'abat sur Lee. Sachant l'homme perdu, il se concentre sur l'origine du tir. Là, entre les branches, il aperçoit une jambe qui dépasse.

Linda.

Il s'apprête à se précipiter vers elle quand il discerne un mouvement venant de la tente de Matthew. Le jeune homme blond sort de son abri, les cheveux ébouriffés et les yeux hagards. Il doit se demander ce qu'il se passe.

Gabriel ne réfléchit pas un instant. Il bondit et plaque Matthew au sol juste avant que la flèche qui le visait ne l'atteigne. Puis il se met à genoux, les bras écartés, son corps faisant bouclier entre la Narque et sa cible.

— Vas-y, tire ! Mais tu ne pourras jamais me ramener vivant chez Manassé ! À toi de voir !

Il entend la Narque jurer. Matthew bouge et tente de se relever, mais Gabriel le maintient à terre d'une poigne de fer.

— Gabi, que se passe-t-il ? Tu... tu saignes !

— Ne bouge surtout pas, lui ordonne son ami. Il en va de ta vie. Alors, qu'est-ce que tu décides ? lance-t-il à l'adresse de l'assassin.

Il y a un instant de flottement puis il perçoit un mouvement dans l'arbre. Il écarquille les yeux, incapable de croire ce qu'il voit. Il serre les dents et plonge sur Matthew au moment où la flèche jaillit des feuillages. Il la prend dans le bras et retient de justesse un hurlement de fureur. Il est plus en colère qu'autre chose et n'a qu'une envie, mettre hors d'état de nuire cette folle furieuse. Il casse l'empennage du projectile et arrache lentement la tige de son bras en serrant les dents.

Linda saute de son perchoir et s'avance prudemment vers eux.

— La prochaine fois, je vise la jambe, Gabriel. Alors si tu ne veux pas souffrir un peu plus, je te suggère de te pousser.

Matthew ouvre de grands yeux terrifiés en apercevant leur guide avec un arc et une flèche pointée dans leur direction. Il attrape le bras de Gabriel et le regarde d'un air suppliant.

— Ne la laisse pas me tuer ! gémit-il.

Mais Gabriel ne l'écoute plus. La Narque a atteint son bras droit, pensant qu'elle pourrait le handicaper. Ce qu'elle ne sait pas, c'est que non seulement il est gaucher, mais qu'en plus il tient son poignard à la main.

Il se retourne légèrement et attend que Linda bande de nouveau son arc. Elle s'est arrêtée à cinq mètres d'eux.

— Dernier avertissement, Gabriel. Pousse-toi ou je tire !

— Ne bouge surtout pas, murmure-t-il à Matthew. Je ne la laisserai pas te tuer.

Le jeune homme hoche la tête, terrifié.

Gabriel serre les mâchoires et compte dans sa tête.

Cinq.

Quatre.

— Je compte jusqu'à trois !

Trois.

— Trois !

Deux.

— Deux !

Un !

Il roule brusquement sur le côté et lance son poignard de toutes ses forces sur Linda. La Narque est tellement surprise de voir cet objet volant arriver sur elle qu'elle ne doit sa survie qu'au réflexe instinctif de faire un pas sur le côté. Mais même sa Facette de la Mouche ne lui permet pas d'éviter complètement l'arme qui se plante profondément dans son flanc gauche. Linda pousse un hurlement de douleur.

Gabriel profite de sa surprise pour se jeter sur elle. Il la plaque au sol et, sans aucune pitié, arrache l'arme du corps de sa victime. Il s'apprête à lui trancher la gorge quand il se souvient de sa mission.

— Qu'est-ce que Manassé a prévu pour le futur ? Quelle est cette affaire que tu dois régler avec Brice ? Réponds ou je te tue !

Pour montrer qu'il ne bluffe pas, il pose son couteau contre la gorge de Linda. Cette dernière lui sourit avec folie.

— Ça ne sera pas nécessaire.

Elle se démet une dent et Gabriel, sachant ce qu'elle se prépare à faire, lui coince la mâchoire de sorte qu'elle ne puisse pas croquer le poison.

— Rêve pas, ma vieille. Si tu crois que je vais te laisser crever aussi facilement...

Pour la première fois, il voit un éclair de panique dans les yeux de la Narque. Il la force à ouvrir la bouche, saisit la dent creuse et la jette au loin. Puis il attrape la guide par la gorge et la soulève de sa main gauche. Il la tient à bout de bras et ses pieds ne touchent plus le sol. Son flanc le fait affreusement souffrir, mais il s'en moque. Il veut des réponses.

— Quelle est ta mission ? lui hurle-t-il au visage. Sa voix tonitruante se répercute parmi les arbres de la forêt. Que vient faire Brice là-dedans ?

Linda, les deux mains sur son cou, tente de se libérer, mais Gabriel ne faiblit pas et sa poigne est d'acier.

— Il... gère... une société... qui nous... intéresse... suffoque-t-elle, la voix rauque.

Il la repose par terre afin qu'elle puisse mieux respirer mais ne desserre pas son étreinte sur sa gorge.

— D'accord, mais ça, j'avais cru le comprendre. Développe.

Elle tente de lui donner un coup de pied dans l'entre-jambe mais il la tient à bout de bras, elle est trop petite et ne peut l'atteindre.

Il fronce les sourcils d'un air menaçant.

— Ne joue pas à ce petit jeu-là avec moi, Linda ! Parle maintenant, je m'impatiente.

— Mon nom est... Aricia. Linda n'est qu'un... un stupide pseudo. Je ne peux rien te dire... de plus ! Manassé va me tu-tuer si je parle !

— Je n'en n'ai strictement rien à faire, siffle-t-il. Si ça n'est pas lui, ce sera moi !

— Je me moque que ce soit toi... ou moi qui m'ôte la vie ! s'exclame-t-elle en haletant. Je ne veux tout simplement pas que ce soit Manassé qui le... fasse. Il va me... me torturer avant de me descendre !

Une main se pose tout à coup sur l'épaule de Gabriel. Il jette un coup d'œil furieux derrière lui. Matthew fait un pas en arrière, choqué par l'expression assassine qu'il peut lire dans les yeux de son ami. Il n'a jamais rien vu de plus terrifiant.

— Gabriel... qu'est-ce qu'il se passe ? Pourquoi elle essaie de me tuer ? Pourquoi elle a descendu tout le monde ?

Il y a des larmes dans les yeux du jeune homme blond. Le fanfaron a disparu, laissant place à une part enfantine de lui qu'il ne peut maîtriser.

— Ça ne te concerne pas. Cours droit devant toi et surtout ne te retourne pas. Appelle les secours dès que tu peux.

Comme son ami n'esquisse pas le moindre geste, il tonne :

— Allez !

Matthew sursaute et se précipite dans les bois en trébuchant.

Quand il reporte son attention sur Aricia, il est déjà trop tard. Elle a saisi un poignard caché dans sa botte et, ne pouvant atteindre Gabriel avec, s'est elle-même tranché la gorge. Ses yeux deviennent vitreux alors que son sang dégouline sur la main du jeune homme qui la lâche en jurant. Il aurait encore préféré qu'elle lui poignarde la main. Son corps inerte s'effondre sur le sol, sans vie.

Il lui lance un regard dégoûté. Si cet imbécile de Matthew n'était pas intervenu, il aurait certainement pu éviter cela et obtenir plus d'informations... il a encore échoué.

Il jure à nouveau, donne un coup de pied enragé dans une branche et se plie en deux quand le mouvement lui provoque une violente douleur dans le flanc.

Il perd toujours abondamment son sang et il faut qu'il trouve un moyen de stopper l'hémorragie. Mais, se dit-il, il y a encore plus urgent. Matthew va certainement revenir avec les secours et il lui faut avoir levé le camp avant cela. Il a une dernière chose à régler.

Il se dirige vers la tente de la Narque en clopinant et pénètre à l'intérieur. L'air y est saturé de l'odeur douce-amère d'Aricia et il plisse le nez. Son odorat surdéveloppé ne peut capter d'autre senteur que celle de la guide et il déteste ça. Il a l'impression d'être privé d'un de ses sens.

Il commence à fouiller dans les affaires d'Aricia mais n'y trouve rien qui puisse l'aiguiller sur le but de sa mission. Elle était prudente et n'a rien laissé de compromettant derrière elle.

Il pousse un soupir exaspéré, sort de la tente et inspire profondément pour chasser l'odeur de la Narque. Il enlève son pull et examine la déchirure. Elle est large et très profonde. Cette sorcière ne l'a pas raté. Il lui faudrait la nettoyer et la recoudre. Il saisit la boîte de premiers secours qu'il a trouvée dans la tente de la folle et en sort une aiguille et un fil. Il désinfecte la plaie, essuie le surplus de sang avec une gaze et commence à recoudre les bords opposés.

Ce n'est pas la première fois qu'il recoud une plaie sur lui-même et ce ne sera certainement pas la dernière. Il termine sa besogne sans grimacer et fait un nœud d'une main experte. Ça fera l'affaire le temps qu'il rentre au village. Il se bande le flanc pour éviter que la plaie saigne trop et prie pour ne pas faire une hémorragie interne. Normalement, en tant que Kamkal, les chairs sont censées se régénérer trois fois plus rapidement que chez un humain normal, mais on n'est jamais à l'abri d'une exception.

Il ne prend même pas la peine de s'examiner le bras droit, sachant que la blessure est mineure.

Le vent vient soudainement lui fouetter le visage et il fronce les sourcils d'inquiétude. Les odeurs d'au moins une dizaine de personnes viennent lui chatouiller les narines, en plus de celles des cadavres sur le sol.

Il s'apprête à fuir, mais il est déjà trop tard.

Matthew jaillit de la forêt en haletant, le visage rayonnant.

— J'ai... j'ai trouvé de l'aide !

Il a à peine fini sa phrase qu'il s'effondre, une lame plantée dans le dos jusqu'à la garde.

Gabriel doit se faire violence pour ne pas se précipiter vers lui. Cela ne servirait à rien, il est déjà mort. Sa gorge se serre de tristesse. Il s'était réellement attaché à ce jeune homme.

Il fait volte-face et court vers le côté opposé de la clairière mais s'arrête presque immédiatement. Quatre Narques, arc à la main, émergent lentement du bois. Il regarde par-dessus son épaule et en voit neuf autres, cinq derrière lui et deux à sa droite et à sa gauche. Il est cerné. Et cette fois-ci, il ne pourra pas s'en sortir.

Il lève lentement les mains, et une image s'impose dans son esprit. Celle d'une constellation d'étoiles, là-haut, tout là-haut dans le ciel.

Chapitre 13

Cassiopée

Je souris bien malgré moi, toute trace de fatigue envolée. Isha m'a remonté le moral. C'est vrai qu'il l'a fait un peu étrangement, mais entre lui et moi, c'est l'amour vache. Alors j'arrête de me complaire dans ma douleur et réfléchis aux points positifs. Pour tout dire, je suis presque excitée. Je n'arrête pas de me remémorer la conversation avec Leo et je regarde sans cesse mes mains. Serais-je capable un jour de faire ce qu'il m'a fait ? Est-ce que je suis assez puissante pour ça ? Mon cerveau me le permettra-t-il ? J'ai une envie irrésistible d'essayer. Mais quelque chose me dit que ça ne fonctionnerait pas. À chaque fois que j'ai réussi à manipuler le cerveau de quelqu'un, j'étais dans une situation critique et n'avais pas d'autres choix. Sous l'effet du stress j'avais pu arriver à mes fins, mais je ne pense pas y parvenir dans une situation normale.

Ce qui est sûr en tous les cas, c'est que je ne compte pas obéir à mon père. Je n'irai ni dans son village ni à Talkeetna. Je n'ai aucune raison de le croire. Pour l'instant, personne ne m'a rien fait de mal ici et jusqu'à preuve du contraire, c'est lui le méchant de l'histoire. Je ne vois pas pourquoi je lui ferais confiance. Il m'a toujours trahie, menti et manipulée. Je parie que ce message n'est encore qu'un autre de ses stratagèmes pour faire main basse sur moi. La seule chose que je ne comprends pas, c'est son obsession à mon égard. Il ne m'aime visiblement pas, et cela me fait mal, alors qu'est-ce que j'ai de si spécial pour qu'il veuille absolument m'avoir à ses côtés ?

J'inspire à grands coups et me redresse, un grand sourire optimiste sur le visage, gonflée à bloc et décidée à prendre le taureau par les cornes. Un vague plan se dessine dans ma tête et je m'y accroche désespérément, convaincue que c'est mon ticket de sortie :

1) Je retrouve Gabriel.

2) Je tue Gabriel et jure de ne plus jamais lui pardonner.

3) Je pardonne à Gabriel.

4) Je trouve mon père, nous avons une petite conversation père-fille tournant autour du thème « Qu'est-ce que tu as derrière la tête et que me veux-tu exactement ? »

5) Je dis bye-bye aux Myrmes, Narques, Kamkals et toute la clique et vais m'installer dans un endroit désertique du genre désert de Gobie ou Antarctique avec Gabriel, en priant bien sûr pour que celui-ci soit d'accord et que les pingouins et/ou chameaux soient des voisins agréables.

6) Nous eûmes beaucoup d'enfants et vécûmes heureux pour toujours.

Ça serait bien.

Bon de là à arriver au 6) … si je passe la première étape, ça sera déjà pas mal.

Distraite, je me mets à chantonner une vieille mélodie que j'aimais écouter quand j'étais à New York, bougeant mon derrière en cadence.

— Cass ?

Je bondis et fais volte-face, les yeux écarquillés.

Henry se tient là, les bras croisés, et l'air vaguement mal à l'aise. Il a dû arriver entre le moment où j'élaborais mon plan et celui où je chantais en me tortillant comme un ver. Je ne sais pas si je l'ai déjà mentionné, mais je chante comme un pied. Alors que j'hésite à me jeter dans le vide, là, tout de suite, tant je suis mortifiée, il se met à rire, une main devant la bouche. Je rougis comme une tomate et m'apprête à l'invectiver mais au lieu d'un flot d'injures, il n'y a qu'un gloussement qui s'échappe de mes lèvres. Je finis par me lâcher complètement et ris à gorge déployée, en prise à un fou rire incontrôlable. Je crois que je n'ai plus ri ainsi depuis le moment où Boule de Billard est devenu tout rouge de colère. Et Henry n'est pas en reste. Lui, il pleure carrément.

Je finis par me calmer, au bout de plusieurs minutes quand même, et souffle pour soulager mes abdominaux douloureux. Je m'appuie contre la rambarde, les coudes sur la tige de fer froide.

— Tu as laissé Leo tout seul ? Pas très indiqué, si tu veux mon avis.

Il roule des yeux, le sourire toujours aux lèvres. Il faut que j'évite de le regarder parce que je risquerais de me faire hara-kiri de honte sinon. Ou de repartir dans un autre fou rire.

— J'ai fermé l'hôpital à clé, il ne risque rien. Et puis si tu n'étais pas restée dehors tout ce temps, je n'aurais pas été obligé de venir te chercher. Et de tomber sur toi en train de...

Je l'interromps en plissant les lèvres :

— C'est bon, inutile d'aller plus loin, j'ai compris. Bon, qu'est-ce qu'on attend ? On y va ?

Il lève un sourcil, surpris que je ne proteste pas plus que ça. Il se retourne et gravit les marches qui mènent à la caverne-hôpital. Alors que je le suis, tentant tant bien que mal de ne pas penser à ce qui vient de se passer, je me demande ce que Henry et moi allons bien pouvoir faire pour expliquer à Leo qu'il doit absolument taire sa capacité à manipuler le cerveau des autres. Parce qu'il le faut, n'est-ce pas ? C'est vrai que je ne crois pas au fait qu'on me veuille personnellement du mal, mais j'ai quand même un doute quant à la sécurité du petit si on apprend qu'il est un Tactile. Après toutes les rumeurs qui traînent sur les disparitions étranges de ces enfants, je ne suis pas prête à prendre le risque.

Henry pousse la porte de la caverne et je prends une grande inspiration avant de pénétrer dans la pièce de tous les dangers.

Je rentre et mon regard tombe immédiatement sur Leo, que je retrouve enfoui sous les couvertures.

Je fronce les sourcils et jette un œil à Henry, qui semble tout aussi perplexe.

— Tu… avais peur qu'il attrape un rhume ?

Il ne détache pas son regard du corps immobile et secoue la tête.

— Je ne l'ai pas mis là dessous, c'est sûrement lui qui s'est couvert tout seul.

Je souris, assez soulagée.

— Il a dû se réveiller, c'est une bonne nouvelle, non ?

Il ne répond pas et s'avance résolument vers le lit. Je décide de le taquiner un peu.

— Fais attention quand même, il est très malicieux. Il m'a semblé clair que faire mumuse avec les cerveaux des autres était un de ses hobbies préférés. Ça ne m'étonnerait pas qu'il se jette sur toi au moment où tu poseras les mains sur lui.

Henry s'arrête, hésite, finit par me regarder, puis reporte son attention sur le patient. J'ai du mal à retenir mon rire.

— Je t'aurais prévenu, dis-je avec un sourire en coin qui me dénonce, s'il t'oblige à faire un strip-tease, je ne resterai certainement pas pour mater.

Il lève les yeux au ciel et soulève les draps d'un coup sec.

Mon sourire s'efface immédiatement de mes lèvres et mon sang reflue de mes joues.

La première chose que je remarque, c'est le teint anormalement blanc de Leo. Comme si tout son sang s'était écoulé de son corps. La deuxième chose, c'est qu'il est étrangement immobile. Vraiment, vraiment trop immobile. Sa poitrine ne se soulève pas, et je ne peux pas me tromper avec la Facette de l'Aigle.

Henry pose une main fébrile sur son pouls, mais avant même qu'il n'ait relevé les yeux vers moi, je sais quel va être le diagnostic.

Une chape de plomb s'abat sur mon estomac et je sens que je vais vomir tout ce qu'il ne contient pas.

— Cass… il est mort.

***

O.K. Pas de panique. Inspirer, expirer.

Je lève une main tremblante et couvre ma bouche, à deux doigts de hurler.

— Tu… tu es s-sûr ? Il n'a pas de pouls ? Tu ne peux pas le ranimer ?

Henry passe les deux mains dans ses cheveux sans les en retirer et fait un pas en arrière, une expression de choc profond peinte sur le visage.

— Non. Vraiment mort. Il n'y a plus rien à faire, crois-moi.

Je me mets à secouer hystériquement la tête. Non. Ça ne peut pas être possible. Ça ne peut pas m'arriver à moi ! Pas à moi ! Pauvre Leo, lui qui a été si gentil avec moi...

Je me mets à hoqueter, proche des sanglots.

— Non ! Non ! Tu dois pouvoir le ranimer ! Il... il doit y avoir un moyen !

Il doit entendre le niveau élevé d'hystérie dans ma voix, parce qu'il se retourne vers moi et me prend par les épaules, le regard du chirurgien pragmatique et professionnel ayant refait surface sur son visage.

— Calme-toi, Cassiopée. Calme-toi, d'accord ? Je suis sincèrement désolé, mais il est mort et je ne peux rien faire pour le ranimer. Je vais essayer d'identifier la cause du décès et après on avisera, O.K. ? Toi, essaie de faire le guet et empêche quiconque d'entrer.

Je gémis à nouveau, ma voix presque enfantine :

— Qu'est-ce que je leur dis ?

— Je n'en sais rien, invente. Dis que j'opère actuellement, que le patient a besoin de calme et de repos. Trouve quelque chose. Personne n'entre, surtout pas Beatrice. Tu m'as compris ?

Je hoche la tête, un nœud dans la gorge m'empêchant de répondre à voix haute. Je n'arrête pas de voir le visage du gentil Leo, plein de tristesse. Les larmes se mettent à couler sur mes joues.

Henry me tourne et me pousse vers l'entrée.

— Je vais essayer d'être rapide, essuie tes larmes, me dit-il avant de claquer la porte derrière moi.

J'obtempère et essaie de me composer un masque de calme et de nonchalance, mais, sincèrement, je ne suis pas convaincue de ma prestation. Je n'arrête pas de me dire que peu importe la cause de sa mort, c'est de ma faute. Si je n'avais pas été aussi égoïste, si j'étais remontée plus tôt, Henry n'aurait pas eu à venir me chercher et aurait été là pour lui venir en aide.

Un bruit de pas fait écho au-dessus de moi. À cette heure-ci, le village est presque vide, tout le monde se retrouve sur un large plateau de l'autre côté de la montagne, à une centaine de mètres plus bas du village. Ils vaquent à leurs différentes occupations, les enfants pouvant jouer librement et se bousculer sans risquer de passer la tête la première par-dessus la barrière.

Je déglutis et prie pour que les pas ne se rapprochent

pas de l'hôpital. Malheureusement, et pour preuve que je suis bel et bien la pire poisseuse que le monde ait connu, la personne descend légèrement les escaliers et se dirige droit vers moi. Elle tourne un angle et je découvre avec horreur l'Oulda et deux de ses chiens de garde qui viennent dans ma direction. Soraya a une expression grave, triste et endeuillée sur le visage, mais la nature de ses soucis personnels n'est pas tout à fait ce que j'ai en tête en la voyant apparaître. Je me demande plutôt ce que je vais bien pouvoir inventer comme excuse pour l'empêcher de rentrer là-dedans. Ou devrais-je au contraire tout lui raconter ? S'il y a quelqu'un qui est en mesure de prendre en main cette situation, c'est bien elle. Après tout, elle est le chef du village, non ? Oui, c'est le mieux. Je dois lui dire. Elle saura assurément quoi faire et prendre les choses en main.

Lorsqu'elle est à mon niveau, je prends la parole sans lui laisser le temps d'ouvrir la bouche.

— Désolée, je m'entends bafouiller d'une voix incertaine, mais je ne peux pas te laisser entrer, Soraya. Henry est en train de faire sa toilette au patient et il ne veut personne à l'intérieur.

Lorsque les mots franchissent la barrière de mes lèvres et volent librement en hurlant « à nous la libertéééé ! » et que je comprends que je ne pourrais pas les renfermer en sécurité à l'intérieur de ma grande bouche, j'ai juste une furieuse envie de me frapper. Vraiment. Me frapper. Pourquoi, pourquoi est-ce que je suis obligée de dire exactement *le contraire* de ce que j'avais prévu de dire ? Je n'arrive même pas à me comprendre moi-même et, à ce stade, je crois que je peux en venir à cette conclusion : je suis irrécupérable.

Et puis, sa toilette ? Sérieusement ? Comment ai-je pu trouver une excuse aussi minable ?

Soraya fait un geste de la main pour chasser ma remarque, mettant fin à ma torture.

— Ça n'est pas pour cela que je viens te voir.

J'ai un mouvement de recul.

— Me… *me* voir ?

Elle hoche solennellement la tête.

— Oui. Je suis profondément désolée, Cassiopée, mais on vient de m'apporter une terrible nouvelle.

Elle fait durer le suspense encore une insoutenable seconde puis lâche :

— Nous n'avons plus de nouvelles de Gabriel depuis une semaine. Toute l'équipe de randonneurs avec qui il était a été retrouvée morte.

Je cligne une fois des yeux. Puis une deuxième fois.

— Il semble que Gabriel soit mort, Cassiopée.

Chapitre 14

Tout d'abord, mon cerveau est aussi vide que celui d'une huître. Puis la première, toute première pensée qui traverse mon esprit, c'est :

ENCORE ?? Impossible, il ne peut pas me faire le coup deux fois !

Cette première pensée mène donc fatalement à la suivante :

C'est faux, il n'est pas mort. La première fois, j'ai cru que c'était terminé, j'ai pensé l'avoir perdu pour toujours, mais il s'est avéré qu'il ne s'agissait que d'une fausse alerte. Il ne me fera pas le coup une deuxième fois.

Je lève les yeux et fixe Soraya un moment, coite. Je finis néanmoins par ouvrir la bouche, parce qu'elle semble plus qu'éberluée par ma réaction. Mon petit doigt me dit qu'elle s'attendait à ce que je m'effondre en larmes à ses pieds, telle une vieille serpillière inconsolable.

— Je peux voir son corps ?

Un éclair d'irritation passe dans son regard.

— On… ne l'a pas retrouvé, répond-elle prudemment. Mais son sang est partout autour des lieux du crime, et mes experts m'ont assurée qu'il y en avait assez pour que nous soyons quasi certains qu'il n'en ait pas réchappé.

Je fronce les sourcils à ces mots. Croisant les bras, je laisse la suspicion percer dans mon ton.

— « Assurée » ?

Je pousse un petit rire qui se veut léger, mais où pèse une montagne d'accusations.

— Tu parles comme si c'était toi qui l'avais fait assassiner.

Je n'en pense pas un mot, bien sûr, mais je vois bien qu'elle me cache quelque chose. Sa réaction ne se fait pas attendre. Elle s'empourpre et serre les poings. Je vois ses deux gardes se figer en la regardant avec anxiété.

— Cassiopée, fais très attention à toi, dit-elle très bas, d'une voix tremblante de colère. Ce genre d'accusation infondée coûterait cher à n'importe qui. Beaucoup en ont payé le prix, et pour beaucoup moins que cela.

Sa réponse me donne l'impression d'avoir reçu un uppercut en plein dans l'estomac. J'ouvre la bouche en grand, prête à gober les mouches.

— Est-ce que… est-ce que tu viendrais de me menacer ? demandé-je avec ahurissement.

Non mais, je sais qu'elle me hait. C'est vrai quoi. Ça n'est pas la première ni la dernière fois que ce sentiment m'a traversée alors que je me trouvais en sa présence. Mais elle n'en viendrait pas aux actes, quand même ? Je veux dire, elle n'essaierait pas de, je ne sais pas, me faire jeter par-dessus bord ? Si ?

Elle ne me répond pas et fait volte-face, le menton relevé. Ses deux chiens de garde la suivent docilement et ils disparaissent à l'angle d'une maison. J'écoute distraitement leurs pas se répercuter au-dessus de moi puis retourne mon attention sur l'endroit où l'Oulda se trouvait, il y a quelques secondes de cela.

Et puis ça me frappe, tout à coup. Aussi violemment que l'uppercut de tout à l'heure. D'une, Gabriel n'est pas mort même si Soraya semble persuadée du contraire. De deux, l'Oulda, le chef de ce village, vient d'avouer qu'elle punissait sévèrement tous ceux qui se mettaient en travers de son chemin.

Qui a dit que je me faisais les bons ennemis ?

***

J'ouvre la porte à la volée et pénètre dans l'hôpital dans l'intention de prévenir Henry de la visite de Soraya.

— Henry, je crois qu'on a un autre pr…

Je m'interromps net en apercevant l'expression de son visage. Il est blême, et ses mains, d'habitude fermes et assurées, sont secouées d'un léger tremblement. Il pose une main sur sa joue recouverte d'une barbe naissante, et tente de reprendre contenance, sans grand résultat. Je fais un pas dans sa direction, prudemment, et avec un mauvais pressentiment.

— Henry ? Qu'est-ce qu'il se passe ? Tu as réussi à identifier la cause de la mort ?

Il garde les yeux fixés sur le pauvre Leo et ne me répond pas, les yeux exorbités. Il y a une lueur dans son regard. Quelque chose qui me terrifie plus encore que toutes les menaces d'un chef de village.

Ses yeux, toujours calmes et intelligents, se posent finalement sur moi et je dois faire un effort surhumain pour ne pas reculer. Dans ses prunelles se reflète une peur morbide que je ne lui ai jamais vue.

Je fais encore un pas en avant, un mouvement que j'espère rassurant.

— Henry ? dis-je avec le plus de douceur possible alors que je n'ai qu'une envie : le secouer par les épaules pour le sortir de sa léthargie et obtenir les réponses à mes questions. Explique-toi, tu me fous les jetons.

Il déglutit et me fait signe d'approcher. J'en conclus qu'il n'a toujours pas la force de parler et je peux vous dire que ça ne me rassure pas, mais alors pas du tout. Pendant une demi-seconde, j'ai l'espoir que Leo ne soit pas vraiment mort et qu'il soit en train de manipuler

Henry pour que ce dernier paraisse étrange. Ils veulent peut-être me faire une farce tous les deux ? Et puis je regarde le visage de l'adolescent et je dois me rendre à l'évidence : le jeune homme est bel et bien mort. Je dois dire que cette conclusion me chagrine. Heureusement que je sais au plus profond de mes tripes que Gabriel est vivant, parce que je crois que je n'aurais pas pu survivre à ces deux mauvaises nouvelles consécutives. Maintenant, il ne me reste plus qu'à prier pour que Henry soit encore sain d'esprit après la révélation, quelle qu'elle soit, qui l'a mis dans cet état.

Je m'avance à contrecœur vers le lit tout en me faisant violence pour ne pas poser mon regard sur le cadavre étendu dessus. Mais c'est inutile apparemment, parce que mon ami semble au contraire vouloir me montrer quelque chose sur le visage de l'adolescent.

Je prends une inspiration profonde et observe le visage de Leo. Tout d'abord, je ne comprends pas pourquoi Henry me désigne une de ses narines. Le gosse a l'air normal, je veux dire tout ce qu'il y a de plus normal quand on est mort et blanc comme si Dracula avait pompé tout le sang de votre corps.

Je lui jette un regard interrogateur.

— Tu… là…

Il semble au bord de la crise. Mais lui aussi cherche à se reprendre et il inspire profondément pour maîtriser le tremblement de sa voix :

— Sur sa pommette droite, juste au-dessus de l'aile de sa narine.

— Oui ?

— Il y a un hématome qui est en train de se créer. Son nez est aussi légèrement contusionné, mais là encore ça n'est pas évident à remarquer si on ne cherche pas à le voir.

Je vois bien qu'il ne veut pas donner son diagnostic à voix haute, de peur, je suppose, que cette situation ne devienne vraiment réelle pour lui, mais mince, je ne suis pas docteur et ça fait des mois que je ne regarde plus *Grey's Anatomy*. Je suis complètement larguée et il va falloir qu'il se montre un poil plus précis que cela.

— Donc ?

— Donc, la cause de la mort, la plus probable en tout cas pour moi, est un étouffement. À l'aide d'un objet mou comme un oreiller ou plus vraisemblablement à main nue.

Je réagis au quart de tour.

— Attends, tu veux dire que sa mort n'était pas…

— … naturelle. Bravo, Cassiopée, tu ferais un médecin légiste extraordinaire.

Je suis bien trop choquée pour prendre la mouche. Henry continue sur sa lancée. Maintenant que les mots sont sortis de sa bouche, il semble désireux de me donner tous les détails sordides. Comme une foutue boîte de Pandore version chirurgien névrosé.

— On a dû profiter de son inconscience pour lui pincer les narines et lui bloquer fermement la mâchoire afin qu'il ne puisse plus inspirer du tout. C'est une action qui nécessite une certaine puissance. Mais la cause de la mort est aussi quasi impossible à identifier et ne laisse pas d'indice sur le tueur. Il a dû mettre plusieurs minutes à suffoquer, et une fois que son cerveau a été privé d'air assez longtemps, il a dû sombrer dans le coma. L'agresseur a dû rester là au moins une dizaine de minutes pour s'assurer que le cerveau était suffisamment privé d'oxygène, pour que même s'il venait à être réanimé, il ne puisse jamais pleinement recouvrer ses capacités motrices et intellectu…

Il s'interrompt lorsque mes ongles se mettent à s'enfoncer profondément dans la chair de son bras. La douleur semble le faire sortir de sa transe et il me fixe, interloqué.

— Arrête où je vais vomir partout sur toi. Tu ne veux pas que ça arrive, pas vrai ?

Il passe ses deux mains sur son visage en secouant la tête et en proférant des jurons que je ne répèterai jamais à voix haute.

— Cass, on est dans la panade. Quelqu'un… un *membre* de ce village a assassiné ce pauvre gosse. Et il sait que nous sommes les deux seuls à pouvoir être au courant.

Un frisson glacial parcourt ma colonne vertébrale et je croise les bras.

— Qu'est-ce qu'on va faire, Henry ?

Ma voix est quasi inaudible et si effrayée que j'ai peine à la reconnaître.

Henry plante ses yeux dans les miens et je reconnais la lueur sauvage qui y brille. Celle d'un père prêt à tout pour protéger son enfant.

— On va la boucler, Cass. La boucler et faire en sorte que le tueur, qui qu'il puisse être, pense que nous ne nous doutons de rien.

Il reporte son attention sur le corps sans vie de Leo. Son regard se durcit un peu plus.

— On va faire en sorte que le village en entier pense que ce gosse est mort de ses blessures.

Il pose une main sur mon épaule et serre fort.

— Et dès que se présente l'occasion, on taille la route.

Chapitre 15

Je rentre chez moi, tremblotant comme une feuille. Un millier de choses me passent par la tête. Je ne sais même pas par quoi commencer.

Il y a un meurtrier à Tornwalker, un meurtrier qui s'en prend aux Tactiles.

Je suis une Tactile, je suis donc en danger.

Mon père avait raison.

Il est visiblement arrivé quelque chose à Gabriel et il va me falloir investiguer pour en savoir plus sur sa disparition.

Pour cela, je ne vois qu'une solution, c'est d'aller en ville et de me renseigner par la presse et Internet sur ce massacre qu'il y a eu. Je sais que Soraya ne me donnera pas plus de détails et qu'elle me cache certaines choses, alors je dois me débrouiller par moi-même et surtout agir avec beaucoup de discrétion. La ville la plus proche étant Talkeetna, je ne peux m'empêcher d'en venir à la déduction suivante : soit Manassé avait tout prévu, et il essaie de me faire passer un message, soit il est tout simplement derrière tout ça. Je n'arrive pas à me décider.

Je vais dans ma cuisine et me prépare une tisane. Je vais avoir besoin d'en boire plusieurs litres pour réussir à me calmer. Je ne sais même pas comment je vais pouvoir dormir cette nuit. Je m'arrête dans mes pas et fais demi-tour. Je me précipite sur ma porte et vérifie qu'elle est bien verrouillée. Soulagée, je me retourne et fouille la moindre parcelle de ma petite caverne, m'assurant qu'il n'y a pas un ninja-assassin planqué dans un recoin. Une fois rassurée, je vais éteindre ma bouilloire et vais m'asseoir sur mon canapé, ma tasse fumante à la main. Je relève les jambes et me recroqueville dans un renfoncement des coussins, une grosse couverture polaire autour de moi, plus pour me protéger que pour me tenir chaud.

Je n'ai plus été aussi nerveuse depuis que j'ai quitté Philadelphie, quand je me sentais suivie... et ça n'était rien en comparaison de ce que je ressens actuellement.

Je regarde l'heure sur ma pendule murale. Il est pratiquement onze heures du matin. Il s'est passé tellement de choses en une matinée ! Je n'arrive pas à croire qu'il soit si tôt. Et en même temps...

Je me mords la lèvre en réfléchissant. Il me reste une quinzaine d'heures avant de prendre mon tour de garde. Ce qui me laisse largement le temps d'aller à Talkeetna et de revenir, non ? À moins que la ville se trouve à cinq heures d'ici, et dans ce cas le trajet risque d'être trop long et mon créneau trop juste. Si Soraya apprend que je me suis fait la malle, je vais m'entendre sonner les cloches. Il faut que je fasse ça avec discrétion.

Mais je me dis que si mon père a choisi cette ville et pas une autre, c'est peut-être dû au fait qu'elle est la plus proche de Tornwalker... donc le temps ne joue sûrement pas en ma défaveur. En plus, l'Oulda doit penser que je fais mon deuil chez moi pour la mort de Gabriel. Elle doit être à des milliers de kilomètres de penser que j'ai envie de faire une petite escapade en ville.

C'est ce qui me décide. Je pense que c'est le moment ou jamais de bouger.

Je me lève d'un bond en manquant renverser mon breuvage, que j'avale d'une traite en me brûlant la langue.

Je m'arrête net dans mes pas. Je ne sais même pas où est Talkeetna. Comment diable vais-je trouver cette fichue ville ? J'ai un certain sens de l'orientation mais quand même ! Peut-être qu'en tendant très fort l'oreille je pourrais percevoir des bruits d'activité urbaine... non, cela m'étonnerait. La ville doit être trop éloignée pour que j'entende quoi que ce soit. Pas avant de m'en être assez approchée en tout cas.

Je me mords les ongles, nerveuse. À qui puis-je faire confiance dans ce village ? À Saphira et Isha, bien sûr, mais ils ne doivent pas connaître la région, idem pour les quatre Mousquetaires. Il y a bien Marlène, mais elle-même m'a dit un jour qu'elle ne savait pas avec exactitude où elle habitait... je la vois mal m'indiquer la route à suivre ! En plus, je me tâte encore quant à savoir si je peux lui faire confiance ou non.

Il reste Henry. Lui doit savoir où nous nous trouvons, j'en suis certaine. Il n'est pas du genre à laisser la situation glisser entre ses doigts.

Oui, c'est la meilleure solution. J'attrape ma veste et l'enfile en verrouillant la porte derrière moi. Je monte deux étages en baissant la tête lorsque je rencontre des villageois et toque fermement à la porte de la caverne de Henry.

Ce dernier entrouvre la porte et fronce les sourcils. Il regarde derrière moi et, rassuré de voir que je ne suis pas suivie, m'attrape par le bras et me fait rentrer chez lui. Il ferme la porte à clé derrière lui et me lance un regard furibond.

— Qu'est-ce que tu fiches ici ? chuchote-t-il. Je croyais qu'on devait faire profil bas !

Je passe directement à l'offensive, ne pouvant me permettre de perdre mon précieux temps.

— Henry, où nous trouvons-nous ?

Il ouvre la bouche, la ferme et me fixe comme si j'avais définitivement perdu l'esprit.

— Quoi ?

Je lève les yeux au ciel.

— Le village ! Tornwalker ! Où se trouve-t-il exactement sur la carte ?

Il croise les bras et me fixe d'un air suspicieux.

— Ouh, toi tu mijotes quelque chose !

— Dépêche-toi, je m'impatiente, je n'ai que très peu de temps !

— Très peu de temps pour quoi ?

Il insiste le bougre !

Je l'attrape par les épaules et le regarde droit dans les yeux.

— Écoute, je te demande de me faire aveuglément confiance pour une fois. Je ne peux pas te dire ce que j'ai en tête mais je promets de t'en parler le moment venu. Est-ce que tu veux bien m'aider ?

Il hésite un instant et finit par soupirer.

— Tu es pire que Tina, je ne peux rien te refuser...

Je lui fais mon plus beau sourire.

— Tu es génial ! Alors ?

Il secoue la tête et se dirige vers un placard. Il sort une clé cachée dans un petit pot en terre cuite et ouvre un tiroir en bois. Il en sort une carte de l'Alaska, qu'il étend délicatement sur la table de la salle à manger.

Je m'approche, les yeux brillants de curiosité, cherchant Talkeetna des yeux. Je repère la ville presque immédiatement. Elle se trouve au sud de l'Alaska, à environ cent kilomètres d'Anchorage, si j'en crois l'échelle de la carte.

Je me penche en avant, intéressée.

— Alors ? On est où, nous ?

Henry lisse la carte des mains et pose son doigt sur une chaîne de montagnes, au nord de la ville.

— Ici.

Je grimace. Il y a au moins quarante kilomètres entre les deux points. Si je veux y être rapidement, il va me falloir piquer un cheval. Je ne vois vraiment pas comment je vais faire ça.

— O.K., imaginons – c'est un simple exemple afin que je comprenne mieux – que je veuille me rendre à cette ville. Je pointe Talkeetna du doigt. Comment dois-je m'y prendre ?

Il me glisse un regard en coin.

— Pourquoi veux-tu aller là-bas ?

Je le fixe, courroucée.

— On a dit aveuglément, tu te souviens ?

Il souffle bruyamment puis réfléchit un instant.

— Tu dois d'abord sortir de la chaîne de montagnes en passant par les vallons. Toujours au sud. Tu dois traverser pas mal de rivières et de marais. Surtout que nous sommes à la saison de la fonte des glaces. Le plus simple, c'est que tu suives cette rivière en partant d'ici, m'explique-t-il en désignant un point de la carte, et que tu continues jusqu'ici. Tu vas rencontrer une route et tu n'auras plus qu'à la suivre pour arriver à Talkeetna. D'autres questions ?

Je songe avec angoisse que je ne vais jamais y arriver.

Je lui réponds avec un enthousiasme feint :

— Non, c'est bon. Je vais y aller maintenant, je suis crevée et je dois me reposer un peu. Bye, Henry !

Je me dirige vers la porte.

— Cass ? m'apostrophe-t-il.

Je me retourne et je parie que le stress se lit sur mon visage. Il me lance un objet que je rattrape de justesse. J'ouvre ma main, curieuse, et y découvre un GPS dernier cri.

— Que...

— Tu sais, c'est juste pour que tu retrouves le chemin jusque chez toi, m'explique-t-il d'un ton neutre. On n'est jamais trop prudent, je ne voudrais pas que tu te perdes...

Je serre l'objet entre mes doigts en essayant de ne pas éclater en sanglots. J'ai envie de le supplier de venir avec moi, mais je sais que ce n'est pas possible. Je le mettrais inutilement en danger et je ne suis pas égoïste à ce point.

Je lui souris faiblement et il me tapote la tête.

— Ce n'est pas sorcier, va. Tu peux y arriver. Avec le GPS tu n'as aucune excuse.

Je hoche la tête et remonte les épaules.

— O.K., merci Henry, tu es le meilleur. Je dois y aller maintenant... tu sais, si je veux arriver à temps chez moi...

Il me sourit et m'ouvre la porte de chez lui.

— Sois prudente ! me lance-t-il.

Je dégringole les terrasses en sachant pertinemment qu'il suit ma progression d'un œil paternel. Je l'entends fermer la porte une fois que je suis hors de vue.

***

J'arrive sans encombre au pied de la montagne. J'ai de la chance, les maisons-cavernes sont dépourvues de fenêtres donnant sur l'extérieur, ce qui me donne un avantage : personne n'a pu m'apercevoir alors que je crapahutais sur le chemin qui mène à la vallée. En plus, à cette heure de la journée, tous les Myrmes sont sur le plateau. Il n'y a pas âme qui vive dans le village. Je n'ai donc croisé personne.

Je souffle un peu, une fois cachée par les arbres de la forêt. Si ma mémoire est bonne, l'écurie où nous avons laissé nos chevaux, lors de notre retour triomphal au village, se trouve droit devant moi.

Je me mets prudemment en route. Au bout de dix minutes de marche silencieuse, je parviens à un bâtiment caché dans les bois épais, tout en longueur. Je passe en mode Serpent et pousse un juron quand je m'aperçois qu'il y a un Myrme à l'intérieur.

À quoi m'attendais-je ? Soraya n'allait pas laisser les chevaux à la merci du premier voleur venu.

Je me laisse tomber contre un tronc en soupirant.

Jamais je n'arriverai à faire l'aller-retour en quinze heures si je fais le trajet à pied...

Il n'y a pas que tes pieds qui te permettent de te déplacer... me souffle ma conscience.

Je fais la moue. Mes ailes ? Je ne sais même pas m'en servir correctement.

Ah oui ? Et la dernière fois, c'était juste une hallucination ?

Pour une fois, elle n'a pas tort. Je me suis déjà servi de mes ailes pour me déplacer, lorsque je ne voulais pas laisser de traces de pas dans la neige, après avoir caché la motoneige près du premier Tornwalker. J'avais volé jusqu'au village, pendant bien cinq minutes. Ça avait été une expérience extraordinaire.

Je hausse une épaule et m'éloigne silencieusement de l'écurie. Si je dois tenter quelque chose, autant que ce soit hors de portée d'oreilles Kamkal.

Je m'arrête au bout de vingt minutes, et enlève ma veste. Mes ailes émeraude se déploient de part et d'autre de mon dos, vibrant du plaisir d'être libérées. J'aperçois leur ombre sur le sol et observe un moment ces formes fantastiques dépassant de mon corps, fascinée par leur apparence. Elles ressemblent à s'y méprendre à de gigantesques ailes de papillon, mais sont tellement plus belles et plus gracieuses que celles de l'insecte ! Elles donnent l'impression d'avoir une volonté propre avec leur petit vrombissement de bonheur.

Je secoue la tête et me concentre. Volonté propre ou non, elles vont me faire voler, c'est moi qui le dis.

Une pensée affreuse me traverse tout à coup l'esprit et mes ailes cessent de vibrer.

Et si on m'apercevait en train de survoler la forêt ? Je serre les dents et les poings. C'est un risque à prendre si je veux savoir ce qui est arrivé à Gabriel.

À peine la pensée a-t-elle eu le temps de se former dans ma tête que mes ailes battent puissamment et me soulèvent de terre avec force.

— Eh !! m'exclamé-je. Je ne suis pas prêêêête !

Je m'écrase lamentablement sur l'humus moelleux des bois.

J'ai envie de me gifler. C'est n'importe quoi, je dois penser positif, pas me raccrocher à des idées qui me maintiennent au sol ! Je me relève et inspire profondément pour calmer les battements effrénés de mon cœur. Je m'encourage à voix haute :

— Allez, Cassiopée ! C'est comme le dessin animé que tu regardais quand tu étais petite. Des pensées heureuses, il faut que tu aies des pensées heureuses.

Je me concentre, ferme les yeux et pense très fort. *Je veux voler pour aller à Talkeetna. Et trouver un moyen de sauver Gabriel.* Mes ailes se remettent à battre doucement. Ce n'est néanmoins pas suffisant pour me faire décoller. Je psalmodie à mi-voix :

— Gabriel, Gabriel. Il faut que je trouve Gabriel !

Je me concentre jusqu'à ne plus voir que son visage souriant et taquin. Cette image me fait sourire et, soudainement, je fais un bond dans le ciel. J'ouvre à demi les yeux et retiens un cri de joie quand je m'aperçois que je suis déjà à plus de deux mètres du sol. Mes ailes battent à un rythme régulier, mais lorsque je sens l'excitation monter en moi, elles se mettent à gagner de la hauteur. Je m'élève peu à peu dans le ciel, jusqu'à dépasser la cime des arbres.

C'est étrange mais je n'ai pas le vertige quand je vole. Au contraire, un sentiment incroyable de liberté s'empare de moi et je dois le modérer pour ne pas m'élever encore plus haut.

Je souris de toutes mes dents et m'élance dans la direction que m'indique le GPS, sachant que je n'ai pas beaucoup de temps avant de perdre complètement mon souffle.

Chapitre 16

Je vole pendant dix bonnes minutes à une soixantaine de kilomètres à l'heure. Plus rapidement qu'un cheval au galop. Je ne me suis jamais sentie aussi libre. Je n'arrête pas de pousser des hululements de joie pure. Je survole des rivières, des lacs, des vallons à la vitesse de l'éclair, si bien que je manque parfois de me prendre un obstacle. Mais mes ailes ont l'air de réagir aux réflexes de ma vue, car elles évitent sans aucune peine les flancs des montagnes que je frôle à deux reprises.

Le vent fouette mon visage, fait pleurer mes yeux, mais je m'en moque. Je suis heureuse et comblée, je voudrais que cette sensation ne s'arrête jamais. Je comprends alors que ce n'est pas une pensée précise qui fait voler un Kamkal, comme méditer sur Gabriel, par exemple, mais bien la joie ! Je suis en train de confirmer la théorie de Peter Pan !

À un moment donné, je me retrouve entre quatre monts. Au lieu de les franchir en frôlant leur versant, la folie aidant, je laisse éclater mon allégresse et m'élève haut dans les cieux jusqu'à dépasser la cime de la plus haute montagne. Je tourbillonne sur moi-même et me rends compte que je peux faire tout ce que je veux. En fait, il n'y a que l'amorce qui soit compliquée. Une fois que je suis en vol, tout va bien.

Sous mes pieds, à plus de quatre mille mètres d'altitude, j'ai un panorama à couper le souffle. Avec ma vision de l'Aigle, je peux apercevoir le moindre détail au sol, la moindre parcelle de forêt, de lac et tous les animaux qui y vivent.

Je me rappelle tout à coup qu'à cette hauteur je suis visible de très loin et je me hâte de me remettre au niveau des arbres. Je n'ai pas envie qu'un trappeur ait la bonne idée de me tirer dessus !

Au bout d'un quart d'heure, je remarque quelque chose d'étrange : mon cœur bat tout à fait normalement et je ne suis pas du tout essoufflée.

Je fronce les sourcils, pressentant que cela n'augure rien de bon et décide d'atterrir pour me reposer un peu malgré tout.

Je ralentis et la simple pensée d'atterrissage me permet de me poser tout en douceur. Mes ailes cessent de battre et je fais un pas en avant.

C'est là que je m'effondre.

Mon cœur se met à battre de plus en plus vite, tant et si bien que je crains qu'il n'explose. Mes membres se tétanisent les uns après les autres et des crampes se déclenchent dans tous mes muscles. Mon souffle s'accélère, et j'ai l'impression que je n'aurai plus jamais assez d'oxygène. Un râle s'échappe de ma bouche et je manque de m'asphyxier.

Je suis bien loin de l'euphorie de tout à l'heure !

Il me faut une bonne vingtaine de minutes pour récupérer. Ce sont les vingt minutes les plus longues de toute ma vie. Chaque seconde est une torture et s'étire dans le temps, interminable. Mon corps entier me fait abominablement souffrir et mes poumons me brûlent. Je ne comprends pas. Comment se fait-il que je ne ressente aucune fatigue durant le vol, mais qu'une fois au sol tous les symptômes d'un épuisement extrême s'abattent sur moi ? C'est illogique et incompréhensible. En tout cas, je sais désormais qu'il va me falloir voler par petits intervalles si je ne veux pas mourir d'une crise cardiaque.

Je me relève en grimaçant, les jambes flageolantes. Mes genoux s'entrechoquent et je dois m'appuyer contre un arbre pour ne pas m'étaler de nouveau par terre.

Un bruit familier attire soudain mon attention. J'ai un mouvement de surprise et tends l'oreille, attentive.

Mais oui ! Il s'agit bien d'une voiture !

Je plisse les yeux et regarde devant moi. Entre les arbres, là, à une centaine de mètres, c'est bien une route que j'aperçois. Je m'élance vers elle en titubant. Ce qui est une mauvaise idée en soi, puisque je viens à peine de récupérer. Je m'appuie sur tous les arbres que je rencontre et trébuche sur deux ou trois racines, et je finis par l'atteindre, essoufflée mais vivante.

La suite de mon plan est simple : trouver un automobiliste assez sympa pour me prendre en stop, tout en priant pour que ce ne soit pas un psychopathe buveur de sang de jeunes filles. J'ai calculé que si j'y vais en voiture, je parviendrai à Talkeetna en moins d'une heure. Il m'en faudra une dizaine si je continue à pied.

Je commence à marcher le long de la route, l'oreille aux aguets. *La prochaine voiture qui passe, c'est la bonne*, me dis-je avec optimisme.

Je poursuis ma route pendant bien cinq minutes sans qu'un seul véhicule se fasse entendre. Je commence à désespérer quand je perçois au loin le bruit d'un moteur. Un gros moteur, si j'en crois le ronronnement qu'il produit.

Au bout de cinq minutes, une semi-remorque apparaît dans mon champ de vision. Je ne sais pas si je dois me réjouir. Dans les films, les chauffeurs de poids lourds sont toujours soit des tueurs fêlés, soit des gars adorables et de préférence bavards.

Je lève mon pouce avec hésitation et attends patiemment qu'il arrive à ma hauteur. J'ai l'impression qu'il ne va pas ralentir et me passer sous le nez sans s'arrêter, mais le chauffeur finit par appuyer sur le frein et l'énorme véhicule s'immobilise devant moi.

Je souris, ravie et en même temps pleine d'appréhension, et escalade les marches pour m'enfermer dans la cabine.

Je me tourne vers le conducteur et mon sourire se fige.

C'est un type énorme, du genre cent cinquante kilos pour un mètre quatre-vingts, au crâne rasé et portant une moustache grise qui lui remonte presque jusqu'aux oreilles. Ses bras nus sont couverts de tatouages.

Je sais que je suis victime de préjugés, mais j'ai définitivement envie de faire marche arrière et de descendre. Malheureusement, le type ne m'en laisse pas le choix et redémarre.

— Vous voulez aller où ? me demande-t-il d'une voix bourrue.

Je déglutis et me frotte les bras pour chasser les frissons qui me parcourent.

— T-Talkeetna, dis-je en bégayant et en maudissant ma nervosité.

Moustachu se méprend sur mon état et augmente le chauffage, croyant que je frissonne de froid.

— J'peux vous y conduire, c'est sur ma route.

Puis il monte le volume de la radio et je me retiens pour ne pas me boucher les oreilles. Les notes agressives de hard rock qui s'en échappent attaquent mes tympans et je manque de sauter en route. Moustachu se tait, ne percevant pas mon trouble.

Je me cale contre la portière en me renfrognant.

Merci papa, pour cette petite excursion, je pense avec amertume, je m'en souviendrai !

***

Une heure et une dizaine de chansons d'AC/DC plus tard, je me retrouve à l'entrée de Talkeetna, les oreilles en choux. Moustachu redémarre sans répondre à mon merci et continue son chemin. Je secoue la tête. Finalement, il n'y a pas que deux catégories de conducteurs de poids lourds, les Fêlés et les Joyeux Lurons. Il y a aussi les Rockeurs Taciturnes. J'en ai fait l'expérience.

Et maintenant ?

Je me gratte la tête en grimaçant. Je ne pensais pas arriver jusque-là, en fait. Je n'ai pas de plan pour la suite.

Je déambule dans la ville, un peu désemparée. Je ne sais pas où aller et les gens que je croise me jettent régulièrement des coups d'œil curieux. Visiblement, ils ne voient pas de touristes tous les jours. Ou alors c'est ma tête qui est bizarre ? Je m'observe dans une vitrine et fais une moue mécontente. Je n'ai pas pris la peine de me recoiffer après la séance de vol de tout à l'heure, et c'est vrai que je fais un peu peur. Mes cheveux, à présent mi-longs, sont dressés sur ma tête et je suis toute débraillée.

Je regarde à droite et à gauche et vérifie que personne ne m'observe. Puis, rassurée, je me recoiffe devant la vitre et me rhabille correctement. Satisfaite, je remarque pour la première fois ce qui se trouve derrière la vitrine. C'est une espèce d'épicerie. Je hausse une épaule et pousse la porte. Une petite cloche sonne et un vieux monsieur derrière un comptoir lève les yeux vers moi. Il me fixe un moment, l'air impénétrable, puis retourne à ses affaires en m'adressant un vague bonjour.

Je soupire et arpente le magasin à la recherche de journaux, comme me l'a demandé Manassé. Je trouve les quotidiens et commence à les feuilleter sans savoir ce que je cherche. Je tourne les pages en ignorant les informations que je sais inutiles.

J'en referme un puis en ouvre un deuxième. Je fais chou blanc avec celui-ci aussi. Je commence à me dire que je me suis déplacée pour rien...

J'ouvre un troisième journal et tombe finalement sur un titre qui attire mon attention : *L'enquête sur le massacre des Rocheuses piétine.*

Je commence à lire les premières lignes mais le vendeur m'interpelle.

— Hé ! Si vous voulez lire, vous achetez.

Je me précipite au comptoir et sors de la petite monnaie de ma poche. Je vais ensuite dans un café et m'installe confortablement sur une banquette libre.

J'ouvre le journal après avoir commandé à manger et lis l'article, fébrile.

Les enquêteurs n'ont toujours pas appréhendé de suspects pour l'affaire qui a remué le Wyoming. C'est ce que nous avons appris du lieutenant Jones de la Brigade Criminelle, en charge de l'affaire. Il nous a aussi confié n'avoir trouvé aucune trace de Gabriel Eto et de Linda Price, membres de l'expédition portés disparus. Leur sang a été découvert autour de la scène de crime, laissant à penser qu'ils ont été gravement blessés. Les enquêteurs ne comprennent toutefois pas la raison de leur disparition. Ont-ils été enlevés ? Se sont-ils enfuis ? Où se trouvent-ils à présent ? Sont-ils toujours en vie ? Ce sont les questions auxquelles le lieutenant et ses hommes essaient de répondre.

« Nous n'abandonnons pas l'affaire pour autant, *nous confie le lieutenant.* ***Les flèches qui ont abattu les quatre victimes sont de belle facture et ne peuvent appartenir qu'à un collectionneur. C'est vers cette piste que nous nous tournons. Nous pouvons également affirmer grâce aux traces de pas découvertes sur les lieux qu'il n'y avait pas plus de deux tueurs. Le seul indice fiable que nous ayons pour le moment, ce sont ces flèches. La pointe de chacune d'entre***

elles est gravée d'un M. Certainement l'initiale de l'assassin. Nous continuerons à informer la presse au fur et à mesure de l'évolution de l'enquête. »

Un autre mystère de cette enquête est la quasi-inexistence de Gabriel et Linda. N'ont été retrouvés dans leurs affaires laissées sur place que leurs papiers et photos d'identité. Aucun proche n'a déclaré leur disparition et les enquêteurs ont eu beau fouiller, ils ne leur ont trouvé aucun parent, même éloigné. Les deux victimes étaient aussi absentes des réseaux sociaux et n'avaient pas de compte bancaire. Une enquête est ouverte sur les deux protagonistes, qui piétine, elle aussi.

Quant au seul survivant, Brice Williams, il affirme ne rien savoir du tout. Il se trouvait loin du campement lorsque le massacre a eu lieu, ce qui lui a certainement sauvé la vie. Il a été rapidement retiré de la liste des suspects…

Le journaliste continue sur des spéculations qui ne m'intéressent pas. Je repose le journal d'une main tremblante et regarde avec dégoût le plat que la serveuse vient de poser devant moi. Personnellement, j'ai déjà résolu l'enquête. L'assassin n'est pas un collectionneur. Il ne s'est pas déplacé lui-même pour accomplir son méfait, mais a envoyé un ou plusieurs de ses sbires, Linda certainement, le faire à sa place. Et cet assassin, n'est autre que, je vous le donne en mille, mon père ! Pire, cet enfoiré a enlevé Gabriel !

Chapitre 17

Une semaine s'écoule. Puis une deuxième. Trois jours après la mort de Leo, après son incinération, la vie du village a repris son cours. Beatrice a récupéré les cendres de son fils, et doit maintenant supporter d'avoir reperdu, et cette fois définitivement, un enfant qu'elle venait juste de retrouver. Je n'ai pas pu croiser son regard. Je n'ai même pas pu la croiser tout court, d'ailleurs. Je suis restée enfermée chez moi tout le long de la cérémonie.

Après le choc collectif et les quelques jours de chuchotement et d'humeur noire, tout est redevenu normal pour tout le monde. Les villageois ont recommencé à effectuer les différents travaux et tâches qui leur étaient assignés, les Apprentis ont repris leur entraînement, les enfants sont retournés à l'école.

Normal pour tout le monde. Sauf pour Henry et moi.

Depuis le retour de Talkeetna, je ne l'ai plus recroisé. Il pense que c'est plus prudent pour le moment de faire profil bas et qu'on ne nous voit plus ensemble. Je fais toujours mes gardes de nuit, mais lorsque c'est à mon tour de le remplacer, il n'est déjà plus sur la plate-forme.

Deux semaines infernales. Je vis dans une angoisse constante depuis ce jour. Une angoisse double je dois dire. Non contente de savoir qu'un meurtrier se balade dans mon village, un meurtrier qui pourrait être mon voisin et qui doit se douter que Henry et moi sommes les seuls témoins prêts à déposer contre lui, je me fais aussi un sang d'encre pour Gabriel. Je n'arrête pas de me torturer l'esprit : est-ce qu'il va bien ? Qu'est-ce que Manassé a fait de lui ? Il ne l'aurait pas tué, quand même ? Qu'est-ce que je dois faire ? Partir de suite à sa rescousse ? ou attendre que l'occasion se présente ?

Pour l'instant, j'ai décidé d'attendre. Peut-être qu'une infime partie de moi-même me souffle qu'il va revenir tout seul, comme il l'a toujours fait.

Mes nerfs sont plus à vif chaque jour qui passe et je ne cesse de regarder par-dessus mon épaule. Le pire, c'est lorsque je guette sur la plate-forme. Je suis seule, la plupart du temps il fait noir, et mes oreilles hypersensibles font du zèle et me rapportent mille et un bruits suspects qui me font sursauter et me tendre à chaque seconde.

Je ne dors plus la nuit.

Quinze jours après le meurtre de Leo, en fin d'après-midi alors que j'essaie désespérément de détendre mes nerfs en relisant pour la quarantième fois la même page de mon bouquin, bouquin que j'ai commencé il y a trois semaines et dont j'ai lu dix pages, j'entends comme un troupeau de gnous dégringoler l'escalier et caracoler jusque devant ma porte. J'aurais pu les entendre bien plus tôt, mais depuis quelque temps, j'arrive à contrôler mon ouïe pour me concentrer sur certains bruits ou certains endroits, en l'occurrence ma porte et les alentours de ma maison.

Je plisse instinctivement les yeux et ma vision passe immédiatement en mode infrarouge. Cinq silhouettes rouges de différentes tailles et formes se dessinent derrière ma porte.

Je fronce les sourcils et pose mon livre sur le canapé. Alors que je m'apprête à me lever, trois des silhouettes se mettent à tambouriner sur ma porte, comme des burins. Une voix, reconnaissable entre mille, s'élève et perce à travers le lourd battant en bois.

— Allez, Betty Boop, ouvre-nous !

Un léger sourire ose s'étendre sur mes lèvres.

Michael.

Je m'avance vers ma porte et déverrouille le loquet. Le tambourinage cesse immédiatement et lorsque je tourne la poignée, je me retrouve face à cinq visages amicaux que je n'ai pas vus depuis des semaines.

Saphira me saute dans les bras en gloussant et en hululant un « surpriiiiiiiiiiiise ».

Michael me donne un coup de poing dans l'épaule pour se souhaiter la bienvenue chez moi et pénètre dans la maison sans que je l'aie invité, le sourire jusqu'aux oreilles. Une fois que Saphira consent à me lâcher le cou, Tom me fait une rapide accolade.

— Ça fait du bien de te voir, Cass, on commençait à s'ennuyer de toi.

Je cherche avec espoir un sixième visage, et ne peux retenir une pointe de déception. Isha n'est pas là.

Ethan me tapote maladroitement l'épaule.

— Ouais, c'est vrai que ça n'est plus drôle sans toi aux entraînements. Morgane se prend pour la reine des abeilles et il n'y a plus personne pour l'imiter.

Michael, déjà confortablement installé sur *mon* canapé, les pieds sur *ma* table de salon, lance à travers la pièce :

— Tu parles, c'est elle qui doit s'ennuyer de nous, pas vrai, ma grosse ? Maintenant qu'on est plus là pour te distraire.

— La ferme, Michael, lancent Ethan, Tom et Arthur à l'unisson.

Je me tourne vers lui et pose mes mains sur mes hanches, sans réussir à chasser le sourire de mon visage.

— Et dégage tes pieds crados de ma table.

Il s'enfonce un peu plus dans le canapé sans changer de position et me lance un baiser à travers les airs.

Je secoue la tête et me retourne vers Arthur.

— Qu'est-ce que vous venez faire là ?

Il lève un sourcil.

— Ah ben merci pour l'accueil, ça fait plaisir !

Je ris et les invite à rentrer avant de fermer la porte derrière eux.

— Non, ce que je veux dire, c'est que me vaut l'honneur de votre visite ?

Il me donne une tape dans le dos en riant. Je l'observe une seconde et ne peux m'empêcher d'être ébahie de voir à quel point il s'est métamorphosé depuis la dernière fois que je l'ai vu. Il a encore grandi, il me dépasse d'une demi-tête maintenant, mais il est aussi plus carré, plus musclé dans le genre sec. Ses cheveux roux flamboyant ont poussé et certaines mèches ondulées tombent dans ses yeux. Il a bronzé et son teint hâlé fait ressortir ses taches de rousseur. Son visage n'a plus l'ingratitude de la puberté, il s'est affiné et masculinisé et je le trouverais même beau si je n'étais pas déjà totalement dingue de Gabriel. Ce qui ne veut pas dire que je suis incapable de trouver quelqu'un de beau à part lui, maintenant. C'est juste que ça n'est pas comparable et que je ne suis absolument pas objective.

Bref.

Alors que je l'observe, bouche ouverte, il me répond :

— On s'est dit que tu aurais peut-être besoin de tes amis après… après, tu vois ?

Je cligne des yeux plusieurs fois, incapable de comprendre où il veut en venir. Est-ce qu'il veut parler de… non ! Il ne doit sûrement pas savoir pour Leo !

Il doit voir mon visage blêmir et ne l'interprète pas du tout de la bonne façon.

— Oh, je suis vraiment désolé, Cass. On est vraiment tous absolument désolés. On l'aimait aussi énormément et après tout ce qu'on a traversé ensemble, toute l'équipe… ben ça nous a fait un sacré choc.

C'est là que je saisis.

— Attends. Tu veux parler de Gabriel ?

Il me regarde avec appréhension, s'attendant à ce que je m'effondre dans ses bras en sanglotant.

— Ouais.

Je ne peux retenir un soupir de soulagement et il a un mouvement de recul.

— Ah, O.K. J'ai eu peur, je ne comprenais pas du tout de quoi tu voulais parler.

Il me dévisage comme si j'étais totalement folle.

— Et euh, ça va ? Tu tiens le coup ?

Je les fais asseoir, et dès que nous sommes installés et que tout le monde me regarde comme si une entité extraterrestre, du genre de celle de *The Faculty*, avait pénétré mon corps et contrôlait mon esprit, je lâche, imperturbable :

— Gabriel n'est pas mort.

Tout le monde me regarde une seconde sans cligner des yeux, puis ils se mettent tous à parler en même temps :

— Comment tu le sais ?

— Comment ça ?

— Il est où ?

— Il va bien ?

— Pourquoi est-ce qu'on nous a dit le contraire ?

Je lève la main et les fais taire.

— Dans la version officielle, oui, il est mort.

Arthur s'adosse contre le dossier du canapé qu'il partage avec Michael et me dévisage en haussant un sourcil.

— La version officielle ? J'ai du mal à te suivre, je t'avoue.

Je me penche en avant et entrecroise mes doigts.

— Je sais qu'il est vivant, Arthur. Ne me demande pas comment, je le sais, c'est tout.

Un long silence s'ensuit et je comprends que je ne les ai pas convaincus.

Ethan, assis sur un tabouret, prend timidement la parole. Lui aussi a changé. Il est encore plus musclé qu'avant et son teint de métisse s'est assombri avec le soleil. Mais il n'a pas pris un centimètre de plus.

— O.K., mais en admettant que ce soit vrai, pourquoi est-ce que Soraya a fait annoncer sa mort ? Ça n'est pas un peu étrange ?

Je me redresse et hausse les épaules.

— Je me pose la même question.

Mon regard se fait vague et je pense à tout ce qui s'est passé ces trois dernières semaines. Toutes ces choses étranges, glauques, qui ont eu lieu, et pour lesquelles je n'ai pas d'explications : le meurtre de Leo, la prétendue mort de Gabriel, les menaces à peine voilées de Soraya…

— Cassiopée, qu'est-ce que tu nous caches ?

La voix de Saphira m'extirpe de mes pensées et je me tourne vers elle.

C'est la première fois qu'elle parle vraiment depuis qu'elle est arrivée, et je trouve ça presque aussi bizarre que les évènements qui se succèdent ces derniers temps.

Elle fronce les sourcils.

— Tu as une sale mine. On dirait une morte-vivante. T'as la tête de quelqu'un qui n'a pas dormi depuis des jours et tu es encore plus maigre qu'avant. Qu'est-ce qu'il se passe ?

Je ne peux m'empêcher de rire.

— Ça fait plaisir de te retrouver Saph'.

— Ne change pas de sujet, s'il te plaît.

Je passe une main sur mon visage et masse les cernes qui sont apparus sous mes yeux.

— Je ne cache rien, Saph', je mens, je suis juste fatiguée et j'angoisse à chaque minute, chaque seconde qui passe de ne pas savoir où est Gabriel et ce qu'il devient. Ça me ronge de l'intérieur et je n'arrive plus à penser à autre chose.

Michael repose ses pieds par terre et se penche en avant.

— Moi, ce qui m'étonne, c'est que tu sois à ce point persuadée qu'il est toujours en vie. Je veux dire, moi je trouve que c'est une super nouvelle, hein, mais sans preuve, sans le moindre indice, comment peux-tu être aussi sûre que…

Je l'interromps brusquement :

— Ils n'ont pas retrouvé son corps.

Ils me fixent avec étonnement et je me mords la lèvre. J'en ai déjà trop dit et de toute façon, je vais exploser si je ne confie pas mes inquiétudes à quelqu'un.

— Ce que je vais vous dévoiler, je ne l'ai montré à personne d'autre. Je sais que vous êtes dignes de confiance et que vous ne me trahirez jamais.

Je me lève et me dirige vers une commode en bois. J'ouvre un tiroir fermé à clé et en sors le journal où se trouve l'article qui m'intéresse. Je le tends à Arthur sans un mot et tous les cinq se penchent sur le papier avec curiosité. J'observe leurs visages. C'est assez drôle de les voir se décomposer à mesure qu'ils avancent dans leur lecture. Je pense que c'est à peu près la tête que je faisais quand j'ai pris connaissance de l'article.

Arthur termine en premier mais je l'arrête d'un geste avant qu'il ne se répande en questions, attendant que les autres aient fini de lire. Une fois que c'est fait, je prends la parole.

— Mon père m'a laissé un message. Stop ! Laissez-moi finir. Je ne peux vous dire comment et quand, mais il m'a dit d'aller en ville et de regarder dans les journaux, ce que j'ai fait. Il veut que je le rejoigne et que je vienne à lui, et il n'a pas trouvé mieux que de kidnapper Gabriel pour y parvenir. Je l'ai compris en lisant l'article que vous avez sous les yeux.

Je les regarde un par un.

— Gabriel est chez les Narques.

Tout le monde explose en même temps, mais c'est Michael qui attire mon attention. Il se lève d'un bond et serre les poings.

— Il faut qu'on aille le sauver !

Je souris faiblement.

— C'est bien ce à quoi j'ai pensé, mais j'ai bien peur qu'on nous en empêche. Soraya ne nous laissera jamais partir chez les Narques sous prétexte que nous devons secourir Gabriel. Si on doit partir, ce sera clandestinement. Je pense aussi que mon père a voulu faire passer un message à Soraya par ce massacre.

Saphira se lève et vient poser une main sur mon épaule.

— De quel message tu parles, Sophie ?

Le fait de l'entendre m'appeler de nouveau par ce prénom me réchauffe le cœur et me donne envie de pleurer. Je repense à toutes ces choses qu'on a vécues ensemble, elle et moi, et je me rends compte qu'elle m'a manqué. Elle m'a atrocement manqué. Je suis si fatiguée d'être seule ! Je lui réponds d'une voix morne et manquant de façon flagrante d'enthousiasme :

— Je n'en sais rien, Saph'.

Elle fronce les sourcils et croise les bras.

— Bien sûr que si, tu le sais, dit-elle de son air buté. Ou du moins tu as une idée. Et tu as intérêt à m'en faire part si tu ne veux pas que je te fasse cracher la vérité par moi-même.

Je gémis et rejette la tête en arrière, me cognant le crâne contre le mur.

Vas-y, grille le peu de neurones encore en état de fonctionner qu'il te reste, après tout on n'est plus à un problème près, hein ?

Je grimace de douleur, mais je suis trop inquiète pour m'arrêter longtemps sur le lancement. Je ne peux pas leur en dire trop. Si je commence à les impliquer là-dedans, ils pourraient eux aussi être en danger. Et je ne veux pas mettre la vie de mes amis en péril. Tout mais pas ça.

Saphira me lance un regard noir et je capitule immédiatement :

— Je pense, commencé-je avec prudence, je pense que Manassé…

— Oui ? m'encourage-t-elle avec une pointe d'impatience.

— Je pense qu'il prépare quelque chose. Quelque chose de gros, de dix fois plus gros que ses coups précédents.

Ils me fixent tous avec la même mine. Une expression à mi-chemin entre l'horreur et la perplexité.

— Et je pense que son message est simple : un ultimatum. Restez hors de mon chemin, ou je vous mettrai hors d'état de nuire. C'est ce qu'il a essayé de lui faire comprendre en débusquant Gabriel, qui était en mission, non ? Soraya a lu la presse, j'en suis sûre, et je suis aussi certaine qu'elle a compris la même chose que moi.

Je laisse flotter ma phrase dans le salon, aussi silencieux qu'une morgue en pleine nuit.

— J'ai peur qu'il n'ait décidé de se débarrasser définitivement des Myrmes.

Chapitre 18

Tout d'abord, personne ne réagit. Puis un des garçons tente un rire étranglé qui ne dure finalement pas longtemps quand il comprend que je ne plaisante pas.

— Tu rigoles, pas vrai ?

Ou peut-être n'ai-je pas été assez claire. Je hausse les épaules.

— Vous vouliez savoir ce que j'en pense. Voilà ce que j'en pense. Ça n'est pas une vérité absolue, je ne suis pas même sûre que ce soit plausible, mais ce massacre est un message, autant pour moi que pour elle. Nous l'interprétons différemment, c'est tout. Je sais qu'il a enlevé Gabriel pour m'appâter, elle doit penser qu'il l'a tué pour la menacer.

— Si c'est bel et bien Manassé qui a tué ces gens, insiste Arthur.

Je lui lance un regard exaspéré.

— Comment peux-tu en douter ? Toutes les preuves sont là, étalées devant tes yeux !

— Et pour Gabriel ? demande-t-il.

Je pose un doigt sur mon menton, réfléchissant.

— Je ne pense pas qu'il soit réellement en danger. Mon père a besoin de lui et il sait préserver ses intérêts.

Michael s'affale à nouveau sur le sofa.

— La vache, t'as un paternel en or, j'espère que tu t'en rends compte !

Je le regarde, agacée :

— Oui, merci, ça fait un moment que j'ai pris conscience de ma chance.

— Et Soraya, intervient Tom, pourquoi dit-elle à tout le monde qu'il est mort si ce n'est pas le cas ?

— Parce qu'elle le croit réellement. Comme tu l'as lu dans l'article, Gabriel a perdu beaucoup de sang sur les lieux. Elle est certainement persuadée qu'ils ont emporté le corps pour que le gouvernement ne découvre pas le pot aux roses. « Tiens ! Ces gens ont des ailes dans le dos ! C'est intéressant... », voilà ce qu'elle se dit.

Un silence pensif s'installe. Les quatre gars semblent perdus dans leurs réflexions, Saphira me scrute comme si elle cherchait à percer mon crâne avec ses yeux pour y déceler ce que j'y planque et moi, eh bien moi, je cherche à cacher ce qui doit le rester. Il est totalement hors de question que je leur parle de l'assassinat de Leo. Je me demande déjà si je n'en ai pas trop dit avec les détails de la soi-disant mort de Gabriel.

Il me manque tellement ! D'une façon ou d'une autre, il faut que je le retrouve.

— Si Gabriel est vraiment en vie, reprend Michael comme s'il avait lu dans mes pensées, alors il faut qu'on aille à sa rescousse.

Le voilà qui se relève, et qui s'enflamme, les yeux écarquillés et faisant de grands gestes :

— C'est notre pote ! C'est l'amour de ta vie, Cass ! On est une équipe, on ne peut pas le laisser croupir chez les Narques, à subir Dieu seul sait quelle torture qu'ils lui réservent !

Il se tourne vers moi et lève les mains en guise d'excuse :

— Sans vouloir t'offenser.

Je pince les lèvres.

— Michael, repose ton derrière sur ce canapé et arrête de t'égosiller comme une mouette asthmatique, tu veux ?

Je te rappelle qu'ici il n'y a pas que les murs qui ont des oreilles. Leurs proprios *aussi* ont l'ouïe fine.

Il obtempère en grommelant.

— Bon, on fait quoi alors ? me demande Ethan.

Je me passe une main sur le visage.

— Pour l'instant, on ne fait rien. Je ne veux pas que qui que ce soit ici se doute de quoi que ce soit.

Je les regarde un par un, histoire de bien leur faire comprendre à quel point je suis sérieuse.

— Est-ce que vous m'avez comprise ? Pas un mot au copain de classe, pas un mot entre vous quand il y a du monde autour et surtout, surtout pas un mot à Soraya ou à un de ses sbires !

Tom se tortille sur son siège, mal à l'aise.

— Tu en parles comme si elle n'était pas fiable, ou un truc comme ça.

— Je n'ai pas dit ça. C'est juste que pour l'instant je ne fais confiance à personne. Seulement à vous et à Henry. Alors, vous avez bien saisi ?

— Ouais, on n'est ni sourds ni demeurés, je te rappelle, ironise Saphira avant de lancer un regard de biais à Michael. Du moins, nous ne le sommes pas *tous*.

— Hé ! proteste-t-il, mais je coupe court à la dispute naissante.

— Merci d'être venus me voir, mais je vais vous demander de rentrer chez vous. Depuis tout… tout ça, je ne suis pas tranquille, je me sens observée et j'ai l'impression d'être sur des charbons ardents.

Et on a un cadavre dans le placard aussi, me rappelle ma conscience, serviable.

— Alors je préfèrerais éviter les rassemblements visibles et suspects.

Arthur se lève et lisse son T-shirt.

— On comprend. Mais, Cass, jure-moi que si jamais il t'arrive quoi que ce soit, si tu as besoin de n'importe quoi, tu viendras nous voir, d'accord ?

Je sens les larmes me monter aux yeux alors que je lis une réelle inquiétude dans les siens. Peut-être que je n'ai plus de famille depuis l'âge de six ans. Mais aujourd'hui, je sais que j'en ai retrouvé une. Et alors qu'ils quittent tous ma maison avec plus ou moins d'effusion, et que je me retourne vers la table de mon salon, je comprends à quel point j'ai vu juste.

Au milieu de cette table basse, si petite et si insignifiante qu'elle pourrait presque passer inaperçue, gît une photo, la photo d'une vie.

Un couple amoureux, enlacé au milieu d'un village encore endormi, s'embrassant sous le regard de l'aube naissante.

***

Tic-tac, tic-tac, tic-tac.

Les aiguilles de l'horloge tournent avec une régularité implacable. J'ai beau me tourner dans toutes les directions de la prison de glace dans laquelle je me trouve, je n'arrive pas à la localiser. Et pourtant, au plus profond de moi, je sais qu'elle est là, quelque part, et je sais plus encore ce qu'elle signifie pour moi : j'arrive à court de temps.

Un nuage de buée s'échappe de ma bouche lorsque j'expire et des gouttes d'eau résonnent dans la caverne tout autour de moi. Elles font un bruit humide en tombant, un petit *plic plic* pas très rassurant, qui me donne l'impression que le plafond et les murs peuvent s'effondrer sur moi à tout instant.

Alors que je frappe les parois de ma prison, faisant trembler les stalactites au-dessus de moi, hurlant pour qu'on me laisse sortir, qu'on me laisse venir à son secours, j'entends un bruit derrière moi.

Je me retourne, hors d'haleine, et retiens un cri. Il est là, debout au milieu de ma geôle. Il est vêtu d'une chemise blanche éclatante et d'un jean noir. Son visage est émacié, ses cheveux ont poussé, comme si cela faisait des années que je ne l'avais pas vu. Il est plus vieux que lorsque je l'ai quitté et ses yeux sont profondément enfoncés dans leur orbite. Une barbe noire et fournie masque ses joues et pourtant je le reconnais d'un seul coup d'œil. Gabriel, mon Gabriel. Je voudrais m'approcher, mais il penche la tête sur le côté et me lance un regard si sombre, si désespéré, que je me fige net et que ma respiration reste coincée dans ma gorge.

Il me scrute encore un moment avec cet océan de tristesse dans ses yeux et j'ai l'impression que je vais m'y noyer d'un instant à l'autre.

— Pourquoi m'as-tu abandonné ? me demande-t-il finalement dans un murmure, d'une voix brisée par le désespoir.

Je fais un pas en avant, mais il conserve la distance qui nous sépare en reculant d'un pas.

— Je ne t'ai pas abandonné, Gab, dis-je pour le rassurer d'une voix suppliante. C'est toi qui es parti, je n'ai pas laissé tomber, je vais venir te chercher, je te le promets !

— Bien sûr que si tu as abandonné. Tu ne bouges pas. Tu ne penses plus à moi. Je ne suis plus qu'un fantôme de ton passé, une image qui s'efface avec le temps. Bientôt, tu ne te souviendras plus de moi. Tu m'auras complètement oublié et tu reprendras une vie normale, et moi je serai à jamais privé de toi, seul et perdu dans le néant de ceux qui n'ont plus personne pour chérir leur souvenir.

D'une voix vibrante de désespoir, je m'exclame :

— C'est faux ! C'est faux, je pense à toi à chaque minute qui s'écoule, à chaque seconde qui passe ! Je ne vis que pour te retrouver ! Je t'en prie, ne me laisse pas ! Donne-moi encore un peu de temps !

Il cligne des yeux plusieurs fois et je vois le regret s'installer définitivement dans son regard.

— Il est déjà trop tard, finit-il par murmurer, et le plafond au-dessus de lui s'effondre sans qu'il esquisse un seul geste.

J'ai à peine le temps de voir une larme glisser sur sa joue avant qu'il ne disparaisse sous les tonnes de neige et de glace qui s'abattent sur lui.

— NON !

***

— NON ! hurlé-je en me réveillant, la gorge serrée par des larmes qui menacent de franchir mes yeux.

Je me redresse dans mon lit et ramène mes jambes vers moi. J'enfouis alors mon visage dans mes genoux et laisse libre cours à mon émotion, sanglotant tout mon soûl.

Et s'il était réellement mort ? Si mon père l'avait tué et avait enlevé son corps, comme le pense Soraya ? Je ne me suis pas autorisée à considérer cette option, mais si c'était réellement le cas ? Je ne pourrais pas lui survivre, n'est-ce pas ? Je ne suis pas faite pour vivre sans lui, ça n'est tout simplement pas un choix, ou une deuxième chance. Ça ne serait pas juste. Comment pourrais-je encore me regarder dans la glace en sachant que plus jamais ses yeux ne se poseraient sur mon visage, avec ce petit sourire ironique qui me donne envie de le frapper et de l'embrasser en même temps ? Comment pourrais-je à nouveau sentir le parfum des pins, voir la couleur de l'océan sans penser à lui ? Sans regretter ce que ses assassins nous auraient volé ?

La réponse est simple : je ne pourrais pas. Ou alors, je trouverais la motivation de lui survivre. Pour commencer, je traquerais mon père et je le tuerais. Ensuite, je ficherais une bombe chez les Narques ET les Myrmes et je ferais sauter cette communauté de psychopathes hypocrites et débarrasserais le monde et ses habitants de cette menace et de ces vermines qui cherchent à les anéantir.

O.K., O.K., maintenant c'est le moment où tu inspires à fond et où tu te rends compte que tu es en train de parler comme Mao Tsé-toung.

Je prends en effet une grande inspiration hoquetante et sèche mes larmes d'un revers de la main. De toute façon, il est inutile que je me mette dans cet état. Pour l'instant et jusqu'à preuve du contraire, Gabriel n'est pas mort. Et je vais remuer ciel et terre pour le retrouver. Et je sais que si jamais j'échoue, c'est lui qui viendra à moi. Ça n'est pas à cela que servent les âmes sœurs ?

Ou les GPS olfactifs ?

— Un point pour toi, ma grande, murmuré-je d'une voix chevrotante.

Je voudrais reposer ma tête sur l'oreiller mais mon petit réveil, qui soit dit en passant fait étrangement le même bruit que l'horloge dans mon rêve, se met à sonner.

J'y jette un coup d'œil et la triste réalité me ramène durement sur terre, les pieds solidement enfoncés dans la bouseuse situation dans laquelle je me trouve.

3 h 10. L'heure d'aller au boulot.

J'ai à peu près autant envie de me lever que d'aller me pendre, mais je n'ai pas voix au chapitre. Si je veux passer inaperçue, si je ne veux pas attirer l'attention, j'ai intérêt à filer droit pendant un bout de temps. Jusqu'à ce que l'occasion de nous échapper, Henry et moi, se présente, s'entend. Maintenant il va aussi falloir que je planifie l'évasion de six autres personnes... je sens que la situation se complique nettement.

Je me lève en gémissant pathétiquement, parce que ça me fait du bien de me plaindre même si personne ne peut m'entendre. Je crois que ça me rend encore *plus* pathétique mais, tant pis, je ne suis plus à ça près.

J'enfile un des pulls Tiendé et laisse pour une fois mes longues ailes émeraude jeter des ombres inquiétantes et dansantes sur les murs de ma caverne. En passant devant le miroir fêlé de ma chambre, je ne peux m'empêcher de les admirer. S'il y a bien une chose dans tout ce changement physique que je trouve acceptable, ce sont mes ailes. Trouver un moyen de voler sans m'épuiser serait encore mieux.

Le duvet vert est tout plissé par endroits, mais avant même que j'aie pu y passer la main pour le lisser, mes ailes se mettent à vrombir délicatement. Une vague semblable à un frisson les traverse et je regarde ces magnifiques et délicates choses venir à la vie et s'autorégénérer. La surface finit par reprendre une apparence gracieuse et uniforme et mes ailes donnent de petits coups joyeux, comme excitées à l'idée d'être laissées à l'air libre toute la journée.

Je souris en les regardant faire, émerveillée par la beauté et la finesse de leur forme.

Je vais finalement me préparer un café et vais m'asseoir sur le sofa, ma tasse dans la main droite et une photo dans la gauche. Tout en sirotant le liquide brûlant, j'observe l'image immortalisée que j'ai tenté et – heureusement échoué – de supprimer il y a de cela presque six mois.

Six mois déjà… j'ai l'impression de ne pas m'être posée une seule fois depuis mon « recrutement ». Comme si je n'avais pas eu de vie depuis ce moment. Le temps où je me plaignais de l'ennui que je subissais à l'orphelinat semble bien loin maintenant. Et mine de rien, ça me manque de m'ennuyer.

Je me penche sur la photo en noir et blanc et souris en me reconnaissant. J'ai l'air totalement extatique et franchement terrifiée aussi. Gabriel lui, au contraire, a l'air de savoir ce qu'il fait et ce qu'il veut. Égal à lui-même, comme toujours, en toute circonstance. Ses cheveux sont encore ébouriffés par le sommeil mais ça ne ruine en rien son sex-appeal. Il en est juste absolument craquant. Il porte un simple débardeur blanc et un jogging, et ses bras puissants enserrent ma taille, comme s'il craignait que je lui échappe. Le manteau que j'étais venue lui rapporter pend négligemment plusieurs mètres derrière nous, sur le battant de la porte de sa maison. Nous sommes seuls au monde, dans notre bulle que personne, semble-t-il, ne pourrait briser. Enfin, c'est ce que je pensais. Après, Tamina est arrivée, comme un mammouth dans un magasin de porcelaine, et finalement nous n'étions pas *si* seuls au monde que nous l'imaginions. Quand je pense que mes quatre meilleurs amis – garçons, je précise – ont surpris ça, j'ai l'impression que je vais cuire de l'intérieur. Et en même temps, maintenant je ne serai jamais assez reconnaissante à Michael d'avoir cédé à ses instincts d'ado pubère.

Je soupire alors qu'une envie irrépressible de le serrer dans mes bras m'envahit (Gabriel, pas Michael) sauf qu'il y a un petit souci : je suis seule dans ma petite maison-caverne et Gabriel doit se trouver à des centaines de kilomètres d'ici.

Je soupire une nouvelle fois en me dirigeant vers la cuisine. Je pose négligemment ma tasse dans l'évier en me disant que je ferai la vaisselle en rentrant. Je n'ai même pas le courage de nettoyer un mug. Comment suis-je censée tenir le coup pendant trois heures complètes, assise en tailleur sur une corniche, à regarder le vide parce que personne n'a la bonne idée de venir nous attaquer ? Il n'y aurait pas un ou deux groupes de Narques sympas pour venir assaillir le village ? Histoire d'avoir l'impression de servir à quelque chose ?

Après une seconde d'hésitation, j'attrape le livre que j'ai… emprunté dans une bibliothèque lors de notre retour au village. Je me suis dit que je le ramènerais un jour. Lorsque je repasserais dans cette ville. Pour une raison ou pour une autre. Mais il faut dire que cette bibliothèque, perdue dans une ville du nord-ouest canadien, m'avait quand même fait de l'œil. C'était de la pure provocation. Et quand j'ai lu le résumé du livre (tout cela pendant que les garçons faisaient le tour des boutiques pour vo… « emprunter » tout ce dont nous aurions besoin et, double parenthèse, Arthur s'est révélé être un pick-pocket talentueux tandis que Tom et Michael ont failli tous nous faire prendre) eh bien, je n'ai pas pu résister. Je l'ai glissé dans mon sac en me jurant que je le ramènerais un jour. Ce que l'esprit peut-être tordu parfois ! À cet instant, j'avais foi en ma détermination. Maintenant, je suis certaine que la bibliothèque est amputée à jamais d'un de ses bouquins. Un bouquin merveilleux, soit dit en passant.

J'ouvre la porte et descends les escaliers avec une lenteur qui laisse à penser que mon intention n'est pas d'aller monter la garde, mais plutôt de m'immoler avec un bidon d'essence et des allumettes.

Lorsque j'arrive enfin à distinguer la corniche, en tournant l'angle d'une maison, je ne suis pas surprise de constater qu'elle est vide. Pas surprise, mais déçue quand même. Cela fait deux semaines que Henry m'évite comme la peste. Je commence sérieusement à me demander s'il planifie aussi mon évasion, ou si je suis condamnée à rester ici, dans ce village de meurtriers invisibles.

Je retiens un frisson d'effroi à cette pensée.

Ça, il n'y a aucun risque. Même si je dois me débrouiller toute seule, je ne resterai pas à Tornwalker. Ça serait du suicide. Et puis j'ai un fiancé à retrouver, ce qui n'est pas rien.

Je saute la dernière marche qui mène à la plate-forme et m'assois en tailleur sur le petit plaid installé sur la corniche.

D'ici, je domine des kilomètres et des kilomètres de dénivelé. Ma vision ultrasensible ne permet à aucun mouvement de m'échapper et mon ouïe est si fine que j'entends le moindre caillou rouler à des kilomètres à la ronde.

Je concentre mes deux Sens Phare sur ma parcelle à surveiller et mes yeux choisissent instinctivement la Facette du Serpent pour scruter le paysage. C'est vrai qu'elle est mille fois moins précise que celle du Chat, mais pour détecter une présence vivante, quelle qu'elle soit, c'est la meilleure.

Je m'installe plus confortablement sur mon plaid et commence mes deux heures et demie de tour de garde. J'observe ces montagnes que je commence à connaître par cœur. Inévitablement, j'en viens à me dire que j'aimerais peut-être voir autre chose. Toujours des montagnes. Toujours des forêts. Toujours de la neige. Je donnerais n'importe quoi pour habiter, je ne sais pas moi, en Australie, par exemple. Même si je finirais certainement morte de chaud, étant donné que nous, les Kamkals, ne supportons pas la chaleur mais avons une résistance au froid hors du commun. Tu parles d'un bol ! Une résistance à la chaleur aurait quand même été dix fois préférable. Du coup, je suis bien obligée de faire avec la montagne, les forêts et la neige. Pour l'instant.

J'inspire à grandes bouffées l'air pur et froid qui m'entoure et finis par ouvrir mon bouquin (et repasser à la Facette du Chat), qui est bien plus intéressant que le paysage que j'ai observé un million de fois au moins. Je tourne les pages, concentrée sur l'histoire. Alors que je lis un passage ô combien intéressant, dans lequel le voisin ténébreux et beau à en mourir de l'héroïne, qui me fait d'ailleurs beaucoup penser à Gabriel (le voisin, pas l'héroïne), se révèle être un alien avec le pouvoir de se déplacer méga vite et de se transformer en lampe torche géante, un bruit derrière moi attire mon attention.

Je me tourne et adopte immédiatement la Facette du Serpent. Je distingue alors une silhouette, à une vingtaine de mètres de moi, qui se dirige lentement dans ma direction.

Intriguée et, avouons-le, pas très rassurée, je passe à la Facette du Chat et observe avec plus d'attention la personne qui vient à ma rencontre. Mais il est encore trop loin pour que je devine avec précision ses traits. De plus, sa peau est étrangement sombre et se confond avec le noir de la nuit.

Je me lève précipitamment, donne un coup de pied dans mon livre pour le faire glisser sous le plaid et plisse les yeux, les poings serrés.

Lorsque l'étranger ne se trouve plus qu'à une dizaine de mètres de moi, je le reconnais enfin. C'est Roland, la seule Sentinelle à la Facette du Serpent que je connaisse jusqu'à maintenant.

Je me détends un peu. Roland ne m'a jamais semblé antipathique. Au mieux, les rares fois où je l'avais croisé, il s'était montré indifférent. Et l'indifférence était ce que je pouvais recevoir de plus sympa de la part de mes compatriotes.

Je relève le menton et reste fermement campée sur mes jambes.

— Salut Roland. Qu'est-ce qui t'amène ici cette nuit ?

Il s'arrête net et, dans la nuit noire, je vois son visage se fendre en une grande lignée blanche. Il me sourit de toutes ses dents et c'est super bizarre étant donné que je ne l'avais jamais vu sourire auparavant. En plus, il ressemble un peu à Samuel Lee Jackson dans *Harcelés*, et je ne sais pas si vous avez vu ce film, mais il n'est pas vraiment rassurant ou gentil dedans.

— Tiens, Cassiopée, bonsoir. Ou bonne nuit plutôt. Je ne savais pas que c'était toi qui faisais le tour de garde cette nuit. Tout se passe bien ?

Sa réponse par une autre question me déstabilise. Je me détends et hausse les épaules.

— Oui, oui, jusqu'ici, rien à signaler. Il y a bien quelques chamois et autres bestioles mais rien qui ressemble de près ou de loin à une forme humaine. Pourquoi ?

Il franchit la distance qui nous sépare et se place à côté de moi, face à la chaîne de montagnes, mains croisées derrière le dos. Il a une mine sérieuse, beaucoup plus grave que celle qu'il affichait il y a à peine cinq secondes.

— Tu n'as vraiment vu personne rôder dans les parages ? Tout le monde est en sécurité chez lui, pas de bruit suspect à signaler dans le village ?

J'écarquille les yeux et tente de me rappeler un détail qui m'aurait échappé, mais la nuit a été très calme jusque-là et je n'ai strictement rien entendu d'anormal.

— Non, je t'assure, rien d'étrange. Tout le village est endormi et il n'y a pas eu un seul bruit. À part toi et moi, personne ne traîne dehors la nuit à cette heure.

Il hoche la tête.

— Bien, bien, parfait.

Et avec une vitesse aveuglante, son avant-bras fait un arc de cercle et vient atterrir dans mon estomac.

Tout l'air s'expulse de mes poumons. Je me plie en deux, avec la sensation que l'organe attaqué va remonter tout seul par mon œsophage et ressortir par ma bouche. J'ai, pour résumer, l'impression que je vais renvoyer tout ce que contient mon estomac.

Je voudrais me redresser, m'enfuir, mais Roland ne me laisse pas une seule chance. Profitant de mon état de détresse évident, il me donne un violent coup de pied dans l'arrière des jambes et me fait tomber en avant. Je place mes mains devant moi pour me réceptionner, mais l'atterrissage est tout de même douloureux. Je me retrouve sur les genoux, sonnée, incapable de comprendre ce qu'il m'arrive et me demandant pourquoi cet homme que je connais à peine s'en prend à moi de la sorte.

Je n'ai même pas le temps de commencer à paniquer car, d'une brusque secousse, il me renverse en arrière et s'agenouille sur mon torse, m'empêchant presque complètement de respirer. Ses rotules écrasent ma cage thoracique, menacent de la faire céder à tout instant. Je suffoque, j'étouffe, je suis coincée. La seule pensée qui me vient à cet instant est la certitude absolue que je vais mourir.

Il pose délicatement une main sur ma gorge et appuie de plus en plus fort, jusqu'à ce que je ne puisse plus du tout respirer.

Je me débats de toutes mes forces, je tente de me dégager, de pousser un cri, mais c'est vain. Il est beaucoup plus puissant et beaucoup plus lourd que moi. J'attrape ses poignets avec mes mains et essaie de le griffer, mais soit il est immunisé contre la douleur, soit je ne lui fais pas de mal du tout. Je commence à voir des étoiles et une chose terrifiante se produit : ma Facette du Chat se met à clignoter comme un néon fou puis s'éteint définitivement. Je me retrouve dans le noir complet, ne pouvant apercevoir que vaguement les traits de mon agresseur. Comme une simple humaine.

Mon cerveau hurle pour réclamer de l'oxygène, mes poumons me crient de laisser passer de l'air, d'inspirer, mais je ne peux pas, je ne peux pas !

Alors que ma tête s'apprête à exploser et que je sens que je vais perdre connaissance, Roland allège la pression sur ma gorge et lève les genoux, me laissant prendre une grande inspiration, la meilleure bouffée d'oxygène de toute ma vie.

Je me mets à hoqueter, incapable de proférer un son, incapable de penser à autre chose qu'à cet oxygène que je tente de faire gagner mon organisme.

Il ne me laisse prendre que deux ou trois autres inspirations saccadées avant de rétablir la pression sur mon torse. Heureusement, sa main n'appuie plus autant sur ma gorge et il m'est encore possible de respirer.

Mais pour combien de temps ?

— À combien de personnes en as-tu parlé ?

Sa voix, calme et froide, me donne envie de vomir. Un frisson glacé parcourt mon corps et je me mets à trembler de tous mes membres. Je secoue la tête, encore incapable de parler. Un sanglot voudrait s'échapper, mais il n'en a pas la possibilité.

C'est à cet instant que ma Facette revient et que je me remets à voir clairement autour de moi. Malheureusement, cet heureux évènement ne m'aide en rien à me libérer. Au contraire, je peux maintenant voir parfaitement le regard froid et meurtrier de mon agresseur.

Roland semble remarquer que je ne suis pas en état de parler car il allège juste légèrement la pression sur mon torse et réitère sa question, dur comme la pierre.

— De… (hoquet) de quoi tu… tu parles ? lui demandé-je en pleurant à moitié.

Même moi je me trouve pitoyable. Mais je suis en proie à une telle terreur que je n'arrive pas à contrôler mes émotions.

Il me regarde patiemment pendant quelques secondes puis éclaircit sa question :

— À qui as-tu parlé de ce que tu as pu lire dans cet article ?

Je me remets à secouer la tête, plus hystérique que jamais.

— À p-personne ! À personne ! Laisse-moi tranquille !

Il appuie alors très fortement sur ma gorge et ses yeux se mettent à lancer des éclairs.

— Ne me mens pas ! me menace-t-il d'une voix sourde. Il prend néanmoins garde à ne pas parler trop fort. Nous te surveillons depuis des semaines. Hier, tu en as parlé à cinq Apprentis. Arthur Smith, Michael Lennighton, Thomas Brown, Ethan Fitzpatrick et Saphira James.

Je le savais ! Je savais que j'étais surveillée. Jusque dans ma propre baraque.

— Alors ? insiste-t-il en enserrant férocement ma gorge.

— P-personne d'autre, dis-je faiblement.

Il m'observe un instant et hoche la tête, satisfait.

— Je te crois.

Il lève le menton et scrute un point au-dessus de nous, sur la terrasse supérieure.

— Tu as entendu, Sam ? demande-t-il tout bas et j'entends quelqu'un acquiescer. J'écarquille les yeux. Nous ne sommes pas seuls. Il y a d'autres Myrmes là-haut. Et des Auditifs, il semblerait.

— Vous vous occupez des cinq mômes vous autres, moi je finis le boulot ici. Et souvenez-vous. Discrétion. Pas de sang, pas de trace. Pas de témoin. C'est clair ?

Plusieurs personnes approuvent doucement et j'entends des pas s'éloigner. En proie à la panique la plus totale, je supplie :

— Non, non, pitié, ne les tuez pas ! Ils ne m'ont pas crue ! Ils ne m'ont pas crue !

Il me fixe en secouant doucement la tête. Il a presque l'air désolé.

— Bien sûr que si, ils t'ont crue, Cassiopée. Tu es leur amie. Tu as été assez stupide pour leur parler de ce que tu avais vu. Assez stupide pour les impliquer. Maintenant, ils vont payer pour tes erreurs.

Je me mets à sangloter sans retenue.

— Non, s'il te plaît ! Ils n'ont rien fait, ils ne feront rien ! Ils sont innocents !

Conscient que je commence à faire un peu trop de bruit, il écrase ma gorge avec la paume de sa main et mes sanglots se transforment en gargouillis étranglés.

— Il fallait y réfléchir avant, Cassiopée.

J'ouvre tout à coup de grands yeux, analysant un détail que je n'avais pas encore compris. J'arrive à glapir entre ses mains :

— Oh, mon Dieu, c'est toi qui as tué le pauvre Leo !

Il se fige, en prise à la stupeur puis se remet à sourire, presque impressionné.

— Ah, alors tu avais deviné ? Certainement pas toute seule, j'imagine. J'avais des doutes, mais j'ai préféré laisser filer puisque tu ne posais pas de question et que tu faisais profil bas. Je pensais que vous ne vous étiez doutés de rien avec le doc. Mais visiblement, je me suis fourvoyé. C'est une personne de plus à rajouter sur la liste des personnes que tu as tuées, Cassiopée O'Brien.

Je me mets à me débattre de toutes mes forces, je rue, je donne des coups de pieds, inutiles, mais j'en donne quand même. J'attrape ses poignets, y plante profondément mes ongles, mais il reste immobile.

— Crois-moi, je t'aime bien. Enfin, disons que je ne te déteste pas. Tu m'as l'air d'une chic fille, mignonne, pleine de ressources. Ça n'est pas personnel.

Et sur ces dernières paroles, il met tout son poids sur ma gorge et mon torse.

Je sens mes yeux sortir de leur orbite. Mes membres se mettent à convulser et je perds peu à peu le contrôle de mon corps.

— On ne retrouvera jamais ton corps, alors forcément pas besoin d'utiliser la même méthode qu'avec le gosse. Dis-toi qu'au moins ça sera plus rapide. Arrête de bouger et ça ne sera presque pas douloureux.

Presque pas douloureux ? Il est sérieux ? J'ai l'impression que mon cerveau est en train de s'écouler par mes oreilles et mes narines !

Je m'aperçois tout à coup que ce ne sont pas mes membres qui me font faire des soubresauts, mais bien mes ailes. Elles battent par à-coups, nous secouant, mon agresseur et moi. Je ne réfléchis pas, je n'en ai pas l'occasion. Instinctivement, j'évoque dans mon esprit une pensée heureuse, ce sentiment de liberté que j'ai ressenti en volant.

Le résultat ne se fait pas attendre. Mes ailes portent un coup si puissant que nous décollons, Roland et moi, et que ce dernier s'écrase deux mètres plus loin. Je prends deux petites secondes pour reprendre ma respiration, mais pas plus. Le taré est déjà en train de se relever en me lançant des coups d'œil furieux. Assassins.

Une terreur sans nom s'empare de moi. Je tâtonne à l'aveuglette pour trouver une arme quelconque et ma main se pose sur une pierre de la largeur de ma paume. Roland n'a rien remarqué, en proie à une fureur aveugle. Il se baisse et m'attrape par le col. Il sort un couteau de sa botte, le brandit au-dessus de sa tête et c'est à ce moment-là que je réagis. J'abats de toutes mes forces la pierre sur sa tempe.

Il pousse un grognement sourd, s'affale en arrière et ne bouge plus.

Toute l'horreur de la situation s'écrase alors sur mes épaules comme une chape de plomb.

Je pose une main sur ma bouche et tente de calmer les hoquets qui me secouent tout entière, mais c'est peine perdue. Je me retourne et prends ma tête entre mes mains, ébranlée jusqu'au plus profond de mon âme. Jamais je n'ai frôlé la mort d'aussi près, jamais je ne l'ai sentie s'agripper à moi de la sorte.

Une main s'abat sur mes cheveux et ramène violemment mon cou en arrière.

Je voudrais pousser un cri, mais une lame de poignard se colle contre la peau tendre et cisaille profondément ma gorge.

Je comprends alors que je n'ai pas frappé suffisamment fort et que Roland n'est pas mort.

Gabriel, pardonne-moi. J'ai essayé. Je t'aime, je t'aimerai toujours. Et peu importe ce qu'il y a après, sache que je t'attends.

Je ferme les yeux quand quelque chose de lourd atterrit derrière moi et Roland.

Celui-ci, surpris, me lâche. Ensuite, j'entends quelqu'un s'affaler lourdement à mes pieds, puis c'est le silence.

Les poings contre ma bouche, recroquevillée sur moi-même, je me retourne lentement, prête à voir apparaître n'importe qui.

Et j'éclate à nouveau en sanglots, plus sauvages et incontrôlables que jamais.

Isha se tient derrière moi, pantelant, une branche énorme pendant au bout de son bras.

— Dis-moi, princesse, combien de fois va-t-il encore falloir que je te sauve la vie ?

Sans chercher à lui répondre, et à sa plus grande surprise, je me jette dans ses bras en pleurant de plus belle.

Il reste immobile, tétanisé par la stupeur, mais finit quand même par passer ses bras autour de mes épaules.

— Hé, ça va, ça va. Avec le coup qu'il a pris sur le crâne, il n'est pas près de se réveiller...

— Ils vont… ils vont… les au-autres ! En… en d-d-d-danger, il faut… il faut…

Isha me repousse et m'attrape par les épaules, plantant son regard dans le mien.

— Woah, woah, woah ! Calme-toi, Cass, je ne comprends rien à ton charabia. Inspire à fond et explique-toi.

J'obtempère et tente d'avaler les milliards de hoquets qui veulent s'échapper de ma gorge en même temps.

— Arthur et les autres s-sont en d-danger. Ro-roland a envoyé des hommes p-p-pour les tuer au… aussi !

Isha me secoue par les épaules en fronçant les sourcils.

— Comment ça, les autres ? Qui exactement est en danger ?

J'essuie le mélange hétéroclite de fluides qui s'échappent des divers orifices de mon visage d'un revers de la main, suivi d'un reniflement pour le moins repoussant.

— Les quatre. Et ta sœur. C'est… c'est ma faute.

Isha ne cherche pas à en savoir plus. Il me lâche immédiatement et commence à courir à reculons.

— Je ne sais pas pourquoi elle est en danger, Cass. Mais je te jure que si jamais il lui arrive un pépin, c'est toi que je reviendrai voir.

Et il disparaît à la vitesse de l'éclair.

Chapitre 19

Je n'ai pas vraiment la force mentale de m'arrêter sur sa menace. Je sais que pour Isha, la seule personne qui compte réellement est sa sœur jumelle, Saphira. Même s'il m'agace régulièrement au-delà des mots, je comprends ce qu'il ressent. Et accessoirement, il vient de me sauver la vie.

Je me détourne du chemin qu'a emprunté Isha et commence à courir vers la maison des quatre. Je sais qu'ils ont emménagé ensemble récemment et je sais exactement où. Peut-être que si je me dépêche, ces deux éléments me feront arriver avant leurs assassins. Ceux-ci ne doivent pas savoir où ils habitent. Je vous en supplie, faites qu'ils ne sachent pas où ils habitent !

Je tente d'accélérer, malheureusement, mon corps a été privé d'oxygène pendant plusieurs minutes, et de nombreuses crampes se déclenchent dans mes membres endoloris, comme une réaction en chaîne diabolique, alors que je commence à grimper les escaliers. Ma respiration s'apparente à un râle et je suis pratiquement obligée de me mettre à quatre pattes pour gravir les marches. Sans compter qu'un liquide chaud et abondant coule le long de mon cou. Je supplie d'une voix rauque et presque inaudible :

— Mon Dieu, donnez-moi la force d'arriver à temps. Donnez-moi la force de sauver mes amis.

Ma famille.

Je me redresse d'un coup, et je ne sais pas ce que c'est exactement, l'adrénaline, la puissance légendaire que l'on se découvre dans ce genre de situation critique, ou finalement une aide divine, mais mes jambes se mettent à fonctionner automatiquement, régulièrement, et sans faillir. Je prends de la vitesse, toujours plus de vitesse, et je finis même par voler sur plusieurs mètres, aidée par mes ailes qui battent de plus en plus régulièrement. Je franchis deux terrasses en un bond, indifférente au bruit que je pourrais faire avec les battements de mes ailes. Si je dois réveiller des gens, cela ne sera que mieux. Pour l'instant, je ne veux pas faire un esclandre, consciente que pour retrouver mes amis il ne faut pas que le village soit en branle-bas de combat, mais je suis également certaine que nous ne pourrons pas nous échapper sans diversion.

Je franchis à une vitesse dépassant l'entendement les derniers mètres qui me séparent de leur porte et commence à tambouriner sur le battant en bois en psalmodiant une prière à voix basse :

— Ouvrez, ouvrez, ouvrez, ouvrez, ouvrez… allez !

Mon ouïe suraiguë capte de nombreux bruits maintenant. Quelques rares Auditifs qui se sont réveillés, et des bruits de pas arrivant de la direction inverse de laquelle je viens. Les assassins. Ils arrivent.

J'agresse la poignée, mais la porte est fermée à clé. Je balance mon épaule contre le panneau en bois, mais avant que mon corps n'entre en collision avec la porte, quelqu'un l'ouvre en grand. Je fonce alors, élan aidant, en plein dans un Michael endormi.

Il me réceptionne en chancelant et en poussant un grognement étouffé :

— Cass ? Cass ? Mais qu'est-ce qu'il se passe ? Ça va ? Qu'est-ce que tu fiches ici ?

Michael me tient à bout de bras, interloqué et à peine réveillé, et ses yeux finissent par se poser sur mon cou.

— Oh merde, qu'est-ce qu'il t'est arrivé ? Tu es en train de te vider de ton sang ! Ton cou ! Il est noir ! Quelqu'un a essayé de t'étrangler, ou quoi ? Arth' ! Arrrth' !! se met-il à hurler à pleins poumons.

Je le supplie en m'agrippant à lui :

— Chuuut, chut, tais-toi !

Mais il est déjà parti. Il réapparaît une seconde plus tard avec une serviette éponge et la presse contre ma gorge. Arthur émerge d'une des chambres, suivi de près par Ethan. Tom sort de la chambre opposée. Ils stoppent tous dans leur mouvement lorsqu'ils voient ma gorge ensanglantée et mon regard fou.

— Partir ! On doit partir ! Des gens… des gens veulent n-nous tuer !

Ma voix est rauque et tellement faible que je comprends qu'elle va bientôt s'éteindre.

— Quoi ?! hurlent en même temps les trois nouveaux arrivants.

Je jette un coup d'œil angoissé à la porte, mais mon cœur qui bat à toute allure dans mes oreilles m'empêche d'entendre ce qu'il se passe dehors.

J'attrape Arthur et Tom par la main et les traîne vers l'entrée. Ils tentent de me résister, mais sans grande conviction.

— Cass, Cass ! appelle Michael. Arrête, tu saignes, tu es blessée, on doit te soigner !

J'ai bien conscience que j'ai l'air totalement hystérique et irrationnelle, mais nous arrivons à court de temps.

Je me retourne vers eux et les fixe un par un, avec le regard le plus grave que je n'aie jamais eu. Mes yeux se mettent à briller puis des larmes silencieuses coulent sur mes joues.

— On va mourir. Des Myrmes ont tenté de me tuer il y a cinq minutes environ. Ils viennent pour vous aussi.

Alors si vous ne me suivez pas, dis-je en indiquant la porte d'un doigt tremblant, on va mourir. Je ne vous laisserai pas ici. Alors, suivez-moi, sinon on est tous morts.

Ils restent tous tétanisés pendant une seconde puis Arthur bouge. Il attrape ses chaussures d'un geste vif et les enfile en deux secondes chrono. Ethan suit le mouvement et Michael passe un bras autour de ma taille.

— Attends, je vais t'aider, tu tiens à peine sur tes jambes.

Mais brusquement, sa tête se tourne vers le côté et il me pousse violemment vers le milieu du salon.

J'ai à peine le temps de me retourner pour voir une silhouette lui donner un coup de poing sur le visage qui l'envoie directement au tapis.

Je pousse un hurlement terrifié et commence à trembler de tous mes membres. Michael tente de se relever, mais son agresseur l'enjambe, attrape sa tête des deux mains et la ramène violemment en arrière. Il y a un craquement sinistre et mon meilleur ami, le macho le plus attendrissant que je connaisse, s'effondre sur le sol, puis ne bouge plus.

— Nooon ! non ! Michael !

Je rampe vers lui alors qu'un Ethan méconnaissable saute sur l'assassin en poussant un rugissement sauvage.

Tandis qu'ils se battent, je me penche sur Michael et le retourne sur le dos. Son corps pèse comme s'il n'avait plus aucun contrôle sur ses membres. Il a les yeux ouverts. Il regarde dans le vide, et je comprends à l'instant même où je croise son regard. Michael est mort.

Je pose néanmoins mon oreille sur son torse et écoute. Son cœur ne bat plus.

Je m'effondre alors sur lui en poussant une plainte rauque.

— Non ! C'est de ma faute. Non ! Michael, reviens, je t'en supplie !

Mais c'est inutile. Il est mort et rien ni personne ne pourra le ranimer.

Je me mets à pleurer sur son torse en l'agrippant par les épaules. Je le prends dans mes bras et finis par oublier le monde qui m'entoure et le combat qui fait rage à un mètre de moi, seulement consciente du corps sans vie que je tiens serré contre le mien.

Effondrée, je me rends compte que je ne viens pas de perdre un ami. Je viens de perdre un frère.

Je ne sais pas combien de temps je reste prostrée sur son corps, mais quelqu'un finit par me tirer par les épaules et je lève les yeux. Je m'attends presque à voir le sourire triomphant du meurtrier de Michael, prêt à me tuer à mon tour, mais je ne vois que les taches de rousseur d'Arthur.

— Cass, on doit partir, me souffle-t-il d'une voix brisée. Ethan, Tom et moi on en est venus à bout, mais s'il y en a un autre qui rapplique, on n'aura certainement plus cette chance.

Je supplie Arthur du regard et sanglote :

— Mais… mais on ne peut pas le laisser ici. On ne peut pas l'abandonner !

Arthur me regarde avec une douleur palpable dans les yeux.

— Il est mort, Cass. On ne peut plus rien faire pour lui. On doit le laisser là si on ne veut pas qu'il nous arrive la même chose.

Je me mets à secouer la tête, les mains toujours agrippées aux épaules de Michael.

— Mais tu ne comprends pas ? C'est de ma faute. Tout est de ma faute ! C'est moi qui aurait dû… c'est moi qui…

Ma voix se brise et je pose mon regard brouillé par les larmes sur une des rares personnes en qui j'avais une confiance inébranlable.

— Je suis désolée.

Je tente de me remettre sur mes pieds et deux de mes amis m'aident à me relever. Je passe une dernière fois la main sur le visage de Michael et lui ferme les paupières avec toute la tendresse que je ressens pour lui. Que je ressentais pour lui.

— Je suis tellement désolée. Pardonne-moi, je t'en prie.

Puis les garçons m'entraînent vers la sortie. Au moment où nous dépassons le Myrme qui a tué Michael, allongé face contre terre sur le plancher, il lève brusquement le bras et saisit ma cheville.

Même soutenue par Tom et Arthur, je m'affale à côté de lui, stupéfaite et effrayée.

Mais seulement une seconde. L'instant d'après, lorsque je plonge mes yeux dans ceux de l'assassin d'un de mes meilleurs amis, je sens toute ma peur, mon angoisse, ma tristesse s'évaporer comme un film d'eau sur une poêle brûlante. Toutes mes émotions quittent mon corps, excepté une seule : la fureur.

La partie la plus noire de ma personnalité surgit, ne laissant plus une once de place à la Cassiopée normale. Je ne suis plus qu'une masse de colère aveugle, de souffrances irréfléchies.

Ethan se jette sur le Myrme, mais je le repousse sans ménagement. Avec une lenteur délibérée, j'enroule ma main autour du poignet qui tient ma cheville, sans jamais quitter des yeux l'homme. Du plus profond de mon esprit, une porte s'ouvre. Une porte oubliée, que je n'avais jamais remarquée auparavant. Une puissance obscure et sans limites rôde derrière et, dès que la voie est libre, elle sort en jaillissant, traversant mon corps. Un fourmillement dans mes doigts se fait sentir et le courant électrique les traverse et rentre dans le corps du Myrme. Je le dirige instinctivement jusqu'à son cerveau et en prends possession en quelques secondes. Un sentiment d'allégresse que je n'ai jamais ressenti auparavant s'empare de moi tout entière.

Je ne saurai jamais ce qui se serait passé ensuite, car quelqu'un finit par me tirer en arrière et je lâche prise. Le flux électrique fait demi-tour et la porte se referme.

Je cligne des yeux, surprise et frustrée. Je n'arrive pas à comprendre pourquoi.

Arthur me regarde avec suspicion. Il doit se douter à mon visage qu'il vient de se passer quelque chose.

Ethan donne un coup de pied dans le visage du Myrme et celui-ci part définitivement aux pays des rêves.

Je reprends mes esprits alors qu'on m'aide à me relever. Les garçons me traînent vers la sortie quand un cri retentit :

— On est attaqués ! se met à hurler une voix familière. Les Narques ! Les Narques sont parmi nous !

Je tourne la tête de tous côtés, cherchant Isha du regard, mais nous sommes trop loin de lui. Mon ouïe surdéveloppée me permet de l'entendre comme s'il se trouvait à deux mètres de moi, mais il pourrait tout aussi bien être à l'autre bout du village.

Notre groupe s'arrête derrière une maison et nous nous regardons, incertains.

— Vous avez entendu ça ? demande Arthur.

Je hoche la tête.

— Oui, c'était Isha, dis-je de ma voix rauque. Il doit chercher à créer une diversion pour que nous puissions nous échapper. Et échapper aux assassins.

Tom se tourne vers moi.

— Tu crois qu'il y en a d'autres ?

J'acquiesce, me sentant incapable d'ajouter autre chose.

Tout le village est en train de se réveiller, des lumières s'allument et des conversations inquiètes à l'intérieur des maisons se mettent à exploser de tous les côtés.

Tom se tourne vers Arthur et Ethan. Ce dernier est encore plus silencieux qu'à son habitude et sa position rigide et tendue me prouve qu'il s'attend à être attaqué à tout moment. Je n'arrive pas à le reconnaître. Lui qui est toujours si doux et si timide, il a l'air présentement prêt à tuer la première personne qui s'approcherait trop de nous. Une lueur sauvage brille dans ses prunelles ainsi qu'une bonne dose de douleur, la même qui doit brûler dans les miennes. Je suppose que tout le monde a une partie sombre et cachée qu'il tente de garder enfouie. Et je suppose que cette partie est forcée de ressurgir un jour ou l'autre.

— Alors, on fait quoi ?

Tom me ramène sur terre. J'observe presque distraitement Arthur se passer une main dans ses cheveux roux. Je suis tellement loin et si près à la fois.

— On trouve Isha, on se barre et…

Quelqu'un ouvre à la volée la porte de la maison contre laquelle nous sommes appuyés et trois d'entre nous sursautent à l'unisson. La quatrième personne présente ne prend pas la peine d'être surprise. Ethan se jette devant nous, les poings serrés, sur le point de battre à mort le Myrme qui sort de chez lui.

Celui-ci, un homme qui ne fait pas plus de vingt-cinq ans, nous regarde les pupilles dilatées. Il pose ses yeux de chat sur nous mais ne semble pas remarquer le garçon au regard assassin qui le menace de toute sa hauteur.

— C'est vrai ? Les Narques nous attaquent ?

Je pose une main sur l'épaule d'Ethan, lui faisant comprendre que ce Myrme ne nous veut aucun mal, puis je passe devant lui. Il ne fait pas un geste, mais je vois dans son attitude qu'il ne lui faudra qu'un dixième de seconde pour agir si cela s'avère nécessaire.

— Oui, c'est vrai. L'un d'entre eux a tenté de me tuer, lui dis-je en désignant mon cou. Il faut prévenir tout le monde. Il faut que le village se réveille et se défende !

Le Myrme jette un regard à ma gorge et hoche la tête. Il fait demi-tour et se met à ordonner aux habitants d'une voix puissante de se lever et de prendre les armes.

Arthur se retourne vers moi et prend ma main.

— C'est le moment.

Ethan et Tom hochent la tête.

Nous traversons le village en courant, village qui se transforme peu à peu en champ de bataille. Les Myrmes sortent de chez eux avec de longs sabres ou des arcs et des flèches. À moitié vêtus et ensanglantés, filant comme si nous avions le diable en personne à nos trousses, nous prions pour ne pas attirer leur attention.

Ici, en ce moment, tout le monde s'apprête à fuir pour sa vie, ou à se battre pour la défendre.

Nous finissons par atteindre l'escalier caché qui mène au pied de la montagne. Nous y attendent une Saphira hystérique et un Isha irrité.

Dès que mon amie m'aperçoit, elle me saute dessus et me scrute des pieds à la tête.

— Oh, par les dieux, Cass ! Tu n'as rien ? Tu es blessée ! Ton cou est noir ! On a essayé de t'étrangler ou quoi ?

Ses paroles ont quelque chose de douloureux à entendre. Et puis je me souviens que c'est une des dernières choses que m'a demandé Michael avant de mourir.

— Je savais bien que ce boulot de gardien de nuit n'était pas fait pour toi ! continue-t-elle, imperturbable. Et que c'était bien trop dangereux. Je le savais. Ton cou n'est pas beau à voir. Isha et moi, on avait un Pitt Bull quand on était gosses et un jour il a…

Je l'arrête d'un geste de la main. Je n'ai pas la force d'essuyer un raz-de-marée de paroles, je n'ai même pas la force d'en sortir une. Et le temps nous est compté avant que les villageois se rendent compte que l'attaque était une mascarade.

Isha se tourne vers sa sœur.

— Bon, c'est bon, tu es contente ? Ils sont là maintenant. Est-ce qu'on peut y aller ?

Il fronce tout à coup les sourcils en nous passant en revue.

— Où est Michael ? On n'a pas le temps d'attendre, on doit y aller, genre tout de…

— Michael ne viendra pas, l'interrompt Ethan d'une voix sourde, méconnaissable.

Isha se fige un instant et un voile passe devant ses yeux, sans que j'arrive à identifier l'émotion qu'il cache. Il hoche lentement la tête, fait demi-tour, et commence à dégringoler les escaliers.

Saphira le suit de près puis Tom s'y engage, mais se tourne vers nous et attend.

Je ne peux m'empêcher de regarder en arrière, vers cette maison au fin fond de ce village, dans lequel gît une partie de ma vie. Comme si je laissais derrière moi une part de moi-même. Comme si je l'abandonnais.

Arthur pose une main sur mon épaule.

— Viens, Cass, on ne peut pas traîner ici. Allez, viens.

J'acquiesce, la gorge serrée, cherchant à réfréner de nouveaux sanglots et laisse Arthur m'entraîner vers les marches. Ethan prend mon autre main sans un mot et nous quittons Tornwalker.

Pour toujours, j'en ai bien l'impression.

Chapitre 20

Je suis assise en tailleur, adossée à un tronc d'arbre, le regard perdu dans le vide.

À une distance respectable, notre petit groupe d'exilés se réchauffe autour d'un feu de camp.

Saphira se tient tout contre moi, une main passée autour de mes épaules. Ma tête repose sur la sienne, et je prie le sommeil de m'accueillir.

Mais à chaque fois que j'ai le malheur de laisser mes paupières lourdes se fermer, je vois son visage. Je vois ses yeux, plus précisément. Des yeux sans expression et sans vie. Pourtant, plus je les vois, plus j'ai l'impression qu'une lueur d'accusation brille dans tout ce vide.

Je sais que j'imagine tout ça, je sais que Michael n'a même pas eu le temps de comprendre ce qu'il lui arrivait, mais ce sentiment de culpabilité me ronge de l'intérieur.

Il est mort par ma faute.

Je relève les genoux et enfouis ma tête dans mes bras. Je n'arrive pas à pleurer. Pas une seule larme ne s'est écoulée de mes yeux depuis que nous sommes arrivés. Je me sens vide et j'aimerais tellement pouvoir lâcher mon désarroi en éclatant en sanglots, mais je ne peux pas. Mes yeux restent secs comme un désert.

Je n'ai raconté à personne ce qu'il s'est passé. Ni à Saphira, ni à Isha, ni aux trois nouveaux arrivants. Arthur s'est contenté d'un sobre : « Il ne s'en est pas sorti » pour expliquer aux jumeaux la raison de l'absence de Michael. Il n'a pas précisé que c'est à cause de moi que le tueur l'a eu en premier. Il n'a pas précisé que j'ai son sang sur les mains, pour deux bonnes raisons. J'ai trop parlé. Je l'ai laissé me protéger aux dépens de sa vie. Je suis doublement coupable, doublement damnée.

Je resserre encore plus mes bras autour de mes jambes pour m'empêcher de vaciller sous le torrent d'émotions destructives qui s'abattent sur moi. Essayant de libérer momentanément mon esprit, je pense à ces quatre dernières heures. Comment la situation est passée de cauchemardesque à complètement délirante.

Tout d'abord, en arrivant au pied de l'escalier, Isha a pilé net et s'est retourné vers nous, cette lueur d'irritation toujours présente dans ses yeux.

— On n'a pas de moyens de locomotion, a-t-il dit, comme s'il s'en rendait compte à l'instant. Sans véhicule quel qu'il soit, on ne fera pas deux kilomètres avant d'être rattrapés.

— Peut-être qu'ils ne nous poursuivront pas, a avancé Tom, plein d'espoir.

Isha lui a lancé un regard méprisant et j'ai eu envie de le claquer pour être aussi insupportable.

— Bien sûr, oui. Six électrons libres possédant des informations compromettantes sur une bande de tueurs Myrmes planqués au sein même de la bergerie. Six électrons libres qui ont en plus déclenché une fausse alerte avant de s'échapper pendant que des centaines de Myrmes sortaient de leur maison à quatre heures du matin pour combattre. Pour combattre pour rien. Tu crois que s'il leur faut avancer une excuse pour nous pourchasser ils vont avoir à chercher longtemps ?

— Les chevaux.

Tout le monde s'est tourné vers moi. J'avais à peine élevé la voix, mes cordes vocales meurtries ne me permettant pas de parler d'une voix claire et audible. Pourtant, ils m'ont accordé une attention toute particulière.

Je me suis frotté les bras, mal à l'aise. Le fait que je sache où se trouvaient les chevaux n'avait rien d'anodin. Ça avait été le début de la fin pour tout le monde. Et cela m'a rappelé que j'étais la cause de tous leurs ennuis. Moi toute seule.

J'ai dégluti et montré la gauche du menton.

— Les Myrmes…

Je me suis raclé la gorge, tentant d'éclaircir ma voix rocailleuse, mais ça n'a pas eu l'effet escompté. Au contraire, j'ai eu l'impression d'arracher mes cordes vocales.

— Les Myrmes ne peuvent pas amener leurs chevaux au village. Ils sont obligés de les laisser au pied de la montagne, gardés par des palefreniers qui se relaient régulièrement.

— Viens-en au fait, tu veux ? m'a dangereusement interrompue Isha. Mon envie de le claquer est passée d'optionnelle à proche de nécessaire.

— Je sais où est l'écurie.

— Alors qu'est-ce qu'on fait encore ici ? s'est irrité Isha.

J'ai vu rouge. Mais alors que je m'apprêtais à laisser libre cours à ma colère et à ma souffrance, je me suis rappelé que la seule à blâmer ici, c'était moi.

Je les ai dépassés, mais nous n'avions pas fait trois mètres que mes oreilles sensibles ont capté le bruit d'une cavalcade dans l'escalier. Je me suis retournée, en même temps qu'Isha et Saphira, m'attendant à voir apparaître nos assassins. Tendant l'oreille, j'ai capté le son d'au moins trois personnes.

Nous nous apprêtions à détaler ventre à terre quand j'ai entendu une voix qui m'a complètement clouée au sol.

— Allez, Tina, plus vite !

— Oh ! oh ! Non mais, pfff, attendez… pfff… attendez-moi !

Cette voix, reconnaissable entre mille, m'a fait dresser les cheveux sur la tête.

Saphira et moi nous sommes regardées, et sans plus attendre je me suis élancée vers les marches. En arrivant au pied de l'escalier, j'ai opté pour la Facette du Serpent. Encore cachées par le versant de la montagne, s'apprêtant à tourner le virage qui les révèlerait à notre vue à tous, couraient trois silhouettes rouges. Une grande, une moyenne et une petite. Dit comme ça, ça pourrait paraître comique, mais c'est la vérité. Elles se trouvaient encore à une cinquantaine de mètres de nous, mais s'approchaient rapidement.

Quelqu'un m'a saisie par le bras et j'ai fait volte-face, surprise. Isha me fixait, visiblement en colère.

— Qu'est-ce que tu fais ? a-t-il sifflé, hors de lui. On ne peut pas rester là, ils vont nous rattraper !

J'ai brusquement dégagé mon bras en le fusillant du regard. Culpabilité ou pas, Isha commençait à franchir des limites qui n'auraient jamais dû être approchées.

— C'est Henry et Tina, Isha. Mes amis. Alors, barre-toi si tu en as envie, moi je les attends.

Il a ouvert la bouche pour protester, mais Saphira est arrivée et lui a donné une claque à l'arrière du crâne.

— Elle a raison, petit frère. Il n'y a que toi pour être aussi individualiste. Tu ne connais pas le dicton : « Plus on est de fous, plus on rit » ?

— Si, et toi tu ne connais pas celui qui dit : « Plus on est de fous, plus on ralentit » ?

À ce moment-là, les trois silhouettes ont contourné le versant et sont apparues dans le champ de vision de toutes les Facettes de Chat.

Je ne m'étais pas trompée. Il s'agissait bien de Henry et de Tina. Et malheureusement, je ne m'étais pas non plus trompée sur l'identité de la troisième personne.

Saphira a plissé les yeux, ahurie.

— Est-ce que c'est…

— Morgane, oui, ai-je complété, sentant déjà mes nerfs à vif à l'idée d'entendre sa voix.

— Mais qu'est-ce qu'elle fout ici ? s'est étonné Arthur qui nous avait rejoints.

Mais avant que je puisse répondre que je n'en savais rien, les trois Myrmes ont sauté le restant des marches et nous sont pratiquement rentrés dedans. Je n'ai même pas eu le temps de bouger le petit doigt que Henry s'est jeté sur moi, furieux.

— Merci, merci beaucoup, Cass ! Merci de nous avoir attendus, c'est vraiment sympa ! J'ai passé cinq bonnes minutes à te chercher dans tout le village avant de me résoudre à partir. Loin de moi l'idée que tu avais déjà pris la poudre d'escampette sans même chercher à me prévenir ! Est-ce que…

Ses yeux se sont alors posés sur mon cou et il les a écarquillés. Sans ajouter un mot de plus, le chirurgien en lui est passé aux commandes et a commencé à palper ma gorge et à examiner la plaie qui la traversait de part en part. Heureusement, je ne saignais presque plus.

J'ai jeté un coup d'œil à Morgane, qui était pliée en deux, mains sur les genoux, tentant de reprendre son souffle.

J'ai froncé les sourcils me demandant un instant ce qu'elle pouvait bien faire là. Mais la douleur et la peur ont refait surface presque immédiatement et j'ai laissé tomber. J'avais autre chose à faire que de m'en prendre à elle. Gérer mes émotions, par exemple.

Isha a saisi le bras de Henry et l'a regardé dans les yeux.

— Plus tard l'auscultation. Pour l'instant, au risque de me répéter et de paraître redondant, on doit se barrer pour sauver nos vies !

Je suis passée devant, connaissant le chemin des écuries, et nous avons emprunté un petit chemin entre les arbres, invisible depuis l'extérieur et pour qui ne connaît pas son existence.

Notre course dans les bois a duré une éternité, me semble-t-il. J'avais l'impression que nous étions poursuivis, l'impression d'entendre des bruits de course derrière nous, mais à chaque fois que je m'arrêtais pour tendre l'oreille, et que les autres m'imitaient, je ne percevais que les sons nocturnes d'une forêt endormie.

Au bout d'une dizaine de minutes de course effrénée, et alors que je sentais Isha s'impatienter de plus en plus, j'ai fait signe à la troupe de s'arrêter.

— On n'est… on n'est plus très loin, ai-je soufflé, hors d'haleine. L'écurie se trouve droit devant, à une cinquantaine de mètres. Mais il faut faire attention, Soraya utilise des Sentinelles pour garder les chevaux.

Isha a hoché la tête et a fait signe à Ethan, Tom et Henry de le suivre.

— Je ne suis pas d'humeur à demander la permission, a-t-il marmonné. Soit il coopère, soit il va dormir pendant un moment.

Ethan a cligné des yeux. Il semblait être redevenu lui-même, calme et réservé. Timide, et ne semblant pas capable de faire de mal à une mouche. Comme quoi, les apparences sont trompeuses.

Les quatre gars ont foncé vers l'écurie et j'ai écouté leur crapahutage.

— Hé, mon ami ! a lancé jovialement Isha. Tout baigne pour toi ?

— Qu'est-ce que tu veux, le jeunot ?

L'ombre d'un sourire a flotté sur mes lèvres. Je voyais d'ici Isha serrer les poings, fulminer et devenir tout rouge.

Et apparemment, il n'était vraiment pas d'humeur à parlementer, parce qu'immédiatement après il y a eu un bruit de lutte. Ça n'a pas duré longtemps, quoique.

— Allez, ramenez vos fesses, les nanas, la voie est libre.

J'ai levé les yeux au ciel, agacée par le machisme omniprésent chez le frère de Saphira.

Nous avons chacun choisi un cheval, mais alors que je sellais le mien, un détail important s'est imposé à moi.

— Les autres chevaux. Il fait qu'on les fasse partir, sinon nos poursuivants auront largement le temps de nous rattraper.

Isha a balayé ma remarque d'un geste de la main.

— On les fera fuir.

Mais ça ne marcherait pas. Les chevaux, s'ils pouvaient fuir leur écurie, revenaient toujours chez eux à un moment ou à un autre.

Nous quittions le bâtiment quand j'ai eu une idée. Il était temps de tester mon don et ce fameux sixième sens. Tom était en train d'ouvrir toutes les stalles. Je me suis retournée sur ma selle, et presque immédiatement, ma conscience s'est fondue avec mon esprit et a suivi le cours de mes pensées :

Galopez sans vous retourner, et ne revenez pas. Jamais.

L'ordre a volé, nous a dépassés, et j'ai compris au moment où tous les chevaux encore présents dans l'écurie se sont mis à hennir qu'il avait bien été réceptionné.

Alors qu'ils fuyaient tous sous le regard ébahi de Tom et de notre groupe, je me suis émerveillée du don qui sommeillait en moi. J'étais capable de me servir du sixième sens des animaux pour communiquer avec eux et leur donner des ordres.

La suite a été un enchaînement flou et dont je ne garde qu'un vague souvenir. Nous avons chevauché pendant plusieurs heures, je ne sais pas combien exactement, mais lorsque nous nous sommes arrêtés, le soleil commençait à darder ses rayons et la dernière étoile disparaissait dans le ciel.

Nous nous sommes installés pour nous reposer et surtout laisser souffler nos chevaux.

Et maintenant que toute l'adrénaline de la fuite s'est évaporée, j'ai tout le loisir de réfléchir à mes actes. Et le torrent de souffrances, d'angoisse, de peur et de tristesse qui jusque-là s'était tenu à distance, se déverse sur moi sans pitié.

Je lève les yeux de mes genoux et observe le groupe de Myrmes, ou plutôt de Kamkals, qui se tient à quelques mètres, autour d'un feu de bois. Il y a Henry et Tina, mes trois amis, Isha et Morgane. J'ai l'impression qu'il manque quelque chose d'important, comme un corps amputé d'un membre. C'est ce que nous sommes après tout. Un groupe soudé dans lequel chaque membre a son importance. Qui va nous faire rire aux éclats, maintenant qu'il est parti ?

Je serre tout à coup les dents, en colère malgré moi. Je ne devrais pas ressentir une telle fureur. Mais c'est plus fort que moi. Toute l'injustice de la situation m'apparaît tout à coup et je ne peux que me révolter devant elle. Pourquoi Michael ? Pourquoi pas *elle* ? Que vient-elle faire ici et comment pensait-elle être accueillie, au juste ? Elle ne croit quand même pas qu'elle va prendre la place de Michael aussi facilement, quand même ?

Je me lève, ignorant les coups d'œil surpris de Saphira. Je m'approche du petit groupe, gardant ma colère à l'intérieur de moi, bien enfouie sous une couche d'indifférence et de placidité.

Morgane m'aperçoit et me lance un regard plein de défi. Mais derrière cette provocation, je discerne facilement son mal-être et aussi beaucoup d'incertitude et de tristesse.

Je décide d'ignorer la façon dont elle m'observe et demande d'un ton neutre, dépourvu de toute émotion :

— Que fais-tu là ?

Elle continue à me fixer de son air supérieur et finit par faire une moue de dégoût.

— Ça a paru évident pour quatre-vingt-dix-neuf pour-cent des personnes présentes. Mais ça ne m'étonne pas que toi tu te poses encore la question.

Je sens une vague de colère m'envahir, vague qui colore le monde en rouge. Je dois me faire violence pour ne pas réagir au quart de tour. Étrangement, j'ai tout à coup envie de pleurer. Pleurer de rage, pleurer l'injustice que je ressens, la tristesse qui s'empare de tout mon être, la douleur qui me donne envie de me plier en deux. Mais, alors qu'une larme solitaire coule sur ma joue, Isha pose ses avant-bras sur ses genoux et sourit à Morgane. Un sourire tout ce qu'il y a de plus méprisant.

— Je dois certainement faire partie du pour-cent restant, parce que je me posais exactement la même question que Cassiopée.

— Moi aussi, renchérit sombrement Ethan, que je fixe avec hébétude. J'ai l'impression que sa timidité et sa réserve se sont envolées ces dernières heures.

Arthur croise les bras et s'adosse nonchalamment à un tronc.

— En fait, je crois qu'on fait tous partie de ce pour-cent. Alors je t'en prie, éclaire-nous.

Morgane roule des yeux, mais je perçois son malaise qui s'est accentué lorsqu'elle a vu tous mes amis me soutenir. C'est peut-être stupide, et je pense que nous sommes tous encore choqués par la mort de Michael, mais j'ai la sensation que nos liens se sont resserrés avec ce drame. À mon avis, aucun d'entre nous n'est prêt à accepter un intrus dans notre groupe avant longtemps. Et, par tous les dieux, certainement pas Morgane !

Elle croise les bras à son tour, pas très à l'aise. Je la fixe, attendant sa réponse.

— J'ai entendu ton pote là, dit-elle en désignant Henry, dire à sa fille qu'ils étaient en danger ici. Qu'ils devaient s'enfuir pour vous rejoindre. Tu crois que j'allais rester toute seule dans ce village en sachant que j'étais menacée ?

Je lève un sourcil.

— Pourquoi pas ? Après tout, et jusqu'à preuve du contraire, tu as toujours crié sur les toits que tu ne nous aimais pas et que tu préférerais mourir plutôt qu'être vue en notre compagnie. Et là tu t'es dit que toi, la fille que j'aime le moins dans ce monde, tu pouvais venir avec nous, en sécurité, protégée par le nombre ?

Je me penche en avant.

— Qu'est-ce que tu as fait pour mériter notre protection ? Hein ? Qu'est-ce que tu as fait, Morgane ?

Il y a un silence pesant, et tous les yeux sont rivés sur elle, dans l'attente d'une réponse.

Elle finit par croiser mon regard et toute trace de mépris ou dédain a déserté son visage.

— Je suis désolée, Cass. Pour Michael.

J'ai un mouvement de recul. Je ne m'attendais pas du tout à ça. Désemparée et ne sachant comment réagir, je fais demi-tour et m'enfonce dans la forêt sans regarder en arrière.

Chapitre 21

Une fois à bonne distance du feu de camp, lorsque seule mon ouïe suraiguë arrive encore à capter les bribes de conversation, je lâche un long, très long soupir. Dans ce soupir, il y a tout ce que je n'arrive pas à exprimer à voix haute. La tristesse, la souffrance, la culpabilité. La peur. Je me dis qu'après ce soupir, après avoir évacué toutes ces émotions, je me sentirai mieux, mais elles m'assaillent à nouveau, sans me laisser une seule seconde de répit. Comme si mon corps en avait de rechange à chaque fois que je tentais de m'en débarrasser.

Et puis il y a cette sensation de vide. J'ai l'impression que toute cette situation ne se passe absolument pas comme elle le devrait. Mis à part le fait que je viens de perdre une des personnes qui me sont les plus chères, s'entend. Non, je parle de ce fichu sentiment d'injustice. Je ne devrais pas être seule pour accuser le coup. Gabriel devrait être avec moi à ce moment. Je devrais être dans ses bras, pleurant tout mon chagrin, toute cette peine qui ne semble pas vouloir évacuer mon corps mais qui a plutôt l'air de s'y accumuler, comme une soupape sous pression qui explosera à un moment ou à un autre.

Tu m'as abandonné, me murmure tout à coup sa voix.

Je revois ses yeux hantés, son visage amaigri et le désespoir qui l'habitait tout entier. Ce rêve avait paru si réel…

Tu m'as abandonné.

Je masse mes yeux rougis par la fatigue et le manque de larmes, certaine que si je ne dors pas un peu je vais faire un burn-out ou une crise d'hystérie aiguë. À tous les coups, je verrai Michael et lui se serrer la main et m'inonder de reproches. Je ne suis pas prête à vivre ça.

J'entends tout à coup un des garçons se lever et venir dans ma direction. Je reconnais presque immédiatement la personne qui s'approche de moi, au son de ses pas sur la mousse et les rochers. Je reste de dos, immobile, les mains croisées derrière moi et le regard fixé sur le lointain. Il lui faut deux bonnes minutes pour me rejoindre, et lorsqu'il le fait, il se place juste à ma droite et prend la même position que moi.

— Tu tiens le coup, Cass ?

Je finis par regarder Arthur. Ses traits tirés et son teint pâle témoignent de la fatigue qui l'habite. L'incrédulité et la tristesse qui hantent ses yeux me disent, elles, qu'il est aussi traumatisé que moi par cette nuit. Peut-être même plus. Après tout, il côtoyait Michael depuis plus de six mois. Ils se voyaient tous les jours, dormaient régulièrement les uns chez les autres, étaient devenus inséparables. Peut-être que, pour changer, je suis trop aveuglée par ma douleur pour voir celle des autres.

— Pas vraiment, Arthur. Mais je crois que je vais devoir faire avec. Et toi ?

Il garde le silence un moment. Je vois sa pomme d'Adam qui monte et qui descend et je comprends qu'il cherche à reprendre contenance avant de parler. Je détourne le regard, ne voulant pas le mettre mal à l'aise.

— Pas vraiment non plus, finit-il par avouer. Je… je n'arrive pas à… tu sais ? Imaginer qu'il soit vraiment… qu'il ne soit plus là. J'ai l'impression qu'il va surgir d'un instant à l'autre en se bidonnant parce qu'on s'est fait du mauvais sang pour rien. C'est irréel. Je… je crois que je n'arrive pas encore à réaliser... qu'il ne reviendra pas.

Il lâche les derniers mots en hésitant, comme s'il redoutait que les prononcer scelle définitivement la situation. C'est à ce moment que je me rends compte que les larmes coulent librement sur mes joues. Et sur les siennes. *Enfin !* me dis-je avec un certain soulagement. Pourtant, ma voix reste blanche lorsque je lui réponds.

— Au moins, il est avec son frère maintenant.

Arthur me lance un regard bizarre.

— Comment ça ?

Je hausse les épaules et essuie mes larmes d'un revers de la main.

— Ben oui, tu sais, il nous parlait sans arrêt de son frère. De tout ce qu'ils avaient fait ensemble avant qu'il ne meure. Je me dis que peut-être ils sont à nouveau réunis.

Je trouve cette idée à la fois rassurante mais aussi infiniment triste. Comme s'il avait quitté notre monde définitivement, et que d'autres personnes profitaient de sa compagnie en nous en privant à jamais.

Ou peut-être n'y a-t-il tout simplement rien après. Et je n'arrive pas à savoir si c'est mieux ou pire.

Le ciel a gagné une étoile.

Un soleil, plutôt.

Oui, voilà. Un soleil. Michael me faisait penser à un soleil. Toujours à illuminer nos problèmes, à réchauffer l'atmosphère même quand elle était lourde ou glaciale. Qui va le faire à sa place, maintenant ?

Arthur interrompt mon sombre ruminement.

— Mais… il ne t'a jamais dit ?

Je me tourne vers lui et fronce les sourcils, perdue.

— Dit quoi ?

— Son frère n'est pas mort.

Ça peut paraître étrange, mais cette nouvelle me fait l'effet d'une gifle.

— Comment ça ? Il nous disait tout le temps qu'il était…

Parti. Pas mort, pas décédé. Parti. Je ne m'étais jamais posé de questions plus approfondies sur ce terme, cela dit. Toujours occupée par mes petits problèmes, jamais intéressée par ceux des autres. Et maintenant je donnerais tout pour revenir en arrière et lui poser des questions. M'intéresser à lui. Mais forcément, je m'y prends toujours lorsqu'il est trop tard.

Je fais signe à Arthur d'approfondir. Il s'appuie contre un tronc et se met à jouer distraitement avec une branche de sapin.

— Un soir, les gars et moi on s'est raconté en détail nos passés. C'était lorsque tu avais disparu du village, après l'amnésie de Gab. Lorsque son tour est venu, il nous a avoué que son frère et lui n'étaient pas dans les coups nets. Et pour faire simple, un jour, après avoir commis un de leurs méfaits, Michael a été arrêté, mais son frère a réussi à se faire la malle. Michael a plaidé coupable pour protéger son frère, prenant sur lui toutes responsabilités. Il a fait un an et demi de prison pour mineurs.

— Pour quel délit ?

Il hausse les épaules.

— Je n'en sais rien, il n'a pas voulu nous le dire. Bref, il a eu une remise de peine pour bonne conduite et est sorti, avec quand même six mois de sursis. Il a essayé de recontacter son frère mais ne l'a jamais retrouvé. Il en a déduit qu'il avait fui le Texas et était parti recommencer sa vie ailleurs. Ça n'est pas longtemps après que son Rabatteur l'a trouvé.

Je tente de digérer ces nouvelles informations. Quel genre de type disparaîtrait dans la nature en laissant son petit frère écoper pour les deux ? Sans lui laisser une chance de le retrouver après ? Comment peut-on s'en remettre ? Faire à nouveau confiance à d'autres gens après ça ? Pourtant, Michael nous avait fait confiance. Il nous avait donné son amitié sans rien demander en retour. Il était même mort pour moi. Qu'est-ce que cela disait sur lui ? Qu'est-ce que cela disait sur moi ?

— J'ai peur, Arthur.

Celui-ci me lance un regard interrogateur. Je m'éclaircis la gorge, mais j'ai toujours l'impression que du gravier crisse quand j'utilise mes cordes vocales.

— Je me rends compte que j'ai distribué mon cœur à beaucoup de personnes. Je l'ai distribué sans réfléchir, et toi, Ethan, Tom, Henry, Saphira, et même cet abruti d'Isha, vous en tenez tous un morceau, plus ou moins gros, entre vos mains. Je m'aperçois que Michael en avait un sacré bout. Et ce bout, il est mort avec lui. Et j'ai peur, Arthur. Parce que les gens autour de moi ont la sale manie de disparaître, dans tous les sens du terme. Et j'ai peur, parce que s'il arrivait malheur à un seul d'entre vous, je crois que les morceaux restants de mon cœur ne s'en remettraient jamais. Et je suis morte de trouille. Morte de trouille de tuer encore quelqu'un que j'aime. Je me tourne vers lui, la gorge serrée : il est mort à cause de moi, tu sais ? Si je ne vous avais pas parlé de ce que j'avais découvert sur la prétendue mort de Gabriel, on vous aurait laissés tranquilles. Et s'il ne m'avait pas poussée au moment où il a aperçu son assassin, je serais certainement morte à sa place.

Ça y est, je l'ai dit.

Un sanglot s'échappe de ma bouche et je secoue la tête.

— C'est lui qui devrait être ici, avec toi. Pas moi. Je ne le mérite pas. Je suis une imposture.

Arthur réagit très vite, il fait une chose à laquelle je ne m'attends absolument pas. Il fait un pas en avant, passe deux bras autour de mes épaules et me serre très fort contre lui. Puis, avant que j'aie pu revenir de ma surprise, il fait encore un pas vers le super bizarre et me repousse pour me tenir à bout de bras. Ses yeux sont sévères.

— Maintenant, Cassiopée O'Brien, tu vas m'écouter. Michael n'était pas ton ami seulement pour les bons jours ou pour ce que cela pouvait lui apporter, d'accord ? Il n'était pas pote avec toi non plus. Parce que les potes ne pleurent pas en cachette quand une de leurs copines a été chassée de son village et a disparu. Il était ton ami. Il t'a fait don de sa confiance, il t'a donné son amitié sans y réfléchir à deux fois, sans rien te demander en retour sinon que tu lui accordes la tienne. Alors je t'interdis de bafouer sa mémoire en osant tenir ce genre de propos. Tu laisses entendre que Michael est mort pour rien. Mais c'est faux. Il est mort parce qu'il est resté lui-même. Il n'est pas mort à cause de toi, Cassiopée. Il est mort *pour* toi, et ça fait une grande différence. Alors tu vas me faire le plaisir de couper court à cette culpabilité qui te ronge. Parce que Michael savait ce qu'il faisait. Et s'il devait le refaire, crois-moi qu'il n'hésiterait pas une seconde. Il me lâche et fait un pas en arrière : aucun de nous n'hésiterait à donner sa vie pour toi, Cass. Ou pour l'un d'entre nous. Et je sais pertinemment que tu n'hésiterais pas à le faire aussi. Parce que c'est ce que nous sommes. Des amis. Plus que ça, même, nous sommes une famille. Parce qu'à part toi, Ethan, Tom, Isha et Saphira, nous n'avons plus personne. Nous comptons les uns sur les autres. Et c'est ce que font les frères et sœurs, ils se protègent mutuellement. Si tu veux honorer la mémoire de Mick, au lieu de te demander pourquoi il a fait ça, dis-lui merci.

Je ne saurais décrire le torrent d'émotion qui menace de noyer mon âme. Le chagrin et le soulagement se battent, bien sûr, mais il y a aussi et surtout les sentiments de reconnaissance et d'amour, si puissants qu'ils manquent de me faire sombrer complètement.

Alors pour éviter d'éclater en sanglots incontrôlables, je fais à mon tour un pas en avant et serre Arthur dans mes bras. Il n'hésite pas et me serre en retour contre lui.

Je lui murmure à l'oreille :

— Je ne veux pas vous perdre.

— Et moi je n'ai pas envie de mourir. Crois-moi, tu ne nous as pas encore enterrés, Cass.

J'ai un rire étranglé. Ça n'est pas le plus joyeux des rires, mais c'est un commencement.

Arthur me lâche et se racle la gorge.

— Bon, hum, allez viens, on va rejoindre les autres, Ethan paraissait prêt à bondir comme un tigre pour te ramener par la peau des fesses si nécessaire.

Je souris.

— Lui aussi a l'air d'en avoir pris un coup. Il n'est pas comme d'habitude.

Arthur soupire.

— Michael et lui étaient très proches. Je veux dire, un peu plus que Tom et moi ne l'étions. Ils étaient carrément opposés, mais ils s'entendaient comme cul et chemise.

Je m'apprête à répondre quand quelque chose d'étrange se produit : quelque chose effleure mon esprit. Oui, oui, mon esprit. Je me tourne à droite et à gauche, puis jette un coup d'œil à Arthur pour voir s'il a aussi ressenti ce… truc, mais il reste indifférent. Je m'arrête net et regarde autour de moi.

L'effleurement recommence. Je sursaute et écarquille les yeux.

— Cass, ça va ?

Je ne prête plus attention à Arthur. Je crois que quelque chose tente d'entrer en contact avec moi. Une entité étrange et animale continue à toucher mon esprit, sans jamais s'y attarder. Elle s'approche de moi, juste assez pour me faire savoir qu'elle est là, puis se retire aussitôt, comme si elle avait peur que je la morde. Et cet esprit n'est pas comme les autres. Il est étrange. Comme s'il s'agissait d'une seule conscience composée de plusieurs membres.

— Cass, qu'est-ce qu'il se passe ?

Je me tourne vers Arthur qui me regarde avec inquiétude.

— Je… je crois qu'on est suivis.

Je passe à la Facette du Serpent et retiens un cri de stupeur. Une meute de loups nous encercle consciencieusement, tout en restant à une distance respectable.

— Comment ça ?

Je lève une main vers lui.

— Chut. Ne dis plus rien. Reste immobile.

Il obtempère, raide comme un balai.

Je déglutis. Je n'ai pas l'impression que ces loups cherchent à nous faire du mal. Mais alors que veulent-ils ?

Comme si elle avait deviné mes intentions, ma conscience se fond avec mes pensées et j'ouvre grand mon esprit jusqu'à toucher celui de la meute. C'est étrange comme sensation. Je peux presque visualiser mon message, le voir voler vers la dizaine de loups qui nous entoure. Et cette fois, lorsque je touche cette conscience collective, elle ne recule pas.

Ami ?

Un loup se détache du groupe et vient vers nous, lentement mais sûrement. Il finit par apparaître de derrière un arbre et j'entends Arthur hoqueter de surprise. Le loup, une bête musclée et svelte, noire comme l'ébène, lui jette un regard mauvais avant de se concentrer sur moi. Il se plante fermement sur ses quatre pattes et je sens ses yeux d'ambre, brillants d'intelligence, percer ma ligne de défense jusqu'à brûler mon âme.

Puis il se met à parler. C'est la première fois que je communique vraiment avec un animal, et cette sensation me donne le vertige. Le loup ne s'adresse forcément pas à moi en paroles. Je ressens un flot de pensées primaires, animales, des émotions simples et brutes. Je ne pourrais pas les traduire précisément en mots, mais je les comprends.

Ami, me répond le loup. Du moins, c'est ce que je saisis.

Je me retourne doucement vers Arthur qui a perdu toutes ses couleurs. Je le tranquillise d'un geste.

— Ils ne sont pas là pour nous bouffer. Reste immobile, ne fais pas de gestes brusques et tout ira bien.

— Comment tu peux le savoir ? me souffle-t-il, mais je suis déjà retournée à mon étrange interlocuteur. Malheureusement, comme je m'y attendais, Saphira et Isha ont suivi notre échange – depuis le début d'ailleurs, l'un des nombreux avantages à être amis avec des Auditifs – et se précipitent vers nous. Les loups qui leur barrent le passage font volte-face et se préparent à accueillir les nouveaux visiteurs.

— Saphira ! Isha ! Restez où vous êtes !

La voix d'Isha me parvient.

— Cass ? Qu'est-ce qu'il se passe ? Qui va vous bouffer ?

— Restez où vous êtes. Il y a des loups qui vous attendent droit devant et je ne suis pas sûre qu'ils soient là pour vous taper la conversation.

— Cass, on ne peut pas vous laisser vous faire bouffer ! s'écrie Saphira.

Je roule des yeux. Pourquoi est-ce qu'on ne m'écoute jamais ? Ils ne peuvent pas me croire sur parole, juste une fois dans leur vie ?

— On va bien. Ils ne nous veulent pas de mal.

— Mais qu'est-ce qu'ils vous veulent, alors ? s'énerve Isha, mais je remarque quand même qu'ils se sont arrêtés.

— Je n'en sais encore rien et si vous nous rejoignez, la seule chose que j'aurai apprise, c'est que deux de mes amis se seront fait trucider par des loups en colère. Alors restez à votre place.

Ils ne répondent pas, mais n'avancent plus vers nous non plus.

Je soupire de soulagement et me reconcentre sur le loup. Il attend toujours patiemment que je lui accorde mon attention. Il m'observe, la tête légèrement penchée sur le côté, ses yeux ambrés luisant d'une étincelle sauvage, indomptable.

J'approche à nouveau mon esprit du sien :

Qu'est-ce que tu veux ?

Le loup se tortille, pousse un petit glapissement puis redevient immobile comme la pierre.

La meute a ressenti la peur. Amie a peur. Meute va aider amie.

J'écarquille les yeux. Voilà qui est nouveau.

Je m'éclaircis la gorge, mal à l'aise.

Je n'ai pas besoin d'aide. Je vais bien.

Amie est en danger. Meute va aider amie.

Je n'arrive pas à y croire. C'est la conversation la plus bizarre que j'aie jamais eue. Je n'ai jamais réussi à communiquer directement avec un animal, même pas avec Goliath. Je veux dire, nous n'avons jamais échangé d'idée. Peut-être mon don n'était-il pas encore assez fort pour que je puisse communiquer avec le grizzli ? En tout cas, cet animal devant moi a des pensées qu'il a réussi à partager avec moi. Des pensées primaires c'est vrai, mais des pensées quand même.

Le loup se retourne tout d'un coup et pousse un aboiement agressif. Un ordre, je devine.

S'approche alors un deuxième loup, plus maigre mais bien plus grand que celui que je suppose être l'Alpha de la meute. En fait, il est tellement haut sur pattes qu'il doit m'arriver au nombril. C'est un loup blanc. Aussi blanc que le chef est noir. Il lui manque un œil et il boite de la patte arrière. Sa fourrure est miteuse et à certains endroits la peau est visible.

Son apparition me choque au-delà des mots. Je n'arrive tout simplement pas à y croire. Il s'agit du loup qui a attaqué Gabriel, celui que j'ai dû tacler du haut d'un arbre pour qu'il ne zigouille pas mon copain. Celui qui s'est pris le coup de patte magistral d'un grizzli en colère, et qui d'ailleurs, si j'en crois son état, ne s'en est jamais remis. Et maintenant que je m'en suis rendu compte, je reconnais également l'Alpha, qui se trouve être le même loup qui a lancé l'attaque. C'est juste incroyable. Ce jour-là, Gab et moi avons failli être boulotés par une meute de loups, et aujourd'hui ces mêmes bêtes me proposent leur aide.

L'Alpha grogne tout le temps que l'autre loup approche puis le mord sauvagement au cou, sans que je comprenne pourquoi. Je les regarde comme s'ils étaient totalement cinglés. Je peux comprendre ce qu'un loup Alpha tente de me dire ; par contre, la raison pour laquelle il appelle un de ses collègues afin de le punir devant moi reste un peu obscure.

Le loup blanc couine et se couche sur le dos, les pattes en l'air.

L'Alpha s'adresse à nouveau à moi.

Oméga reste avec amie. La protège.

Je sursaute.

— Quoi ??

Autant le loup qu'Arthur ont un mouvement de recul. Le loup parce qu'il ne s'attendait certainement pas à ce que son « amie » s'adresse à lui aussi brutalement à voix haute, et Arthur parce qu'il doit certainement se demander pour quelle foutue raison je parle toute seule. Seul l'Oméga ne fait pas un mouvement.

Non, non, je m'empresse d'ajouter, au bord du malaise. *Je n'ai pas besoin de lui. C'est bon. Merci quand même.*

Le loup fait demi-tour sans tenir compte de mes propos.

Oméga va rester avec amie. Il la protégera.

Il pousse un aboiement et tous les loups qui nous entourent quittent leur poste et s'enfuient entre les arbres. En moins de deux secondes, ils se sont tous évanouis dans la nature.

Chapitre 22

Je reste plantée comme une courgette pendant dix secondes, essayant d'assimiler l'irréalisme complet de cette situation.

Puis je baisse le regard et remarque que le loup blanc est toujours là. Il est assis à cinquante centimètres de moi, langue pendante, et me regarde avec une expression dans son unique œil qui s'approche fortement de la débilité.

Ils sont trop gentils, ils nous ont refilé l'attardé du groupe.

Tu m'étonnes John ! Tu parles d'un acte de générosité ! Je n'ai malheureusement pas eu le temps d'ordonner à la meute de récupérer leur dégénéré. Elle s'était déjà enfuie. Et je ne sais même pas s'ils m'auraient écoutée. Ces bêtes avaient une volonté assez puissante que je n'égalais pas.

— Je peux savoir ce qu'il vient de se passer ?

Arthur me regarde de travers, comme si je lui cachais un truc. Et il ne fait pas totalement preuve de paranoïa, après tout.

Je lance un regard au Débile. J'aime les animaux, c'est vrai. Mais je ne peux m'empêcher d'avoir du ressentiment pour ce loup qui a failli avoir ma peau.

— Ils sont partis.

J'ai à peine le temps de finir ma phrase qu'un véritable troupeau s'élance dans notre direction. Arthur, qui n'a pas l'ouïe comme Sens Phare, n'entend pas le branle-bas de combat que font tous les autres pour nous rejoindre.

— Oui, ça, je crois que j'avais compris. Je m'interroge en revanche sur ton attitude et sur sa présence à lui, dit-il en désignant le Débile du menton.

Je fronce les sourcils.

— Comment ça ?

Il écarte les mains, comme si c'était une évidence.

— Cass ! T'es restée immobile, les yeux dans les yeux avec un loup, pendant au moins cinq minutes ! Et la meute est repartie aussi vite qu'elle était apparue, sans rien nous faire ! Tu trouves ça normal, toi ?

Je hausse les épaules.

— C'est un truc que j'ai vu à la télé. Tu ne dois pas montrer ta peur et, euh, fixer le prédateur dans les yeux en, euh…

Je me tords les neurones pour essayer de trouver une excuse qui tient la route, mais tout ce que j'ai l'impression de faire, c'est de m'enfoncer plus profondément que je ne le suis déjà.

— Ah ouais ? Moi j'ai plutôt entendu dire que dans ces cas-là il fallait montrer des signes de soumission. Et là, tu avais l'air d'être tout sauf soumise.

Le groupe s'apprête à nous rejoindre. Je m'approche d'Arthur en le suppliant du regard.

— Écoute, je te raconterai tout en détail, d'accord ? Mais je t'en supplie, ne dis rien aux autres. C'est une question de vie ou de mort, O.K. ? Pas un mot aux autres, tu m'as bien comprise ?

Saphira bondit d'entre deux buissons avec Tom, Ethan, Isha et Henry, et me saute littéralement dessus. Sauf qu'elle n'a pas vraiment le temps de m'atteindre, parce que le Débile, qui était assis sur son derrière jusque-là, son expression d'imbécile heureux collée sur la face, retrousse les babines, grogne sauvagement et se jette sur elle. Ils atterrissent tous les deux sur le sol mousseux et le loup se retrouve au-dessus d'elle, les pattes avant sur sa poitrine, prêt à lui ouvrir la gorge.

Saphira pousse un couinement effrayé, et ne bouge plus, tétanisée.

Moi, figée par l'horreur, je me contente de le fixer, la bouche ouverte. Je finis néanmoins par sortir de ma torpeur et pousse brutalement le loup avant qu'il n'ait la bonne idée de l'égorger.

— Eh non, mais ça ne va pas ?! Espèce de crétin, t'es totalement malade ou quoi ? COUCHÉ ! lui hurlé-je dessus, et cet idiot a le culot d'obéir.

Il s'allonge sur le sol et pose son museau entre ses pattes avant, l'air coupable.

Je me tourne vers Saphira, qui est toujours allongée sur le dos, les yeux tellement exorbités qu'ils risquent de tomber à tout instant. Isha et moi nous précipitons en même temps sur elle.

— Saph ! Saph, ça va, tu n'as rien ?

Elle continue à fixer le Débile, comme s'il s'apprêtait à se jeter sur elle d'une seconde à l'autre.

— Euh… ouais, ouais, je vais nickel. Aussi bien que si un loup venait de me sauter à la gorge, en fait.

Isha et moi l'aidons à se remettre sur ses jambes, puis son frère se tourne vers moi, furieux. Je remarque en revanche qu'il ne fait pas de geste menaçant à mon égard, comme il en a la sale habitude.

— Est-ce que quelqu'un peut m'expliquer ce qu'il se passe, ici ? Est-ce qu'on peut me donner la raison pour laquelle un loup qu'on ne connaît ni d'Ève ni d'Adam vient d'attaquer ma sœur ?

Saphira frotte ses vêtements pour se redonner contenance.

— Ouais, et aussi qu'est-ce que tu as fait promettre à Arthur de ne pas nous dire ?

Et allez ! J'aurais dû m'en douter. Voilà le deuxième plus grand avantage d'avoir des amis Auditifs. Impossible de parler discrètement. Ils vous entendent toujours. Et ça ne m'étonne absolument pas que ce soit Saphira qui ramène ça sur le tapis.

— Je… j'ai…

Arthur passe devant moi en me lançant un regard désolé.

— Elle m'a fait promettre de…

Je l'interromps, outrée :

— Arthur !

Non mais, il ne va pas leur répéter, quand même ?

Il me regarde avec irritation.

— C'est bon, Cass, tu vois bien qu'ils ne nous laisseront pas tranquilles tant qu'on ne leur dira pas. De toute façon, personne ne te jugera ici. On est tes amis, tu te souviens ?

Rouge comme une pivoine, je réfléchis un instant à la possibilité d'ordonner mentalement au Débile de sauter sur Arthur quand ce dernier se tourne vers Saphira en haussant les épaules.

— Cass a mouillé son pantalon.

Qwwwwââââââ ??!

Pendant deux secondes, je regrette presque qu'Arthur n'ait pas dit la vérité. Tom devient aussi rouge que moi, Ethan me regarde avec les yeux écarquillés, Henry grimace, mal à l'aise pour moi, et Isha tente de se retenir de rire, mais ça ne marche pas vraiment.

Oh, la hoooonte ! s'esclaffe ma conscience, à mi-chemin entre l'embarras pour moi et l'hilarité.

Je crois que je possède la seule conscience omniprésente (faisant, soit dit en passant, le pire boulot de conscience qu'on n'ait jamais vu) qui ait envie de rire quand la personne dont elle squatte le corps – moi – prend l'humiliation de sa vie.

Saphira se dirige vers moi tout en jetant des coups d'œil inquiets au loup, puis finit par passer un bras autour de mes épaules.

Le loup la suit du regard, les yeux luisants, monté sur des ressorts et prêt à bondir à la moindre alerte.

— Hé, ça va aller, d'accord ? Tout le monde comprend que tu sois à bout de nerfs. Tu as vécu dix fois plus d'évènements traumatisants qu'aucun d'entre nous ici depuis le début de la journée. Personne ne te juge, Arthur a raison. En plus, si ça peut te rassurer, Isha a arrêté de faire pipi au lit seulement deux ans plus tôt.

L'intéressé s'étrangle, et cette fois, ça n'est pas de rire.

Je lui lance un regard narquois, l'air de dire : alors mon pote, on avait des terreurs nocturnes ? Ce n'est pas un peu l'hôpital qui se fout de la charité là ?

— Et puis, continue Saphira, j'ai aussi entendu dire par la maman de Tom que lui aussi avait eu…

Tom tousse bruyamment.

— O.K., O.K., on va s'arrêter là pour les confessions.

Saphira le regarde avec de grands yeux innocents.

— Je faisais juste comprendre à Cass qu'elle n'avait pas à avoir honte d'avoir eu très peur *une seule fois dans sa vie*, et surtout de ne pas s'inquiéter, que personne ne se permettrait de la juger ou de se moquer d'elle. Je n'ai pas raison ?

Les quatre garçons hochent vivement la tête et Henry sourit, amusé.

Ethan tousse doucement pour attirer l'attention sur lui et rougit quand il l'obtient.

— Est-ce que je suis le seul à me demander pourquoi un… un…

Il désigne vaguement le Débile d'un geste de la main.

— Pourquoi la moitié d'un loup galeux est allongé aux pieds de Cass, obéissant à ses ordres ? Vous ne trouvez pas ça un tout petit peu hors du commun ?

— Si, répond Isha, une main sur le menton, et « hors du commun » n'est pas le terme que j'aurais employé. Plutôt « suspect ». D'ailleurs, puisqu'on en vient en parler de choses bizarres, j'aimerais aussi, par la même occasion, savoir pourquoi *ton* loup s'en est pris à ma sœur.

Tout le monde se tourne vers moi. J'écarte les mains d'incompréhension.

— Je n'en sais rien moi, ce n'est pas comme si je lui avais demandé de rester !

Je me tourne vers Isha, le regard noir.

— Et je ne lui ai certainement pas donné l'ordre d'attaquer ta sœur, pauvre naze ! Sache que si j'avais dû donner un ordre, c'est toi qui te serais retrouvé les quatre fers en l'air avec un loup sur le ventre. Alors ne t'en prends pas à moi parce que ton égo démesuré vient de se prendre du plomb dans l'aile !

C'est un coup bas, c'est vrai, mais Isha commence à me pomper l'air avec son irritation éternelle et sa mauvaise foi. Qu'est-ce qu'il a en ce moment ? Ses règles ? Ouais, ben il fait comme tout le monde : il la boucle et il souffre en silence.

Isha s'apprête à me retourner ce qui semble être une répartie fleurie, quand Henry fait un pas au milieu du groupe et s'interpose avant que la dispute n'aille plus loin.

— Bon, ça suffit les plaisanteries, maintenant, dit-il. Peu importe ce qu'il vient de se passer, nous sommes tous sains et saufs, fin de l'histoire. Et il y a des questions bien plus urgentes à régler, comme : où allons-nous maintenant ?

Je me dégage doucement de Saphira tout en lui lançant une œillade reconnaissante. Elle, au moins, est toujours de mon côté, même s'il est vrai qu'il lui arrive d'être vicieuse et manipulatrice. Elle me fait un clin d'œil complice avant d'envoyer un baiser volant à son frère qui fulmine dans son coin, rouge comme une écrevisse.

Je m'avance vers Henry. Le Débile, qui jusque-là suivait l'échange sans moufter, le museau caché entre ses pattes, se lève et me suit comme mon ombre. Je me retourne et le fusille du regard, mais il se contente de me regarder avec adoration, la langue pendante.

Copine.

Super, me dis-je avec amertume, *en plus il parle.*

Je reporte mon attention sur Henry.

— Il faudrait en discuter calmement autour du campement, avec Tina et Morgane. En plus, dis-je en tendant l'oreille, elles sont en train de se disputer méchamment. Ça ne me dérangerait pas que ta fille donne une bonne correction à cette chiffe molle, mais je suppose que tu n'es pas pour les règlements de compte physiques.

Henry jure entre ses dents et s'élance vers le campement.

Saphira passe devant et rejoint son frère qui commence à lui marmonner des reproches à l'oreille. Profitant du fait qu'ils sont trop occupés à régler leurs comptes pour écouter ce que je dis, je me penche vers Arthur et lui siffle :

— Comment t'as pu me faire un truc pareil ? Tu n'aurais pas pu trouver quelque chose de moins embarrassant ?

Il hausse les épaules.

— Ils ne m'auraient pas cru. Tu devrais plutôt me remercier, maintenant tu peux être certaine que personne ne se doute de rien. En revanche, tu me dois toujours des explications et je saurai te le rappeler quand le moment viendra.

Fantastique, me dis-je avec irritation. *Il ne manquait plus que ça.*

Nous avons fait une dizaine de mètres lorsque mon instinct me dit que ça vaudrait le coup que je regarde en arrière. Le Débile me suit de près, à moins de cinquante centimètres. J'ai même des traces de bave sur mon pull. Lorsqu'il me voit m'arrêter, il m'imite, presque fier de lui.

— Non mais, t'es sérieux, là ? Allez, ouste maintenant ! Je n'ai plus besoin de toi !

Le Débile se met à remuer la queue. Et je jure que c'est un sourire que je vois sur ses babines.

Copine.

Oh, par tous les saints du paradis !

Arthur me lance un regard dans lequel je lis une sincère compassion.

— Rejoins-nous quand tu auras terminé.

Et il disparaît derrière les arbres.

Je me reconcentre sur le loup.

— Allez, du vent ! dis-je en désignant la forêt. Va rejoindre tes petits copains !

Mais ça n'a aucun effet sur lui. Il se contente de me regarder de son unique œil, la tête penchée sur le côté. Je décide de lui ordonner mentalement de s'en aller. Je laisse le pouvoir déferler sur moi et ma conscience atteindre la bête.

Repars. Retourne avec la meute. Ne reviens pas.

Le loup couche les oreilles, se met à gémir et tourne plusieurs fois en rond, comme s'il se battait avec lui-même. Il finit par pousser un long hurlement lugubre et se rassoit, désolé. Je comprends alors ce qu'il se passe. L'ordre de l'Alpha est tout simplement immuable et sa volonté plus forte que la mienne. Je ne peux aller à l'encontre de ce qu'il a ordonné à son subalterne, malgré la puissance de mon don.

Je serre les dents et plante mes poings sur les hanches.

— O.K., tu peux rester mais il va falloir fixer quelques règles. Règle numéro un : tu respectes mon espace vital. Je ne te veux pas collé à mes baskets. Règle numéro deux, tu m'obéis au doigt et à l'œil, hors de question que tu fasses n'importe quoi. Règle numéro trois...

Je m'interromps. Le loup me regarde attentivement de son unique œil, la tête penchée sur le côté, l'air interrogateur. Il a beau être en piteux état, il serait presque attendrissant avec cet air de chiot étonné.

— Je suis désolée, mais je ne pourrai pas m'attacher à un autre animal, murmuré-je en pensant à Goliath. Je ne veux pas encore souffrir si jamais tu venais toi aussi à disparaître, tu comprends ?

Copine, se contente-t-il de répondre en remuant soudainement la queue et en tirant la langue, complètement excité.

Je le regarde un instant en secouant la tête. Je crois que cette excursion va être pleine de surprises. Je fais volte-face et m'enfonce dans les bois, à la suite de mes amis, le Débile sur les talons.

Chapitre 23

Lorsque je pénètre dans la petite clairière qui nous sert d'emplacement de camping sauvage, j'ai l'agréable surprise de tomber sur une discussion animée. Animée, c'est peu de le dire. Les sept personnes présentes ont chacune une idée bien précise de la « planque la plus sûre et la plus accessible ». Isha fait de grands gestes avec les bras, arguant qu'il nous faut nous réfugier dans une ville d'Amérique latine (allez savoir pour quelle fichue raison) ; Henry, lui, voudrait partir dans le sud des Rocheuses ; Saphira gazouille sur l'exotisme de Cuba en cette saison, et j'en passe et des meilleures. Tom tente tant bien que mal de donner son avis, mais personne ne l'écoute. Arthur et Ethan n'essaient même pas de s'interposer. Ils ont tous les deux les bras croisés et semblent passablement ennuyés. Tout le monde a semble-t-il oublié son envie d'aller sauver Gabriel chez les Narques. C'est bien mieux comme ça.

J'observe ce joyeux foutoir dans mon coin, coite et indifférente. Je sais déjà où je vais, et dans l'idéal j'y vais seule. Je les laisse donc tous choisir leur destination avant de leur dire où je me rends. De toute façon, pour l'instant cela m'étonnerait que mon avis les intéresse.

J'ai à peine le temps de terminer ma pensée que Henry se retourne vers moi en levant les bras au ciel dans un geste qui traduit à lui seul l'exaspération monumentale qu'il ressent dans le moment.

Il m'aperçoit et se dirige vers moi d'un pas raide. Le Débile, que j'avais fini par oublier, et qui se trouve être assis à ma gauche, son *derrière* pratiquement posé sur *mon pied*, retrousse les babines et se met à grogner d'un air menaçant, le poil hérissé.

Je lui lance un regard agacé. Mais quand je remarque que toute l'assemblée s'est calmée et que les parties belligérantes ont cessé de se hurler dessus, je me dis que, finalement, être flanquée d'une bête sauvage (plus ou moins) intimidante a ses avantages. Il faut dire que le Débile est vraiment, vraiment grand.

Le loup, ne craignant apparemment plus pour ma vie, baisse les babines et observe chaque Kamkal un à un, prêt à intervenir au moindre signe suspect.

Henry se retourne vers moi mais il a l'air plus calme. Il n'essaie pas de m'agripper par les épaules, cette fois en tout cas, comme il en a la sale habitude.

— Cass, qu'est-ce que t'en penses, toi ? Où comptes-tu aller ?

J'inspire un grand coup. C'est un peu tôt, mais on en serait venus à cette question à un moment ou à un autre. Je me mords la lèvre et lâche, aussi fermement que possible :

— Je vais chez mon père.

Il y a une seconde de silence, puis la dispute explose à nouveau, plus sauvage encore que jamais. Sauf que cette fois, tout le monde s'énerve contre moi. Tout en restant à une distance respectable, je dois ajouter.

Courageux, mais pas téméraires, raille la Philosophe, et je me dois bien d'être d'accord avec elle.

Le Débile plaque ses oreilles sur son crâne, grondant en sourdine. J'ai l'impression qu'il n'apprécie pas tout le bruit que font mes congénères et que ça lui plairait bien d'aller croquer dans quelques derrières. Je ne dis pas que je l'en empêcherais, parce que moi aussi je n'apprécie pas qu'on me hurle dans les oreilles.

— C'est de la folie !

— Pourquoi tu veux faire ça ?

— Il en est HORS DE QUESTION !

— Pourquoi les Narques ? Cuba est si jolie en cette saison !

— Manassé est encore plus dangereux que tous les assassins Myrmes qu'on pourrait avoir à nos trousses !

— Non, on va aller en…

— STOP !

J'ai crié si fort que ma voix résonne plusieurs fois avant de s'éteindre. Le Débile sursaute puis me regarde, ahuri, et les autres en font autant.

Fantastique, maintenant je n'ai plus de voix.

Je les regarde tous avec fermeté, et tente de parler aussi fort que possible avec ma voix cassée ; je croasse donc, mais d'un ton ferme comme de la roche :

— Je ne vous ai JAMAIS demandé de venir. J'y vais seule et personne ne m'accompagne. J'en ai marre d'être un danger pour tout le monde. Je me débrouillerai bien mieux toute seule, et j'aurai l'esprit tranquille de vous savoir en sécurité ailleurs.

Il y a une seconde de silence, et les Jumeaux Maléfiques explosent de rire en même temps. Puis Isha me regarde, les yeux plissés et les lèvres pincées.

— Ça, ma vieille, c'est HORS DE QUESTION. Tu ne nous convaincras pas de te laisser partir toute seule.

— Et puis, Cuba c'est quand même super ringard comme ville, quand on y pense.

— Et c'est quoi cette idée de partir toute seule ? s'insurge Tom. On est tes amis, comment tu peux penser aller chez les Narques et t'éclater sans nous ? C'est hyper égoïste comme réaction !

J'hallucine complètement.

— Mais vous êtes tous une bande de tarés bipolaires ! Il y a cinq secondes à peine, vous me hurliez dessus parce que vous ne vouliez pas aller chez les Narques !

Isha me menace de son doigt.

— Ça, c'était avant que tu nous cherches en jouant l'héroïne qui se sacrifie pour sauver ses potes. Pour qui tu te prends ? Mulan ?

— Il n'a pas tort, ajoute calmement Arthur, pragmatique.

— Et puis, reprends Face de Citron, tu crois qu'on va te laisser recevoir tout le crédit pour le sauvetage de Gabi ? Je te signale que c'est aussi *mon* ami, et que je ne te laisserai pas le sauver sans mon aide.

Je me masse les yeux du bout des doigts. Pourquoi est-ce que ça se passe toujours comme ça ? Pourquoi quand le héros dit : « Non, mes braves, laissez-moi partir seul, je vous saurais gré de me laisser achever ma quête mortelle en solo. Allez en paix », tout le monde répond forcément : « Oh nooon ! Nous on t'aime, on ne veut pas te quitter, on te suivra jusqu'au bout du monde, héros ! Jusqu'aux portes de l'enfer, s'il le faut ! »

Pourquoi personne ne répond jamais : « O.K., si c'est ton kiffe. Vous venez les gars ? Je connais un bar plutôt sympa à une centaine de mètres d'ici. Ah, eh, salut héros, éclate-toi bien ! » Ça ne se déroule jamais comme ça. Il y a toujours les abrutis d'amis pour te forcer à les forcer à te suivre, même si tu n'en as pas envie. Tu parles d'un cliché !

Je regarde Isha, Saphira et les trois Mousquetaires avec lassitude.

— Je suppose qu'il est inutile de protester.

Tom hausse les épaules en scrutant ses ongles.

— Pas si tu as du temps à perdre.

Je souffle bruyamment et m'apprête à rejoindre mon cheval quand je surprends l'expression de Henry. Il croise mon regard et je vois dans ses yeux des remords, mais aussi une résolution ferme.

— Je suis désolé, Cass, mais je ne viens pas. Je dois amener Tina en sûreté, et ce n'est certainement pas chez ton père qu'elle le sera. J'espère que tu comprends.

L'expression de mon visage s'adoucit.

— Évidemment que je comprends. Tu es même le seul homme censé dans ce groupe, dis-je en désignant la bande de têtes de lard qui m'attend en rang d'oignons, les bras croisés sur la poitrine.

Henry avance vers moi et lance un coup d'œil au Débile. Celui-ci semble au bord du grognement, mais je lui ordonne de la fermer et il se couche immédiatement, sans manquer de surveiller Henry du coin de l'œil. Ce dernier me prend dans ses bras et me serre fort contre lui. Je le serre en retour, et il me murmure à l'oreille :

— Prends bien soin de toi. Ne fais pas de bêtise, Cass, ou tu auras affaire à moi.

J'ai un petit rire étranglé. Cet idiot va réussir à me refaire pleurer.

— Ne t'inquiète pas, va. J'ai le cuir épais. Il n'est pas encore né celui qui aura la peau de Cassiopée O'Brien.

— Y a intérêt, dit-il en m'ébouriffant affectueusement la crinière.

— Bon, ce n'est pas bientôt fini ces mamours ? Cass, tu comptes partir ce matin ou on installe définitivement les tentes ?

Je me tourne vers Isha et lui fais un signe qui n'est vraiment, vraiment pas poli. Ensuite, je me dirige vers Tina, qui boude parce qu'elle ne voulait pas se séparer de nous, et lui fais un gros câlin. Même si elle est capricieuse, manipulatrice et insupportable, c'est la fille de Henry et je l'aime énormément.

— Allez, sois sage et ne fais pas trop tourner ton père en bourrique, tu sais bien qu'il ne peut pas résister à tes caprices.

Elle fait une moue déçue.

— Il ne veut pas qu'on vous suive chez les Narques !

Je ris.

— Sois sympa, va. Il ne veut que te protéger.

Je me relève et notre groupe se sépare. Les quatre garçons, Saphira et moi montons en selle et partons dans une direction, tandis que Henry et Tina s'éloignent dans la direction opposée.

Lorsque je me retourne pour leur faire signe une dernière fois, le cœur serré, j'ai la très mauvaise surprise de découvrir que Morgane nous suit.

Je tire sauvagement sur les rênes de mon cheval qui, n'appréciant pas trop le geste, se cabre à moitié en poussant un hennissement de protestation. Le Débile, qui le suivait de très près, et le mettait déjà mal à l'aise, n'arrange pas la situation en faisant un bond immense.

Je fronce les sourcils.

— Pourquoi tu nous suis ?

Morgane lève un sourcil.

— Que veux-tu que je fasse d'autre ?

Elle me dépasse avec son cheval, avec un petit sourire dédaigneux. Je la suis en répondant d'une voix calme, même si je bous à l'intérieur.

— Oh non, tu ne nous suis pas ! C'est hors de question. Je ne t'aime pas, tu ne m'aimes pas, tu es blonde, je suis brune, tu comprends, c'est complètement incompatible. Tu n'as qu'à suivre Henry, je pense qu'il est assez patient pour supporter ta présence sur une dizaine de kilomètres.

Elle se retourne vers moi et me fait un sourire mielleux.

— Je viens avec vous. Si tu n'es pas d'accord, tu n'as qu'à essayer de m'en empêcher.

Je m'apprête à obtempérer avec grand plaisir, quand Arthur m'interpelle :

— Cass ?

Je le regarde et il secoue la tête.

— On n'a pas le temps, ils doivent déjà être sur nos traces.

D'accord, me dis-je en expirant tout l'air de mes poumons, la tête tournée vers le ciel, *mais si jamais elle ne fait ne serait-ce que me lancer un regard qui ne me plaît pas, je la donne en pâture au Débile*.

L'intéressé glapit en remuant la queue, les yeux levés vers moi, comme s'il avait compris ce que je pensais et qu'il était carrément emballé par l'idée.

Je lui lance un sourire complice, mélange entre férocité et sauvagerie.

Patience, Brutus, patience. Tout vient à point à qui sait attendre.

Chapitre 24

Nous avons chevauché toute la journée, et une partie de la nuit, voyageant vers le nord. Je savais exactement où nous nous trouvions. Les souvenirs de notre escapade, à Saphira et moi, de chez les Narques, étaient encore frais dans mon esprit. Nous chevauchions côte à côte, partageant nos avis, les souvenirs que nous en avions. Les miens étaient beaucoup plus clairs car nous avions voyagé lentement, Henry et moi, pour épargner Gabriel, mais Tiphaine et elle avaient galopé à bride abattue presque tout le long du voyage.

Le plus dur en fait a été de trouver un point de repère. Nous nous étions drôlement éloignés de tout ce que je connaissais après notre fugue, quelques heures plus tôt.

Quand on y pense, j'avais fui les Narques pour rejoindre les Myrmes, craignant pour ma vie, et maintenant je rejoignais les premiers, sachant pertinemment que mon peuple d'accueil voulait ma mort.

Ma vie est d'une ironie déconcertante.

Bref, nous avons finalement abouti sur un vallon verdoyant en sortant de la forêt et sommes tombés sur un grand lac dont l'eau claire et limpide ondulait à sa surface. De temps en temps, un poisson faisait un bond, cassant la tranquillité et l'immobilité de l'eau, puis tout redevenait calme, serein. Le seul signe humain était une petite cabane de trappeur, à l'autre bout du lac, construite sur une avancée de terre qui la faisait paraître flottante. Tout autour de nous, la forêt verdoyait, comme une barrière omniprésente. J'ai reconnu ce vallon. Nous l'avions traversé avec Henry, mais je n'avais pas eu l'esprit de m'attarder sur la beauté de l'endroit à l'époque. Maintenant, le camaïeu de couleurs explosait à mon visage, des ocres, du vert de toutes les nuances et un bleu gris miroitant, celui du lac.

J'aurais donné n'importe quoi pour m'arrêter, pour faire le tour de l'étendue d'eau, pour profiter de ce paysage fantastique. Mais nous n'avions pas le temps, et de toute façon je ne l'aurais pas apprécié sans Gabriel à mes côtés. Peut-être qu'un jour…

Nous avons traversé la plaine, contourné le lac et de nouveau pénétré la forêt qui gravissait le vallon.

Le Débile me suivait toujours comme mon ombre. De temps en temps, il levait les oreilles et bondissait hors de ma vue, courant après je ne sais quelle infortunée créature, mais il ne s'éloignait jamais plus d'une vingtaine de mètres et réapparaissait rapidement, bredouille et la langue pendante.

Une fois, j'ai voulu pousser la cadence, alertée par un bruit de cavalcade derrière nous. Nous craignions, Saphira et moi, d'être rattrapés par les Myrmes. Nous avons parcouru deux ou trois kilomètres à bride abattue, mais le chemin devenait par trop accidenté et Isha ne cessait de hurler comme un cochon qu'on égorge. Nous sommes donc passés à un trot soutenu pendant quelques minutes.

Lorsque nous avons remis les chevaux au pas, je me suis souvenue du loup et ai regardé dans sa direction, un peu inquiète malgré moi. J'ai découvert le Débile juste à côté de moi, la langue tellement tirée qu'elle traînait presque par terre. Il soufflait comme un bœuf et toussait à chaque respiration. Son corps famélique tremblait et il avait perdu d'autres touffes de poils dans la poursuite. Il paraissait sur le point de rejoindre le *Valhalla* des loups. Pourtant, quand il m'a regardée à nouveau, je n'ai vu qu'une joie pure brûler dans ses prunelles ambrées. Il avait l'air de me dire : « Tu as vu ? Je ne t'ai pas abandonnée ! » Il a mis au moins deux heures à retrouver une respiration normale.

Après ça, je n'ai plus mis les chevaux au galop. J'avais trop peur qu'il claque s'il s'entêtait à me suivre partout, à n'importe quelle allure. Je n'étais pas spécialement attachée à la bestiole, en fait, j'avais même un peu de ressentiment à son égard, mais je n'en étais pas au point de souhaiter sa mort.

L'obscurité est maintenant tombée depuis plus de deux heures. Le soleil darde encore ses tout derniers rayons, mais dans cinq minutes nous n'aurons plus aucune luminosité, jusqu'à ce que la lune daigne se lever. De toute façon, cela m'importe peu puisque Arthur, moi et Morgane possédons la Facette du Chat. Saphira est un peu plus embêtée, elle n'est même pas Sentinelle. Mais elle peut se fier aux rayons de la lune qui apparaît à l'horizon.

Saphira et moi sommes toujours éveillées, parce qu'il faut bien que quelqu'un dans ce groupe de bras cassés montre le chemin, mais presque tous les garçons ont piqué du nez sur leur monture et j'y inclus Morgane. Heureusement, les chevaux suivent docilement les congénères qui les précèdent, mais je suis étonnée qu'il n'y en ait pas un dans le groupe qui se soit pris une branche. Je ne pense pas pouvoir refuser une petite distraction si elle se présente. Et quoi de plus drôle que de voir Isha tomber de son cheval alors qu'il ronfle à en faire coucher les oreilles de sa monture (et les miennes par la même occasion) ?

Je suis en train d'imaginer cette délicieuse scène quand Saphira souffle bruyamment. Je me retourne vers elle, les sourcils froncés.

— On ne va pas pouvoir continuer comme ça toute la nuit.

— Pourquoi ?

Elle me lance un regard agacé et un peu dédaigneux, qui me fait serrer les dents.

— Ça t'arrive de te servir de ton ouïe ? J'ai l'impression que tu n'as même pas ce Sens Phare.

Je me détourne, vexée.

— D'abord, l'ouïe n'est pas mon Sens Phare premier et je n'entends pas aussi finement que toi ou ton frère. Et en plus de ça, je ne vois vraiment pas ce que je serais censée entendre. Toi qui es si balèze, tu n'as qu'à m'éclairer.

Saphira, dans un geste qui me fait dire que la situation et plus dramatique que je ne le pensais, se tait avec entêtement.

J'ai la nette impression que l'attaque, la mort de Michael, la longue journée de chevauchée et l'extrême fatigue qui colle à notre peau ont eu raison de nos nerfs à toutes les deux. Le reste de la troupe dort si profondément qu'on pourrait se mettre à galoper sans qu'ils se réveillent, mais elle et moi sommes obligées de rester éveillées et de guider les chevaux pour qu'ils ne fassent pas demi-tour pendant notre sommeil et nous ramènent directement à l'écurie.

Je tends l'oreille, de mauvaise foi, je dois ajouter, et essaie de me concentrer sur les bruits qui m'entourent. J'ai tendance à faire abstraction de mon Ouïe la plupart du temps. Elle interfère directement avec ma Vue et ça ne me plaît pas du tout. J'ai l'impression de ne pouvoir me fier qu'à un seul de mes sens, celui auquel je suis le plus habituée, et l'Ouïe me déconcentre plus qu'autre chose.

Du coup, presque inconsciemment, j'ignore les signaux auditifs que me lancent mes oreilles par trop sensibles à mon goût parfois.

Lorsqu'on lui laisse la chance de nous le montrer, on se rend compte que la forêt elle-même semble vivante. Des milliers de mammifères, petits ou grands, chassant ou étant chassés, de petits insectes chantant dans le clair de lune, le vent dans les branches, le grincement des arbres. Elle semble presque respirer.

Ce qui n'est pas le cas de mon cheval, en fait. Non, mon cheval ne respire pas, il suffoque. Il semble sur le point de s'écrouler sur le sol. Son souffle est saccadé, très bruyant. Et maintenant que j'y fais attention, ses flancs sont couverts d'écume et il a l'air de faire des efforts « surchevalins » pour mettre un sabot devant l'autre.

Je fronce les sourcils et me retourne sur ma selle pour observer les autres montures. Elles ne sont pas en meilleur état que la mienne. Pauvres bêtes ! Nous les poussons depuis tout à l'heure et elles ne bronchent pas, fidèles et vaillantes. Je m'en veux de ne pas avoir remarqué leur état plus tôt.

Saphira me regarde avec ce mélange d'exaspération et de fatigue qui ne la quitte plus depuis plusieurs heures.

— Tu entends le problème, maintenant ?

— Ouais. On doit s'arrêter ou Sharky va s'effondrer sous moi. Je n'arrive pas à croire qu'il me porte encore. Le pauvre, je vais le bichonner avant d'aller dormir.

Je pousse un soupir plus de soulagement que d'agacement. Moi aussi, j'en ai marre de la randonnée à cheval. J'ai les cuisses à vif et je parie que je vais marcher en canard pendant des jours. Je tire sur les rênes de mon cheval.

Saphira m'imite sans protester cette fois. Les autres chevaux s'arrêtent, visiblement soulagés de faire une pause. Les garçons, pas le moins du monde alertés par l'immobilité soudaine de leur monture, continuent à dormir. Qu'est-ce que je disais ? Si une guerre atomique éclatait devant leur nez, ils ne s'en rendraient même pas compte. Ils sont venus soi-disant pour veiller sur moi, arguant que je ne suis pas capable de me débrouiller toute seule.

Ouais. Pour l'instant, en attendant, c'est moi qui fais du babysitting.

Je me tourne vers Saphira en m'étirant.

— Bon, O.K. On peut passer la nuit ici. Qu'est-ce que tu en penses ? Il doit être… vingt-deux heures ? vingt-trois ?

— Je n'en sais rien, répond Saphira, grincheuse. Tout ce que je sais, c'est que je vais tuer quelqu'un si je ne ferme pas les yeux immédiatement.

Je me détourne en plissant les yeux et je marmonne :

— Ça, on l'avait tous plutôt bien compris.

— Quoi ?

— Cass ?

La voix endormie de Tom s'élève de son cheval.

— Qu'est-ce qu'il se passe ?

Je desselle mon cheval et lui passe le licou. Je l'attache à une branche basse et il se met à brouter paresseusement les trois brins d'herbe qui se battent en duel sur le sol mousseux.

— On va s'arrêter là pour la nuit. Les chevaux sont épuisés et Saphira ne va pas tarder à nous faire le plus gros caca nerveux qu'on n'ait jamais vu si elle ne ferme pas vite les paupières.

Cette dernière pousse un grognement inintelligible et farfouille dans sa besace pour en sortir des vêtements. Elle se fait un coussin et se pelotonne sans tarder sur le sol.

Je la regarde, exaspérée.

— Bon. Je suppose que c'est moi qui m'occupe du feu alors.

Je me frotte les yeux en me dirigeant vers le cheval d'Ethan. Il porte tout ce que nous avons en matériel de camping, c'est-à-dire un briquet et un rouleau de papier toilette. En passant devant le cheval de Morgane, je trébuche sur une racine en jurant et atterris tête baissée sur la croupe de l'équidé. L'animal, exténué et les nerfs à vif, réagit au quart de tour. Il pousse un hennissement irrité et rue, faisant voltiger Morgane par-dessus son encolure. J'écarquille les yeux et porte ma main à ma bouche, horrifiée quand je la vois heurter au passage un Isha endormi. Je les regarde tous les deux rouler sur le sol en un amas indistinct de bras et de jambes. Je m'apprête à me précipiter sur eux pour m'enquérir de leur santé, navrée de ma maladresse, quand je les entends marmonner. Ils sont bien vivants et je dois dire que la scène, outre le fait qu'elle soit fortuite, est bien drôle. Je soupire de soulagement en tentant de masquer mon hilarité et enfouis mon visage dans la sacoche du cheval d'Ethan.

C'est alors que j'entends quelqu'un se racler la gorge juste à côté de moi. Je fais volte-face, surprise, et découvre le métis qui me regarde avec suspicion et amusement.

— Tout va comme tu veux, Cass ?

Je lisse mon pull du plat de la main tout en écoutant les deux voltigeurs geindre en se levant.

— Oui, oui, juste un petit peu fatiguée. Et toi ça va, bien dormi ?

Il hausse les épaules et sort le briquet de la sacoche.

— Non. Je n'ai pas pu dormir, Isha ronflait trop fort.

— Ouais, dis-je pas très convaincue. C'était bien imité en tout cas. Et ne te plains pas, toi tu n'as pas l'Ouïe comme Sens Phare. Crois-moi, un ronflement amplifié mille fois ça n'a rien d'agréable. Je vais avoir des acouphènes pendant des mois après ça, c'est sûr.

Il sourit faiblement et se dirige vers un terrain dégagé où il commence à entasser tout le bois sec qu'il trouve.

Arthur et Tom sont descendus de cheval et les attachent avec le mien. Morgane et Isha se disputent maintenant depuis bien cinq minutes et je ne peux m'empêcher de tendre l'oreille.

— J'ai super mal maintenant ! Tu m'as fichu ton coude dans les gencives, pauvre folle ! Je parie que j'ai une dent déchaussée !

— Pfff, n'importe quoi ! Je te signale que tu n'as pas le monopole de la douleur, Mishka. Je suis sûre que ma cheville est foulée parce que tu m'as marché dessus !

— Espèce de débile, je m'appelle Isha ! Tu ne sais même pas tenir sur un cheval ! T'aurais pu me tuer en te jetant sur moi !

— Tu crois que j'y peux quelque chose si ce canasson s'est soudain dit qu'il n'avait plus envie de moi sur son dos ? Je n'y peux rien si tu étais au milieu du chemin, comme d'habitude !

— Comment ça, comme d'habitude ? C'est toi l'invitée-surprise indésirable et tu oses me dire un truc comme ça ?

— Oh, la ferme, j'ai vu comment les autres te traitaient et t'as l'air aussi indésirable que moi, sinon plus. Ne te la joue pas grand prince échaudé, ça te fait paraître plus ridicule que tu ne l'es déjà, *Mishka.*

— Je m'appelle ISHA !! s'époumone-t-il, tout rouge.

Bien que toute cette conversation soit délectable, je me doute que je suis la seule à l'apprécier à sa juste valeur. Tous les autres semblent avoir envie d'étrangler les deux idiots pour les faire taire.

Tout en flattant amoureusement l'encolure de Sharky, mon cheval courageux, je lance, mine de rien :

— Dites les tourtereaux, ça vous dirait de faire ça en silence ? Je sais bien qu'ici les voisins ne sont pas trop dérangeants, mais nous, on commence à avoir les oreilles qui chauffent.

Isha me lance un regard furieux.

— Toi… siffle-t-il en faisant un pas dans ma direction.

Le Débile, qui se faisait discret jusque-là, s'interpose entre lui et moi et se met à gronder, dévoilant une rangée de dents blanches et pointues, seule partie de son anatomie qui semble intacte et en bonne santé.

Isha recule immédiatement. Je bats des paupières en souriant légèrement.

— Oui, *Isha* ? dis-je en détachant chaque syllabe avec dérision.

Sharky se tourne vers lui et, retroussant les lèvres, pousse un petit hennissement. On dirait presque qu'il se moque de lui.

Isha serre la mâchoire.

— Tu n'auras pas toujours ton chihuahua gangréné pour te protéger, Cass. Un de ces jours, il sera absent et je te botterai le derrière comme tu le mérites.

Je fais mine d'être offusquée, mais Saphira, qui est toujours allongée sur son matelas de fortune, élève la voix, plus énervée que je ne l'ai jamais vue. Ou peut-être que si, lorsque Nathan m'a fait sortir de ma torpeur avant de nous aider à nous enfuir, chez les Narques.

— Isha ! Si tu ne la boucles pas immédiatement, c'est moi qui vais venir te botter le derrière, tu m'as comprise ?

Il plisse les yeux et pince les lèvres. Moi, j'ouvre de grands yeux innocents et articule silencieusement un « désolée », preuve que je ne le suis pas le moins du monde et, rassurée sur l'état de ma monture, je m'éloigne vers le feu en lui faisant un petit signe de la main par-dessus mon épaule.

Tout le monde est déjà installé autour du feu de camp. Morgane, ennuyée par notre altercation, s'est déjà allongée non loin de Saphira. Ethan avive les flammes avec son bâton d'un air absent et Arthur pose sa tête sur le sol, un bras devant les yeux. Tom est assis en tailleur, les bras croisés sur son torse, tentant de se réchauffer.

Je m'affale non loin d'eux et commence immédiatement à somnoler. Le Débile tente une percée et essaie de s'installer à côté de moi, mais je le repousse sans ménagement. Non mais, il me prend pour quoi ? Son doudou ?

Je me roule en boule près du feu, à une distance de sécurité satisfaisante, et ferme les yeux en priant les cieux que mes rêves me fichent la paix cette nuit.

***

Il est toujours là, hanté et méconnaissable. Mais cette fois-ci, il n'est pas seul. Au moment où je me retourne pour l'apercevoir, debout au milieu de toute cette glace, Michael se tient à ses côtés. Michael, toujours égal à lui-même. Sauf que cette fois, il ne sourit pas. Ses yeux sont infiniment tristes et il me regarde, désolé.

Je voudrais lui dire que je m'en veux. Je voudrais lui dire que ça n'était pas de ma faute. Je voudrais le supplier de me pardonner. Mais je n'en ai pas le temps. Un léger sourire s'étire sur ses lèvres, sourire triste porteur d'une excuse silencieuse.

— Je suis désolé, murmure-t-il, avant que le plafond de glace ne s'abatte sur Gab et lui.

Chapitre 25

Je me réveille en sursaut, retenant le cri qui s'apprêtait à franchir mes lèvres. Des larmes coulent de nouveau sur mes joues et je dois plaquer ma main sur ma bouche pour étouffer les sanglots qui veulent s'en échapper.

Un petit gémissement me fait baisser les yeux. Le Débile est couché juste à côté de moi et il a posé sa tête sur mon ventre. Il me regarde avec un grand œil désespéré et geint une nouvelle fois, en se collant un peu plus à moi.

J'inspire profondément et pose ma main sur sa tête, me maudissant de toucher cette chose. J'aurai de la chance si ma main ne tombe pas après ça. Mais ça me fait du bien d'avoir du réconfort, même si ce réconfort vient d'un loup puant et se préparant déjà à la décomposition.

Je tends l'oreille et écoute les respirations des autres autour de moi. Elles sont toutes régulières, lentes et profondes. Tout le monde dort encore.

C'est là que je capte l'autre respiration, celle qui se trouve juste au-dessus de moi. Je plisse les yeux et reconnais Isha, planqué dans un arbre, à deux ou trois mètres du sol. Il a l'air de monter la garde.

Comme je ne veux réveiller personne, je murmure tout bas, sans bouger :

— Isha ?

Celui-ci baisse la tête vers moi.

— Mmm ?

— Tu ne dors pas ?

— Non, il faut bien que quelqu'un monte la garde. Vous vous êtes tous endormis comme des souches avant que j'aie pu atteindre le feu de camp.

Je n'ai pas la force de repartir. Cela doit le surprendre d'ailleurs, parce qu'il se penche en avant, en équilibre sur sa branche, et pose les mains sur ses genoux.

— Ça va ?

Je passe une main sur mon visage, énervée contre moi. Il a dû m'entendre gémir dans mon sommeil et ça ne m'étonnerait pas qu'il s'en serve.

— Je suppose que tu connais la réponse à cette question.

Il s'adosse contre le tronc d'arbre et laisse ses jambes pendre dans le vide.

— Ce n'est pas parce que je t'ai entendue rêver que j'en déduis forcément que tu vas mal. Ça voudrait dire que je ne m'intéresse plus du tout à ce que tu ressens, et ça n'est pas vrai. Du moins pas tout à fait, se rattrape-t-il.

J'essuie une larme qui avait glissé près de ma lèvre et lève les yeux vers lui.

— J'ai peur, tu sais.

— Il va falloir que tu précises, avec toi la liste me semble infinie.

— J'ai peur de découvrir que je me suis trompée. J'ai peur de découvrir que Gabriel est vraiment mort, que Manassé n'a fait que retirer son corps afin que le gouvernement américain ne le découvre pas, comme Soraya le pense. Et s'il était toujours en vie mais que ce n'était pas mon père qui le détenait ? Que je me plante depuis le début ?

— Ben il te restera 99,999999 % de la surface terrestre à remuer pour le retrouver.

— Très réconfortant.

— Ce que je veux dire, reprend-il pragmatique, c'est que te connaissant, tu ne baisseras pas les bras tant que tu ne l'auras pas retrouvé.

Je pince les lèvres. Le sentiment de culpabilité qui me ronge est insupportable.

— J'ai trop tardé, Isha.

— Comment ça ?

— J'ai attendu deux semaines pour partir à sa recherche. Et Dieu seul sait combien de temps ça aurait duré si nous n'avions pas été forcés de partir. Je n'arrêtais pas de me répéter qu'il n'était pas mort, que c'était Manassé qui l'avait enlevé et qu'il me fallait trouver le meilleur créneau pour partir chez mon père. Je n'arrêtais pas de me dire que je devais attendre le signal de Henry, que je devais sortir vivante de ce village si je voulais le retrouver.

Je fais une pause. La voix de Gabriel, hantée et triste, résonne dans mon crâne.

Tu m'as abandonné.

Je déglutis.

— Mais je crois que tout ça n'était que des excuses minables. Je crois que j'avais peur. Peur de bouger, peur de découvrir qu'il n'était plus là, que je devrais vivre à jamais sans lui. Que je devrais essayer de m'en sortir en sachant que lui n'avait pas eu cette chance. Je crois que j'espérais même secrètement que ce serait encore lui qui reviendrait à moi, comme il l'avait toujours fait. Et maintenant, je n'arrête pas de me dire que j'ai trop attendu. Qu'il est peut-être mort à cause de ça.

Je me tais pour reprendre contenance et observe les branches des arbres qui forment un parasol au-dessus de nos têtes. Isha se tait, attendant que je poursuive.

— Je n'arrête pas de me demander ce qu'il peut bien me trouver. Je ne suis ni courageuse, comme il le pense, ni bien maline.

Je le vois se raidir dans son arbre.

— Pour la dernière partie, tu n'as pas tort, l'ingéniosité n'est pas ton fort...

Je souris faiblement.

— ... parce que si tu étais vraiment intelligente, jamais tu ne penserais une chose pareille.

Je cligne des yeux, surprise. Le Débile se remet à geindre et vient me lécher le visage. Ça pue, c'est dégoutant, et je vais certainement attraper la lèpre, mais je le laisse faire. Cet animal semble être le seul à m'apprécier malgré tous mes défauts et même malgré tout ce que je lui fais subir. Je le repousse finalement et me redresse, intéressée par les propos d'Isha.

— Hein ?

Il inspire profondément.

— Je sais ce qu'il te trouve.

Je fronce les sourcils.

— Comment ça ?

Il fait un geste exaspéré de la main.

— Il m'a maintes fois répété, brutalement si nécessaire, que tu étais la fille la plus vraie et la plus droite qu'il ait jamais rencontrée. Que grâce toi, il avait l'impression de respirer à nouveau. Comme si tu étais une bouffée d'oxygène frais dans un monde où tout lui semblait pollué.

Il se dandine, mal à l'aise.

— Enfin, c'est ce qu'il me disait quand je le harcelais en disant que tu étais la fille la plus énervante et la plus débile que je n'aie jamais rencontrée. Il devait sûrement se sentir obligé de te défendre.

Je ris, un peu plus légère. J'aperçois son sourire entre les branches.

— Il m'a dit que tu lui rappelais quelqu'un. Quelqu'un qu'il avait aimé et perdu il y a longtemps.

Je fronce les sourcils, mes antennes radars en mode captage maximal.

— Qui ça ?

Il hausse les épaules.

— Je n'en sais rien, on est des gars, Cass. Ce n'est pas notre genre de discuter de ce genre de truc.

Maintenant, la curiosité me ronge. Et la jalousie aussi. Un petit peu.

Qui pouvait bien être plus intéressante que toi ? me souffle ma perfide et jalouse conscience.

Inconscient de mon état de tergiversation, Isha continue :

— Tout ce que je sais en tout cas, c'est qu'il n'a jamais aimé quelqu'un comme toi. Et je n'ai jamais vu quelqu'un aimer une autre personne aussi fort. Alors tu n'as pas de soucis à te faire. Même si tu le décevais au plus haut point, je crois qu'il ne serait pas capable de te larguer.

Je pense que je viens de recevoir ce qui s'approchait le plus d'une tentative déguisée de réconfort. Consciente de l'effort, je ne fais pas de commentaire. Je lui dis juste ce que j'ai sur le cœur depuis un moment.

— Je suis désolée, Isha, si je suis agaçante et agressive parfois. Souvent. J'essaie de grandir, mais ça n'est pas simple. Je suis navrée de m'en prendre à toi régulièrement.

Il soupire dramatiquement :

— Tel est mon fardeau : être sans arrêt repoussé brutalement et sans pitié pour le réconfort que je tente de donner aux gens.

Je ris vraiment cette fois.

— Laisse-moi rire. Ça fait longtemps que t'es là-haut ?

— Depuis que vous dormez.

— Merci beaucoup, mais ça ne m'aide pas. Je n'ai pas un chrono dans la tête qui comptabilise mes heures de sommeil.

Il souffle bruyamment :

— Je n'en sais rien, peut-être trois ou quatre heures.

Je me relève en grimaçant, puis m'étire pour délasser mes muscles endoloris.

— Descends, je prends ton tour.

— Je ne suis pas fatigué.

— Arrête de faire ton gros dur. De toute façon, t'es un Auditif. Vous êtes nuls pour faire le guet. Il n'y a que les Sentinelles qui sont capables d'assumer complètement cette tâche.

— Ben voyons.

Je me hausse sur la pointe des pieds et tire doucement sur son pantalon.

— Allez, descends. Je n'arriverai plus à dormir de toute façon. Et toi, tes yeux se ferment tout seuls, je le vois d'ici. Alors, ça nous arrange tous les deux. Crois-moi, je n'ai pas envie de me rendormir. Pas du tout.

Il a un instant d'hésitation puis se laisse tomber au sol, souple comme un chat.

— Je te préviens, je vais te tester. Toute la nuit s'il le faut. Et tu n'auras pas intérêt à dormir.

J'acquiesce sans grande conviction. Le temps que je grimpe à mon tour dans l'arbre, perturbant le Débile qui ne peut pas me rejoindre, il dort comme une souche.

***

J'ai finalement dû m'endormir. Je le sais parce que lorsque je me réveille, le souffle coupé, je suis allongée sur le dos, sur le sol précisons-le, une botte de ranger sur la poitrine et un arc bandé d'une flèche aussi grande que moi pointée sur ma gorge.

Je cligne plusieurs fois des yeux, encore sous le choc de la chute que je viens de subir. Ma vision s'éclaircit finalement et j'arrive à identifier le propriétaire de la botte.

Aux ailes qui dépassent de son dos, je devine que c'est un Kamkal et je suis quasi certaine qu'il ne fait pas partie des Myrmes. C'est un Narque.

Il est de taille moyenne, jeune, et n'a pas l'air commode. Il plisse les yeux et me menace un peu plus avec son arme.

— Qui êtes-vous ? Qu'est-ce que vous faites sur notre territoire ? demande-t-il d'une voix où je décèle une pointe d'accent peut-être français...

Instinctivement, je lance un coup d'œil à mes camarades. Ils sont rassemblés en cercle, les mains derrière la tête, cernés par six Narques armés. Isha pince les lèvres et me lance un regard entendu.

— Merci d'avoir monté la garde de manière si efficace, Cass. La prochaine fois, Sentinelle ou pas, laisse-moi m'en occuper.

Je m'apprête à lui répondre qu'il devrait plutôt me remercier, puisque c'est *moi* qui ai une botte pointure quarante-trois enfoncée dans la cage thoracique et pas lui, mais le jeune Narque me coupe l'herbe sous le pied.

— La ferme !

Il se retourne vers moi et réitère sa question.

Je tente de me soulever sur les coudes, mais l'énervé appuie d'autant plus sur sa jambe droite et je me retrouve à suffoquer. Je me mets à paniquer, mes poumons gardant un mauvais souvenir de ce genre de situation.

Je parviens à balbutier :

— Lâche-moi !

Le type ne bronche pas et je serre les dents. La peur fait place à la détermination et je suis prête à lui refaire le portrait s'il ne me libère pas immédiatement.

Je lance d'une voix forte :

— Je suis Cassiopée, la fille de Manassé, et eux sont mes amis. Nous venions chercher refuge chez vous quand vous nous avez attaqués ! Lâche-moi ou je te jure que...

Je n'ai pas le temps de terminer ma phrase que mon agresseur retire sa botte, se baisse, me saisit par le col de mon pull et me remet debout, tout cela en moins de deux secondes chrono.

Il me tient solidement à moins de cinq centimètres de son visage et plante ses yeux marron dans les miens. Durant une minuscule seconde, je suis désarçonnée, mais je me reprends immédiatement. S'il croit qu'il va m'intimider avec ces yeux-là, il va être déçu. J'ai beau avoir peur, je ne suis pas décidée à le lui montrer. Je suis même prête à lui rentrer dedans s'il ne m'en laisse pas le choix.

— Cassiopée ? Tu as dit Cassiopée ?

Je tente de reculer un peu, peine perdue. L'ironie prend le pas sur la colère et je fronce les sourcils, me tortillant pour me libérer.

— Euh, oui ? Cassiopée O'Brien. Ravie de faire ta connaissance. Maintenant que les présentations sont faites, ça serait aimable de ta part de me laisser respirer mon propre oxygène.

Il cligne des yeux, comprend l'allusion et – Dieu merci ! – fait un pas en arrière. Il ne me lâche pas pour autant et serre les dents.

— Qu'est-ce qui me prouve que tu es bien Cassiopée ? C'est facile de le prétendre, ça l'est moins de le prouver. Tu as dix secondes pour me convaincre.

Je ne peux m'empêcher de le fusiller du regard. Comment veut-il que je prouve quoi que ce soit ? Sinon mes yeux, je n'ai aucune preuve de ma parenté avec le chef des Narques. Et, apparemment, celui qui me tient n'est pas assez observateur pour l'avoir remarqué.

Il va falloir que j'agisse, et vite. Je regarde autour de moi mais ne peux apercevoir le Débile. Ce dernier a disparu. Je laisse ma conscience prendre le relais et lance un appel à l'aide silencieux.

Reviens, j'ai besoin de toi !

Tout à coup, le Narque fronce les sourcils et se tourne vers l'extrémité de la clairière. Je l'imite et perçois le son qui m'avait jusque-là échappé. C'est un grognement sourd. Je plisse les yeux au moment où le Débile émerge lentement de la forêt, le poil hérissé et les babines retroussées. Il fixe de son œil jaune les nouveaux venus et se ramasse sur lui-même, prêt à bondir. Jamais je n'aurais pensé qu'il puisse être aussi intimidant. Si je ne le savais pas de mon côté, j'aurais certainement pris mes jambes à mon cou. Il ressemble à un loup revenant, sortant tout droit des enfers.

C'est la diversion qu'il me fallait. Je baisse le bras et attrape souplement le poignard accroché à la ceinture du Narque. Il se crispe, comme s'il se retenait d'agir. Je lui donne un coup de genou dans l'entrejambe et profite de sa surprise pour lui faucher les tibias. Il s'effondre sur le sol en gémissant. Les autres Narques bandent leurs arcs et me visent avec, se détournant de mon groupe, ce qui n'est pas une bonne idée. Ethan saute sur celui qui est le plus proche et lui donne un coup de pied fulgurant dans le dos, qui le fait tituber en avant. Mes autres amis ne se font pas prier. Ils s'attaquent tous à un Narque et, nos adversaires ayant du mal à tirer à bout portant avec leur arc, jettent leurs armes sur le sol. Ils sont bientôt tous désarmés. Mais ils n'ont pas dit leur dernier mot et ce sont des hommes rompus aux combats, ce qui n'est pas notre cas. Ils n'auront aucun mal à neutraliser mes amis alors je me précipite sur leur chef et le menace avec son poignard. Ses compagnons me jettent des coups d'œil furieux mais abandonnent la bataille. Mes amis ramassent leurs arcs et les visent avec. La situation prend un tournant complètement différent, dans lequel nous avons visiblement l'avantage.

Une évidence s'impose alors à moi. Je ne sais même pas pourquoi je n'y ai pas pensé plus tôt.

Je lâche le Narque et me mets face à lui. Je retire ma veste et laisse mes ailes se déployer de part et d'autre de ma tête. L'expression de son visage change du tout au tout. De coléreux, il passe à surpris, puis à inquiet. Je sais que la couleur émeraude de mes ailes a fait son effet. Il n'y a qu'un autre Kamkal qui porte les mêmes nuances que moi.

Je souris, satisfaite par sa réaction.

— Tu es convaincu ou faut-il que je continue ?

Le Narque se relève lentement, impassible.

— C'est bon, Cassiopée. Tu peux dire à tes amis de baisser leurs armes, nous ne vous ferons aucun mal. Je m'appelle Romain. Je suis chargé de te ramener chez ton père.

Chapitre 26

Nous sommes tous en arc de cercle autour du feu de camp. Le Débile est assis à côté de moi, langue pendante et yeux foudroyants à l'adresse des nouveaux venus, et il essuie de son côté des œillades méfiantes et hostiles de la part des Narques.

Après nous être assurés qu'ils ne nous feraient pas de mal, nous rendons leurs armes à leurs propriétaires et Romain nous explique que nous venons d'entrer dans le périmètre du territoire des Narques. Il nous dit aussi qu'une bande de Myrmes sillonne la frontière depuis plusieurs heures à la recherche de quelque chose, et nous comprenons rapidement qu'il s'agit de notre petite troupe. Heureusement pour nous, ils n'ont pas le droit de franchir la frontière de leur territoire sans risquer de déclencher une guerre intra-espèce.

Je lève un sourcil à cette remarque.

— Ah ouais ? Vous, pourtant, ça ne vous empêche pas de la franchir pour venir faire des razzias dans notre camp dès qu'il vous manque des effectifs.

Romain a un sourire en coin.

— Nous pouvons nous le permettre. Notre armée est dix fois plus puissante que la vôtre et Soraya n'est pas inconsciente au point de mettre en danger toute sa population.

Arthur pince les lèvres et lève un doigt.

— Armée ? Qui a parlé d'armée ?

Romain ignore la question, pourtant pertinente, et se tourne vers moi.

— J'ai ordre de te ramener au village, toi et tous ceux qui t'accompagnent. Êtes-vous êtes prêts à suivre sans faire d'histoire ?

Je hoche la tête.

— Je te rappelle que nous sommes les victimes de tentatives d'assassinat par notre propre camp et que nous cherchions à vous rejoindre quand toi et tes petits copains vous nous êtes tombés dessus comme des sauvages. Alors maintenant que nous avons des guides, on ne va pas essayer de vous fausser compagnie.

Romain lève les bras en signe d'apaisement.

— Je préfère demander confirmation. Manassé m'a demandé de te ramener saine et sauve, c'est vrai, mais il n'a pas donné d'instructions quant à tes amis. Je ne voudrais pas utiliser la force pour vous persuader.

Un silence éloquent s'installe.

— Tu es un peu prétentieux, non ? demande Morgane. On a facilement réussi à vous désarmer un peu plus tôt. Qu'est-ce qui nous empêche de recommencer ?

Romain lui adresse un sourire carnassier.

— Tu as raison, chère demoiselle. Nous avons été facilement désarmés, comme tu l'as dit. Néanmoins, ne tire pas de conclusions hâtives. S'il te venait l'envie d'en découdre encore une fois avec un de mes hommes, je t'en prie, fais donc. Mais ne viens pas te plaindre si tu en ressors abîmée. Crois-moi, la prochaine fois, nous serons prêts à intervenir. Et vous ne chanterez pas la même chanson.

— Personne ne s'attaquera à qui que ce soit, interviens-je en lançant un regard agacé à Morgane. Nous nous tiendrons à carreau, vous n'aurez pas à intervenir.

Morgane ne sait pas ce qu'elle dit. Ces Narques sont des combattants émérites, on peut le deviner simplement à leur posture. Que nous ayons réussi à prendre le dessus n'est pas un coup de chance, c'est un véritable miracle. Et comme l'a dit Romain, Manassé leur a donné l'ordre de ne pas me blesser. Je suis certain qu'il s'est pratiquement laissé frapper pour ne pas me faire de mal. S'il avait voulu parer un seul de mes coups, il n'aurait eu aucun mal à le faire.

Romain hausse les épaules.

— Bien ! Puisque le problème est réglé, je propose que nous nous mettions en route, histoire d'arriver chez Manassé avant qu'il ne soit mort de vieillesse.

C'est pour ça qu'on a encore quelques centaines d'années devant nous, me dis-je, amère.

Étrangement, je ne suis pas angoissée de revoir mon père. Pourtant, il a fait, entre autres, massacrer quatre humains pour attirer mon attention. Ce seul détail devrait déjà me mettre sur mes gardes. Mais je ne ressens que de la colère à son égard et je compte bien le lui montrer quand je le rencontrerai. S'il croit que je vais l'accueillir à bras ouverts en criant un joyeux « papa ! », il va être déçu.

Avant d'enfourcher mon cheval, je me baisse vers le loup blanc et fais mine de le caresser. Puis je laisse ma conscience ne faire qu'un avec mon esprit et toucher la sienne.

Les nouveaux ne sont pas des amis. Reste prudent.

Il cesse aussitôt de haleter et me regarde avec intelligence de son unique œil. Comme ça n'arrive pas vraiment souvent, je pense qu'il a compris.

— Cassiopée ?

Je me redresse aussi sec, comme surprise en train de piquer des bonbons sur un stand. Romain me regarde avec suspicion.

— Tu es en transe ou quoi ?

Je lève les yeux au ciel, mais je suis certaine que mes glandes sudoripares fonctionnent à plein régime.

Mon Dieu, faites qu'il n'y ait pas de Pisteurs dans leur groupe.

Je lui réponds sérieusement :

— Oui, c'est ça. Je communiquais avec mon loup, pour tout te dire. Il m'a dit que tu avais un derrière appétissant et qu'il se laisserait bien tenter. J'essayais de le raisonner quand tu nous as interrompus.

Il pince les lèvres et porte machinalement la main à son arc. Je lui fais un clin d'œil pour lui signifier de se détendre et il détourne le regard, talonnant son cheval.

— Cesse de dire des bêtises. Je ne suis pas là pour supporter tes sarcasmes.

Une vague de soulagement me submerge. Je soupire en regardant le Débile.

On a eu chaud !

Je croise le regard de Saphira qui patiente à mes côtés, toujours aussi silencieuse. Ce mutisme me perturbe cent fois plus que son habituel bavardage.

Elle me sourit finalement, une étincelle malicieuse dans les yeux.

— Eh bien, Sophie, tu as entendu le boss. Monte sur ton canasson et arrête de dire des bêtises ou ça va chauffer pour ton derrière.

Je ris aux éclats.

— Tu parles, il ne me fera rien du tout. Je suis trop précieuse à ses yeux, dis-je en bombant le torse, mimant une attitude hautaine.

Elle monte sur son cheval et je l'imite. Sharky me lance un regard en coin et je le grattouille entre les oreilles. Je laisse mon esprit aller jusqu'à lui et lui transmets une vague de reconnaissance.

Merci d'être aussi brave.

Il me regarde calmement encore un moment et je perçois une réponse, douce et indomptable à la fois.

Merci à toi de me ménager.

C'est la première fois que je communique avec un cheval. Encore une fois, je ne perçois que des pensées primaires et animales, mais je pourrais les traduire ainsi.

— Bon, maintenant tu m'excuseras…

Saphira me ramène à la réalité. Sharky s'ébroue et se met en route. Mon amie fait un léger demi-tour sur elle-même et adresse un clin d'œil à un des trois Narques qui ferment la marche.

— … mais il me semble que j'ai une touche.

Elle tire sur les rênes de son cheval et se faufile confortablement entre deux Narques. Je la regarde faire, désabusée, mais aussi rassurée de la retrouver, et talonne mon cheval pour la distancer un petit peu.

Je me retrouve seule, et j'en profite pour écouter Saphira entuber nos « guides ».

— Comment ? Rico et Marco ? Comme c'est chou ! Ça sonne vraiment espagnol. Mexicain ? J'ai toujours pensé que les Mexicains et tout ce qui a du sang *caliente* dans les veines étaient supra intéressants. Je devrais plutôt dire supra sexy (rire timide). Mais il n'y a qu'à voir les séries télévisées aujourd'hui. Qui sont les héros ténébreux et dangereux ? Toujours des Espagnols super beaux. Des frères, si possible. Vous êtes frères tous les deux ? Non parce que vous vous ressemblez un max ! Vous êtes jumeaux, je parie. J'ai aussi un jumeau. C'est la tête de cochon devant qui est en train de parler à votre pote le commandant en chef grincheux. Coucou Isha ! Oui, moi aussi je t'aime. En parlant de votre chef, il est un peu tendu, non ? Enfin je veux dire, mince quoi ! Même si on a réussi, avec beaucoup de chance, à vous désarmer tout à l'heure, c'est parce que vous n'étiez pas sur vos gardes. C'est clair que ça ne se reproduira pas, il peut se détendre. Nous ne sommes pas vraiment rompus au combat. On n'a pas de très bons Sens en plus. Moi, je suis Auditive, et mon frère aussi, mais les autres ne sont que des Sentinelles, ce qu'il y a de plus banal. Alors que vous, c'est clair que vous avez l'air super entraînés, un vrai commando de G.I. Vous avez dégainé vos armes à une telle vitesse que je n'ai même pas eu le temps de cligner des yeux. J'étais très impressionnée.

Je n'en reviens pas. Elle n'a pas dû reprendre sa respiration depuis au moins cinq minutes ! Et les deux autres n'ont pas pu en placer une. Si ça continue, ils vont lui en coller une et lui dire de la fermer.

— … Oh ? Vous êtes tous les deux des Sentinelles aussi ? Moi qui pensais que les Narques étaient mieux lotis que les Myrmes en matière de Sens…

— C'est le cas ! s'empresse d'ajouter Marco, ou Rico, peu importe son nom. Romain est un Auditif. Et Kyle un Pisteur. Tous les autres sont des Sentinelles, mais il y a des dizaines et des dizaines d'autres Narques au village qui ont des Sens variés. Notre armée est même la seule à…

— Rico !

La voix tonitruante de Romain résonne à mes oreilles et je suis obligée de grimacer. J'oublie de temps en temps que moi aussi je suis une Auditive, détail que s'est bien gardée de préciser Saphira. Le chef des Narques fusille un moment du regard le pauvre type en lui faisant passer tous les avertissements et menaces qu'un coup d'œil peut contenir.

Je me concentre maintenant sur Saphira, qui se trouve toujours entre les deux gus, tout penauds. Elle porte sur son visage l'incarnation de l'innocence et ses grands yeux de manga japonais n'expriment qu'une surprise aussi profonde qu'une stupidité sans fond.

Même moi, j'y crois presque.

Dire que cette fille est plus intelligente que tous les cerveaux de cette expédition réunis ! C'est incroyable. À la voir, on la prendrait presque pour la potiche lobotomisée d'un milliardaire centenaire.

Romain se retourne finalement mais ma vue exacerbée capte la tension sous ses muscles et son dos rigide. Et si ses oreilles pouvaient produire des ondes, je suis certaine que je les verrais. Il écoute consciencieusement tout ce qui est dit. Je le sais, et Saphira aussi.

— Je suis terriblement désolée pour ce qu'il vient de se passer… je ne t'ai pas attiré d'ennuis au moins ?

J'entends le sourire dans la voix de Rico.

— Bien sûr que non. C'est de ma faute, pas de la tienne, et de toute façon je n'ai rien dit de mal. C'est juste que Romain est un peu tendu, comme tu l'as précisé.

— Je suis tellement manche parfois ! Il ne me vient pas à l'esprit que les questions que je pose puissent gêner les autres ! Je suis si empotée !

À d'autres.

— Allons, ne dis pas ça. Tu es très gentille, et je sais que tu ne pensais pas à mal.

Allez, bim ! le poisson est ferré, il n'y a plus qu'à remonter la ligne.

Saphira glousse doucement et leur minaude encore deux ou trois phrases sans importance.

— Je ne veux pas vous embêter plus longtemps, d'autant plus que je serais capable de vous mettre dans la panade pour de bon ! Je vais aller rejoindre ma meilleure amie, Sophie. Enfin, c'est moi qui l'appelle comme ça, parce que Cassiopée, c'est vraiment trop dur et trop long à prononcer. *Hasta luego gringos*, finit-elle d'une voix suave.

Les deux pigeons la regardent partir avec un mélange d'amusement et de désir. Ils ne savent pas qu'ils ont affaire au diable en personne.

Elle revient près de moi, son éternel sourire niais sur les lèvres. Celui qui m'a trompée pendant plusieurs jours, avant que je ne me rende compte que cette fille était en fait un espion entraîné par la CIA. En tout cas, je ne vois que cette explication.

Je garde le silence un petit moment puis me penche vers elle alors que Romain est occupé à répondre à Isha.

— Ils ont dû te prendre pour la reine des débiles. Et aussi pour la fille la plus facile qu'ils n'aient jamais rencontrée.

Elle sourit un peu plus, et sans quitter le chemin des yeux, me répond d'une voix égale :

— Je sais quels Sens ils possèdent et que les deux idiots derrière sont prêts à me livrer des secrets sur une certaine armée dont personne n'a jamais entendu parler.

Elle finit par me regarder.

— Alors Sophie, qui est la reine des débiles, maintenant ?

J'avoue ne pas avoir de réponse à cela.

Chapitre 27

Nous marchons depuis deux jours. Je suis exténuée, sur les nerfs et au bord de la crise d'hystérie. Je n'ai quasiment pas dormi depuis trois jours et cela se ressent. Les deux dernières nuits, j'ai fait le même cauchemar, encore et encore. Je voyais Gabriel, au milieu de cette chambre de glace, et Michael également. Michael a chaque fois tenté une petite blague à sa façon : « Eh Cass, je savais que t'étais folle de moi, mais de là à rêver de ma personne ? Ouah, je suis flatté ! » ou bien « Eh, regarde ce que je suis capable de faire avec mon cou, a-t-il dit en le tordant d'une façon impossible. Ça va être drôlement pratique pour foutre la trouille aux autres maintenant ! » ou encore « Rappelle-moi la prochaine fois de ne pas trébucher au moment d'une bagarre. Apparemment, ça ne m'a pas trop bien réussi ! » Je n'ai évidemment pas ri. Gabriel, lui, est resté stoïque. Pas un seul mouvement, pas une parole. Les yeux gravement rivés aux miens. À chaque fois, le regard de Michael s'est attristé. Il a baissé les yeux et ses épaules se sont avachies, il a juste dit : « Je suis désolé, Cass. » Et le plafond s'est effondré sur eux avant que je ne puisse les atteindre. Je hais l'idée que Michael, mort, paraisse dans mes rêves en compagnie de Gabriel, que j'espère de toute mon âme être vivant. Je sais que c'est stupide, superstitieux, que ce ne sont que des rêves, mais je n'en dors plus.

Nous sommes presque arrivés chez les Narques. C'est Romain qui me l'a dit, tout en grimaçant. Il faut dire que Saphira chantonne depuis plus d'une demi-heure. Ce n'est qu'un murmure, mais je l'entends parfaitement et ça me casse les oreilles. Le Débile ne cesse de gémir, certainement irrité par l'Asiatique, et c'est encore plus énervant. Je ne sais pas trop ce que Saphira cherche à faire : mettre en fuite les prédateurs, passer le temps ou juste nous faire enrager, nous les Auditifs. Ce qui est certain, c'est qu'elle avait déjà massacré *Prince* par le passé (paix à son âme), et maintenant c'est *Freddie Mercury* qui en prend pour son grade. Le pauvre doit se retourner dans sa tombe.

Je masse mes tempes douloureuses et lance un regard furieux vers l'Asiatique.

— Saph, tu voudrais bien la mettre en sourdine, deux minutes ?

Elle roule des yeux :

— Hou la la ! Quelle mauvaise humeur ! Personne n'entendait de toute façon. Mais ça va, je me tais !

Romain et moi soupirons de soulagement. Les autres ne devaient pas percevoir le murmure de son chant, et ils avaient de la chance.

Je talonne mon cheval et m'approche de Romain.

— Je peux te poser une question ?

— Il me semble que c'est déjà fait.

Je secoue la tête, surprise par sa réponse. C'est le genre de blague que je faisais quand j'avais dix ans. Mais lui a l'air de se prendre parfaitement au sérieux.

— Je peux t'en poser deux, dans ce cas ? dis-je en gardant un ton calme et neutre.

— Je t'en prie.

Inspiration, expiration, action :

— Ça fait longtemps que tu es en mission loin de chez toi ? demandé-je tout en connaissant déjà la réponse.

— Pas si longtemps, non.

— Ah, dis-je, faisant mine d'être désintéressée. Tu y es retourné récemment ?

— Ça dépend de ce que tu appelles récemment.

Je me mords la lèvre, sachant très bien que Romain cherche à me faire sortir de mes gonds. Je ne lui ferai pas ce plaisir.

— Dans les deux mois passés ?

Il hausse les épaules, tout en continuant à regarder droit devant lui.

— Possible.

Je souris intérieurement. S'il croit être secret, il se trompe. Je peux apercevoir le petit tic qui secoue sa joue droite à chaque fois qu'il essaie de mentir.

Je fais mine de ne pas avoir remarqué et poursuis mon interrogatoire :

— Tu n'aurais pas vu un homme, jeune, un mètre quatre-vingt-dix environ, brun aux yeux bleus ? Ses ailes sont bleu nuit et constellées de taches blanches.

Il ne me répond pas tout de suite, mettant mes nerfs à rude épreuve.

— Pourquoi ? finit-il par demander.

Je hausse une épaule, l'air innocent.

— Simple curiosité. Alors, tu me réponds ?

Il me fixe pour la première fois depuis le début de notre conversation. Ses yeux ne reflètent aucune émotion. Rien. Nada. Juste un vide insondable, indéchiffrable. Je lui retourne son regard sans manifester la moindre impatience. Il finit par détourner tranquillement les yeux et se remet à fixer la route.

— Pas envie.

Je manque de froncer les sourcils de mécontentement, mais me reprends à temps et finalement hausse les épaules, feignant l'indifférence.

— Dommage.

Soudain, un son confus me parvient. Je me fige sur mon cheval, qui lui aussi pointe ses oreilles dans la même direction. Le silence retombe, et pendant quelques secondes il n'y a plus de bruits étranges. Je m'apprête à me retourner vers Romain, décidée à lui extorquer les informations qu'il cache par la ruse, quand le vent se remet à souffler et le même bruit me parvient, légèrement amplifié. Un bourdonnement. Comme des… conversations.

Je me dresse sur mon cheval, ignorant le regard interrogateur de Romain. Deb, dit le Débile, se met à grogner en sourdine, essuyant des coups d'œil menaçants et inquiets de la part des autres Narques. Je lui siffle entre mes dents :

— La ferme, Deb !

— Cass, ça va ?

Tom me regarde avec curiosité. Je me rends compte que je suis droite comme un i sur mon cheval, et que je regarde droit devant moi, comme en transe. Je ne m'étais pas aperçue que je tendais l'oreille au point de ressembler à un chien de chasse à l'arrêt.

Jolie comparaison, bien trouvée.

— Euh… oui, oui, ça peut aller. Mais… vous n'entendez pas ?

— Entendre qu…

— Si, l'interrompt Romain. Ça y est, j'entends.

— Moi aussi, renchérissent Isha et Saphira.

Romain se tourne vers elle :

— Je croyais que vous étiez les deux seuls à être des Auditifs, dit-il, un sourcil levé, sarcastique.

Saphira se tourne vers moi, bouche bée.

— Tu… tu es une Auditive ? Mais pourquoi tu ne me l'as jamais dit ? Ça craint, je croyais que j'étais ta meilleure amie et tu me caches un truc pareil ! C'est vraiment déloyal !

Si je n'étais pas sûre de lui avoir moi-même dit que j'étais une Auditive, je ne douterais pas une seule seconde de sa sincérité. C'est carrément flippant.

Elle me lance un regard accusateur. Je pense qu'il s'agit plus de colère due au fait que j'ai lâché le morceau plutôt qu'à sa prétendue ignorance, mais tout le monde tombe dans le panneau, excepté Romain, qui la sonde de son indéchiffrable regard. Tous les Narques en tout cas. Les garçons semblent quant à eux indécis, comme s'ils ne savaient pas qui ou quoi croire. Normal, tout le monde est au courant que je suis une Auditive, mais la performance de Saphira est tellement bonne qu'elle pourrait faire croire à un chat qu'il est un chien. Morgane, elle, ne réagit pas. Elle a l'air ailleurs depuis notre séparation d'avec Henry. Comme désincarnée.

— Ben, euh je… Là n'est pas la question ! dis-je en m'énervant, un peu décontenancée. Le truc, c'est que j'entends des voix et que je ne suis pas Jeanne d'Arc !

Arthur caresse pensivement sa barbe.

— Certes, ça pourrait devenir embarrassant, quand on sait comment ça s'est terminé pour elle.

Je lui lance un regard fatigué, mais n'ajoute rien.

— Tu n'entends pas des voix, intervient tranquillement Romain. On approche de mon village.

Chapitre 28

J'ai les jambes qui flageolent et le souffle coupé, et ça n'a rien à voir avec la pente que nous gravissons. Une petite voix dans ma tête, ma conscience, ne peut s'empêcher de scander : *Mon Dieu, faites qu'il soit là. Faites qu'il soit en bonne santé.*

Cette phrase, encore et encore, tant et si bien que je n'arrive plus à penser.

Nous avons laissé les chevaux au bord du lac que Gabriel et moi avions traversé à toute allure, alors qu'il était gelé. Juste avant que l'amour de ma vie ne se fasse poignarder. Il n'est plus pris par la glace, et nous avons dû le traverser en canoë. Ça aurait pu être vraiment drôle. Une dizaine de jeunes pas doués, n'ayant jamais mis la main sur une pagaie, obligés de se débrouiller avec leur kayak pour arriver sains et saufs de l'autre côté. Ça aurait pu être drôle. Mais je n'arrêtais pas de penser à Michael, comment il aurait certainement géré la situation comme un pro. C'était son truc, ça, l'aventure. Je parie qu'il avait fait du rafting toute sa vie. Et l'eau du lac était calme. Il nous aurait tous battus à plate couture.

Cette pensée m'a donné envie de me noyer dans les eaux profondes que je fendais de furieux coups de pagaie.

J'entends les voix qui parlent là-haut, de plus en plus fortes, de plus en plus animées, vivantes. Des bruits de marteaux qui cognent contre de l'acier, de pioches qui creusent la terre. Je vois, à travers la montagne rocheuse, des centaines et des centaines de taches rouges qui s'affairent dans leur journée de travail, inconsciente que des inconnus s'approchent.

Et maintenant, mon cœur bat à tout rompre. Je ne pense plus à Michael. Je pense à Gabriel. À ce que je vais trouver lorsque je vais franchir le mur qui nous sépare du village. Est-ce qu'il sera là, parmi la foule ? Emprisonné dans quelque sombre tour ? Ou me serais-je fourvoyée dès le départ ? Toutes ces questions me rendent dingue.

Une main se pose sur mon épaule. Je me retourne, surprise. Il s'agit d'Ethan. Je croise son regard doux et il me sourit.

— Hé, tu tiens le coup ?

Arthur s'approche à son tour.

— Ouais, t'as l'air d'avoir couru un marathon, qu'est-ce qu'il se passe ?

Je déglutis.

— Ça va les gars. Je suis juste un peu nerveuse.

Je regarde au-dessus de moi, là où l'étroit sentier à flanc de montagne disparaît de ma vue. Encore un virage et nous y sommes.

Ethan presse mon épaule d'un geste encourageant et Tom passe son bras massif autour de mes épaules. Nous avons à peine la place de marcher à deux, pourtant il prend le risque de dégringoler par-dessus bord pour me soutenir. Cette pensée me fend le cœur. Il ne manquerait plus que lui aussi meure à cause de moi. Mais Tom sait se servir de ses ailes puissantes, je me rassure. Il ne se laisserait pas tomber sans voler pour se rattraper.

— Ça va aller, m'assure-t-il. Même s'il n'est pas là, nous le retrouverons. On mènera l'enquête, on le dénichera. Et si ce n'est pas nous qui allons à lui, alors il viendra à nous, crois-moi.

— Ça, c'est bien vrai, renchérit Isha derrière moi. Il ne me laisserait pas tomber comme ça. Je suis trop cher à ses yeux.

— La ferme, Isha, dit Arthur, mais j'entends le sourire dans sa voix.

Leurs efforts pour me rassurer me font du bien. J'ai l'impression de ne pas être seule. De ne pas affronter cela en solitaire. J'ai mes amis, ils me soutiennent et me soutiendront toujours, je le sais.

Romain, qui marche devant nous, me sort de mes rêveries.

— On arrive.

J'inspire un grand coup et souris à Tom. Il hoche la tête et me lâche. Le Débile en profite pour reprendre sa place attitrée, tout en lançant un regard plein de représailles à Tom.

Je lui flatte le flanc et il me regarde comme si je l'avais frappé. Il est carrément surpris.

— Ça va, mon gros, tout va bien se passer. Par contre, je vais avoir besoin que tu te tiennes à carreau quand on sera là-haut. Je ne pense pas qu'on accepte les loups sauvages. Alors fait comme si tu étais gentil, O.K. ?

J'essaie de faire passer le message tant par la pensée qu'oralement, histoire de ne pas me faire trop remarquer.

Il fait un tour complet sur lui-même, tout excité d'avoir eu droit à une caresse, et manque de dégringoler de la falaise.

Je secoue la tête, exaspérée. Soudain, nous arrivons à l'endroit où Nathan nous avait laissé, Saph, Tiphaine et moi, quelques mois plus tôt. Penser à ma petite sœur me rend particulièrement triste, alors je reporte mon attention à la tâche qui m'attend : confronter mon père et lui extorquer les informations qui m'intéressent. En gros, sauver Gabriel.

***

Un Narque nous hisse un à un sur le plateau où se tient le village. Il est exactement comme dans mon souvenir, même si je n'ai pu le traverser (consciente) que de nuit. Toutes ces maisons en pierre à fleur de montagne, ce paysage dépourvu d'arbres, seulement composé de maigres buissons et d'herbe pour les quelques chèvres qui paissent ici. Je préfère largement mon petit village Myrme. Enfin mon ex-petit village Myrme. Je suppose que je peux me considérer comme résidente Narquienne maintenant. Cette idée me fait froid dans le dos, et je ne sais même pas pourquoi. Et au bord, tout au bord du plateau, surplombant le vide de toute sa hauteur, siège le manoir de Manassé. En fait, ce n'est pas vraiment un manoir. Il y a des tours un peu partout, des toits pointus, comme dans les films du Moyen Âge. Un peu plus, et je verrais bien Heath Ledger arriver sur son cheval cuirassé, avec une lance en bois dirigée vers moi, comme dans *Chevalier*. Si Heath Ledger était encore en vie, s'entend. Bref, toute cette ambiance médiévale me donne un pincement au cœur. Il me semble revenir six mois en arrière, lorsque j'étais prisonnière de Manassé. J'ai l'impression que tout ce que j'ai pu accomplir jusqu'ici est vain, ruiné par ce retour à la case départ. Ou plutôt la case « prison ». Parce que j'ai comme qui dirait le sentiment que c'est à cela que mon séjour va ressembler.

Arthur s'approche de moi, essoufflé.

— Bon, alors, c'est à ça que ressemble le camp de l'ennemi ? Je dois te dire que je trouve ça un peu décevant. Je m'attendais à voir des chiens enragés un peu partout, des prostituées à chaque coin de rue et des Narques à l'air patibulaire marchant dans notre direction. Tout cela semble bien normal et calme.

Je lui souris faiblement :

— Désolée de te décevoir.

Il hausse les épaules.

— Bah, il va simplement falloir que j'apprenne à vivre avec.

Deb se met à geindre à mes pieds. De façon vraiment insistante. Je le regarde et remarque son air paniqué. Il n'est pas habitué à être aussi près des humains. Cette proximité doit le mettre mal à l'aise.

Je lui donne une caresse rapide.

Gentil, calme. Tout va bien se passer. S'il te plaît, ne mords personne.

Il se calme et semble comprendre, Dieu soit loué. Je ne suis pas attachée à ce canidé comme je l'étais au plantigrade, mais je n'ai pas envie qu'on le tue sous mes yeux. Lorsqu'il m'arrive de penser à Goliath, comme en ce moment, je prie avec ferveur pour qu'il soit toujours en vie. Même si je sais pertinemment, au fond de moi, que ce n'est pas le cas.

Des Narques finissent par nous apercevoir et un murmure se répand dans les rues, entre les maisons de pierres.

Romain passe devant moi sans me lancer un seul regard et se met à marcher vers le manoir.

Nous le suivons sans grand entrain.

Je lance un coup d'œil derrière moi. Morgane est étrange. Elle marche, les yeux dans le vide, sans peur mais sans courage non plus. Je n'arrive pas à interpréter son état. C'est elle qui a voulu nous suivre, non ? Pourquoi n'affronte-t-elle pas la situation courageusement, comme tout le monde ?

Une petite voix, *la* petite voix, me souffle que c'est parce qu'elle est lâche. Mais je ne peux pas vraiment le croire. Elle a vécu des situations bien pires que celle-là et semblait s'en sortir plutôt bien. *Je n'arriverai jamais à comprendre cette fille*, me dis-je.

Alors que nous marchons le long d'une tranchée fraîchement retournée, et qu'un chemin se fraie à travers la foule curieuse et un peu hostile à notre égard, des bruits de masse contre de la pierre et de pelle piochant la terre attirent mon attention. Je lève les yeux et m'arrête net, obligeant Isha à me foncer dedans. Je reçois une bordée de jurons, mais n'y prête aucune attention. Quelque chose a attiré mon regard, quelque chose a accroché mes yeux. Et je ne peux plus m'en détacher. Mon cœur bat à tout rompre, et je suis sur le point de fondre en larmes. Ce quelque chose, c'est une paire d'ailes bleu nuit, constellées d'étoiles blanches.

Partie 2

Chapitre 29

Je l'observe un moment, interdite. Il est à plus de deux cents mètres de moi, mais je le vois parfaitement bien. Du moins la partie supérieure de son corps, celle qui dépasse de la tranchée qu'il est en train de creuser. Il pioche inlassablement, sans s'arrêter, en serrant les dents. Son visage est un peu creusé, il a des cernes sous les yeux, mais il n'est pas méconnaissable. Il est là, comme le Gabriel que j'ai toujours aimé. Son visage est tendu et je comprends qu'il est concentré sur sa tâche.

Avant même d'avoir eu le temps de leur en donner l'ordre, mes jambes se mettent à avancer dans sa direction. Je marche comme un automate. Je cours comme un automate. Je ne sais plus ce que je fais, je sais juste que mon objectif dans la vie, ma raison de vivre se trouve maintenant à moins de cent cinquante mètres et que je ne l'ai pas vu depuis plus d'un mois.

Des cris derrière moi. On m'ordonne de m'arrêter, de revenir, mais je n'y prête aucune attention.

Cent mètres.

Des Narques essaient de m'intercepter et je passe automatiquement en Facette de la Mouche. Je les évite sans même y penser.

Soudain, le sens du vent change. Et je le vois relever la tête, les yeux écarquillés, inspirant profondément, ne pouvant croire ce qu'il sent. Il tourne brusquement la tête vers moi, de l'espoir et une joie sans borne dans les yeux. Un mélange détonant et je m'arrête, figée. Les larmes coulent toutes seules sur mes joues et j'ai du mal à respirer. Ma poitrine fait des soubresauts, tout mon corps tremble, mais je n'arrive pas à faire un pas de plus.

Plus que cinquante mètres.

Il cligne plusieurs fois des yeux, figé par la surprise, puis saute en dehors de la tranchée. Je le vois complètement maintenant, dominant de toute sa hauteur tous les Narques qui sont autour de lui. L'un d'entre eux lui ordonne de retourner travailler, mais il ne bouge pas d'un centimètre. C'est à ce moment-là que je remarque la chaîne à ses pieds.

Des voix sortant d'un brouillard de coton retentissent tout à coup derrière moi et je me remets à courir. Plus vite que je n'ai jamais couru de ma vie. Les larmes brouillent ma vue mais je m'en moque. Pour trouver le chemin de ses bras, je n'ai besoin de me fier à aucun de mes Sens, seulement à l'amour qui me porte.

Alors que je ne suis plus qu'à une dizaine de mètres de lui, il ouvre grand les bras et je remarque que ses yeux brillent. Mes ailes se mettent à battre. Et c'est mi-volant, mi-courant, que j'atterris contre lui.

Je sanglote, tout en répétant comme une folle :

— Tu es là, tu es là, tu es là !

Il me serre fort dans ses bras et je sens sa joue posée sur mes cheveux. Son souffle chaud chatouille mes oreilles et je me mets à trembler, submergée par l'émotion.

Il est là, il est vivant, le monde peut recommencer à tourner.

— Tu n'aurais jamais dû venir, Cass. Tu aurais dû fuir.

Mais le tremblement dans sa voix trahit son émotion.

— Je ne t'aurais jamais laissé seul. J'aurais retourné la terre entière pour te retrouver, Gabriel. Tu es la seule raison pour laquelle ma vie a encore un sens. Ne m'abandonne plus, je t'en prie, ne m'abandonne plus !

— Je te le promets, souffle-t-il, soulagé.

Je relève la tête vers lui, perdue :

— Mais pourquoi est-ce que tu es enchaîné, pourquoi tu creuses une tranchée ?

Ses yeux retrouvent un peu de leur pétillant :

— J'avais envie de me reconvertir dans la plomberie et je me suis dit que rien ne valait un stage dans le vif du sujet. Et ça a marché ! Je suis incollable sur les joints et tuyaux maintenant.

Je m'apprête à le repousser en riant, tellement heureuse de le retrouver que la sensation en est étouffante, quand quelqu'un m'attrape par le bras et me tire violemment en arrière. Je pousse un cri de surprise, perdant immédiatement mon sourire, séparée de l'être que j'aime le plus au monde. Il essaie de me retenir, mais la chaîne qui le maintient sur place l'en empêche et il trébuche, désespéré.

J'essaie de me dégager, mais la poigne de fer tient le coup. Je me retourne et surprends un Romain fou de rage. Il ne semble pas disposé à me lâcher, ni à discuter. Alors je ne tente pas le coup. Mes ailes se mettent à battre furieusement et nous traînent à nouveau vers Gabriel.

— Oh, tu veux jouer à ce petit jeu-là ? Très bien, ça ne me dérange pas.

Les siennes se mettent à battre, beaucoup plus puissamment que les miennes. Je ne peux retenir un gémissement de détresse.

Soudain, un grondement sourd retentit, et dans la périphérie de mon champ de vision, j'aperçois un Deb furieux et terrifiant sauter sur Romain et le mordre violemment au bras, celui qui me retient prisonnière. Romain me libère immédiatement, poussant un cri de douleur et de colère. Si mon loup ne lui a pas sectionné le bras, il a de la chance.

Je ne cherche pas à savoir et vole vers mon âme sœur qui me réceptionne en observant la scène d'un air ahuri.

Je me retourne, le visage à moitié enfoui dans sa poitrine et regarde ce qu'il se passe à mon tour. Deb est en train de déchiqueter le bras de Romain, et les autres Narques sont trop loin pour lui venir en aide. Il a refermé ses mâchoires d'acier sur son biceps et secoue maintenant vigoureusement la tête de droite à gauche sans cesser de grogner violemment. Romain pousse des cris d'agonie et je ne peux me réjouir de sa douleur.

— Deb ! Au pied !

Le loup obéit immédiatement et vient se réfugier derrière moi et Gabriel. Quitte à me battre contre tout le village, je le protégerai. Il vient de sauver ma santé mentale. Si j'avais une fois de plus été séparée de Gabriel, je crois que je ne m'en serais pas remise.

Mais la partie n'est pas terminée, loin de là.

Gabriel m'attrape par le bras et me fait soudain passer derrière lui. Je le vois serrer les poings, bien campé sur ses jambes. C'est la position qu'il prend lorsqu'il va attaquer. Ou défendre quelqu'un. Moi et le Débile, en l'occurrence, puisqu'en regardant sur le côté j'aperçois une nuée de Narques avec des arcs et des flèches nous encercler. Ils les pointent dans notre direction et semblent prêts à lâcher les cordes.

Romain se relève en serrant les dents et râle, d'une voix rauque :

— Ne tirez pas !

Deb se met à grogner. Il n'aime vraiment pas Romain. Et je commence à être de son avis. Je le caresse pour le calmer, et ses grognements baissent en intensité, même si sa gorge produit toujours un faible grondement. *Il a l'air terrifiant pour qui ne l'a pas de son côté*, me dis-je pour la deuxième fois. Pas du tout comme moi je le perçois, stupide et constitué de deux neurones.

J'essaie de repasser devant, mais Gabriel m'en empêche.

— Reste derrière moi, Cass.

— Dans tes rêves.

Je le contourne et me poste à ses côtés. Je ne le laisserai pas prendre pour moi, jamais.

Romain se tient le bras et me fusille du regard. Du sang dégouline de son avant-bras, formant une petite flaque à ses pieds.

— Ne tirez pas, tuez simplement le loup.

Je me raidis et mon cœur se met à battre plus vite.

— Si tu fais ça, tu le regretteras, Romain. Crois-moi sur parole.

Il me sourit, un sourire moqueur empreint d'un certain degré de douleur qui le décrédibilise.

— Et comment comptes-tu mettre cette menace à exécution ? Tirez à vue.

Je me place devant mon loup.

— Je suis la fille du big boss, tu te souviens ? Comment va-t-il prendre le fait que vous ayez tiré sur mon loup, la prunelle de mes yeux, alors que j'étais juste à côté, risquant de prendre une flèche à sa place ? Je suis Mouche, tu sais. Il me suffirait de me mettre dans la trajectoire de la flèche. Juste assez pour la prendre dans la jambe ou le bras. Comment réagira-t-il en me voyant arriver blessée et sanguinolente ?

Gabriel me lance un regard interloqué.

— Arrête, Cass, ne fais pas ça.

— Fais-moi confiance.

Cela semble faire hésiter Romain, comme je le pensais. Il réfléchit encore lorsqu'une voix retentit derrière lui. Une voix que je connais bien.

— Baissez vos armes.

Les Narques aussi semblent la reconnaître, car sans même jeter un regard dans sa direction, ils abaissent les flèches pointées vers nous. J'arrive à nouveau à respirer normalement.

Enfin, jusqu'à ce que la voix se matérialise devant moi. Camille me sourit, les bras croisés. Ses yeux doux se posent sur moi et une lueur de regret les traverse.

— Alors, Cassi, je t'ai manqué ?

Chapitre 30

J'ai bien envie de lui répondre non, pas du tout, mais je ne vais pas tenter le diable, alors je ne dis rien. Je vois Gabriel se tendre en fronçant les sourcils, mais il se tait aussi. Nous sommes tous les deux sur la même longueur d'onde, comme d'habitude. Enfin presque.

Une colère sourde gronde toujours au fond de moi à la pensée de Camille. Alors, le voir là, devant moi, c'est presque insupportable. Je me souviens encore trop bien du poignard, du sang et du ralentissement des battements du cœur de Gabriel. Tout cela est encore trop frais dans mon esprit et je ne suis pas prête à pardonner, ni même à oublier.

Derrière lui, il y a ma troupe qui est finalement arrivée et qui observe Gabriel avec un mélange d'adoration et de perplexité flagrantes. Cela m'agace de voir dans leurs regards qu'ils ne croyaient pas le revoir vivant. Étais-je la seule à avoir foi ?

Derrière Camille, il y a Nathan. Il a l'air tout penaud, ne sachant pas comment m'accueillir. Il s'avance finalement et pose une main sur l'épaule de Camille. Les yeux de ce dernier se voilent et il commence à parler, d'une voix un peu éteinte, flippante.

— Bonjour Cass. Je suis désolé de cet accueil. Je ne voulais pas que ça se passe comme ça.

Je fronce les sourcils.

— Nat ? C'est toi qui parles ?

Il hoche la tête.

Je fais un geste vers Gabriel.

— Et ça aussi, tu aurais préféré que ça se déroule différemment, ou c'était bien dans ton programme de l'enchaîner et de le mettre aux travaux forcés ?

Gabriel pose une main sur mon bras.

— Cass, ça n'est pas…

— Je veux savoir ce qu'il a à dire.

Je fixe mon frère avec des fusils à la place des yeux. Je n'arrive pas à croire qu'il ait laissé faire ça. Pas mon Nathan.

Pourtant, il hausse les épaules d'un air désolé et reprend la parole à travers Camille :

— Je suis désolé, ordre de papa. Je n'avais pas mon mot à dire là-dessus, mais j'ai fait tout mon possible pour qu'il soit traité dignement.

Je frissonne au mot « papa ». Ça fait carrément bizarre d'entendre Camille le prononcer pour Nathan. C'est déstabilisant au possible. Je croise les bras.

— Eh bien, ça n'était pas suffisant. Il a une chaîne au pied, bon sang ! Quel genre de personne est-il pour traiter ses semblables de la sorte ?

Il soupire.

— Tu n'auras qu'à lui poser la question quand tu le verras.

— Et quand ce jour arrivera-t-il ?

— Tout de suite, puisqu'il m'a envoyé te chercher.

Je déglutis, nerveuse tout à coup. Je n'en montre rien et lève le menton, déterminée.

— Je ne quitterai pas Gabriel, tu le sais ça, n'est-ce pas ?

Il soupire une nouvelle fois et hoche la tête. Camille se tourne vers un des gardes.

— Libérez-le.

Le garde obtempère et libère finalement Gabi, en écopant d'un regard menaçant de sa part et d'un grognement du Débile. Le type recule le plus rapidement possible.

Gabriel se masse la cheville en grimaçant.

— Merci, ça faisait longtemps que j'en rêvais.

Je grimace à mon tour en voyant sa peau à vif.

— Il va me le payer, crois-moi.

Gabriel me prend dans ses bras en souriant avec espièglerie et m'embrasse sur le front.

— Je suis un grand garçon, Cassiopée. Je ne peux peut-être pas me débrouiller avec une chaîne au pied, mais libre de mes mouvements, je pense que je pourrai me défendre tout seul.

Je fais une moue boudeuse.

— N'empêche. Il va m'entendre.

Il lance un regard au Débile, qui est assis sagement à mes pieds, observant la scène d'un œil impérial.

— C'est quoi, ça ?

Je jette un coup d'œil à *ça* et ris, pas du tout intimidée par le silence qui nous entoure.

— Trop long à expliquer, je te ferai un topo complet lorsqu'on sera seuls.

— Ce qui ne risque pas d'arriver si vous restez plantés là à bavasser, gronde Romain en serrant les dents et son bras blessé.

Nathan se tourne vers lui et lui dit quelque chose en le touchant, que nous ne pouvons pas entendre. Le Narque hoche la tête, lance un dernier regard meurtrier au Débile, puis fait un signe de tête à sa troupe. Ils nous quittent pour disparaître dans une ruelle.

Nathan hésite, fait un pas dans ma direction, puis s'arrête.

Je ne résiste pas plus longtemps et me dirige vers lui pour le prendre dans mes bras.

— Tu m'as manqué, lui chuchoté-je à l'oreille. Il faut qu'on parle, vraiment.

Il me rend mon étreinte et sa voix résonne dans mon crâne :

Plus tard avec plaisir, mais pour l'instant, on doit aller voir Manassé. Il a des choses à te dire et il m'a dit de te conduire à lui immédiatement. Je pense qu'il ne va pas être très content de voir ton ami, mais tant pis.

Je lui souris et l'embrasse sur la joue. Même si j'étais résolue à lui battre froid, je ne le pourrais pas. C'est mon petit frère, et il n'a pas son mot à dire sur la situation, je ne peux pas le blâmer. Je donne la main à Gabriel.

— C'est bon Nathan, on te suit.

***

Le soleil brille, il n'y a pas un seul nuage à l'horizon. Le vent souffle un air chaud et doux qui m'étouffe un peu, mais je m'en moque. Les garçons se sont rassemblés autour de Gabriel et ne cessent de lui poser des tas de question auxquelles il essaie tant bien que mal de répondre, et que je n'entends même pas. Je n'ai jamais été aussi heureuse de toute ma vie. Je sens sa main calleuse et chaude dans la mienne, je vois ses yeux se baisser à mon niveau, croiser régulièrement mon regard, et il me sourit, comme lui seul sait le faire. Mon cœur bat, bat, bat, oh mon Dieu, il bat si fort ! Je sens la chaleur me monter aux joues et un sourire niais se répandre sur mon visage comme une tache d'encre sur une serviette en papier. Je serre sa main un peu plus fort et me rapproche encore de lui, si c'est possible. Je n'ose pas lui parler, parce que je sais que ma voix tremblera. Je sais que je ne dirai rien de cohérent. Alors je me contente de l'observer, avec toute l'adoration que je ressens pour lui. Eh oui, je sais, c'est pathétique !

Mais lui n'est pas en reste non plus, pour ma défense. Il serre ma main à la broyer, ne cesse de me jeter des regards anxieux, comme s'il avait encore peine à croire que je me tiens à ses côtés, comme s'il avait peur que je me volatilise avec le vent, emportée par une bourrasque et disparue à jamais. Ses yeux bleu océan me scannent, me dévorent, m'aspirent tout entière et je me sens tomber profondément dans ces abysses, emportée dans un tourbillon d'émotions et d'amour. Comment est-ce possible de ressentir cela pour quelqu'un ?

Bon sang, ce qu'il m'a manqué !

Son visage est un peu fatigué comme je l'ai remarqué plus tôt. Mais il a bonne mine. Il ne paraît pas avoir été maltraité ou affamé. Il a tellement l'air du Gabriel que j'ai toujours connu que j'en ai des fourmis dans les mains. Et dans les lèvres, soyons honnêtes. Il ne m'a pas encore embrassée mais peut-être suis-je un peu trop pressée.

Un chien traverse la ruelle dans laquelle nous marchons et je sursaute. Il croise mon regard et se met à remuer la queue et à aboyer dans ma direction pour que je joue avec lui. J'ai l'impression que l'attraction que j'opère sur les animaux se fait de plus en plus forte et ça me fait un peu peur.

J'ignore la bête et continue mon chemin, mais elle insiste. Elle s'approche de moi et le Débile commence à grogner. Un grognement sourd et menaçant qui ne laisse aucun doute sur son message : « Pas touche. » Depuis qu'il me suit, le loup est beaucoup plus intimidant. Les carrés de peau nue sont en train de repousser et il a grossi. De famélique il est passé à maigre. Et de stupide, son air est passé à drôlement intimidant. Pour qui ne sait pas qu'il ne possède que deux neurones, s'entend.

Le chien semble le remarquer pour la première fois. Il dresse les oreilles ainsi que la queue et son poil se hérisse sur son dos.

J'ai toujours entendu dire que les loups et les chiens étaient des ennemis ancestraux. Vous savez, *Croc-blanc*, *L'Appel de la forêt*... Eh bien, je peux vous dire que, là tout de suite, ça se vérifie. Un, puis deux, puis cinq chiens apparaissent tout à coup, tous plus gros les uns que les autres. Ils se positionnent en arc de cercle et se mettent à grogner sur le Débile, qui ne perd pas son sang-froid, si j'ose dire, et se fait plus imposant que jamais, le poil tout hérissé, les babines retroussées et la queue dressée en l'air comme un avertissement.

Mon cœur se met à tambouriner dans ma poitrine, de très gros coups qui vont me trahir si je ne me calme pas. Gabriel fronce les sourcils et commence à ralentir. Je ne peux pas réagir. Si je leur dis de ficher le camp, on se posera sérieusement des questions à mon sujet, et je me souviens très bien de l'avertissement de Nathan à propos de la petite voix agaçante...

(À ton service.)

... qui résonne dans ma tête de temps en temps :

Ne parle de ça à personne.

Camille se retourne vers moi et me lance un regard agacé :

— Cassiopée, dis à ta bestiole de se calmer, elle est en train de mettre en rogne tous les chiens du village.

Il se met à faire de grands gestes vers la meute en criant des « Oust, oust ! » et j'en profite pour lancer mentalement un : *Dégagez, fissa.*

Tous les chiens cessent de grogner et disparaissent dans les ruelles adjacentes. Camille s'arrête net, étonné d'avoir été obéi aussi promptement. Isha se met à rire, son petit rire sarcastique et agaçant qu'il me réserve habituellement.

— Dis donc, Camille, quelle autorité ! Tu peux essayer ça sur moi, s'il te plaît ? J'ai des problèmes avec l'obéissance.

— La ferme.

— Flûte, ça ne marche pas.

Gabriel sourit et moi je soupire imperceptiblement, soulagée. Il se tourne vers moi, puis vers Deb qui a repris une apparence normale. Il est vraiment imposant pour un loup, malgré sa maigreur terrifiante. Presque deux fois plus grand que la normale. Haut comme un dogue et pourtant il a tout de l'animal sauvage. Je suppose que c'est cette apparence hors du commun qui lui a valu d'être le rebut de la meute.

Gabriel fronce les sourcils. Oh, oh... on dirait qu'il l'a reconnu. J'espère qu'il ne va pas faire de commentaire sur la fois où le loup blanc a failli lui sauter dessus (avant que ce ne soit moi qui me jette sur la bête du haut d'un arbre) et surtout sur Goliath...

Mais il est bien trop malin pour ça et se contente de me regarder en levant un sourcil. Je m'humecte les lèvres et hoche la tête. Il a un air surpris et je hausse les épaules. Cette conversation muette est assez amusante. Mais je ne peux aller plus loin dans mes explications et ouvre la bouche en articulant silencieusement :

— Plus tard.

Il acquiesce de la tête et regarde de nouveau devant lui. Son pouce fait des allers-retours langoureux sur la peau de ma main, et ce « plus tard » prend une tournure tout à fait nouvelle, impliquant des tas d'autres choses bien plus agréables qu'une explication.

Nous tournons au coin d'une ruelle et j'aperçois le manoir maudit. Quand je pense que mon père habite là-dedans, franchement ! Ça ne m'étonne même pas. Je parie que lorsqu'il aura conquis le monde (prions pour que ce scénario catastrophe en reste un), il s'installera dans le même genre de baraque que celle de James Bond dans *Skyfall*. Le genre tout droit sorti d'une histoire de fantômes.

Allez comprendre.

Tout à coup, Gabriel semble recevoir un électrochoc. Il fronce les sourcils, regarde autour de lui, perplexe, puis lance tout haut :

— Mais où est Mike ? Ce n'est pas dans son habitude d'être absent à un moment pareil.

Je me fige, comme foudroyée. Gabriel me fixe, surpris. Tous les autres restent silencieux, les yeux baissés sur leurs pieds. Morgane sort de sa torpeur et se balance d'un pied sur l'autre.

— Je… il… il est…

Je n'arrive pas à prononcer ces trois petits mots. Ces trois petits mots qui scellent définitivement le destin de Michael.

Il est mort par ta faute.

Voilà ce que je devrais dire. Voilà la vérité. Mais c'est bien trop dur. Bien trop dur à avouer. Arthur s'éclaircit la gorge et s'avance vers Gabriel, qui semble comprendre, mais n'accepte pas ce que lui souffle son instinct.

— Il ne s'en est pas sorti. On a dû s'échapper et… et il a été tué avant de pouvoir fuir. Désolé, Gabi.

Celui-ci ouvre la bouche, puis la ferme. Ses yeux se durcissent et il hoche la tête sans rien ajouter. Mais je surprends sa pomme d'Adam monter et descendre comme un ascenseur et ses yeux briller plus que nécessaire. Personne d'autre ne le remarque pourtant. Peut-être une déformation de mes Sens exacerbés. La possibilité de lire ouvertement les émotions des autres. Ça n'est pas toujours une bénédiction, malheureusement.

Là, tout de suite, j'ai envie de me remettre à pleurer mais je me retiens. Je n'ai pas envie de laisser filtrer ma peine. Pas aussi faiblement en tout cas.

Camille s'approche de moi, une tristesse sincère dans les yeux. Il s'arrête à quelques mètres, croise les mains, les tend vers moi puis les laisse retomber à ses côtés.

— Je suis désolé, Cass, vraiment désolé.

Je le regarde, essaie de lire dans ses pensées, mais tout ce que je perçois, c'est une réelle souffrance. Après tout, il a bien connu Michael. Je me souviens d'une certaine partie de basket à un trois contre trois que nous avions remportée, Ethan, Camille et moi, contre Arthur, Tom et Michael.

Michael avait pris cette défaite très au sérieux et nous en avions ri pendant longtemps devant son air renfrogné et ses remarques amères. Je me souviens d'un certain baiser que m'avait donné Camille juste après, sur la joue, mais quand même. Et je me souviens des railleries gentilles de Mike et des autres, qui m'avaient fait monter le rouge aux joues.

Que de bons souvenirs liés à ce nom ! Je ne sais pas comment je vais pouvoir regarder un appareil photo ou même le cliché qu'il m'a offert de Gabriel et moi sans me mettre à pleurer. Cette photo que je cache précieusement dans mon soutien-gorge, faute d'avoir trouvé une meilleure cachette. J'en avais déduit que personne n'irait me fouiller là.

Enfin bref.

Je fais un signe de la tête pour faire comprendre à Camille que j'accepte ses condoléances et un voile de tristesse, un tout autre genre de tristesse, s'abat sur ses yeux. Nathan pose une main sur mon épaule.

« Je suis navré, Cassi. Je ne l'ai jamais connu, mais je sais qu'il comptait beaucoup pour toi. »

J'essaie de lui sourire, mais je suppose que le résultat doit être plus terrifiant qu'autre chose.

Gabriel me regarde. Il a l'air perplexe, et vraiment malheureux. Je me demande ce qu'ils ont pu partager tous ensemble, lorsque je n'étais plus là. Certainement des choses vraiment fortes. Michael a été un des seuls à soutenir Gabriel, avec Isha, Tom, Arthur et Ethan quand il a voulu venir me secourir. Dieu seul sait combien de temps ils ont passé ensemble. Peut-être des semaines entières. On est obligés de créer des liens forts dans ces conditions. Obligés.

— Qu'est-ce qu'il s'est passé, Cass ? Pourquoi il est mort ?

Voilà, il l'a dit. J'ai un mal fou à me contenir.

— On a été attaqués, Gabriel. Par notre propre clan. Les Myrmes. Enfin du moins une partie des Myrmes. Ils ont essayé de m'assassiner, mais ont échoué. Ils se sont retournés contre les quatre Mousquetaires et… et Michael a essayé de me protéger et…

« Plus tard, Cassiopée, plus tard, m'interrompt doucement Nathan. Tu auras tout le temps de lui parler plus tard. Reste concentrée pour le moment sur la tâche à venir. »

Je hoche la tête et Gabriel me serre fort contre lui. Deb me lèche la main puis se frotte à ma jambe pour me signifier son soutien.

Et quel soutien ! Maintenant, je suis sûre d'être aussi poilue que lui.

Nous continuons à avancer à travers le village. L'ambiance est morose, la température semble avoir chuté de dix degrés en quelques secondes. Tout le monde marche le nez baissé sur ses chaussures, excepté Nathan et Camille qui nous guident. Tout à coup, me rendre chez mon père me semble bien moins attrayant. Je ne sais pas si j'aurai la force de l'affronter. Je vais sûrement m'effondrer en larmes devant lui, comme la loque que je suis devenue, et il va se moquer de moi, comme le père indigne qu'il est et a toujours été. J'en ai assez de fuir, c'est vrai, mais affronter les problèmes n'est pas forcément plus simple. J'espère qu'il ne va pas me dire que je vais devoir rester cloîtrer toute la journée dans la même chambre pour le restant de mes jours en guise de punition. Ou pire, m'ordonner de revêtir l'uniforme et m'enrôler de force dans sa mystérieuse armée de dégénérés pour que j'aille détruire quelque population humaine. Quelle horreur ! Je préfère encore affronter une nouvelle fois les assassins Myrmes.

Alors que je tourne et retourne les scénarios dans mon esprit, le manoir entre dans mon champ de vision. Quand j'y réfléchis, je ne l'ai jamais vu de l'extérieur, j'ai arpenté ses couloirs, mais jamais vu ses murs, ses tours, ses meurtrières. Et maintenant que c'est fait, je le trouve drôlement intimidant. Déjà, il est énorme. Un vrai château fort version écossaise. Je me demande comment les satellites humains font pour ne pas le remarquer. Je veux dire, il doit faire une espèce de grosse tache grise moche sur leurs photos, alors ça ne doit pas être difficile à repérer.

Il a deux espèces de tours qui dépassent du toit, une de chaque côté de l'entrée principale. Des fenêtres un peu partout et des toits pointus et grisâtres qui donnent au tout une allure de manoir hanté. Pas vraiment une vision agréable pour qui s'apprête à y pénétrer. Pourtant, je sais que l'intérieur est plus que cosy. Tout y est chaleureux et assez moderne. Par « moderne », je veux signifier que le mobilier ne date pas d'avant le XXe siècle. Ce qui est déjà un progrès énorme vu l'endroit où j'ai grandi.

Nathan s'approche de la porte d'entrée et empoigne l'énorme heurtoir en forme de main qui siège sur le panneau en chêne massif. Je frissonne de dégoût. Je hais ce genre de truc. On dirait que la main a été coupée et posée là pour nous souhaiter la bienvenue.

Toi qui entres ici, abandonne toute espérance. Bien parlé, ma poule.

La lourde porte s'ouvre et un garde nous fait signe d'entrer. Je m'avance lorsque vient mon tour mais il lève la main pour me stopper.

— Pas de chien ici.

Deb se met à grogner.

Je plisse les yeux.

— Si vous ne voulez pas qu'il se mette à détruire la moitié de votre village, je vous conseille de faire une petite entorse au règlement. Ça n'est pas un chien mais un loup, et sans moi il est franchement intenable. Vous voulez avoir la mort de petits enfants sur la conscience ?

J'exagère beaucoup. Je pense que la seule chose que ferait Deb si je le laissais ici serait de hurler à la mort en grattant à la porte jusqu'à y creuser un trou. Ce qui ne serait de toute façon pas apprécié non plus.

Le garde s'apprête à protester mais Nathan pose une main sur son bras et il s'écarte pour nous laisser passer. Gabriel serre les dents.

— Je déteste quand il fait ça.

Je lui jette un coup d'œil curieux.

— On dirait que tu parles en connaissance de cause.

— Malheureusement.

Je meurs d'envie de lui demander plus d'explication mais comprends que le moment est mal choisi. Je suppose que nous aurons tout le temps de discuter plus tard. Enfin, j'espère.

Nous pénétrons, Gabriel, la troupe et moi dans le manoir hanté et je retiens un autre frisson en reconnaissant les lieux. La dernière fois que je les avais vus, il faisait nuit, Gabriel était mort et nous fuyions l'endroit comme la peste en compagnie de mon petit frère qui nous avait finalement abandonnés aux abords du village. Autant de souvenirs désagréables que je préfèrerais oublier.

Le Débile se met à hérisser le poil et je remarque à sa posture qu'il est tendu comme un arc. Je suppose que ça ne doit pas être simple pour une bête sauvage d'entrer dans le domaine de son ennemi juré, l'homme. Mais il me suit quand même sans broncher. La fidélité à l'état pur.

Nous traversons des couloirs que je ne reconnais pas, d'autres que je me souviens avoir parcourus. Puis nous montons un grand escalier en colimaçon qui mène au premier étage. Je sais que c'est là que se trouve le bureau du maître de maison.

Tous silencieux, nous arrivons devant une porte en bois fermée. Une porte que je reconnais bien pour l'avoir franchie à de nombreuses reprises. Mon cœur bat à tout rompre, et ça n'a plus rien à voir avec la main de Gabriel calée dans la mienne.

J'ai peur. Je ne sais pas comment il va réagir. Et même si ça m'ennuie beaucoup de l'avouer, il y a une petite, toute petite partie de moi-même qui rêve de lui faire plaisir et de ne pas le décevoir. Je déteste cette petite partie.

Nathan se tourne vers moi et pose la main sur l'épaule de Camille, qui se met à parler de sa voix de mantra :

— Seulement Cassiopée à l'intérieur. Les autres, suivez-moi, je vais vous montrer où vous allez dormir.

Je serre la main de Gabriel un peu plus fort, déterminée à ne pas le laisser me quitter encore une fois. J'ouvre la bouche pour protester, mais il me devance. D'une voix calme mais ferme, il déclare :

— Nathan, tu sais bien que je ne quitterai pas Cassiopée maintenant que je l'ai retrouvée. Si Manassé veut lui parler, il peut très bien le faire en ma présence.

Camille ouvre la bouche, mais il l'interrompt :

— Ça n'est pas négociable. Il faudra que tu me forces, et tu sais que ça ne se passera pas bien, tant pour moi que pour toi.

Nathan soupire puis frappe à la porte. Un « entrez » distinct nous parvient, une voix que je n'ai pas entendue depuis des mois et qui semble surgir d'outre-tombe.

J'inspire un grand coup et ouvre la porte.

La pièce est telle que je m'en souviens. Une bibliothèque remplie de livres de toutes sortes couvrant le mur de droite, des tapisseries brodées à la main et un immense secrétaire en face de moi, derrière lequel se trouve l'homme qui m'a – comment dire cela justement ? – conçue.

Manassé.

Chapitre 31

Mon père ne lève même pas les yeux des documents qu'il est en train d'étudier. Il dresse simplement un doigt, l'air de me signifier :

« Un instant, j'ai quelque chose sur le feu qui est bien plus important que ma propre fille. »

Calme tes ardeurs Daddy, nous ne nous connaissons pas encore assez pour autant d'effusion.

Je croise les bras et attends, tentant de masquer ma nervosité. Gabriel se tient un peu en retrait derrière moi, les mains dans le dos, fermement campé sur ses jambes. Il ne semble pas le moins du monde intimidé par mon père, ce qui est une bonne chose. J'ai l'impression de le retrouver.

Deb est assis à mes pieds, étonnamment calme. Il doit être rassuré de ne plus avoir tous ces humains autour de lui. Moi, je commence à être sacrément agitée.

Il est là, devant moi, sans Dimitri, sans personne d'autre, et pourtant il en impose tant par sa présence que Gabriel fait office d'ombre à côté. Comment un homme peut-il posséder autant de majesté à lui tout seul ? Et surtout pourquoi n'en ai-je pas hérité un iota ?

Il lève soudain les yeux vers moi et pose son stylo. Son regard ambré me fige instantanément sur place et je me sens obligée de me tenir un peu plus droite, presque au garde-à-vous.

— Bonjour Cassiopée, je suis heureux de te voir.

Ça se voit.

Je me contente de hocher la tête, incapable de parler. Moi qui me prenais pour une dure à cuire ! J'en ai pour mon matricule.

— Néanmoins, j'aurais préféré te voir venir seule, et pas accompagnée de ton… ami. Ni de ton chien miteux.

Il dit « ami » comme il prononcerait les mots « crottin de dromadaire ». Et je ne vous parle même pas du « chien miteux ». Le Débile se met à frissonner de rage quand il les prononce. Moi, ça me donne presque envie de rire. Mais j'évite, je sais à quoi ressemble mon père lorsqu'il est en colère et j'ai moyennement envie de le titiller.

Gabriel ne bronche pas, il a l'air complètement indifférent. Et il n'intervient pas, comprenant que cet entretien est entre Manassé et moi. Tant que celui-ci ne m'attaque pas personnellement, je devine qu'il ne dira rien. Les piques contre lui-même ne l'atteignent pas. Et moi non plus. Je sais qu'il cherche à prendre une position de force, et cela par tous les moyens. Me voir exploser et perdre mon sang-froid en est un et je ne le laisserai pas gagner cette manche-là. Je commence à le pratiquer. Donc je réponds d'une voix calme et posée :

— Tu voulais me voir ?

Il m'observe un instant, les mains sagement croisées sur son bureau, le regard intense et perçant, comme s'il cherchait à lire dans mon âme. Puis il se penche en arrière et s'installe confortablement contre le dossier de son fauteuil en cuir version *Le Parrain* et m'invite avec désinvolture à m'asseoir sur la petite chaise en face de lui.

— Je t'en prie, installe-toi.

Je le regarde comme s'il me prenait pour une idiote, ce qu'il fait en fait. Je ne vais pas m'asseoir sur cette chaise alors que Gabriel va rester debout. En plus, c'est une technique typique d'intimidation la chaise naine en face de l'immense fauteuil en cuir. C'est ridicule et stéréotypé. Comment arrive-t-il à ses fins avec des méthodes aussi archaïques ?

— Je ne vais pas m'asseoir et laisser Gabriel derrière moi…

— Cass ?

Je me retourne vers lui. Il me sourit et me fait un clin d'œil :

— Ne t'occupe pas de moi, tu veux ? Je préfère rester debout de toute façon.

Mon père a dû remarquer le clin d'œil, ce qui doit le mettre un tout petit peu en colère, mais il ne le montre pas. Il attend simplement que je prenne ma décision.

Je soupire. Gabriel a raison. Si on veut en finir le plus rapidement possible, autant que je me plie à ses exigences et qu'on en vienne au fait.

Je m'installe sur sa ridicule chaise en bois qui, en plus d'être minuscule, est inconfortable. Merci, père, de montrer autant d'égard à ta seule et unique fille.

Il me sourit. J'essaie de ne pas me laisser attendrir par cette tentative de corruption, mais c'est difficile. Il faut me comprendre, je n'ai jamais eu de père et depuis peu, j'en ai découvert un sorti de nulle part, puissant, beau et (assez) sympa avec moi. Et puis je me souviens qu'il a tué quatre humains innocents et je n'ai plus de mal du tout à feindre l'indifférence. Je dois même cacher le mépris que je ressens à son égard.

— Comment vas-tu, Cassiopée ?

Je hausse les épaules avec désinvolture.

— Pas trop mal quand on pense que je viens de subir une tentative d'assassinat, que l'un de mes meilleurs amis est mort en essayant de me sauver la vie et que mon propre père a enlevé mon fiancé puis tué des humains pour m'appâter. Pourquoi avoir envoyé Leo tout seul dans la montagne, sachant que c'était dangereux pour lui ? Pourquoi as-tu tué tous ces pauvres gars ? Et pourquoi avoir laissé vivre Gabriel ?

À la fin de ma tirade, je crie presque et je suis essoufflée. Lui me laisse finir sans faire mine de m'interrompre et ne laisse filtrer aucune émotion, s'il en ressent. Parfois je me demande s'il n'est pas un robot, une espèce d'alien venue envahir notre planète et qui n'aurait pas de cerveau à proprement parler mais un genre de programmateur avec des équations et des algorithmes qui prendrait les décisions pour lui. Puis je me souviens de sa réaction lorsqu'il m'a expliqué avec, disons, *ferveur*, comment Nathan a perdu la voix, et ma théorie perd toute sa crédibilité.

— Je comprends ton trouble.

Ben voyons.

— … mais je ne suis pas sûr que tu t'es posé les bonnes questions.

Je fronce les sourcils.

— Comment cela ?

Il se penche en avant et je dois faire un effort surhumain pour ne pas l'imiter dans l'autre sens.

— Je me demande, Cassiopée, si tu t'es posé les bonnes questions. Comme : « Pourquoi mon père a enlevé des enfants Myrmes, dont Leo ? » ou « Qui a réellement tenté de m'assassiner ? »

Je roule des yeux.

— Bien évidemment que je me suis posé ces questions, Manassé. Simplement, je n'avais aucune réponse et ça n'était pas la peine que je me torture les méninges sans preuve ou indice. Néanmoins, maintenant que tu es là, j'attends de ta part que tu me donnes quelques explications. Ma vie est un vrai bazar et j'aimerais y mettre un peu d'ordre.

Il esquisse un sourire.

— Je peux comprendre. Eh bien, Cassiopée, c'est à mon tour de te poser une question : qui a tenté de te tuer ?

— C'est Roland, le seul Serpent du village. Il m'a prise par surprise et a essayé de m'étrangler en m'extorquant des informations, mais Isha est arrivé et…

— Non, Cassiopée, m'interrompt-il calmement. Qui a commandité ton assassinat ?

Je me fige sur place, incertaine. Quelque part au milieu de ma phrase, j'ai entendu Gabriel se raidir. Il a serré les dents, ce qui a produit un grincement qui m'a quasiment percé le tympan. Mais je n'y prête pas attention. Le regard intense de mon père accapare toute ma concentration et je me tortille sur mon siège.

— Je n'en sais rien.

Il me regarde et je peux lire cette phrase dans ses yeux : « Nous y voilà. »

Il s'appuie de nouveau nonchalamment contre son dossier.

— T'es-tu déjà demandé pourquoi Nathan n'a jamais voulu te suivre chez les Myrmes ? Pourquoi il n'a pas quitté ce village d'assassins pour rejoindre les bons Kamkals de l'autre côté de la vallée ?

J'entends le sarcasme dans sa voix, mais n'y réponds pas. Je suis surtout surprise par la tournure qu'ont prise les évènements. Pourquoi me parle-t-il de Nathan ?

— Je… je ne…

— *Je… je ne…* se moque-t-il de moi d'une voix nasillarde. Il se penche en avant et ajoute avec un sourire que je pourrais qualifier de malicieux, oui, malicieux : allons, Cassi, sers-toi de tes méninges, je sais qu'elles fonctionnent parfaitement, tu as les mêmes que moi.

J'ai bien quelques théories, mais je ne vais certainement pas lui faire le plaisir de répondre alors qu'il m'humilie devant Gabriel. Ça ne risque pas.

Je m'appuie contre le dossier de ma chaise, croise les bras et lui lance mon regard de défi, le fait maison, celui qui a le don de mettre tout le monde en rogne et dont moi seule ai le secret. Lui, ça le fait rire. J'entends son cœur se mettre à battre plus vite. Cela m'interpelle car ça n'arrive jamais. Il a toujours le contrôle sur ses émotions.

— Tu ressembles tant à ta mère avec ton air têtu que c'en est presque douloureux.

Le changement de sujet me prend de court et j'écarquille les yeux. Il a encore réussi à me déstabiliser, mais pour le coup, je m'en moque. C'est la première fois qu'il me parle de ma mère aussi librement. Je veux dire, la seule fois où il y a fait allusion, c'était pour me dire qu'il l'avait tuée « involontairement » en fonçant sur sa voiture avec une fourgonnette. Moi dans la voiture également. Helloooo ! Quand on souhaite raisonner avec des gens, on se contente de les interpeller dans la rue et de leur expliquer calmement la situation !

Mais bon là, c'est différent. Cela fait tellement longtemps que je n'ai pas pensé à ma mère que je me demande si je ne suis pas en train de perdre mon identité. Ça me fait peur et je culpabilise.

Ma curiosité piquée au vif, je me penche en avant.

— Comment ça ?

Ses yeux se mettent à sourire.

— Tiens, tu as retrouvé ta langue ? dit-il dans un soupir nostalgique. Ta mère était… C'est drôle car tu ne lui ressembles pas physiquement, mais caractériellement, c'est une autre histoire. Vous êtes toutes les deux aussi têtues l'une que l'autre. Elle savait où elle allait, et toi aussi. Ta mère était capable de piquer des colères noires juste parce que j'avais écrasé une araignée.

Ses yeux prennent un air rêveur alors que je bois ses paroles.

— Je peux te dire que je n'en menais pas large dans ces moments-là.

Lui ne pas en mener large ? C'est quelque chose que je n'arrive pas à imaginer. Mais apparemment, c'est possible.

C'est drôle, la Myriam qu'il me décrit me semble si différente de celle que j'ai connue. La mienne n'était que douceur, patience et bonté. La sienne semblait plus dure, plus sûre d'elle-même. C'est à ce moment-là que je me rends compte qu'elle me manque toujours terriblement. La douleur est présente, immuable, qui ne cicatrisera jamais. J'aurais tant voulu la connaître mieux, me rappeler son visage. Il n'est qu'une image floue dans mon esprit dorénavant, et je n'ai même pas de photo pour la regarder lorsque j'ai besoin de son soutien. Et pourtant, les paroles de Manassé me vont droit au cœur, et le réchauffent. À l'entendre, maman et moi étions très similaires au niveau du caractère. Cela me réconforte de savoir qu'elle vit toujours, même si c'est à travers moi. Ça me réconforte d'apprendre qu'elle et moi avions la même façon de penser, la même façon d'agir.

Je m'appuie sur le bureau pour me rapprocher encore de lui.

— Et ensuite ?

— Et ensuite, je t'ai posé une question, Cassiopée.

Je lève les yeux au ciel en soufflant bruyamment. Le voilà de retour. Je me disais bien que ce petit moment de partage père-fille ne pouvait pas durer éternellement. Mais enfin ! J'aurais bien aimé qu'il dure un peu plus de trois minutes, quoi !

— Je n'en sais rien, Manassé. Je suis fatiguée et j'en ai assez d'utiliser à outrance mes méninges. Elles vont finir par griller si je continue comme ça.

Il change de stratégie, histoire de continuer à me déstabiliser :

— Sais-tu qui est la mère de ton frère, Cassiopée ?

Je hausse les épaules d'un air désinvolte alors que mon radar à ragots se met à fonctionner à plein régime.

— Je te rappelle que je n'ai vécu ici que quelques jours et que je ne suis jamais sortie de ce manoir. Comment veux-tu que je connaisse la mère de Nathan ?

Il sourit.

— Qui te dit que sa mère vient d'ici ?

Un sale pressentiment forme tout à coup une bulle dans ma poitrine et je déglutis.

— D'où viendrait-elle dans ce cas ?

— À toi de me le dire, Cassi.

Je me tortille sur mon siège. J'entends le cœur de Gabriel s'emballer derrière moi, preuve qu'il a la même sale idée qui vient de naître dans mon esprit.

— De chez les Myrmes ?

Il se penche en avant et me lance un sourire carnassier.

— Dans le mille. Et sais-tu qui est l'heureuse maman ?

Oui, je crois savoir, mais je prie pour que mes soupçons soient infondés.

Je secoue la tête.

— Pourtant, elle dirige Tornwalker. Et elle a même tenté de te tuer.

Chapitre 32

Quand j'étais petite, je me souviens que j'étais fascinée par le feu. Viscéralement fascinée. Il y avait toujours maman dans les parages pour m'interdire de toucher à la gazinière ou au feu qui brûlait dans la cheminée, mais c'était plus fort que moi. J'étais attirée par cette flamme dansante comme un moustique l'est par la lumière. Un jour, maman s'est absentée de la cuisine pendant une petite minute. La gazinière était en marche et je regardais avec envie cette petite flamme danser sous la casserole. J'ai pris un tabouret, je me suis hissée dessus tant bien que mal et j'ai porté ma main sur l'objet de tous mes désirs.

Le résultat, comme vous l'aurez deviné, m'a beaucoup déçue. Je me suis brûlée, pas gravement, heureusement, mais assez pour me mettre à hurler à pleins poumons, les fesses par terre. Des milliers de questions se bousculaient dans mon esprit : pourquoi cette si jolie chose m'avait-elle fait mal ? Pourquoi ne m'avait-elle pas laissée la toucher ? Qu'est-ce qu'elle était ?

Eh bien, j'ai un peu l'impression de revivre cet instant, en ce moment !

Je sens la révélation de mon père me brûler par surprise et ce flot de questions monter jusqu'à ma bouche, menacer de sortir en trombe.

Pourquoi aurait-elle essayé de me tuer ? Comment est-ce possible qu'elle soit la mère de Nathan ? Pourquoi ne la voit-il jamais ?

Mais la seule chose que j'arrive à dire, c'est :

— Pourquoi ? Pourquoi as-tu…

Beurk.

— … *couché* avec cette femme-là ?

Forcément, ça n'était pas une question des plus pertinente alors mon père éclate de rire.

— Ah, Cassiopée, ton innocence et ta candeur m'étonneront toujours ! Je pense que tu vis dans un autre monde, un monde merveilleux où les rats ont des montres et où les reines de carreau tranchent des têtes.

— D'une part, ce ne sont pas des rats et des reines de carreau, mais un lapin et une reine de cœur ; d'autre part, je ne trouve pas merveilleuse l'idée de décapitation, vois-tu…

— Mais je parie également, poursuit-il sans me prêter attention, que pas une seconde il ne te serait venu à l'esprit que j'ai agi ainsi pour le pouvoir.

Je cligne des yeux et il se penche en avant, des étincelles dans le regard.

— Le pouvoir, Cassiopée, dit-il d'une voix fervente, presque un murmure, une des seules choses qu'on ne peut pas acheter qu'avec de l'argent. Il faut savoir ruser, manipuler, tromper, mentir, utiliser. Et je suis passé maître dans l'art de faire ces choses. Maître dans l'art d'abuser la confiance d'autrui pour l'utiliser à mon avantage.

Je hausse les sourcils.

— Oh, eh bien merci de me le préciser, je sais à quoi m'en tenir désormais !

— Ne fais pas l'enfant, tu veux ? À ton avis, pourquoi est-ce que j'ai fait ça ?

Je souffle. Cet interrogatoire commence à me fatiguer.

Je voudrais des réponses, je n'ai que plus de questions.

— Pour assouvir ta soif de pouvoir, non ? Ce n'est pas juste ce que tu viens de me dire d'une voix flippante ? Je prends un air de savant fou et psalmodie d'une voix tremblotante : le pouvoir, Cassiopée, est l'une des seules choses qu'on ne peut pas acheter qu'avec de l'argent.

— Tu peux faire l'andouille si tu le veux. Il n'empêche que c'est toi qui tournes en rond et qui nous fais perdre notre temps.

— Je n'en sais rien, voilà ! m'énervé-je tout à coup. Je ne sais pas pourquoi tu as agi ainsi, je ne sais pas pourquoi elle a essayé de m'éliminer, je ne sais pas pourquoi tu as enlevé tous ces enfants durant toutes ces années, je ne…

Son visage a changé d'expression. Un sourire satisfait s'est étiré sur ses lèvres.

Les enfants. Mais oui, pourquoi n'y ai-je pas pensé plus tôt ?

— Ça a un rapport avec les enfants disparus, n'est-ce pas ?

Ses yeux se mettent à briller.

— Nous y voilà, Cassi. Toute l'histoire est là. Toutes tes questions trouvent leur réponse dans une seule petite interrogation : quel rapport y a-t-il entre les enfants disparus de ton ancien village, et le fait que Soraya et moi ayons eu une liaison ? Je te conseille d'y réfléchir durant mon absence.

Je le regarde, la bouche grande ouverte.

— Ton absence ? Tu ne vas pas partir maintenant, alors que tu as des dizaines de choses à m'expliquer ! Tu ne peux pas me laisser en plan comme ça ! Pourquoi tu fais ça ? Pourquoi m'avoir fait passer ce message par l'intermédiaire de Leo, clamant ton amour pour moi, si c'est pour m'abandonner à la minute où j'apparais ? Et puis, sincèrement, croyais-tu que j'allais accepter aussi facilement le fait que tu aies tué des hommes dans le seul et unique but de me récupérer ?

Il se lève.

— Je suis désolé, Cassiopée, mais je manque cruellement de temps. Je dois y aller sinon je vais être en retard. Je te laisse aux bons soins de Nathan.

Il fait le tour de son bureau et sans lancer un seul regard à un Gabriel abasourdi, il pose sa main sur mon épaule. Je n'ai pas la force de m'en débarrasser.

— Et Cassiopée, hors de question que vous partagiez tous les deux la même chambre.

Cette fois-ci, la force me revient avec une énergie renouvelée et je dégage sa main.

— Tu rêves ! Je ne l'ai pas vu depuis plus d'un mois ! Tu n'as pas le droit de nous séparer encore !

— J'ai tous les droits. Soit vous faites chambre à part, soit il repart au travail forcé. Je sais que je n'ai pas voix au chapitre quant au choix de tes petits amis, mais je peux te forcer à obéir sous mon toit. Et la règle est catégorique. Tu ne dormiras point dans la chambre de ton prochain.

— Non seulement, ça n'est pas drôle, j'énumère en comptant sur mes doigts, mais en plus ça n'est pas mon petit ami mais mon fiancé.

Il lève un sourcil.

— Fantastique, de mieux en mieux. Avec un peu de chance, il y aura un heureux évènement pour l'automne prochain.

Avant que j'aie pu lui dire de garder ses remarques sarcastiques pour lui, il jette un coup d'œil à sa montre.

— Il reste une ou deux choses à régler avant que je m'en aille et j'aimerais que cela soit fait en vitesse. J'ai besoin de savoir, Cassiopée, si je peux te faire confiance.

Je le fixe, méfiante.

— Où veux-tu en venir ?

Il croise les bras et me domine de toute sa hauteur.

— Je veux savoir si tu es venue ici pour faire du grabuge ou pour bénéficier de ma protection.

— La deuxième proposition, évidemment.

— Évidemment. Je vais donc te demander de prêter serment. C'est ce que doivent faire tous les nouveaux Narques.

Je hausse les épaules. Si ça peut le rassurer.

— Je prête serment…

— Non, Cassiopée, m'interrompt-il. C'est un serment très sérieux. De graves sanctions sont appliquées à celles et à ceux qui le brisent.

Pour la première fois depuis le début de l'entrevue, Gabriel prend la parole :

— Comme ?

Mon père se tourne vers lui et le fusille du regard. Gab ne baisse pas les yeux, ne recule pas d'un centimètre, fermement campé sur ses jambes. Il attend patiemment que Manassé réponde.

— Comme la peine capitale.

Je plisse les yeux.

— Attends… est-ce que par « capitale » tu entends…

— La peine de mort, oui.

***

Un silence pesant suit sa déclaration. Manassé prend cela pour un signe d'assentiment et continue son explication.

— Pour que le serment ait de la valeur, il faut que tu fasses exactement ce que je te dis.

Je l'interromps d'un geste de la main.

— Et qu'est-ce que ce serment *nous* apporte, concrètement ?

— Une liberté totale de mouvement, une entière confiance de ma part et des responsabilités importantes dans le village. Et une certaine liberté quant à ton… fiancé.

Je fronce les sourcils.

— Tu n'es pas mon père.

— J'ai bien peur que si, et même si je ne t'ai pas élevée, il n'est jamais trop tard pour bien faire.

Comme je ne réagis pas, il reprend :

— Tu dois t'agenouiller devant moi, porter la main droite à ton cœur et…

J'ai arrêté d'écouter à la mention du mot « agenouiller ».

— À moins que tu ne sois Arthur Pendragon et que tu ne comptes me faire chevalier de la Table ronde, il est simplement hors de question que je m'agenouille devant toi.

Il me sourit avec une tendresse feinte.

— Eh bien, au moins, le problème est réglé ! Mais ne viens pas te plaindre d'être sans cesse surveillée et de ne pas avoir d'intimité.

Et il quitte la pièce en coup de vent.

Lorsque je me retourne vers Gabriel pour me plaindre d'avoir un père aussi indigne, je remarque son air songeur.

— On aurait peut-être dû accepter. Prêter serment.

Je n'en crois pas mes oreilles.

— Quoi ? Mais Gabriel, la peine de mort…

— Je sais, je sais.

Il soupire.

— N'empêche que nous aurions été mis au courant de ses petites magouilles et nous aurions pu agir en conséquence. Il nous cache quelque chose de gros, Cass. Quelque chose qui a un rapport avec l'assassinat de mon équipe, quelque chose à voir avec Soraya et les enfants disparus.

Il secoue la tête.

— Dire qu'elle a tenté de t'assassiner, ça me sidère. Je n'arrive toujours pas à comprendre ce qu'il s'est passé. Et son énigme sur ton frère et le fait que Soraya soit sa mère… Rah ! Tout ça est vraiment trop confus. J'ai besoin de réfléchir.

Je souris.

— Quoi ?

— Tu sais que tu es vraiment mignon quand tu médites à voix haute ?

Il me prend dans ses bras en riant. Je l'entends murmurer dans mes cheveux :

— Peu importe qui a essayé de tuer qui, ou le pourquoi du comment. Je suis avec toi maintenant et je sais qu'ensemble on trouvera une solution.

Je souris, un peu apaisée.

Chapitre 33

— Et alors, à ce moment-là, il me sort…

Saphira et moi logeons dans la même chambre, comme au bon vieux temps j'ai envie de dire. Il y a une seule petite différence : cette fois-ci, nous ne sommes plus deux, mais trois. Morgane loge avec nous. Quelle ironie n'empêche ! Avoir fait tout ce chemin, avoir traversé toutes ces épreuves pour s'échapper d'ici et y revenir de notre plein gré.

Nous sommes censées être en train de manger, mais Saphira n'arrête pas de jacasser, comme d'habitude. Et le problème avec elle, c'est que l'un n'empêche pas l'autre. Elle parle la bouche pleine en postillonnant et cette vision réussit à elle seule à me couper l'appétit. Je me contente de manger mon yaourt. Le reste est engouffré par Deb qui doit être affamé si l'on en croit la façon dont il gobe le steak ET les légumes. Puis il se couche tranquillement à côté de moi en soupirant de bonheur.

Morgane a aussi fini son repas et est allongée sur un des lits. Elle ne cesse de me lancer des petits coups d'œil pleins d'animosité. Je fais de mon mieux pour les ignorer, mais je dois dire que c'est compliqué. Je me demande ce que j'ai bien pu lui faire pour qu'elle m'ait en horreur à ce point. De toute façon, j'ai autre chose à faire que de me chamailler avec elle.

Moi, je n'arrête pas de penser à Gabriel. Dire qu'il se trouve à une cloison de moi et que je ne peux pas le rejoindre... C'est quasiment insupportable. Le pire dans tout ça, c'est que nous sommes séparés par une simple porte en bois. Une *porte* ! Le truc, c'est qu'elle est fermée à clé, qu'elle n'a pas de poignée et qu'on a bouché la serrure avec de la colle. Elle est tellement bien isolée que même ma super ouïe ne capte pas grand-chose. Gabriel est en compagnie des autres garçons, mais je ne peux entendre qu'un léger bourdonnement, signe qu'ils sont en train de discuter.

Je me lève soudainement en passant mes mains sur mon visage. Il faut que je trouve un moyen de lui parler.

Je me tourne vers Saphira qui m'observe d'un air impassible.

— Saph, aide-moi à trouver un objet pointu.

Elle fait la moue.

— Tu ne veux pas plutôt qu'on déguise ton clebs ? Ou qu'on lui fasse prendre un bain ?

Deb se met à grogner en sourdine, sans lever le museau de la moquette. Je soupire de lassitude.

— Tais-toi, tu vas finir par le vexer.

— N'empêche, ça ne serait pas du luxe. Il sent encore plus mauvais que les chaussettes d'Isha quand il les a portées toute la semaine.

— Merci beaucoup, Saphira, maintenant j'ai définitivement envie de vomir.

Je souffle bruyamment en observant la porte en question.

Un tisonnier apparaît dans mon champ de vision et je recule, surprise. Saphira me tend l'objet en haussant un sourcil.

— Tu voulais quelque chose de pointu, non ?

Je saisis la tige en fer avec reconnaissance et commence à creuser dans la pâte avec son bout pointu.

J'entends Saphira s'esclaffer derrière moi. Elle s'est affalée sur le lit et grignote son pain en m'observant. Morgane m'a carrément tourné le dos et fait mine de dormir.

— C'est génial, j'ai l'impression de regarder un épisode de *MacGyver*. Tu veux que je te chante le générique ?

— La ferme.

N'empêche, elle peut bien se ficher de moi, ça fonctionne. J'ai déjà creusé un trou de plus de deux centimètres. J'entends que ça s'agite de l'autre côté de la porte.

— Euh... y a quelqu'un ?

C'est la voix de Tom ! Je lâche le tisonnier et approche ma bouche du trou.

— Oui, Tom, c'est moi !

— Eh les gars, s'exclame la voix étouffée de Tom, y a quelqu'un qui essaie de communiquer avec nous ! Ça doit être Cass !

Je grimace. Ils ne doivent pas bien m'entendre.

— Il connaît le morse ? propose Saphira. Tu pourrais peut-être communiquer en cognant sur le battant ?

Je lui lance un regard noir.

— Tu pourrais arrêter, s'il te plaît ?

— Je suis sérieuse ! proteste-t-elle.

Je reprends mon tisonnier et le tourne et retourne dans le trou pour l'agrandir.

— Lâche-moi, j'essaie de venir à bout de cette foutue colle.

Elle me prend le tisonnier des mains et va vers la cheminée. Elle attrape le briquet qui trône dessus et chauffe la pointe avec la flamme.

— Là. Tu y arriveras mieux si le bout est brûlant. La colle va partir toute seule.

Je m'appuie dos à la porte en soupirant.

— Parfois je me demande ce que je deviendrais sans toi.

— Oh, tu finirais certainement par te faire dévorer par le clebs !

Je lève les yeux au ciel mais ne réponds rien.

Elle revient vers la porte avec le tisonnier chauffé à blanc et enfonce violemment le bout dans le trou que j'avais préalablement creusé. La pointe se fiche dans la colle comme dans du beurre et surgit de l'autre côté.

Un cri de protestation retentit.

— Eh, mais t'es malade ?! s'insurge Isha. T'as failli me crever l'œil !

Je secoue la tête, désabusée. Cet idiot a dû mettre son œil juste devant la serrure pour essayer de regarder au travers.

Saphira n'a pas l'air le moins du monde désolée d'avoir manqué d'éborgner son frère. Elle retire le tisonnier et s'éloigne pour le replacer sur son socle.

Je colle ma bouche au trou pour que les garçons m'entendent.

— Désolée ! C'est ta sœur qui y a mis un peu trop de zèle. Vous m'entendez ?

— Assez bien, oui, répond Isha. Tu veux que je transmette un message ? Je ne suis pas sûr que les autres entendent.

Je me fige, surprise. C'est rare que le jumeau me propose son aide gracieusement.

— Ça serait gentil, merci. Dis à Gabriel qu'il faut qu'on se parle.

Isha se retourne et transmet le message.

— Il t'écoute.

J'inspire profondément mais un bruit de clé dans la serrure de ma chambre m'interrompt. Un Narque pénètre à l'intérieur, me surprenant à genoux devant la porte, la bouche en cœur. Deb se met à grogner. Morgane se redresse, surprise, et Saphira cesse de mâcher son pain. Je me mords la lèvre et tente un sourire à l'adresse du nouveau venu.

— Je... euh...

Le Narque examine la scène de son œil perçant et prend un air sévère.

— Tout le monde dehors, vous changez de chambre.

***

Deux semaines plus tard

— Ça fait quinze jours qu'on est enfermées ici. Je crois que si je reste une seule journée de plus dans cette chambre, je vais me défenestrer.

Saphira me lance un regard las.

— Moi, je commence à prendre du ventre. Regarde, j'ai un bébé bourrelet sur la hanche.

Elle lève son T-shirt mais je ne prends pas la peine de m'y intéresser. Je tourne en rond dans la pièce, je lisse un pli sur mon lit, range une chaussette, ferme un placard, et lorsqu'il n'y a plus un seul objet de travers dans la pièce, je songe sérieusement à me jeter par la fenêtre. Malheureusement, elle est verrouillée.

— Mon père ne m'a même pas recontactée, j'en serais presque vexée.

Elle hausse les épaules.

— Peut-être qu'il s'est absenté.

Je m'affale sur le lit en grognant.

— Peut-être. Mais ça n'empêche pas que j'ai besoin de mon quota d'air frais de temps en temps. En plus, il fait super beau et je suis obligée de regarder les nuages défiler par la fenêtre. Le seul moment où ils m'autorisent à sortir, c'est le soir quand le Débile ne peut plus se retenir. Et le garde qui m'accompagne refuse catégoriquement de répondre à mes questions ! C'est à en devenir dingue !

Saphira lève les yeux au ciel.

— Arrête de pleurnicher, tu n'es pas la seule à être enfermée ici. Je te signale que je suis dans la même situation que toi et Morgane aussi. Au moins, toi, ils te laissent sortir une fois par jour. Moi, je ne sais même plus à quoi ressemble un bol d'air frais.

— Ouais, et moi, intervient la blonde, je ne sais plus quoi faire pour me distraire. Alors arrête de pleurnicher.

Morgane n'a pas changé d'attitude envers moi. Dès qu'elle en a l'occasion, elle ne manque pas de me rabrouer. Je commence sérieusement à perdre patience. Après deux semaines enfermée avec elle, je peux dire sans hésiter qu'elles ont été les plus longues de toute ma vie.

— Je sais, je sais, j'admets, mais ça me rend dingue de ne pas savoir ce que deviennent les autres. J'espère qu'Arthur et toute la clique vont bien. Même ton frère me manque, c'est dire !

Saphira rit.

— Il doit fulminer. Le connaissant, je suis sûre qu'il pense qu'on est prisonnières dans une tour telles trois princesses Fiona et il doit essayer de s'échapper pour venir nous délivrer.

— À moins qu'il se soit perdu dans le château, apparemment ça ne fonctionne pas très bien.

Un bruit de pas résonne dans le couloir et le Débile dresse les oreilles.

Je lève la tête, une lueur d'espoir dans les prunelles, comme à chaque fois que quelqu'un s'approche de notre chambre. Sauf que cette fois, contrairement aux autres, la personne s'arrête devant. Je saute du lit et me campe face à la porte. Une clé tourne dans la serrure et je sens l'adrénaline se répandre dans mes veines. La poignée s'abaisse et le battant s'ouvre pour laisser apparaître Nathan et Gabriel.

Mon cœur fait un bond dans ma poitrine et je ne cherche même pas à comprendre ce que je fais. Je saute dans les bras du brun aux yeux bleus.

— Où tu étais ? Tu m'as manqué !

Il me serre fort contre son cœur.

— Ben je suis resté dans la chambre. C'est toi qui as soudainement disparu.

Je me tourne vers Nathan qui attend patiemment que je lui accorde mon attention.

— Que se passe-t-il, Nat' ? Pourquoi venir nous chercher maintenant ?

Il me tend sa main, que j'accepte sans hésiter. Sa voix résonne dans ma tête, et même si maintenant j'y suis habituée, cela me fait toujours une sensation étrange. Comme si je partageais mon corps avec un autre esprit.

« Manassé vous libère. Vous êtes libres d'aller où bon vous semble dans le village, sauf dans le château. Pas de cache-cache dans les couloirs, il y a des pièces qu'il ne souhaite pas que vous voyiez. »

La dernière partie pique ma curiosité. Je répète la phrase pour que Gabriel en profite.

— Pourquoi ne veut-il pas que nous visitions le château ?

Nathan lève les yeux au ciel, comme si j'étais bouchée alors que sa voix dans ma tête n'a aucun lien avec mes oreilles.

« Je viens de te dire qu'il y a certaines pièces qu'il ne veut pas que vous voyiez. C'est tout, point final, pas d'explications en plus. »

Je le repousse avec espièglerie. Ça me fait du bien de le retrouver, même bougon.

— Ça va, ça va, frangin, je cherche juste à comprendre.

« Eh bien, comprends plus vi… te ! »

Nathan s'interrompt une demi-seconde, mais c'est trop tard. Je l'ai grillé.

Je me retourne et découvre Saphira dans l'encadrement de la porte. Et je jure devant tous les dieux de l'Olympe qu'elle rougit. Saphira. Rougir. Je ne pensais pas mettre une seule fois ces deux mots ensemble dans la même phrase.

— Salut, euh… Nat'.

Salut, euh… Nat' ? Bon sang, que c'est jouissif !

Je suis bien d'accord avec ma conscience. Mais qu'est-ce qu'il lui arrive à notre petite ingénue ? Elle a perdu sa langue ? Ça serait bien une première.

Je me retourne vers Nathan en masquant mon sourire et je remarque que lui aussi rosit.

Comme c'est chou.

Gabriel et moi échangeons un regard entendu. Je lève un doigt.

— Vous voulez qu'on vous laisse, ou…

Mon frère sort de sa torpeur et me fusille du regard. Quant à mon crâne, il écope d'une bonne claque de la part de Saphira.

— Arrête de dire des bêtises, Sophie. Nathan a juste eu un petit moment d'absence. Tu ne peux pas le blâmer pour si peu. Ingrate de sœur, va !

Je ris. La revoilà.

Nathan nous congédie d'un geste de la main. Je remarque qu'il détourne le regard, et évite de croiser celui de Saphira. Y aurait-il du gros bisou dans l'air ?

« Faites ce que vous voulez maintenant, moi j'ai des choses à faire. Je ne peux pas vous materner toute la journée. »

Il finit par planter ses yeux dans les miens.

« Mais souviens-toi, Cass, pas d'exploration dans le château. »

Je lève la main gauche.

— Croix de bois, croix de fer. Si je mens…

« … t'auras affaire au frère. »

Je ris de nouveau. J'ai l'impression d'avoir été dopée au gaz hilarant. Je suis de super bonne humeur et j'ai envie de sourire à tous les gens que je croise.

Certainement l'effet liberté et Gabriel combinés. Un mélange détonant.

Nathan nous fait un rapide signe de tête, toujours rouge tomate, puis s'éloigne, raide comme un balai. Je ne peux m'empêcher de sourire.

— Bien que je n'aie pas suivi la moitié de cette conversation à sens unique, il me semble que nous n'avons pas le droit de visiter le château.

J'acquiesce :

— Interdiction formelle. On peut aller batifoler à l'extérieur mais, je cite : « Pas de cache-cache dans les couloirs du château. »

Gabriel se masse la joue.

— Quel dommage, je parie qu'il y a des centaines de trucs intéressants à découvrir.

Quelqu'un me tapote l'épaule. Je me retourne pour découvrir Morgane, toujours d'humeur approximative.

— Dites, les tourtereaux, vous comptez rester plantés là à bavasser toute la sainte journée ? Non, parce que moi, je suis plutôt curieuse de voir ce qu'il se passe dehors. Et je peux vous dire qu'il est hors de question que je tienne la chandelle.

Je lève les yeux au ciel, mais Saphira ne me laisse pas le temps de répondre.

— Sophie ? Ton clebs est en train de se soulager sur le tapis.

Chapitre 34

Nous marchons dans les longs couloirs du château, longeant des pièces dont toutes les portes sont fermées, deux d'entre elles étant même gardées par des Narques à l'air peu commode. Les portes qui ne sont pas surveillées mènent à des chambres ou des bureaux quelconques dont l'intérêt me semble minime. En revanche, je n'arrête pas de m'interroger sur les deux portes que nous n'avons pas pu ouvrir.

Qu'est-ce que mon père cache à l'intérieur ?

Deb suit à côté de moi, tout penaud. Je ne peux pas lui en vouloir d'avoir déféqué dans la chambre, un animal sauvage n'est pas fait pour rester enfermé des heures entières dans une minuscule pièce. Je lui ai quand même fait comprendre que je n'étais pas vraiment heureuse de ce qu'il avait fait. Je n'ai pas apprécié nettoyer derrière lui.

Nous sommes censés rejoindre toute la clique à l'entrée nord du château. Le problème, c'est que je ne connais que l'entrée ouest. Ce qui fait que nous n'arrêtons pas d'ennuyer les gardes disposés à intervalle régulier dans les couloirs pour demander notre chemin. Ils restent néanmoins très polis et courtois et nous indiquent la sortie au fur et à mesure que nous avançons. Je ne sais pas si c'est parce que je suis la fille du grand patron, mais c'est toujours appréciable. Pour une fois que je m'en réjouis, autant en profiter.

Saphira soupire.

— Dites, vous croyez que cette baraque a réellement une sortie ou c'est juste un test pourri pour savoir si nous allons finir par nous entredévorer afin de survivre ?

Je ne prends pas la peine de répondre, trop occupée à trier mes propres pensées. Je n'arrête pas de fixer le visage des gardes, me préparant à apercevoir celui de Dimitri ou de Ryan, alias Serge. Je ne cesse de me demander ce qui est arrivé à ceux qui s'en sont pris à moi. On ne peut pas dire que mon père soit un enfant de chœur. Je crève d'envie de savoir s'il a puni Dimitri, son très cher ami de toujours, qui a, soit dit en passant, tenté de me balancer par la fenêtre, ou ce qui est arrivé à Ryan, le garde qui était censé faire en sorte qu'un tel évènement n'ait pas lieu. Mais plus que tout, je me demande où est Camille. Cela fait deux semaines que je ne l'ai pas vu, et pourtant j'ai l'impression que notre rencontre remonte à la veille. Je n'ai pas envie de le croiser, et en même temps je voudrais tant lui demander des explications. Mais j'ai comme l'impression que ça se terminerait en bain de sang avant même que j'aie pu obtenir satisfaction. Gabriel n'est pas vraiment aussi curieux que moi.

Je me tourne vers lui.

— Gab, il va falloir qu'on parle de certaines choses.

Il me regarde, placide.

— Oui, je crois que nous avons beaucoup de choses à nous raconter. Le fait de partager nos expériences permettra peut-être d'éclaircir la situation.

J'inspire un grand coup mais n'ai pas l'occasion d'aller plus loin. Nous venons de tourner à l'angle d'un couloir et nous retrouvons nez à nez avec l'entrée nord. Gabriel me lance un regard signifiant « on en parlera plus tard » auquel j'acquiesce.

Nous nous avançons vers les doubles portes massives et Gabriel les pousse de toutes ses forces. Lorsqu'elles s'ouvrent, je sens un courant d'air glacé s'infiltrer par l'interstice. Et quand elles sont complètement ouvertes, c'est mon cœur qui se glace.

Nous sommes au bord du vide. Je veux dire, il n'y a pas de chemin, pas d'escaliers, comme dans Tornwalker 2. Juste un immense vide, une crevasse de plusieurs centaines de mètres de profondeur. Je n'en vois même pas le fond. La faille semble faire le tour du château, mais je ne me souviens pas avoir traversé un vide intersidéral à l'aller. Je comprends alors que nous étions passés par l'entrée ouest, qui se trouve juste au bord du plateau, c'est vrai, mais a quand même un escalier taillé dans la roche et sécurisé par des filets. Comme mon père peut être parano ! Construire sa demeure juste derrière une crevasse ET au bord d'un plateau, tout ça pour ne pas craindre une hypothétique attaque ! C'est complètement ridicule.

N'empêche que mes genoux se mettent à flageoler et ma vision se brouille. J'ai des nausées et je n'arrive plus à penser normalement.

Gabriel pose une main sur mon épaule et me parle d'une voix rassurante. C'est à ce moment que je comprends que j'ai reculé jusqu'au fond de la pièce et que j'ai le dos littéralement plaqué au mur.

— Ne t'inquiète pas, Cass, on ne va pas être obligés de voler pour traverser, il y a une petite passerelle, on va tranquillement la prendre et avant même que tu comprennes ce qu'il s'est passé nous serons de l'autre côté. Tu verras, ça va être facile.

Ça a l'air tout sauf facile. Je pense à infaisable et impossible par exemple.

— Voler ne me dérange pas, vois-tu. Je préférerais cela même. C'est marcher sur ce pont en bois au-dessus du vide qui ne me ravit pas. C'est clair que je vais tomber.

Il lève les yeux au ciel.

— Bien sûr que non, tu ne vas pas tomber, il y a une corde qui fait office de rampe de part et d'autre de la passerelle, tu n'auras qu'à t'y cramponner. Et puis je serai là, juste derrière toi, tu ne pourras pas tomber.

Je déglutis et m'avance vers la crevasse. Ça y est, je vois la passerelle, d'une trentaine de mètres de longueur environ, et de l'autre côté se trouvent Arthur et les autres. Ils me font de grands signes et poussent des cris d'encouragement. Je leur réponds par un faible signe de la main et louche quand je comprends que Saphira est déjà au milieu de la passerelle, Morgane sur les talons. Je m'arrête au bord de la crevasse, à vingt centimètres de la première planche.

Saphira se tourne vers moi, le sourire jusqu'aux oreilles.

— Eh, Sophie, viens ! C'est super facile ! En plus, c'est drôle, ça bouge dans tous les sens !

J'ai envie de vomir.

Elle se met à se balancer de droite à gauche pour faire bouger la passerelle. Celle-ci commence à osciller de plus en plus vite, tant et si bien que je crains qu'elle ne se retourne. Morgane se met à pousser des petits cris de terreur.

— Arrête, pauvre godiche ! Je vais tomber si tu continues !

Saphira arrête de se balancer et hausse les épaules. La passerelle redevient statique et je peux à nouveau respirer.

— Oh, ça va, si on peut plus rigoler !

Elle finit de traverser en trottinant puis claque sa paume dans celle de son frère. Celui-ci me hurle entre ses deux mains en coupe, alors que je suis Auditive et entends parfaitement bien leurs conversations :

— Allez, Cass ! Ce n'est pas si compliqué ! Regarde, même ma sœur la godiche y est arrivée !

Il écope d'une claque derrière la tête.

Je baisse les yeux et fixe le Débile qui dresse les oreilles en direction du petit groupe duquel nous sommes séparés par un vide de plusieurs centaines de mètres de profondeur. Je me demande comment le manoir a fait pour tenir aussi longtemps au bord du vide. Manassé ne connaît-il pas ce qu'on appelle couramment des affaissements de terrain ? Je ne pourrais plus jamais rester dans cette baraque de nuit. J'aurais trop peur qu'elle ne s'effondre dans le gouffre durant mon sommeil.

— Alors, Deb, on y va ? Tu crois que tu vas y arriver ?

Gabriel me pousse gentiment vers la première planche.

— Mais oui, mais oui, il va très bien s'en sortir. Surtout, ne regarde pas en bas et cherche toujours l'horizon.

Je ricane, mais mon rire s'étrangle dans ma gorge.

— Ça va être un peu compliqué, il y a une montagne juste en face.

— Fais ce que je te dis.

J'inspire profondément et commence ma traversée de la mort.

Je n'arrête pas de me répéter que c'est complètement stupide. Pourquoi nous faire passer par l'entrée nord alors que celle de l'ouest est dix fois plus praticable ? Pourquoi nous – me – faire subir un tel calvaire alors que Nathan sait que j'ai le vertige ?

Les planches craquent sous mes pieds et le vent fait grincer la passerelle qui oscille doucement. Je m'efforce de ne pas regarder en bas, mais croyez-moi, c'est beaucoup plus compliqué qu'il n'y paraît. Le Débile mène la marche, la queue haute, le poil bouffant, pas le moins du monde ennuyé par les deux cents mètres de chute libre qui nous attendent si jamais une des cordes qui maintiennent la passerelle a la fâcheuse idée de lâcher. Gabriel est derrière moi et m'encourage par de douces paroles et laisse sa main reposer sur mon épaule.

— Très bien, Cass, tu te débrouilles très bien, comme un chef. Ne regarde pas en bas, d'accord ? Continue à regarder le groupe devant.

Isha se tourne vers Arthur.

— Dix contre un qu'elle fait pipi dans sa culotte avant d'arriver à la moitié.

Je me fige et Gabriel me rentre violemment dedans. Le Débile finit la traversée et se retourne vers moi en remuant la queue, la langue pendante.

Je sens une bouffée d'injustice me traverser. D'une part, je n'ai jamais fait pipi dans ma culotte, Arthur est bien gentil mais son excuse est minable ; d'autre part, j'ai bien le droit d'avoir ma part de faiblesse, non ?

Une détermination de fer s'empare de moi. Je redresse le menton, lâche les cordes sur le côté et plante mon regard dans celui d'Isha.

J'avance à grands pas dans leur direction, sans jamais regarder en bas. Je ne leur ferai pas ce plaisir. Au moment de passer la dernière planche, je fais un bond vertigineux, et emportée par mon élan, je fonce tout droit dans Isha qui s'étale par terre, comme la grosse bouse qu'il est. Je me redresse et le domine de toute ma hauteur, les mains sur les hanches, un sourire de triomphe sur les lèvres.

— Aboule le fric, pauvre idiot.

Chapitre 35

Nous marchons dans le village, sur nos gardes. Étrangement, personne ne parle, nous sommes tous plus ou moins sur les nerfs. Je considère encore cette population comme l'ennemi juré, alors que nous sommes là en tant que réfugiés. C'est tout de même le monde à l'envers. Le village est bien différent du nôtre. Déjà, les maisons sont en pierre, il n'y a pas d'arbres, seulement une vaste prairie verdoyante où sont disposées au petit bonheur la chance les habitations des villageois. C'est à se demander comment les Narques restent cachés aux yeux du monde. Le moindre pèlerin qui passerait trop près verrait immédiatement les maisons, ou du moins le manoir.

Nous passons à côté d'un lavoir auprès duquel des femmes sont assises et discutent tranquillement. Lorsqu'elles nous aperçoivent, elles se taisent subitement, mais nous sourient avec bienveillance. Cette marque d'attention me surprend et je manque de trébucher sur une motte de terre. Elles se mettent à rire en échangeant des regards amusés. Je ne crois pas avoir assisté à une scène semblable chez les Myrmes. Ces femmes semblent si détendues, si complices ! Il n'y a pas de malaise entre elles, comme on pouvait le remarquer à Tornwalker.

Nous les dépassons en les saluant d'un signe de tête et elles nous répondent, toujours le sourire aux lèvres.

Arthur se tourne vers moi.

— Tu as vu comme elles nous ont regardés ? Je ne m'attendais pas à autant de gentillesse de la part des Narques.

— Oui, ça m'a surprise aussi. J'ai l'impression que…

Saphira pose une main sur mon bras. Je me tourne vers elle, mais elle a le regard braqué droit devant.

Alors que nous dépassons une maison, nous tombons littéralement nez à nez avec une bande de jeunes Narques d'une quinzaine d'années. Trop occupée à discuter avec Arthur, je ne les avais pas entendus arriver. Certains d'entre eux ont l'air surpris. Ils sont une petite dizaine, largement plus nombreux que nous. Un jeune homme brun aux yeux marron se plante devant nous, les bras croisés. Une fille se place à côté de lui et adopte la même posture. J'ai un mouvement de recul. Qu'est-ce qu'ils croient faire ces mômes ?

À mes côtés, Saphira fronce les sourcils et fait un pas en avant. Elle croise les bras et se campe solidement sur ses jambes, le regard dur. Son frère l'imite. À eux deux, ils sont bien plus intimidants que le couple en face.

— Qu'est-ce que tu nous veux, le mioche ? T'as besoin de quelque chose en particulier ? Un ravalement de façade par exemple ?

Je me tourne vers Saphira, interloquée. Je ne connaissais pas ce trait de caractère chez elle et j'en reste bouche bée. Les autres jeunes Narques se placent de part et d'autre du couple à l'air patibulaire et prennent une posture menaçante à leur tour.

Instinctivement, je me mets à côté de Saphira, prête à en découdre si nécessaire. Gabriel me rejoint en secouant la tête, puis les trois Mousquetaires, et finalement même Morgane, qui nous suivait jusqu'alors sans rien dire. Elle se place à côté d'Isha, une lueur de combativité dans les yeux. Le Débile vient s'asseoir à mes pieds et fixe avec excitation le groupe qui nous fait face, semblant prêt à croquer toutes les guiboles qui passeraient à portée de ses crocs.

Un jeune garçon vient poser sa main sur l'épaule du brun.

— Korah, il vaudrait mieux partir. Tu sais ce que nous a dit Manassé.

Korah se débarrasse de la main du jeune homme et plante ses yeux dans les miens, ignorant royalement la bravade de Saphira.

— Je me fiche pas mal que tu sois la fille de Manassé. Pour moi, vous n'êtes qu'une bande de lâches, des traîtres qui n'ont pas trouvé mieux que de venir se réfugier chez nous. Ne t'avise pas de croire que vous êtes les bienvenus ici. Je peux te promettre que ce que je te dis tout haut maintenant, c'est ce que tout le monde pense tout bas.

Je repense aux femmes près du lavoir et mon cœur se serre. Je me redresse un peu plus et le regarde à mon tour droit dans les yeux.

— Qu'est-ce que tu nous veux ?

Il secoue la tête.

— Oh, mais je ne te veux rien du tout ! Sache juste avec certitude que si tu nous trahis, à un moment ou à un autre, que ce soit maintenant ou dans deux mois, je serai le premier à avoir ta peau.

C'est ce moment que choisit Gabriel pour éclater d'un rire incrédule.

Korah lui lance un regard courroucé.

— T'as un problème ?

Gabriel continue de rire, plié en deux.

— Excuse-moi, vieux, mais je trouve cette situation tellement grotesque ! Toi avec ta bande de pucerons seriez presque crédibles si vous ne portiez pas encore des couches. Vous me faites bien rire avec vos menaces puériles ! Pour qui vous vous prenez ? La *mafia* ?

Laisse-moi te dire un truc : tes menaces n'intimident personne. Alors tu vas me faire le plaisir de faire demi-tour et de nous oublier, ou on va devoir appeler ta maman.

Isha éclate de rire.

— Amen, mon frère.

Korah rougit et serre les poings. La tirade de Gabriel semble l'avoir piqué au vif et il est sur le point de faire une bêtise. Sa compagne pose une main sur son épaule et le fixe durement.

— Viens, ça n'en vaut pas la peine. Je sais ce que Manassé a fait à ceux qui ont osé poser le doigt sur sa fille et je n'ai aucune envie de subir le même sort.

Gabriel continue de sourire, visiblement amusé par la situation, alors que Korah bout intérieurement. Il finit néanmoins par faire demi-tour. Les autres le suivent un à un sans un mot. Une jeune fille d'environ treize ans reste quelques secondes, l'air timide, puis nous fait un petit salut désolé.

— Je suis la sœur de Korah. Désolée pour l'attitude de mon frère. Parfois il ne sait pas ce qu'il dit. Ne lui en tenez pas rigueur, s'il vous plaît.

Korah se met à hurler par-dessus son épaule :

— Lila, ramène-toi !

Elle se retourne.

— Oui, oui, j'arrive !

Elle nous fixe encore quelques secondes puis fait demi-tour et trottine vers le reste de sa troupe.

Ethan, toujours en position de combat, se détend enfin. Gabriel baisse les bras et coule un regard dans ma direction.

— Bienvenue chez toi, Cass.

Je me tourne vers lui, désabusée.

— C'était quoi, ça ?

Il hausse les épaules en regardant le groupe de jeunes Narques disparaître derrière une maison. Il a l'air pensif.

Je le connais assez bien pour savoir qu'une idée vient de s'insinuer dans son cerveau.

— Un groupe de jeunes énervés très, très en colère. Je ne sais pas pour qui se prend ce Korah, mais l'humilité ne fait sûrement pas partie de ses qualités dominantes. Une petite remise à niveau s'imposait. Ils m'ont croisé à de nombreuses reprises lorsque je travaillais dans la tranchée et se sont allégrement moqués de moi. Je les ai ignorés, ce genre d'attitude puérile ne m'atteint pas, mais je n'aime pas qu'on te menace.

— Oui, tu l'as mouché correctement. On peut dire que tu as un ennemi en plus.

Il a un rire sec.

— Si tous mes ennemis étaient comme lui, ma vie serait une véritable promenade de santé.

Il entrelace ses doigts aux miens et nous prenons la direction opposée à celle des jeunes. Je détaille sa main qui serre la mienne. Il a de longs doigts fins mais puissants. Ses mains sont calleuses à cause des travaux forcés que lui a fait endurer mon paternel. Mais sa peau est douce contre la mienne. J'ai l'impression de ne plus être complètement à la rue. J'ai la sensation d'être chez moi.

Je le regarde avec une admiration et un respect sans borne, que j'espère dissimuler assez bien. J'ai une réputation de dure à cuire à tenir.

— Gab, l'interpellé-je en murmurant, tout en sachant que les jumeaux maléfiques peuvent nous entendre, tu ne crois pas que c'est le moment de parler ? Maintenant que nous sommes seuls, il serait peut-être temps que tu me mettes au courant de ce qu'il s'est passé durant ton absence.

Il continue à regarder droit devant lui, mais je vois ses narines se dilater alors qu'il inspire profondément.

— Nous ne sommes pas seuls, Cass.

Je regarde autour de moi, alarmée. Néanmoins, je ne vois que des maisons et un village quasi désert. Je tends l'oreille mais la brise qui souffle m'empêche d'entendre quoi que ce soit.

— Il n'y a personne !

Il me regarde avec tendresse, comme s'il se disait que j'étais mignonne.

« Qu'elle est chou cette petite ! Elle ne s'est rendu compte de rien, c'est adorable ! »

Toute trace d'admiration ou de respect déserte mon organisme, faisant place à de l'agacement. Il se penche vers moi et me murmure à l'oreille, si doucement que je suis certainement la seule à pouvoir l'entendre :

— Nous sommes suivis par trois hommes. Tu ne peux pas les voir parce qu'ils se tiennent à distance et se cachent derrière les maisons, quoique avec la Facette du Serpent tu doives pouvoir les apercevoir. Je les ai sentis il y a quelques minutes. Le sens du vent a changé et ils se sont trahis. Ce sont les mêmes types qui surveillaient nos chambres.

La voix d'Isha retentit devant nous.

— Dites, vous êtes au courant qu'il n'y a pas de messe basse sans curé ? J'ai mon diplôme de prêtre si ça vous intéresse.

Gab lève les yeux au ciel.

— Tu n'arrêtes jamais de dire des bêtises ?

— Désolé, j'ai aussi un diplôme d'âneries. Je suis comme ça moi, un mec polyvalent. Pas étonnant que les filles tournent toutes autour de moi.

Je lui lance un regard qui en dit long et me tourne vers le groupe.

— Gabriel et moi devons parler de certaines choses. Je pense que ces choses vous concernent tous. Vous pouvez écouter et partager vos suggestions, si vous en avez.

— Tu es trop bonne, raille Morgane.

Je l'ignore.

— Mais il faut qu'on se trouve un coin tranquille et je pense avoir une idée.

***

Nous sommes tous assis en cercle dans l'herbe fraîche, un peu à l'écart du village. Les Narques qui nous filent ne pouvant plus se cacher derrière les maisons ont préféré se mettre à une distance respectable et nous observent, les mains derrière le dos. Ça me dérange un peu de les savoir là, mais nous n'avons pas le choix. Il faudra donc s'arranger pour ne divulguer aucune information compromettante.

— Voilà comment ça a commencé, débute Gabriel. Soraya m'a envoyé seul en mission pour que je débusque un espion Narque. Jusque-là il n'y avait rien de suspect. C'est après que ça s'est corsé. Cet espion se trouvait apparemment dans un groupe de randonneurs amateurs qui apprenaient les rudiments du camping et de l'escalade. Tout d'abord, ça m'a paru étrange qu'un espion aille s'enterrer dans les Rocheuses sans raison particulière mais passons, moi je devais juste le trouver et l'interroger. J'ai passé deux semaines à éliminer les suspects un à un, jusqu'à me retrouver avec seulement trois personnes dans ma ligne de mire : la guide Linda, un homme nommé Brice et un type avec qui j'avais sympathisé, Matthew.

— Linda... j'interviens, songeuse. Mais c'est la disparue ! On a vu son nom dans le journal. Et Brice est le survivant, c'est ça ?

Gabriel hoche la tête, patient.

— J'y viens. Une nuit, j'ai suivi un des suspects, Brice, qui s'enfonçait dans la forêt. Il s'est subitement mis à courir, alerté par le bruit causé par un animal et je me suis lancé à sa poursuite, persuadé de sa culpabilité. Ça a été ma première erreur. Je l'ai intercepté mais j'ai vite compris qu'il ne s'agissait pas de mon Narque. La guide est alors arrivée par surprise et m'a menacé avec un arc. Elle a éloigné Brice et a accepté de répondre à mes questions. J'ai appris alors que je n'avais été qu'un pion entre les doigts de Manassé qui voulait faire main basse sur moi pour t'atteindre, Cassiopée. Je vous passe les détails, mais en gros, il savait que Soraya m'enverrait enquêter et que son espion pourrait facilement me mettre la main dessus. Cette mission était triple. Manassé envoyait un message à deux personnes : à toi, Cass, et à Soraya. Cette dernière a compris une chose : le chef des Narques ne serait plus aussi indulgent avec elle et, si elle ne se tenait pas à carreau, il la réduirait au silence avec tous les siens.

Je cligne des yeux.

— Et moi, j'ai reçu la visite de Leo qui m'a transmis le deuxième message...

Ils me regardent tous avec curiosité.

— Je vous expliquerai plus tard. Continue, Gabi. Quel était le troisième but de sa mission ?

— Entrer en contact avec l'homme nommé Brice. Apparemment, Linda devait gagner sa confiance afin de conclure un marché dont je ne sais rien. Cet homme a une activité professionnelle qui intéresse grandement notre leader.

— Quoi comme activité professionnelle ? demande Arthur.

Gabriel a un rire sec.

— C'est là que ça devient intéressant. Il travaille pour un gros fournisseur d'armes. J'aimerais vous en dire plus mais c'est tout ce que je sais. L'implication de Manassé dans cette affaire reste encore floue.

— Que s'est-il passé ensuite ? s'enquiert Ethan avec sa réserve habituelle.

Gabriel s'étire.

— Tout s'est passé très vite. Linda m'a blessé pour que mon sang soit retrouvé sur la scène de crime et que Soraya me croit mort. Elle a ensuite tué sous mes yeux tous les membres de l'équipe, sauf Matthew que j'avais protégé et Brice. Celui-là, je ne sais pas ce qu'il est devenu. J'ai réussi à la maîtriser mais elle s'est tuée pour ne pas divulguer plus d'informations. Je me croyais tiré d'affaire et ça a été ma seconde erreur. Linda avait des complices… que Matthew a ramenés sur le campement après je lui ai demandé d'aller chercher des secours. Ils l'ont tué, m'ont arrêté et je me suis retrouvé ici, à travailler comme un forcené dès que j'ai été en état de le faire. Nathan m'a souvent rendu visite et me parlait par télépathie. D'abord, ça ne m'a pas trop plu, mais j'ai finalement compris qu'il ne me ferait jamais le moindre mal. Ses visites sont vite devenues très agréables et il m'a expliqué comment s'était déroulé ton premier séjour ici, Cass, et aussi – accessoirement – que tu étais sa sœur. J'étais assez étonné de l'apprendre, je dois dire.

Je grimace, un peu gênée.

— Désolée, je n'ai pas eu l'occasion de te le dire.

— Peu importe, ce n'est pas grave. Je ne sais rien de plus. Raconte-nous maintenant ce qu'il s'est passé de ton côté.

J'inspire profondément et me lance. Je leur raconte tout. Absolument tout, sauf la partie où Leo me donne des explications sur mon Sens de Tactile. Pas parce que je n'ai pas confiance en mes amis, mais parce que les Narques qui nous surveillent tendent l'oreille et que je ne veux surtout pas qu'ils annoncent à Manassé que je suis une Tactile et qui n'est visiblement pas au courant, ce qui est très bien. Leo ne l'a appris que parce qu'il a été en contact avec mon esprit et qu'il a su identifier mon don, pas parce que le chef des Narques lui a donné cette information.

Je m'étire à mon tour en bâillant.

— Voilà, vous savez tout.

Isha pousse un long sifflement.

— On peut dire que vous ne chômez pas, vous ! Témoin d'un meurtre pour toi, Cass, de quatre pour toi Gab et victimes de tentatives d'assassinat de chaque côté. Vous ne pensez jamais à dormir ?

Je m'allonge dans l'herbe en grognant :

— Si tu savais...

Saphira fixe l'horizon d'un air soucieux.

— Je suis la seule à me demander pourquoi Leo, l'enfant Myrme enlevé, s'est retrouvé à la solde de Manassé et lui obéissait au doigt et à l'œil ?

Tom hausse les épaules.

— Peut-être qu'il n'avait pas le choix, que Manassé avait menacé de tuer sa mère, quelque chose dans le genre.

— À mon avis, nous n'aurons pas de réponse à cette question, dis-je sombrement. Mon père n'a pas l'air de vouloir me donner des explications.

Je me tourne vers Gabriel et articule silencieusement :

— C'est quoi ton plan ?

Il me fait un clin d'œil et se lève souplement.

— La première chose à faire, c'est de trouver un ruisseau. Ton loup a besoin d'un bon bain, tu ne crois pas ?

Chapitre 36

— Tu crois que c'est bon, là ?

Gabriel se retourne, hume l'air et hoche la tête. Le Débile pousse un gémissement de désespoir et j'en profite pour l'asperger un peu plus d'eau.

— Oui, c'est bon. Si nous parlons très doucement, je ne pense pas qu'ils nous entendent.

Un peu plus loin derrière nous, mon groupe de copains discute à n'en plus finir. Ils gigotent, tempêtent, font un boucan de tous les diables. Je pense que le meilleur des Auditifs ne pourrait pas comprendre une seule syllabe de ce que nous allons dire avec Gab. De plus, le cours d'eau dans lequel patauge pitoyablement le Débile émet un doux glouglou qui couvrira un peu plus notre conversation. Nous l'avons découvert quelques jours plus tôt durant notre exploration des environs. C'est Gabriel qui a eu l'idée de venir doucher le Débile, ce qui nous permettrait de discuter à l'abri des oreilles indiscrètes. Nous avons tous trouvé qu'il s'agissait d'une bonne idée, sauf Deb, bien sûr, qui n'arrête pas de gémir comme si j'étais en train de le tuer.

Je tends la main vers la petite bouteille de shampoing qui repose sur une pierre à proximité et verse une bonne quantité de produit sur le pelage miteux de mon loup.

— Qui c'est qui va sentir la fleur, mmh ?

En réponse, j'ai droit à un éternuement mouillé. Je suis aspergée de morve lupine. Gabriel rit et moi je fais mousser avec encore plus d'enthousiasme le pelage de ce crétin d'animal. J'ai bien essayé de lui faire accepter Gabriel, mais il ne tolère sa présence qu'à une certaine distance. À croire qu'il est jaloux. Ou qu'il se souvient qu'il avait voulu le dévorer quelques mois plus tôt. Du coup, je suis obligée de me coltiner la corvée du shampoing.

Alors que je lave consciencieusement mon animal, avec une lenteur délibérée et beaucoup de minutie, je pose la question qui me brûle les lèvres depuis quelques jours :

— Alors, c'est quoi ton plan ?

Je ne me tourne pas vers Gabriel, je fais mine d'être extrêmement intéressée par les puces que je vois sauter dans la rivière. C'est le branle-bas de combat là-dedans. Ma vue d'aigle me transmet des visions que j'aurais préféré ignorer. Je ne savais même pas que les puces avaient de la barbe. C'est complètement dégoûtant.

— Au risque de te décevoir, je pense que tu ne vas pas l'apprécier.

Je hausse les épaules. Ça ne peut pas être pire que les situations que j'ai traversées dernièrement.

— Vas-y toujours.

Et embrasse-moi, pour la forme, se croit obligée d'ajouter Constance la conscience.

Gab se penche vers moi, sans prêter attention aux grondements du Débile qui n'apprécie pas qu'il se rapproche. Je lui donne un coup sur la truffe et il arrête de grogner. Il jette tout de même quelques petits coups d'œil menaçants dans sa direction. Les vieux instincts ont la vie dure, je suppose.

— On va fouiller le château.

Tout d'abord, je crois avoir mal entendu. Puis je me rappelle que je suis Auditive, donc les chances pour que mes oreilles aient capté de mauvais sons sont quelque peu faibles.

— Tu rigoles, j'espère ? Si mon père s'en rend compte, on est bons pour le bûcher. Voire pire, si tu veux mon avis.

Il lève un sourcil.

— Il y a pire que le bûcher ?

Je lève les yeux au ciel.

— Tais-toi un peu et développe, tu veux ?

Je parle si bas que j'ai peur qu'il ne me comprenne pas. Je ne pense pas que nous puissions être entendus par les gardes qui nous suivent depuis quelques jours, même s'ils sont Auditifs. N'empêche, chaque mot que je prononce me fait l'effet d'une sentence de mort.

Il se met à shampouiner machinalement le pelage de Deb qui jette de petits coups d'œil foudroyants vers son bras, et comme j'ai peur que celui-ci termine en gigot, j'attrape le museau de mon loup. Il me jette un regard empli d'incompréhension.

Loup a été méchant ?

Je le regarde avec une certaine tendresse et le grattouille entre les oreilles.

Non, loup a été gentil. Mais loup puer beaucoup. Loup coucher maintenant.

— Manassé nous cache des choses, Cassiopée. Je suis d'accord avec toi sur le fait que nous ne sommes plus des Myrmes, mais ce n'est pas une raison pour abandonner et oublier le but premier de Manassé : l'anéantissement de l'espèce humaine. Il est sur un gros coup, je le sens, peut-être le plus gros de sa carrière, et il faut qu'on agisse vite si on veut défendre les hommes.

J'écarte les bras en signe d'impuissance, et lâche par la même occasion le museau de mon loup. Celui-ci reste néanmoins – et heureusement pour l'avant-bras de Gabi – stoïque.

— Mais comment tu veux t'y prendre ? Nous sommes sans arrêt surveillés, les gardes nous suivent comme des petits chiens. Si on cherche à explorer le manoir, on n'aura même pas le temps d'ouvrir une seule porte avant de se faire arrêter. C'est ça que tu veux ? Finir enfermé dans une geôle le restant de tes jours ? Et encore, cette alternative me concerne. Mon père ne t'aime pas, alors cela m'étonnerait qu'il te garde dans une cellule si tu te permets de visiter sa baraque. Il ne cherchera pas à comprendre et te tuera.

Deb choisit ce moment pour soupirer de désespoir. Comme s'il était on ne peut plus d'accord avec mes propos. Sauf que lui, c'est plutôt la température de l'eau et son pelage trempé qu'il trouve importuns. J'avoue avoir un peu pitié pour lui. C'est vrai que l'eau est glacée malgré la saison et que ça ne doit pas être très agréable. Mais mince, quoi ! Même s'il avait grossi ces derniers temps et que son pelage repoussait plus brillant, il sentait quand même la mort.

— Tu n'as même pas encore entendu mon plan, Cass, proteste Gabriel. Je ne t'ai pas dit de faire ça en pleine journée, devant le nez des gardes du manoir. Je ne suis pas non plus stupide. Par contre, j'ai remarqué que vers trois heures du matin, le garde qui surveille ma chambre se met à somnoler.

Je hausse les épaules.

— Comment tu sais ça, d'abord ? En plus, ça n'est pas parce que ton garde est un tire au flanc que tous se mettent à ronfler à trois heures pile du matin !

Gab roule des yeux.

— Tu peux me laisser terminer, s'il te plaît ? D'une je sais ça parce que je n'arrive pas à dormir depuis plusieurs nuits, d'où mon air de déterré, donc je passe mon temps à surveiller mon garde ; de deux j'ai un plan, tu te rappelles ? Comme je dors avec les trois Mousquetaires et

Isha, je pense que nous pourrions créer une diversion lorsque mon garde est endormi, pour attirer tous les autres à un endroit stratégique du château. Ça nous permettrait d'explorer tranquillement, toi, Isha et moi.

Je lève un sourcil.

— Pourquoi Isha ? Et qu'est-ce qui te dit que les gardes n'ont pas reçu l'ordre de rester à leur place ? Je ne le sens pas ton plan, Gab. J'ai la sensation qu'on va tous finir dans une cellule d'un donjon miteux et je peux te dire que cette perspective ne me réjouit absolument pas.

Il plante ses yeux dans les miens.

— Écoute, c'est ça ou rester dans l'ignorance. Je t'avoue que je préfèrerais mille fois agir plutôt que de me tourner les pouces toute la journée. J'en deviens dingue, Cass. Tu ne te rends pas compte comme c'est dur pour moi de savoir que Soraya nous a trahis, de savoir qu'elle a essayé de te tuer, et de ne pas comprendre pourquoi. Je ne peux plus rester oisif à regarder les heures s'écouler. Ce n'est pas moi ça, tu comprends ? J'ai besoin de passer à l'action, sinon je vais péter un boulon.

Il reste muet un instant, les yeux perdus dans le vague. Je le fixe avec plus d'attention. C'est vrai qu'il a une tête de zombie. Des cernes noirs sous les yeux, lesdits yeux bleus fatigués où luisent le désespoir et la tristesse. Un cocktail pas beau à voir. Il reprend la parole :

— En plus, je… Depuis quelques jours, je n'arrive plus à dormir, je fais le même cauchemar. Je revis la même scène de ma jeunesse et je n'arrive plus à en fermer l'œil.

J'écarquille les yeux. Je tends immédiatement l'oreille, carrément intéressée par la suite des évènements. Je vais peut-être enfin en apprendre plus sur lui.

Gabriel joue un moment avec l'eau, l'air songeur. Il ne semble pas sûr de ce qu'il va me dire. Puis il se décide à lâcher le morceau :

— J'avais une sœur, Cass. Elle s'appelait Kala.

Chapitre 37

Gabriel

Six ans plus tôt

— Gabi ! Gabi !

Il se tourna en tous sens, à la recherche de cette voix fluette qu'il connaissait si bien. Kala arrivait en courant vers lui, accompagnée d'un jeune homme aux cheveux blonds, qui ne lui était pas inconnu non plus. Il posa sa hache avec laquelle il était en train de couper du bois et plaça son menton sur le manche, un léger sourire aux lèvres.

Tiens, tiens ! Il fallait bien que ça arrive un jour, se dit-il. Depuis le temps qu'ils se tournaient autour ces deux-là.

Sa petite sœur s'arrêta à ses côtés, essoufflée, les joues rosies par le froid et l'exercice. Ses cheveux noirs ébouriffés voltigeaient avec le vent et ses yeux bleus, de la même couleur que ceux de son frère, pétillaient d'excitation. Son sourire était si large qu'il atteignait presque ses oreilles. Elle prit un air solennel et tenta de devenir sérieuse mais ce sourire la trahissait toujours.

— Gabi, je voudrais te présenter quelqu'un.

Il ne put retenir un rire amusé.

— Tu voudrais me présenter Camille ? C'est étrange étant donné que je le connais depuis qu'il se trimballe en couche-culotte.

Camille rougit et regarda le sol, ce qui ne manqua pas d'amuser grandement Gabriel. Il adorait ce type, un rien l'intimidait. Lui en premier. Pourtant il ne le faisait pas exprès, il avait toujours apprécié sa famille et sa mère, particulièrement. Et puis, il se doutait bien qu'un jour ou l'autre Camille finirait par tomber sous le joug de Kala. Pauvre type. Il ne savait pas ce qui l'attendait.

Kala le poussa d'un geste de la main, excitée comme une puce.

— Arrête de dire des âneries, grand imbécile. Je voulais te présenter mon amoureux.

Il rit.

— Je crois que j'avais compris. Alors, Camille, qu'est-ce qui t'a finalement décidé à répondre aux avances de la petite chipie que voici ?

Camille haussa les épaules, encore un peu intimidé.

— Elle est belle, la plupart de mes copains lui tournent autour. Et surtout, elle est intelligente et pleine d'humour. Elle me fait rire. Je me suis dit qu'il fallait que je saisisse l'occasion avant qu'elle ne se désintéresse de moi.

Gabriel hocha la tête, heureux pour sa sœur. Elle ne se serait jamais désintéressée de Camille. Elle était folle de lui depuis qu'elle avait quatre ans. Et Camille par-ci, et Camille par-là, se rappelait-il. Elle ne tarissait jamais d'éloges à son sujet. Et surtout, malgré le fait qu'elle avait un succès fou auprès des garçons, elle n'avait jamais eu d'yeux que pour lui.

Il laissa tomber la hache et croisa les bras. Le nouveau petit ami déglutit, ce qui lui donna une irrépressible envie de rire, mais il se retint, tenant à prendre au sérieux son rôle de grand frère.

— Je suis tout de même un peu… perplexe, Camille. Je me demande ce que je vais bien pouvoir faire de toi. Kala a quinze ans, tu en as dix-huit, c'est jeune pour avoir un petit copain, surtout un petit copain de trois ans plus âgé. C'est une situation un peu complexe, je dois dire. Je vais peut-être devoir employer une méthode des plus radicales…

Kala le poussa de nouveau en fronçant les sourcils cette fois.

— Arrête, pauvre idiot, tu es en train de le terroriser !

En effet, même s'il tentait de le nier, Camille avait viré au blanc. Gabriel trouva ça vraiment drôle, mais pas sa petite sœur.

Il ébouriffa les cheveux du petit copain de Kala.

— Allez, détends-toi du slip Roméo, je plaisante !

Il se pencha vers lui en plissant les yeux.

— Mais pas trop quand même. Tu n'as pas intérêt à lui faire du mal ou je te plombe.

Camille déglutit et commença à bafouiller :

— Non, non, ne t'inquiète pas, Gabi, je… j'ai…

Gabriel lui donna un petit coup de poing dans l'épaule.

— Je plaisante ma poule, je t'ai dit ! Mais fais gaffe quand même. Allez, respire ou tu vas finir par nous faire une crise cardiaque.

Il récupéra sa hache et fit un clin d'œil à Kala qui boudait comme la gamine qu'elle était.

— Attention tous les deux, je vous surveille. Alors pas de bisou-bisou tant que je n'en ai pas donné l'autorisation.

Camille se mit quasiment au garde-à-vous, et Kala lui tira la langue, pas le moins du monde décidée à obéir. Il les regarda s'éloigner, main dans la main, et sentit son cœur s'alléger d'un poids. À présent, sa petite sœur aurait quelqu'un d'autre sur qui compter. Et ça le rassurait.

***

Un an plus tard

Gabriel serra Kala dans ses bras, secouée de sanglots et allongée contre lui. Elle n'arrêtait pas de pleurer depuis plus d'une heure et ça lui brisait le cœur. Ils étaient assis sur le canapé du salon, et même si d'habitude la prendre dans ses bras et la bercer en lui parlant d'une voix rassurante la calmait, cette fois-ci ses larmes ne se tarissaient pas.

Au fur et à mesure que les secondes s'égrenaient, il sentit une forte colère s'emparer de lui. Il avait tout simplement envie de tuer celui qui lui avait fait ça. Mais il savait qu'il n'en ferait rien. *Des peines de cœur, ça arrive tout le temps à tout le monde*, se dit-il. C'est la vie, la triste réalité, et on n'y peut rien. Il savait bien qu'elle finirait par l'oublier, un jour ou l'autre, mais il lui faudrait un peu de temps. Pour elle, Camille était l'amour de sa vie. Pourtant, alors que le temps s'écoulait inexorablement, il sentit sa volonté s'effriter. Il avait envie d'étrangler le jeune homme. Il ne supportait pas de voir sa petite sœur dans cet état. C'était le seul membre de sa famille qu'il lui restait et il y tenait comme à la prunelle de ses yeux. C'était son petit bébé, sa petite sœur chérie, sa protégée. Y toucher, c'était le toucher.

Il releva délicatement son menton en lui souriant tendrement.

— Kala, que s'est-il passé ?

Elle avait simplement réussi à lui expliquer qu'il s'agissait de Camille. Comme il doutait qu'il lui soit arrivé quoi que ce soit, parce qu'elle serait à ses côtés, il en avait déduit que le jeune homme l'avait quittée. Gabriel, lui aussi, trouvait ça triste. Parce qu'ils étaient ensemble depuis plus d'un an. Parce qu'ils avaient l'air heureux tous les deux. Surtout parce qu'elle avait l'air heureuse.

Kala tenta de calmer ses hoquets, sans y parvenir.

— Je… je l'ai sur-surpris en train d'embra-brasser Ketty. Il ne s'est même pa-pas justifié.

Ses sanglots redoublèrent d'intensité.

— Il m'avait juré qu'on resterait ensemble jusqu'à la fin de nos jours. Et il me trahit avec cette… cette… Argh !

Lui aussi avait envie de hurler quand il la voyait dans cet état. Mais il s'efforça de garder son calme.

— Qu'est-ce que tu lui as dit ?

— Que c'était un goujat et qu'il ne méritait pas que je m'intéresse à lui. Il a répondu qu'il n'était plus amoureux de moi et qu'il comptait justement m'en parler. Il a dit que je l'étouffais trop, qu'il avait besoin d'air. Il a dit que Ketty le laissait respirer, elle. Gabi, je crois que je ne pourrai pas vivre sans lui. C'est mon âme sœur. S'il me quitte, je n'y survivrai pas.

Son grand frère eut subitement envie de la claquer. L'entendre dire ça lui fendait le cœur et le glaçait. L'idée de la perdre lui était insupportable. Il la serra avec plus de force.

— Oh que si tu vas survivre ! Et surtout tu vas relever la tête et montrer à cet enfoiré que tu vaux dix fois mieux que lui, tu m'entends ?

Elle le regarda tout à coup avec de grands yeux pleins d'espoir. Il redoutait de savoir ce qu'elle était sur le point de lui demander.

— Va lui parler toi. Il t'écoutera sûrement ! Il a peur de toi. Tu pourras le faire raisonner ! Il a peur de toi mais il t'aime bien !

Il eut un mouvement de recul. C'était carrément hors de question.

— Non, Kala. Il n'est pas question que tu retournes avec ce loser. S'il t'a quittée, c'est qu'il n'en valait pas la peine. Tu souffres pour l'instant mais tu comprendras plus tard que finalement c'était un mal pour un bien.

Elle se cramponna soudainement à son bras, une supplication dans le regard.

— Je t'en supplie Gabi, je t'en supplie ! Si tu m'aimes, si tu m'aimes vraiment, va lui parler ! Essaie, au moins. Si tu n'arrives pas à lui faire entendre raison, je te promets que je n'insisterai plus. Mais essaie, je t'en prie !

Il fronça les sourcils.

— C'est moche comme chantage, ça.

— S'il te plaît !

Il réfléchit un instant.

— O.K., j'irai. Mais pas tout de suite. La nuit commence à tomber et une tempête de neige s'annonce. Alors on va passer tranquillement la nuit à la maison et demain j'irai lui parler.

Ce qu'il ne lui dit pas, c'est qu'il allait certainement le démolir avant.

***

Le lendemain, lorsqu'il se réveilla, Kala n'était plus dans sa chambre. Il jura entre ses dents et jeta un coup d'œil dehors. La tempête faisait rage, on ne voyait pas à deux mètres devant soi. Une angoisse terrible s'empara de Gabriel. Kala n'était pas encore métamorphosée. Elle n'avait pas de Sens Phare pour se guider dans un blizzard. Elle pourrait mourir gelée, son corps ne supportait pas le froid comme celui d'un Kamkal. Il fallait qu'il parte la chercher. À tous les coups, se dit-il, *elle n'a pas pu attendre et a voulu se rendre chez Camille.*

Il attrapa son manteau en vitesse et l'enfila en claquant la porte derrière lui. Le vent ébouriffa ses cheveux et les flocons de neige fouettèrent son visage, comme une pluie de petits glaçons en furie.

— Kala ! Kala !

Seul le sifflement du vent lui répondit. Il tenta de sentir son odeur, mais celle-ci était trop faible, elle ne le mena nulle part. Il décida alors de se diriger à l'aveuglette chez Camille.

— Il va m'entendre celui-là, gronda-t-il. Et si Kala est là-bas, elle va se prendre la torgnole de sa vie.

Il remonta le col de son manteau autour de son cou et avança en se penchant contre le vent. Il se perdit plusieurs fois, mais finit par trouver la maison de Camille. Il tambourina à la porte en hurlant à Marlène de lui ouvrir.

La poignée tourna et le battant s'ouvrit lentement. Une petite tête apparut. Max, le petit frère de Camille. Il avait à peine deux ans, mais ses yeux brillaient déjà d'intelligence. Marlène apparut aussitôt dans l'embrasure.

— Gabriel ? Mais qu'est-ce que tu fais dehors par ce temps ? Tu aurais pu te perdre ! Entre !

Il pénétra en vitesse dans l'habitacle chaud et tourna la tête en tous sens. Camille était assis dans le canapé avec une fille à ses côtés. Mais ça n'était pas Kala. C'était Ketty.

Gabriel se dirigea vers lui avec fureur et le souleva par sa chemise. Les pieds du garçon ne touchaient plus le sol. Ketty poussa un cri de terreur et le fixa avec des yeux exorbités. Marlène tenta de lui faire lâcher son fils, mais il le tenait si fermement qu'il sentit les coutures du vêtement de Camille se déchirer. Il le regarda dans les yeux, les mâchoires serrées. Il était à deux doigts de le balancer contre le mur.

— Où est-elle ?

Camille le regarda, une lueur de terreur dans les yeux.

— Qui… qui ça ?

Gabriel le secoua violemment.

— Comment ça, qui ça ? Ma sœur, petit bouseux, celle que tu as larguée comme une malpropre pour te rabattre sur une autre fille.

Il secoua la tête, tremblant comme une feuille.

— Elle n'est pas là, Gabi, elle n'est pas là, je te jure ! Je ne l'ai pas vue depuis hier !

Il le tint encore quelques instants à bout de bras, des fusils à la place des yeux, puis le lâcha. Le garçon manqua de s'écrouler sur le parquet. Marlène foudroya Gabriel du regard.

— Je peux savoir qui t'a permis de rentrer chez moi pour agresser mon fils ?

Le jeune homme se frotta le visage, en proie à une panique sans borne.

— Kala a disparu. Je crois qu'elle s'est égarée dans le blizzard durant la nuit. Elle a dû vouloir rejoindre Camille. Mais elle n'a pas de Sens Phare, elle est incapable de se diriger dans une tempête de neige. Elle pourrait mourir si je ne la retrouve pas de suite.

L'expression de Marlène changea du tout au tout. Elle écarquilla les yeux et lança un regard désapprobateur à son fils.

— Toi et moi, on va parler, crois-moi. En attendant, tu vas enfiler un manteau et Gabriel et toi allez partir à sa recherche. Tu es Auditif, tu pourras peut-être l'entendre.

Il hocha la tête, trop secoué pour protester. Gabriel ouvrit la porte sans attendre et se dirigea vers sa droite. Camille s'engagea vers la gauche. Il savait que les minutes lui étaient comptées.

La tempête dura trois jours. Ils durent stopper les recherches qui restaient infructueuses et trop risquées. Dès que le blizzard fut calmé, le village se mobilisa pour la retrouver. Gabriel ne dormait plus, il ne mangeait plus. Il n'avait plus qu'une chose en tête, retrouver sa petite sœur, saine et sauve. Elle avait dû se perdre en forêt, leur maison étant juste à l'orée. Elle avait pu se réfugier dans une grotte ou se faire un abri avec de la neige, comme il le lui avait appris. Le jeune homme gardait espoir.

Une nuit, alors qu'il était brièvement rentré chez lui chercher une lampe de poche neuve, un Myrme fit irruption dans le chalet sans frapper. Gabriel fit volte-face. Et à son expression, il comprit immédiatement.

— On l'a retrouvée.

Chapitre 38

Cassiopée

Maintenant

Je suis figée, pétrifiée par l'histoire que vient de me conter Gabriel. Je crains d'entendre la suite.

Il a un soupir, si profondément triste que ça me retourne l'estomac.

— Elle était tombée dans un trou. Elle avait un bras cassé…

Il s'interrompt, perdu dans ses souvenirs. Ses yeux sont secs, mais je peux voir son cœur saigner.

— … et la nuque. Elle s'était brisé la nuque sur un rocher. Au moins, j'ai su qu'elle n'avait pas souffert. Tu vois, Cass, ma petite sœur, ma seule famille, la prunelle de mes yeux est morte. Je ne vais pas dire par la faute de Camille, même si je l'ai longtemps cru. En fait, j'ai plus l'impression que c'est par la mienne. J'aurais dû mieux la surveiller, être plus responsable. Elle a payé pour mes erreurs. Parfois, je donnerais n'importe quoi pour revenir en arrière et l'empêcher de sortir par ce temps. Pour être plus attentif. Mais bon. Ça n'est pas possible et ça ne le sera jamais, alors je me fais une raison.

Il se tait, le regard perdu au loin.

— Elle me manque tellement, c'est comme s'il y avait un énorme trou dans mon cœur. Enfin, c'était le cas avant que tu n'arrives. Je ne vais pas disserter sur le fait que tu es arrivée et que tu as tout changé, bouleversant ma vie et mes croyances, ça ferait complètement niais. Ou pire, te mentir en te disant que la douleur n'est plus là depuis que tu es à mes côtés. Malheureusement, ça n'est pas le cas, elle est toujours là et ne me quittera jamais. Je préfère te dire merci. Merci d'avoir pansé cette plaie Beante dans mon cœur. Merci de me permettre de regarder l'avenir avec optimisme. Merci de ne pas lui ressembler, et pourtant de réussir à rendre cette absence moins douloureuse. Merci d'être toi. Je suis sûre que Kala t'aurait adorée.

Je le fixe, bouche bée, incapable de formuler la moindre phrase. C'est certainement la plus belle chose qu'on ne m'a jamais dite. Je sais que ce n'est pas facile pour lui de s'épancher, alors je lui souris, certaine que les mots seront de trop après une telle déclaration.

Je lève la main et la pose sur sa joue. Je le regarde avec tendresse, pendant plusieurs minutes. Puis, consciente qu'il ne va peut-être pas apprécier la suite, je soupire. Mais je lui dois la vérité.

Je tends une oreille. La fausse discussion houleuse du groupe semble s'être transformée en véritable dispute. Surtout entre Morgane et Isha, en fait. Tant mieux, ils ne nous couvriront que plus efficacement.

Gabriel me regarde avec curiosité. Je le regarde avec tendresse.

— Gabi, je dois te parler de quelque chose qui me concerne.

Il reste silencieux, attendant que je poursuive.

— Je… j'ai… je ne suis pas comme les autres, lâché-je en cherchant mes mots.

Il sourit largement, toute trace de tristesse envolée.

— Ça, je l'avais remarqué.

— Je suis sérieuse, Gab.

Il attrape mes mains et les serre fort dans les siennes. Son regard ne pétille pas de malice. Il n'est pas triste, mais il n'est pas joyeux non plus.

— Tu es Tactile, n'est-ce pas ?

J'en reste comme deux ronds de flan.

— Comment… comment le sais-tu ?

Il secoue lentement la tête, un léger sourire aux lèvres.

— Cass, tu caresses les grizzlis, tu parles aux loups et tu les apprivoises. Tu crois que je n'avais pas saisi que tu étais différente ?

Je rougis.

— Et ça ne te fait rien ?

Il penche la tête sur le côté.

— Pourquoi cela changerait-il quoi que ce soit ? Je t'aime, Cass. À ce que je sache, tu n'as jamais essayé de rentrer dans ma tête ou de me manipuler. Quand bien même cela serait le cas, tu es bien la seule personne dans ce monde à qui je suis incapable d'en vouloir.

Je refoule des larmes de soulagement. J'ai bien assez pleuré dans cet épisode.

Gabriel me fixe encore un moment et, sans prévenir, il se penche vers moi et pose ses lèvres sur les miennes. Tout d'abord, je reste figée de surprise, mais je me remets vite et lui rends son baiser. Je glisse mes mains sur ses épaules alors qu'il m'attire vers lui et me serre dans ses bras. Il rompt le contact et approche sa bouche de mon oreille.

— Tu m'as tellement, tellement manqué.

Alors que mon cœur se met à battre encore plus vite, je décide de le taquiner un peu. Ça faisait tellement longtemps.

— Ah oui ? Moi ça allait, j'ai eu l'impression de respirer un peu. On ne t'a jamais dit que tu es étouffant ?

Il me fixe un instant, indécis, puis remarquant mes yeux pétillants, il sourit et se jette sur moi. Il me couvre de chatouilles et je me roule par terre, en riant aux éclats, lâchant par la même occasion le Débile qui se secoue copieusement sur nous. Mais on s'en moque.

— Alors, comme ça je ne t'ai pas manqué, hein ? Ingrate ! Je vais t'apprendre les bonnes manières, moi !

Les larmes coulent sur mes joues et pour une fois ce n'est pas de tristesse.

Je l'implore, hilare :

— Gabi, arrête, je t'en supplie ! Arrête !

— Seulement quand tu auras admis que tu ne peux pas vivre sans moi. Et que je suis ton dieu. Et ton modèle. Et aussi...

Je roule sur le côté, me libérant de ses mains, puis je passe mes bras autour de son cou et lui souris.

— Je vais même faire mieux.

Je m'approche de son oreille et lui murmure quelque chose que seuls lui et moi pouvons entendre.

Il se raidit, me regarde dans les yeux, comme s'il ne pouvait pas croire ce que je lui ai dit. Puis un large sourire s'épanouit sur son visage :

— Vrai de vrai ?

Je prends un air solennel, démenti par mon sourire.

— Sur ma vie.

Nous nous regardons encore un instant, complices dans ce secret que nous venons de partager. Puis je lui touche tendrement la joue.

— Gabi, ton plan est bon, je crois qu'on devrait le tenter.

Deb nous regarde, assis sur son derrière, l'air heureux.

***

Nous nous tenons à une trentaine de mètres d'un gros sapin, un des seuls représentants de son espèce dans le coin. Gabriel est derrière moi, ses bras autour de mes épaules et je dois me concentrer deux fois plus avec lui à une telle proximité.

— Voilà, me chuchote-t-il à l'oreille, ajoutant à mon trouble. Tire l'empennage jusqu'à ta joue, la flèche alignée avec ton bras gauche. Parfait. Vise... lâche !

Je m'exécute et le trait va se perdre dans un fourré, passant à au moins trois mètres de l'arbre que je visais. Mes amis, assis dans l'herbe à l'écart ricanent et les Narques qui nous surveillent échangent un regard, interloqués. Ils doivent se demander comment la fille du grand chef peut être aussi nulle.

Mais moi, je m'en moque. J'ai réussi bon sang ! J'ai tiré une flèche et, même si elle n'a pas atteint sa cible, elle n'est pas tombée à mes pieds, comme toutes les autres fois. Gabriel aussi a l'air fier de moi et ça me réconforte encore plus.

Après avoir terminé de parler, Gabriel et moi avons rejoint le groupe et mis fin à la dispute. Nous sommes ensuite allés voir les Narques qui nous suivaient et leur avons poliment proposé de nous suivre de plus près et de discuter avec nous. Ils ont paru surpris au premier abord mais ont rapidement accepté, certainement conscients qu'ils n'auraient pas d'autres meilleures occasions de se rapprocher de nous.

Nous nous sommes rendus à l'endroit où nous nous tenons à présent et quand j'ai demandé à l'un des Narques de me prêter son arc, il n'a hésité qu'une seconde. Son coéquipier et lui se sont regardés en haussant les épaules et il m'a tendu son arme. L'autre Narque s'est tenu sur ses gardes, prêt à intervenir avec son propre arc si besoin, mais quand il a remarqué mes piètres performances, il s'est vite détendu.

Gabriel, le groupe et moi avons décidé de passer un bon moment ensemble avant de passer à l'action ce soir. Qui sait ce qu'il va bien pouvoir arriver après ? Nous n'aurons peut-être plus jamais l'occasion de nous amuser. Mais je préfère ne pas y penser. Pour le moment, l'heure est à la détente.

Je me tourne vers le groupe hilare et leur tire la langue.

— Vous vous moquez juste parce que vous êtes jaloux !

Gabriel m'embrasse sur le front, me faisant rougir.

— Tu progresses, Cassi, je suis fier de toi. N'écoute pas ces vipères.

Isha, celui qui se bidonne le plus face à mes échecs répétés, me lance :

— C'est ça ! Continue à progresser, Cassi ! D'ici une centaine d'années, tu pourras peut-être toucher un éléphant à bout portant !

Je le regarde, une moue offensée sur les lèvres, mais je ne peux me retenir de sourire.

— Essaie, toi, puisque tu es si doué !

Le jeune prétentieux ne se fait pas prier. Il se lève d'un bond et me prend l'arc des mains, l'air hautain. Le Narque qui a encore son arme se tient prêt à intervenir. Isha encoche une nouvelle flèche et, concentré comme jamais, lâche le trait. La flèche va se planter dans le tronc, à son extrême droite. Je n'arrive pas à y croire. Ce petit coq est aussi doué qu'il le prétend ! Je vais me l'entendre dire pendant des mois, maintenant !

Isha se tourne vers nous, le torse bombé, l'air princier.

— Y en a-t-il un qui veut essayer de battre cet exploit ?

Gabriel sourit et s'avance, un faux air modeste sur le visage.

— Je veux bien tenter le coup.

Isha semble inquiet durant un instant puis reprend son air sûr de lui. Il se permet même une petite moquerie :

— Vas-y, mais ne viens pas pleurer quand tu auras perdu.

Gabriel se contente de continuer à sourire. Il prend l'arc et sa figure devient sérieuse. Il encoche une flèche d'un geste sûr et souple et, sans même prendre le temps de viser, il lâche le trait qui va se planter au beau milieu du tronc. Mais il ne s'arrête pas là. Il encoche une nouvelle flèche à la vitesse de l'éclair et, après avoir expiré, il lâche la corde. Le trait file à toute vitesse et fend en deux celui d'Isha avant de se planter profondément dans l'écorce de l'arbre.

Un silence pesant s'abat sur la scène. Les Narques ont l'air plus tendus que tout à l'heure et Isha regarde sa flèche fendue avec ahurissement. Gabriel baisse son arc et, impassible, tend l'arme à Isha.

— Je ne suis pas en forme en ce moment, il va falloir que je me dérouille un peu.

Moi, je rayonne de fierté pour mon amoureux. C'est mon homme, ça !

Isha, Beat pour une fois, se met à bégayer :

— Pas-pas en forme ?

Les garçons et Saphira éclatent tout à coup de rire, amusés par la réaction d'Isha. Celui-là est tellement fanfaron qu'il est rare de le voir coi de stupeur.

Morgane, souriante, se lève d'un bond.

— À moi.

Elle se met en position, et je peux dire à sa posture qu'elle sait ce qu'elle fait. Tous ses gestes sont empreints d'une grâce féline et elle n'hésite pas une seconde quand elle tire. Elle vide son carquois à une telle vitesse que ses gestes sont flous. Je n'ai même pas le temps de passer à la Facette de la Mouche pour comprendre comment elle fait qu'elle a déjà terminé. Sur le tronc d'arbre, autour de la première flèche de Gabriel, elle a dessiné un cœur.

Je la regarde, bouche bée. Je me souviens de nos journées d'entraînement, durant lesquelles mon professeur tentait tant bien que mal de m'apprendre à tirer à l'arc. Morgane était la plus douée d'entre nous mais je me rends compte qu'elle cachait bien son jeu. Elle bridait visiblement ses capacités, pour une raison que j'ignore.

Quand elle remarque que nous la regardons tous avec des yeux ronds (et je ne vous parle même pas de la tête que tire Isha), elle hausse les épaules, indifférente :

— Mon père m'a mis un arc dans les mains avant de m'apprendre à marcher. Ne vous formalisez pas.

Elle rend l'arc à Isha et retourne s'asseoir avec le groupe. Il y a un moment de flottement puis Ethan saute souplement sur ses pieds.

— Bon, c'est bien beau de vous la jouer avec vos performances au tir, mais qui a assez de cran pour se mesurer à moi ? À mains nues, je parle.

Je le regarde, surprise par l'étincelle que je vois dans ses yeux. Il n'a plus du tout l'air timide et réservé, comme à son habitude. De son corps émane une assurance qu'il n'a que lorsqu'il s'apprête à battre quelqu'un au corps à corps.

Je souris, un flot de souvenirs me revenant en mémoire. Je me suis déjà mesurée à Ethan par le passé, et après ça, je n'avais plus eu aucune envie de recommencer. Je me souviens du plat monumental qu'avait pris Michael et, pour la première fois depuis sa mort, je souris en pensant à lui.

Je donne la main à Gabriel et vais m'asseoir à côté d'Arthur.

— Très peu pour moi, dis-je, joviale. Une fois m'a suffi.

— Moi je veux bien essayer, propose laconiquement Saphira en se relevant péniblement. J'ai des fourmis dans les jambes, alors sois indulgent.

L'étincelle dans les prunelles du métis s'accentue.

— Faut pas rêver.

Ils se tournent autour durant quelques secondes, puis Saphira, vive comme une panthère, porte le premier coup. Ethan l'évite sans grand effort, néanmoins surpris par la dextérité de son adversaire. Je le vois se concentrer un peu plus, comprenant qu'il a affaire à quelqu'un qui s'y connaît.

Saphira repasse à l'attaque et lance son poing vers le visage d'Ethan ; celui-ci, sachant que c'est une feinte, l'évite sans peine tout en restant sur ses gardes. Elle tente alors de lui faucher les jambes mais le métis saute adroitement et retombe souplement sur ses pieds. Il passe à l'attaque. Avec une vitesse fulgurante, il enfonce son index dans le ventre de Saphira. Elle fait un bond en arrière en poussant un cri de surprise mais Ethan est déjà sur elle. Elle tente de se défendre en lançant son poing à l'aveuglette et c'est ce qui la perd. Ethan attrape son bras et, profitant de l'élan de son adversaire, il la fait rouler sur son dos en riant puis la rattrape de justesse avant qu'elle ne s'écrase sur le sol.

Elle le regarde, les yeux exorbités, alors qu'il l'aide à se redresser.

— O.K., je ne dirai plus jamais derrière ton dos que tu es incapable de faire de mal à une mouche.

Nous éclatons de rire à l'unisson, plus joyeux que nous ne l'avons été depuis des semaines. En ce qui me concerne en tout cas.

Et même si c'est pour une poignée de secondes, l'avenir me semble moins sombre qu'auparavant. Je crois qu'on appelle ça l'espoir.

Chapitre 39

— Vils fêlons ! Je vais tous vous pourfendre jusqu'au dernier, bande de vermines assoiffées de sang ! Couards ! Coquins sans foi ni loi ! Venez donc vous frotter au vengeur des âmes perdues !

La voix d'Isha résonne dans tout le château et je ne peux m'empêcher de pouffer de rire. Il fallait qu'il se la joue chevalier. C'était bien sûr plus fort que lui.

Il est censé être victime d'une crise de somnambulisme aiguë. Il n'en est rien, vous l'aurez deviné. Il est simplement en train de mettre en application l'étape n° 1 de notre plan machiavélique. Il n'était pas chaud au début pour jouer le dormeur éveillé, mais je lui ai rappelé qu'il entrerait dans l'histoire et, forcément, cet argument a fait mouche. Les trois Mousquetaires sont restés dans leur chambre, nous nous sommes dit que ce serait plus prudent d'y aller en nombre réduit. Morgane va faire de même et c'est tant mieux. Je n'ai pas envie de l'impliquer dans nos magouilles. Quant au Débile, il devra vivre sans moi quelques minutes. Ça ne devrait pas le tuer quand même. Ou tuer Morgane.

J'espère.

Je jette un coup d'œil à Saphira, qui sourit d'un air amusé.

— Isha a toujours eu le sens du spectacle.

— Le sens de rien du tout, oui, dis-je en riant. Actuellement, il se prend pour d'Artagnan. Ça n'est pas du spectacle, c'est de l'usurpation d'identité, si tu veux mon avis.

— Un point pour toi, marmonne Morgane dans son coin.

Quelqu'un frappe à notre porte.

— Entre, Gabi !

Celui-ci passe sa tête dans l'entrebâillement et nous fait un clin d'œil.

— Ça a marché, les gardes ont quitté leur poste. C'est le moment ou jamais les filles. C'est parti !

Je sens une poussée d'adrénaline salvatrice courir dans mes veines et je fonce vers la porte. Saphira me suit de près et nous sortons de notre chambre prison. Comme nous l'avions prévu, le garde qui la surveille n'est plus là, certainement alerté par les cris d'Isha. Ce dernier a dû sortir du château et ils sont bons pour une course-poursuite dans le village. Si je n'avais pas autant envie de savoir ce que mon père cache derrière ces portes gardées, j'aurais certainement adoré le voir se faire courser par une armée de gardes Narques en colère.

— Il faut qu'on se dépêche, me rappelle Saphira. Même si Isha est plutôt doué à la course et est un Auditif, il finit toujours par se faire choper. Autant y aller maintenant.

J'acquiesce. Gabriel me regarde, inquiet.

— Tu es sûre que tu vas pouvoir y arriver, Cass ?

J'aimerais interroger ma conscience à ce sujet, mais elle reste obstinément silencieuse. Je hausse les épaules.

— On ne peut pas savoir si on n'a pas essayé.

— Tu m'étonnes. Allez les amoureux, on bouge son popotin !

Nous nous élançons dans les couloirs. Gabriel a bien mémorisé le dédale qui mène à la première porte verrouillée et nous y arrivons en moins de deux minutes.

Tous les gardes ont déserté leur poste, mais j'ai comme un doute quant à celui qui surveille celle qui nous intéresse. Nous nous arrêtons à un angle et je passe discrètement ma tête de l'autre côté. Mon cœur fait un bond dans ma poitrine. Comme je l'avais prévu, le garde qui surveille cette porte n'a pas bougé. Il est même carrément au garde-à-vous, une lance à la main et… un Glock dans son holster ! Depuis quand les Narques utilisent-ils des armes à feu ?

Je me tourne vers Gabriel, les yeux exorbités. J'articule silencieusement :

— Il a un flingue !

— Il ne te tirera jamais dessus, me répond tout aussi silencieusement Saphira. Tu es la fille de son boss !

Je hoche la tête, pas vraiment rassurée, mais Gabriel me retient par le bras.

— C'est trop dangereux, on n'avait pas prévu le flingue. S'il ne te reconnaît pas tout de suite, il pourrait te tirer dessus !

— On n'a pas le choix, crachoté-je. On ne peut plus retourner en arrière. Pense à Isha !

Il balaie mon argument d'un geste de la main.

— Ce crétin saura se tirer d'affaire, il y arrive toujours.

— Eh, c'est de mon frère que vous parlez là !

Gabriel se tourne vers elle pour lui répondre et j'en profite pour prendre une stupide, stupide décision. Je me lève d'un coup et marche d'un pas ferme vers le garde. Celui-ci tourne soudainement la tête vers moi et fronce les sourcils.

— Reste où tu es !

Il sort son Glock de l'holster et le pointe dans ma direction.

— Reste où tu es ou je tire !

Je m'apprête à obtempérer quand une petite voix que je reconnais comme étant celle de Constance la conscience me souffle à l'oreille : *Il ne le fera pas.*

Elle semble tout excitée à l'idée de mettre en marche la suite du plan. Ça me donne un regain de courage et je continue à marcher vers lui.

— Cassiopée, ne fais pas ça, me supplie le garde.

Je suis surprise de l'entendre prononcer mon nom, mais je ne ralentis pas. Je le rejoins en trois pas et pose une main sur son bras nu, vive comme l'éclair. Le fourmillement que j'avais ressenti en touchant le Myrme qui avait tué Michael me picote les doigts. La porte secrète dans mon cerveau, cette porte mystérieuse cachant un étrange pouvoir s'ouvre en grand comme si elle attendait ce moment avec impatience. Un courant électrique encore plus puissant que la fois précédente me submerge et je manque de lâcher prise par surprise. Le flux électrique traverse mon bras puis passe dans celui du Narque. Je m'apprête à prendre le contrôle de son corps.

Toute l'opération n'a pris qu'un dixième de seconde.

Le Flux se heurte soudain à une barrière infranchissable. Le Narque vient de me bloquer l'accès à son cerveau ! Comment a-t-il fait une chose pareille ?

Il se passe alors une chose surprenante, et pour le moins inquiétante. Le pouvoir, ce courant électrique qui déferlait en moi par vagues jusqu'à l'entrée de l'esprit du garde, est repoussé par un flux similaire, émanant de mon adversaire... le garde est un Tactile !

Ce dernier me regarde dans les yeux, concentré. À coups de volonté, il me repousse jusque dans mon propre corps et finit par y pénétrer.

Il va prendre possession de mes capacités cérébrales quand je serre les dents. Je ne me laisserai pas avoir aussi facilement !

Ma puissance explose soudainement comme si on venait d'ouvrir une boîte de Pandore déchaînée à l'intérieur de ma tête. Je ne sais même pas comment je fais, mais je sens le Flux électrique doubler, tripler d'intensité, plus fort que jamais. Le pouvoir qui déferle dans mes membres me brûle presque mais je m'en moque. Je ne me suis jamais sentie aussi puissante.

Je repousse le courant de mon adversaire vers son corps jusqu'à le faire complètement disparaître. Il n'est pas assez fort pour m'en empêcher. Et cette fois, quand mon Flux touche le rempart que le Narque a mis autour de sa volonté, il ne ralentit pas. La barrière infranchissable explose et j'investis chaque neurone de son cerveau. Je souris, en proie à un plaisir inouï, comme si j'étais enfin libérée. Entière. Complète. Moi.

Le Narque panique, je peux le sentir. En fait, je capte la moindre parcelle de ses émotions et ça ne fait qu'embraser mes derniers scrupules. Une euphorie sans nom s'empare de moi. J'ai l'impression de me nourrir de chacune de ses sensations, comme si elle rechargeait des batteries qui m'étaient jusque-là inconnues.

Je ne peux plus m'arrêter, je suis prise dans le plus agréable cercle vicieux qui m'ait été permis de vivre. J'en ai même oublié ma mission. Tout ce que je sais, c'est que je contrôle à présent deux corps, dont un qui est en train de nourrir une part de mon être, insatiable et à jamais insatisfaite. Il faut que j'aspire son énergie, ses émotions, sa vie. Il faut que je le fasse, sinon je vais sûrement en mourir de désespoir.

Le garde commence à trembler. Ses yeux se révulsent, mais loin de me faire réfléchir, j'ai l'impression que ces signaux d'alarme me pressent de terminer ma tâche.

Le Narque s'effondre soudain, coupant le contact. Je pousse un cri d'horreur. Non ! Je ne veux pas que cela cesse ! Il faut que je continue à ressentir ce bien-être sauvage ! Il le faut !

Je me baisse mais quelqu'un me tacle et je m'écrase sur le sol, le souffle coupé.

Nathan est couché au-dessus de mon corps, l'air aussi sauvage que moi, et tout à coup mon cerveau disjoncte. Je ne vois là qu'une nouvelle source d'énergie dans laquelle puiser et je me sens un peu moins désespérée. J'enroule mes doigts autour du poignet de mon frère quand celui-ci réagit. Il m'assène la gifle qui, si ma tête n'était pas posée au sol, aurait tourné plusieurs fois sur elle-même. La douleur cuisante stoppe la puissance vorace qui allait intervenir. Je cligne des yeux, haletante. Je suis essoufflée, et en même temps, je me sens pleine d'une énergie nouvelle, comme si on m'avait injecté des tubes et des tubes d'amphétamines dans les veines. Mon cœur bat plus fort, plus régulièrement. Mes sens, déjà exacerbés, me semblent encore plus précis. Je suis vivante, tellement vivante que je pourrais exploser.

Une seconde claque me ramène définitivement sur terre. Le pouvoir reflue lentement et la porte se referme derrière lui. Des larmes de douleur se mettent à couler et je reviens à la raison. Quand je me rends compte de ce que je m'apprêtais à faire, je manque de tourner de l'œil.

Nathan me regarde avec sévérité, mais je vois aussi une certaine compréhension dans son regard. Il profite de ce que je le tiens encore pour me parler, comme il l'a toujours fait.

« Tu étais en train de le tuer, Cassiopée. Tu étais en train de le tuer. »

***

Je reste pétrifiée pendant quelques secondes, puis Nathan se relève en serrant les dents. Il s'époussette et regarde Gabriel et Saphira. Mes deux compagnons se tiennent un peu à l'écart, l'air sonné. Je vois même de la peur dans les yeux de ma meilleure amie.

— Elle va bien, articule-t-il silencieusement.

Je me relève en titubant. Pas parce que je me sens fatiguée, je n'ai jamais été aussi en forme. Par contre, la gravité de la situation pèse sur mes épaules et je me penche tout à coup en avant, vomissant le contenu de mon estomac. Gabriel se précipite sur moi mais je le repousse sans ménagement. Je ne veux pas lui faire de mal. Je ne veux surtout pas qu'il me touche. *J'ai failli tuer quelqu'un*, je pense en hoquetant. *J'étais en train de lui aspirer toute son essence, comme un vampire.*

Je me recroqueville dans un coin et me mets à pleurer. Je tremble de tous mes membres. Je suis un monstre, un sale parasite. Je ne m'autoriserai plus jamais à toucher quelqu'un.

Gabriel semble sur le point de s'approcher de nouveau de moi mais Nathan le devance en le rassurant d'un coup d'œil.

Il attrape mon poignet et même si je me débats pour qu'il me lâche, terrifiée à l'idée de lui faire du mal, il ne bouge pas d'un centimètre.

« Cassiopée, calme-toi. Le Flux, comme tu l'appelles, s'est retiré. La porte s'est refermée. Les autres ne risquent plus rien. Tu ne feras plus de mal à personne tant que tu ne l'ouvres pas. »

Je le regarde dans les yeux, n'osant y croire. Je sanglote :

— Pourquoi... comment... ?

Il me coule un regard bienveillant qui réchauffe mon âme.

« Tu es Tactile, Cassiopée. Ce Sens est extrêmement dangereux. Pourquoi crois-tu que ceux qui le possèdent sont assassinés chez les Myrmes ? N'entreprends plus jamais ce que tu viens de faire. N'invoque plus jamais le Flux. Tu n'es pas prête à t'en servir comme moi, tu n'es pas entraînée à le contrôler. C'est une puissance que tu vas devoir apprendre à dompter. Je t'aiderai, ne t'inquiète pas. Pour l'instant, en tout cas, tiens-toi à l'écart de cette porte. Ne la laisse plus s'ouvrir. Tu n'es pas capable de maîtriser ce qui se cache derrière. »

Je hoche vigoureusement la tête et il me sourit. Il sèche mes larmes avec tendresse et m'aide à me relever même si je n'en ai absolument pas besoin. L'énergie du Narque coule encore dans mes veines et ça me donne la nausée.

Je me tourne vers Nathan :

— Le garde ?

Il me rassure d'un regard.

« Il ira bien. Pour l'instant, il est juste sonné, tu ne lui as pas infligé de séquelles irréversibles. Je t'ai arrêtée à temps. »

— Merci, dis-je dans un murmure.

Je me tourne vers Gabriel, le cœur battant. Il doit me détester. Il doit...

Il fait un pas en avant et me serre fort contre son cœur.

— Je suis désolé, tout est de ma faute. Je n'aurais jamais dû te demander une chose pareille. Je suis désolé.

N'arrivant pas à répondre, je me contente de hocher la tête. Ce n'est pas de sa faute, et je le lui dirai plus tard, quand j'aurai repris le contrôle de mes émotions.

Nathan se baisse et fouille le garde. Il sort une grosse clé d'une de ses poches.

Il nous tend la main, à Gabriel et moi. Si je n'hésite pas une seconde, Gabi, lui, semble y réfléchir à deux fois. Quant à Saphira, c'est carrément avec une peur palpable qu'elle pose sa main sur le bras de mon frère. Je crois qu'ils viennent de s'apercevoir de l'étendue du pouvoir d'un Tactile. Et ça ne les rassure pas beaucoup.

« Je vais explorer avec vous », nous dit mon frère. Je suis encore étonnée du pouvoir qui émane de lui. Pour arriver à parler à trois personnes en même temps, il faut qu'il soit très puissant. Et qu'il ait un contrôle sur lui quasi surhumain.

« Non, ne protestez pas. Je veux savoir ce qui se cache derrière ces portes depuis une éternité, et j'ai beau demander à Manassé, il ne veut pas me le dire. Je vais donc le découvrir par moi-même. Des objections ? »

— Pourquoi ne pas le manipuler, comme voulait le faire Cassiopée ? demande Saphira. Tu en es bien capable, non ?

Il plonge son regard dans celui de ma meilleure amie, le visage grave.

« On n'utilise pas son pouvoir de Tactile à tort et à travers. J'ai beau maîtriser le Flux, celui-ci est quand même versatile. Je ne sais jamais à l'avance si je vais avoir raison de lui, ou si c'est lui qui aura raison de moi. De plus, je respecte Manassé et je ne le manipulerai jamais grâce à mon don, question de principe. »

— C'est bon pour moi, lance Gabriel. Mais il faut qu'on entre maintenant. Isha est toujours dehors et je ne sais pas combien de temps il va garder les Narques à distance.

Je saisis la clé, mais avant de la tourner dans la serrure, je me tourne vers Saphira.

— Il... il s'est écoulé beaucoup de temps entre le moment où j'ai touché le Narque et maintenant ?

Elle me fixe, impassible.

— Même pas cinq minutes, murmure-t-elle.

Je déglutis et me dirige vers la porte. J'ai cru passer une heure dans l'esprit du garde.

Chapitre 40

La porte s'ouvre sans même que j'aie besoin de tourner la poignée, me surprenant par la même occasion. Elle tourne sur ses gonds en produisant un grincement sinistre, s'ouvrant lentement sur une pièce sombre d'où émane une lueur blafarde…

Saphira passe tout à coup devant moi et donne un violent coup de pied dans la porte. Celle-ci met fin à ses gémissements à vous glacer le sang et s'ouvre complètement sans une plainte. Je fixe ma meilleure amie, les yeux ronds. Elle hausse les épaules.

— Je n'ai jamais aimé les films d'horreur.

Et sur ces mots, elle pénètre dans la pièce. Je la suis et cherche immédiatement un interrupteur. La faible lueur qui provient du fond de la pièce ne suffit pas à l'éclairer complètement et je dois allumer pour que Nathan et Saphira puissent voir. Ils ne sont pas Sentinelle. Je scrute les murs à la recherche de l'objet tant convoité et finis par le trouver. La pièce s'illumine tout à coup et je dois plisser les yeux pour observer le décor qui m'entoure.

C'est une chambre au mobilier assez insolite : des rideaux rouges cachent les quatre pans de murs. Il y a un secrétaire sur le côté gauche et un tapis moelleux sur le sol et c'est tout. Il y fait étonnamment chaud.

Un bruit étrange me fait me retourner. C'est Gabriel et Nathan qui tirent le garde inconscient dans la pièce. Ils le déposent lourdement sur le sol et Nathan ferme la porte à clé derrière eux.

Gabriel se redresse et fronce les sourcils. Nathan grimace.

— C'est définitivement bizarre comme endroit.

Saphira, les mains sur les hanches, se retourne vers moi. Elle a l'air d'avoir tiré un trait sur l'incident de tout à l'heure et ça me rassure.

— Sophie, tu n'as pas carrément envie de savoir ce qui se cache derrière ces rideaux en velours ?

Je souris.

— Tu lis dans mes pensées, ma poule.

Je balaie la pièce du regard et découvre dans le coin droit deux cordes de la même couleur que les rideaux et reliées à ceux-ci. Je m'avance immédiatement vers eux et après une seconde d'hésitation je tire sur l'une d'elles. Le rideau du pan de mur de droite se décale jusqu'à découvrir complètement le mur. Je souris et fais subir le même sort aux trois autres.

Ce que nous découvrons me coupe le souffle.

La faible lueur que nous apercevions depuis l'extérieur provient en fait de petits téléviseurs, une trentaine, couvrant le mur du fond de la pièce. En dessous, il y a un grand bureau couvert de manettes, de boutons et de micros à l'utilité étrange.

Je m'approche des téléviseurs d'un pas lent, un mauvais pressentiment naissant dans ma poitrine. Il y a de la neige sur les écrans. Je me penche sur les commandes du bureau et réfléchis un instant. Gabriel me rejoint et dit à voix haute ce que je pense tout bas.

— On dirait un poste de télésurveillance.

Il examine à son tour les boutons de commande et laisse sa main planer au-dessus d'un gros bouton « on ».

Je hausse les épaules.

— Vas-y, on n'a rien à perdre.

Il presse le bouton et tous les téléviseurs se mettent à clignoter puis à produire une image. Une image que j'ai du mal à interpréter au départ puis qui me glace le sang.

— Bon Dieu, c'est quoi ça ?

Sur cinq des écrans, on peut apercevoir l'extérieur d'un complexe militaire, recouvert par la neige. Plusieurs hommes patrouillent, une kalachnikov à la main. Dix autres montrent l'intérieur du complexe, des couloirs vides sans grand intérêt, dans lesquels passent quelques hommes en blouse blanche, l'air pressé. On voit aussi un laboratoire avec un nombre incalculable de tubes à essai, microscopes et autres appareils scientifiques.

Mais ce ne sont pas ces écrans-là qui ont provoqué la réaction de Gabriel. C'est la quinzaine restante. Sur ceux-ci, on peut apercevoir des cellules vues de l'intérieur. Et dans ces cellules, il y a des Kamkals de sexe et d'âge différents, leurs torses décharnés et nus laissant apparaître leurs ailes. Il m'est impossible de discerner leur couleur, l'image étant en noir et blanc. En revanche, elle ne m'empêche pas de voir la détresse et la colère qui luit dans leurs yeux, qui transparaît dans leur posture. Ces êtres torturés semblent au bord de la rupture. L'un d'entre eux lève tout à coup les yeux vers la caméra et je ne peux m'empêcher de hoqueter. Dans ses yeux, je peux lire tout le dégoût, la colère et la plus grande détresse du monde mais aussi une volonté de fer qui crie haut et fort : « Un jour, je vous tuerai tous jusqu'au dernier. »

Je fais un pas en arrière, un goût de bile dans la bouche et appuie violemment sur le bouton « off ». Gabriel pose une main sur mon épaule. Je le regarde dans les yeux, comme si je pouvais y lire la réponse à mes questions.

— Qui… Qui a pu faire une chose pareille ?

Il me caresse la joue.

— Je crois que tu connais la réponse, Cassiopée. Nous sommes dans le manoir de ton père. Dans son domaine. Je pense que c'est lui qui a fait ça.

Nathan secoue la tête, horrifié. Il n'a pas l'air de vouloir croire que son père puisse être à l'origine de cette abomination.

Saphira s'approche de lui, le couve du regard pour lui signifier son soutien. Elle fixe les écrans neigeux d'un air songeur.

— Moi, la question que je me pose, c'est pourquoi des vidéos de Kamkals emprisonnés se trouvent dans une des chambres du chef des Narques. Je trouve ça étrange vu l'antipathie qu'il nourrit à l'encontre des humains qui font de même. Je me serais plus attendue à trouver ces écrans dans un local de scientifiques fous voulant faire des expériences sur les nôtres. Vous ne trouvez pas ça bizarre, vous, que les Narques fassent des expérimentations sur nos semblables ?

Je réfléchis un instant. Son raisonnement se tient. C'est vrai que c'est plutôt étrange. Je pourrais donner des tas de qualificatifs à mon géniteur, mais je n'aurais jamais pensé que tortionnaire en ferait partie. Certainement pas envers des Kamkals en tout cas.

Alors que tout le monde garde un silence religieux, je promène mon regard alentour. Deux autres murs sont couverts de cartes de la Russie, celles-ci étant épinglées par des punaises, reliées par des fils rouges, des Post-it avec des points d'interrogation, des notes gribouillées à la main… un vrai travail de détective. Je m'approche de l'une d'entre elles et commence à lire :

« Traces des Krylatyy »

« Ancien entrepôt Caïna »

« Capture d'une Krylatyy »

« Découverte d'un groupe de Potentiels Krylatyy »

Et j'en passe. Toute la carte est recouverte de notes du même type. Je n'en comprends pas la moitié. La plupart parlent de « Krylatyy », de Caïna ou de Potentiels.

Un grand cadre au-dessus du bureau, seul meuble de la pièce, attire mon attention. Je m'en approche en plissant les yeux. Le tableau est vieux, le couple qui pose est habillé dans le style victorien, un air fier sur le visage. La femme se tient bien droite, le menton relevé, une lueur de défi dans le regard. Elle porte un feutre avec une plume d'autruche, une grande robe qui avait dû être violette, qui lui arrive jusqu'aux pieds. Une ombrelle de la même couleur que sa toilette jette un voile sombre sur ses yeux. L'homme porte également un feutre, un costume trois-pièces à queue de pie et une canne avec un pommeau en ivoire. Il est légèrement de profil, un léger sourire malicieux aux lèvres. Il tient la femme par la taille.

Ce détail m'intrigue au plus haut point, le geste étant inhabituel pour l'époque, et je m'avance jusqu'à avoir le nez collé à la toile. C'est à ce moment que ça me frappe. Ce petit détail qui me chiffonnait, cet air familier que je voyais sur leurs traits.

C'est Manassé et Myriam plus jeunes. Ma mère et mon père. Mes parents réunis certainement deux cents ans auparavant. Mon père n'avait pas menti quand il m'avait dit que ma mère avait été une Narque avant d'être une Myrme. Et il n'avait pas menti non plus quand il m'avait dit qu'il avait plus de deux cent cinquante ans. Il paraît si jeune sur ce tableau, si insouciant ! Et pourtant, dans son regard, je lis toujours la même impétuosité, la même détermination glaciale que celle qu'il possède encore aujourd'hui. Je me sens si jeune, si ignorante face à lui ! J'ai presque envie de lui faire confiance. Après tout, qu'est-ce que je connais de la vie pour prétendre lui donner des leçons sur sa moralité ?

Une main se pose sur mon épaule mais je n'y prête pas attention jusqu'à ce que la voix résonne dans mon esprit.

« Tu as le droit de penser ce que tu veux, Cassiopée, ce n'est pas parce que notre père est âgé que ce en quoi il croit est forcément du pain béni. Tu as toujours pensé par toi-même et je t'admire pour cela. Ne change pas, je t'en prie. »

Je me tourne vers lui et lui souris tristement.

— Il n'y a pas de risque, Nat'.

Il me sourit à son tour.

La voix de Gabriel résonne tout à coup derrière nous.

— Eh, venez voir, j'ai trouvé quelque chose !

Je me retourne d'un coup sec, les yeux écarquillés, m'attendant presque à voir apparaître une armée de Narques préalablement planquée derrière un rideau. Mais tout ce que je vois, c'est un pan de mur vide.

Je fixe Gab d'un air sceptique.

— Mmh, mmh… mais encore ?

Il lève les yeux au ciel.

— Tu ne trouves pas bizarre que les trois pans de murs soient occupés par quelque chose et que celui-ci soit complètement nu ?

Je hausse les épaules et il lève de nouveau les yeux au ciel, comme si je faisais une piètre détective. Il lève alors la main et cogne sur le mur. Par deux fois, le bruit qui en ressort est sourd. Puis au troisième coup, un bruit creux retentit.

Je regarde Gabriel, toujours sceptique.

— Et alors ? C'est certainement une autre pièce, je ne vois pas le problème.

— Le problème, Cass, c'est qu'il n'y a aucune porte de ce côté du couloir. Seulement celle qui mène à la pièce dans laquelle nous sommes. Alors, s'il y a une autre pièce comme tu dis, comment y accède-t-on ?

J'écarquille les yeux, à présent convaincue.

— Mince, mais t'as carrément raison ! Qu'est-ce que c'est que cette histoire ?

Gabriel fronce les sourcils et se met à promener sa main le long du mur.

— Là ! s'écrie-t-il tout à coup.

Je me précipite vers lui et touche l'endroit qu'il me désigne. On peut sentir un léger interstice.

Excitée comme une puce, je me tourne vers lui.

— C'est une porte ! Pétard, comment on fait pour l'ouvrir ?

Il passe une main dans ses cheveux.

— Je n'en sais rien. Elle est trop encastrée dans le mur pour qu'on puisse l'ouvrir avec les doigts, sans compter qu'il n'y a aucune poignée. Je ne m'y connais pas vraiment en mécanisme secret mais peut-être qu'il y en a un qui se cache non loin de là…

Il commence à tâtonner à l'aveuglette sur le mur. Je le regarde faire quelques secondes puis me tourne vers le tableau de bord en dessous des écrans. Je me dirige vers lui d'un pas décidé et observe avec une certaine lassitude les dizaines de boutons qui le composent. Comment savoir si l'un d'entre eux actionne la porte ? Ils se ressemblent tous ou presque ! Il y a même des leviers et des manettes pour contrôler les caméras. Je détaille ce bazar organisé un petit instant puis aperçois un petit bouton rouge à l'écart de tous les autres, sur le coin droit. Je me mets à rire. Sous le bouton, il y a la mention « door ». Ça paraît même trop simple. Je regarde à droite et à gauche pour voir ce que les autres font et les découvre en train de tâtonner le mur en compagnie de Gabriel. Je me pince la lèvre, considère un instant que ce petit bouton pourrait déclencher une alarme, voire en être une, puis je me dis que nous n'avons rien à perdre et je l'écrase de toutes mes forces. Je n'ai même pas le temps de retirer mon doigt qu'un bruit sourd résonne à ma droite. Je me tourne vers le mur nu et me rends compte avec excitation que la porte s'est entrouverte.

Une faible lumière s'échappe de l'interstice. Une odeur d'antiseptique vient me chatouiller le nez et je vois Gabriel plisser les narines. Il se tourne vers moi, les yeux écarquillés.

— Il y a quelqu'un alité là-dedans !

Nathan se précipite vers moi tout à coup et pose une main sur mon épaule.

« Cassiopée, j'ai un mauvais pressentiment, allons-nous-en. Les gardes ne vont pas tarder à rattraper Isha, si ce n'est déjà fait, et se rendre compte que nous les avons dupés. Il faut qu'on rejoigne nos chambres. »

Je sais qu'il a raison mais la curiosité me grignote carrément de l'intérieur. Même si les gardes étaient en train de tambouriner à la porte, je ne renoncerais pas à explorer la pièce. Quelque chose d'irrépressible m'y attire et ma conscience me harcèle pour que j'y entre sans attendre.

Je me tourne vers Saphira :

— Il faut qu'un Auditif surveille les environs pendant qu'on regarde ce qui se cache là-dedans. Toi et Nathan allez faire le guet à la porte et prévenez-nous dès que la situation devient critique.

Nathan me supplie une dernière fois du regard :

« Cass, je t'en prie, je ne crois pas que ça soit une bonne idée. »

Je fronce les sourcils.

— Pourquoi, tu sais quelque chose sur ce qui se trouve dans cette pièce ?

Il a un mouvement de recul.

« Bien sûr que non ! Comment peux-tu penser une chose pareille ? »

— Alors je ne vois pas où est le problème. Saphira et toi allez surveiller l'entrée, s'il vous plaît.

Nathan me regarde en secouant la tête.

— S'il te plaît, Nat'.

Il fait volte-face et attrape une Saphira mécontente par le bras.

— Eh ! Pourquoi c'est nous qui devons nous taper la corvée du guet ? Moi aussi, je veux voir ce qui se cache derrière cette porte !

Sans écouter ses jérémiades, Gabriel et moi entrons dans la pièce.

Chapitre 41

Tout d'abord, lorsque j'entre dans la pièce, la première chose qui me frappe de plein fouet, c'est l'odeur d'hôpital qui flotte dans les airs. Comme si un troupeau d'infirmiers et de chirurgiens étaient venus aseptiser l'endroit. Gabriel entre derrière moi et ses yeux se mettent immédiatement à larmoyer. Il porte un bras à son visage et se couvre le nez d'un air révulsé. Il me regarde avec inquiétude et je vois dans son regard que lui aussi a un mauvais pressentiment.

— Cassiopée, Nathan a raison, on ne devrait pas rester ici. Cette pièce n'a rien d'extraordinaire. On ferait mieux de regagner nos chambres avant que la situation ne s'envenime.

Je fronce les sourcils.

— Mais pourquoi ce changement de comportement ? Tu te dégonfles tout à coup ? Regarde, il y a un rideau blanc au fond de la pièce, si ça se trouve il y a quelqu'un derrière, comme tu l'as dit ! Pourquoi on n'irait pas juste y jeter un petit coup d'œil ?

Il a l'air perdu.

— Parce que l'odeur qui flotte dans la pièce, c'est… c'est… c'est la tienne !

J'ai un mouvement de recul.

— Comment ça ?

Je n'attends pas sa réponse et me retourne vers le rideau. Je passe en mode Serpent et ce que je vois confirme ce que je présumais. Il y a bien quelqu'un couché derrière ce rideau. Complètement immobile. Ses battements de cœur sont lents et réguliers, mais je comprends à sa respiration et à son immobilité qu'il est inconscient.

— Il faut que j'aille voir, me murmuré-je, il faut que j'aille voir si cette personne n'est pas en détresse. Elle est peut-être prisonnière.

À mon tour, un pressentiment me serre la poitrine, mais je refuse de laisser le doute me faire reculer. J'irai jusqu'au bout cette fois.

Je m'avance à pas lents du rideau et m'arrête à quelques centimètres du plastique blanc. Je me retourne vers Gabriel. Il est resté près de la porte et secoue lentement la tête.

— Cass, ne fais pas ça.

Je baisse les yeux, honteuse.

— Je suis désolée de te décevoir sans arrêt.

Et je tire le rideau d'un coup sec. Ce qui se trouve derrière me perturbera toute ma vie, c'est sûr. Je sens déjà le mince équilibre que j'avais réussi à établir dans ma vie s'écrouler comme un château de cartes. Parce que la personne qui est couchée sur ce lit d'hôpital est censée être morte depuis douze ans. Cette personne, c'est Myriam O'Brien, ma mère.

***

Je reste pétrifiée par la surprise, l'incompréhension et l'horreur.

Ce que je vis ne peut pas être possible, je ne peux pas être en train de regarder ma mère, endormie sur un matelas, l'air serein. Cette personne est morte depuis plus de douze ans, j'en suis convaincue, je l'ai toujours été. J'ai pleuré sa mort pendant des années, j'ai été abandonnée dans un orphelinat sans parents, sans famille, sans personne. Je l'ai vue remonter à la surface, déjà morte noyée. Je n'ai pas été présente à son enterrement mais j'ai souvent fleuri sa tombe.

Ma mère est morte.

Pourtant, je ne peux nier que la femme étendue sur ce lit et Myriam sont une seule et même personne. Comment cela est-il possible ? Je me sens vide de toute émotion, incapable de pleurer ou de rire. Je reste seulement plantée, totalement perdue. Gabriel apparaît dans mon champ de vision mais je ne me tourne pas vers lui. Je continue à détailler ce fantôme qui surgit tout à coup de mon passé. Elle n'a pas changé. Elle n'a pas pris une seule ride, son visage reste exactement le même que dans mon souvenir. Ses cheveux noirs ont poussé, ils lui arrivent presque aux hanches maintenant. Elle est toujours aussi belle.

La voix de Gaby retentit tout à coup à côté de moi, me faisant sortir de ma transe.

— Bon Dieu, ne me dis pas que c'est…

Je réponds d'une voix blanche :

— Ma mère. C'est bien elle.

Je me sens comme dans l'œil du cyclone, comme un volcan qui menace d'entrer en éruption. Ce calme que je ressens actuellement est précaire. J'ai peur qu'il ne se brise au moindre incident.

J'ai tout à coup envie de la réveiller, de lui dire à quel point elle m'a manqué, à quel point je suis heureuse de la voir ici, bien vivante. J'ai envie de savoir pourquoi elle m'a abandonnée à l'orphelinat toutes ces années alors qu'elle aurait pu venir me chercher. Je veux lui dire que je l'aime, comme je l'ai toujours rêvé.

Je me penche vers elle, la secoue légèrement par l'épaule, sans réaction de sa part. Je sens les émotions revenir petit à petit, sans se bousculer. De la tristesse, de la peur, de l'appréhension. Et beaucoup, beaucoup de colère.

Je la secoue un peu plus fort mais elle ne réagit toujours pas. Je sens une larme glisser sur ma joue.

— Cassi… je crois qu'elle est dans le coma.

Ses mots résonnent dans mon crâne sans réussir à trouver un sens. Ils tournent, tournent, tournent pendant plusieurs secondes, se répètent, se font écho alors que je les goûte, les manipule dans tous les sens pour essayer de les comprendre. Et puis, tout à coup, ils prennent sens. Ma mère. Dans le coma. Une autre larme glisse jusqu'à ma lèvre. Je me tourne vers Gabriel.

— Tu… tu crois ?

Il a l'air désolé.

— Je pense qu'elle est restée dans un coma végétatif depuis son… votre accident.

Je me retourne vers elle. Elle paraît si calme, si sereine ! Son visage est détendu, presque souriant. Elle a l'air bien. Je m'accroupis à ses côtés et lève une main. J'ai envie de la toucher, de sentir le velours de sa peau sous mes doigts. Je ne veux pas rentrer dans son esprit, me souvenant de l'avertissement de Nathan, mais juste… juste la sentir vivante.

Je pose une main sur sa joue. La situation dérape immédiatement. Je me sens aspirée et me retrouve dans le noir, le vide intersidéral de son esprit, sans une seule pensée, un seul signe de conscience. Je continue à plonger dans ce gouffre sans vie. Je sens mon esprit s'éloigner petit à petit de la réalité, de plus en plus perdu, presque mort. C'est à ce moment que je comprends ce qu'il se passe. Son esprit, ou ce qu'il en reste, est en train de détruire petit à petit le mien. Si je ne réagis pas, je vais en perdre la raison. Je vais peut-être même en mourir.

« Maman ! »

Mon appel désespéré résonne entre nous et ma chute s'interrompt brusquement.

Cela fait tellement de temps que je n'ai pas prononcé ce mot que même si je le crie silencieusement, tout mon esprit se focalise pendant une seconde sur l'étrangeté de la chose. Cela m'a tellement manqué de le dire toutes ces années et voilà que miraculeusement j'en viens à prononcer de nouveau ces deux syllabes presque interdites. Jamais je n'aurais cru cela possible.

Pendant quelques secondes, rien ne se produit. Puis une ligne apparaît dans ma tête. Très lentement, et en ondulant. Comme si l'esprit de Myriam faisait un effort surhumain pour la produire.

Finalement, la phrase devient lisible et j'ai un mouvement de recul. Complètement incompréhensible. C'est une série de chiffres et de lettres qui pour moi n'ont aucune signification. Néanmoins, cette série s'imprime définitivement dans ma mémoire, de sorte que je serai incapable de l'oublier.

Tout à coup, une lumière aveuglante pour mon esprit s'allume entre nous et je suis littéralement projetée en arrière, dans les bras de Gabriel.

Je reste abasourdie pendant quelques secondes puis ouvre les yeux.

— Cassiopée ? Cass ! Qu'est-ce qui s'est passé ? Dis-moi ! Tu vas bien ?

Il a l'air inquiet, et sur le moment je ne comprends pas pourquoi. Puis je me rends compte qu'un liquide étrange coule de mon nez et de mes yeux. Je porte la main à mes narines et me rends compte que c'est du sang.

Gabriel secoue la tête.

— Cassiopée O'Brien, tu m'agaces à me faire des coups pareils. La prochaine fois que je prévoirai de braquer quelqu'un, je peux te promettre que tu ne feras pas partie de l'expédition.

J'essuie mes yeux et mon nez sanguinolents. Je dois certainement ressembler à la poupée « Chucky » actuellement.

— Et comment tu comptes faire ça au juste ?

Je hais mon ton désinvolte, parce qu'à l'intérieur j'ai l'impression que je suis un volcan en éruption. Ma mère. Ma mère est là, juste là. Et j'ai la sensation de ne rien ressentir, et de tout ressentir en même temps.

— Facile. Je t'attacherai à notre lit conjugal avec mes menottes en velours rose. Nue, de préférence.

Je ne peux m'empêcher de sourire. Gabriel est le seul homme sur cette terre capable de me redonner le sourire, même dans une situation aussi… critique. Pour ne pas être vulgaire.

Gabriel m'aide à me relever et je chancelle un peu. Il me rattrape par le coude et me stabilise. Toute l'énergie que j'avais pompée dans le corps du Narque s'est évanouie. Il me saisit alors par les épaules et m'oblige à plonger mes yeux dans les siens couleur océan. Je me sens attirée comme par un trou noir dans la profondeur de ce regard ; le volcan qui menaçait d'exploser se calme et je me rends compte à quel point cette couleur m'avait manqué. À quel point je me languissais de pouvoir encore me perdre dans ses yeux. À quel point je l'aime.

— Cassiopée, qu'est-ce qu'il s'est passé à l'instant ?

Je jette un coup d'œil à ma mère. Elle a l'air si apaisée, si sereine. Elle n'a pas pris une ride. C'est comme se trouver en face d'un fantôme.

Je reporte mon attention sur lui.

— Je… je crois qu'elle a essayé de me faire passer un message. Une série de chiffres et de lettres sans queue ni tête. **66 36 09.5 N 145 22 41.4 E**

Il fronce les sourcils.

— Ces chiffres doivent bien avoir une signification, Cass. Cela me dit vaguement quelque chose… on y réfléchira plus tard. Il vaut mieux rejoindre nos chambres avant que les gardes ne nous surprennent ici.

Il attrape ma main et me tire vers la sortie. Mais je suis éberluée qu'il ne pense pas à un détail hors norme. Je tire sur ma main et me libère. Il se retourne, agacé.

— Gabi ! On ne peut pas la laisser là ! dis-je en montrant Myriam.

Il perd son air mécontent et prend un ton conciliant.

— Cassiopée, on ne peut pas rester là, et on ne peut pas non plus l'amener avec nous. Ton père le découvrirait de suite et nous serions dans de beaux draps. Pour l'instant, on peut encore s'en sortir, mais on doit partir maintenant et ne pas être ralentis par quoi que ce soit.

Je secoue la tête. Une panique grandissante est en train de remplacer mon bon sens.

— Non, Gabriel, non ! Je ne peux pas. Je ne peux pas la quitter encore une fois. Je l'ai retrouvée, je reste avec elle, quoi qu'il advienne.

Les larmes se mettent à couler le long de mes joues. Je me rends compte à quel point elle m'avait manqué. À quel point il m'est impossible de l'abandonner.

Je glisse mes mains sous ses épaules, le cœur déchiré en deux. Je ne crois pas qu'il le supportera une deuxième fois. Je la serre fort contre moi, bien décidée à ne pas la lâcher.

Gabriel, inquiété par le bruit que font les gardes à la poursuite d'Isha, se tourne vers moi.

— Cass, on doit y aller. En urgence.

Je le regarde comme s'il avait perdu l'esprit.

— Tu es fou ! Je ne peux pas la laisser là ! Je ne peux pas, tu m'entends ?

Il se rapproche de moi, pose une main sur mon épaule.

— Elle est morte, Cassiopée. Je suis terriblement désolé, mais on ne peut plus rien pour elle. Il faut qu'on y aille maintenant.

Je secoue la tête, anéantie.

— Mais je ne peux pas lui faire ça, tu comprends ?

Il me regarde avec empathie.

— Tu la connais bien, c'est ce qu'elle aurait voulu, non ?

Je l'observe un moment et comprends qu'il a raison. Elle n'aurait pas voulu que nous soyons pris. Elle aurait voulu que nous nous battions pour survivre.

Je pose délicatement sa tête sur l'oreiller et me lève doucement. Ses longs cheveux noirs reposent en étoile sur le matelas. Je grave son visage dans ma mémoire, me promettant de ne jamais l'oublier.

Gabriel me tire vers la sortie. Je lui jette un dernier coup d'œil. Elle a l'air reposée, sereine.

— Pardon, je t'aime. Je ne t'oublierai jamais.

Chapitre 42

Après avoir réanimé le garde, Nathan lui ordonne de se positionner devant la porte et d'oublier tout ce qu'il vient de se passer. Le Narque hoche la tête, les yeux vides et ne bouge plus, au garde-à-vous.

Nous nous précipitons dans le couloir et commençons à courir sur notre droite quand je m'arrête net. Gabriel freine et me regarde en fronçant les sourcils.

— Qu'est-ce que tu fais ?

Ma tête fait des allers-retours entre le fond du couloir à ma gauche et l'intersection que nous devons prendre pour rejoindre nos chambres, à ma droite. Je chuchote :

— C'est vraiment trop bête. On a encore du temps devant nous et il nous reste une pièce à explorer. On devrait tenter le coup !

Gabriel s'apprête à protester mais il se retient. Il réfléchit une seconde puis attrape ma main.

— On fait ça très vite, alors.

— Hé ! s'insurge Saphira. Vous allez où ?

Gabriel ne prend même pas la peine de se retourner. Il s'élance avec moi dans le couloir, se contentant de jeter par-dessus son épaule :

— Saphira, rentre immédiatement, Cass te rejoint vite.

J'entends des grommellements mais elle ne fait pas la forte tête pour une fois et obéit. Elle s'éloigne dans le sens opposé.

Nathan nous suit en courant, ne sachant pas quoi faire d'autre. Lorsque nous arrivons près de la porte gardée, il me suffit d'un regard pour me faire comprendre de lui. Je ne peux pas toucher le garde de peur de lui faire subir le même sort que le précédent. En revanche, lui contrôle parfaitement son Sens et n'aura aucun mal à maîtriser le Narque.

Il hoche la tête et nous dépasse. Le Narque le regarde arriver avec stupeur puis porte une main à son holster quand il nous aperçoit, Gabriel et moi. Il n'a pas le temps de faire autre chose. À peine Nathan l'a-t-il touché qu'il tombe au sol, inconscient.

Si j'avais le temps, je m'extasierais sur la puissance de son don, malheureusement ce n'est pas le cas. Mon ouïe sensible capte des beuglements affolés. Isha ne va pas tarder à se faire prendre.

Gabriel fouille le garde à la va-vite et en sort la clé qui verrouille la porte. Il l'ouvre avec et nous pénétrons dans la pièce, plongée dans l'obscurité. Je passe en mode Chat, comme mes camarades, et nous la scrutons, détaillant son mobilier. C'est une vaste chambre. Il y a des tapis moelleux au sol et de lourds rideaux à la fenêtre. Une commode sur notre gauche avec de nombreux tiroirs, une armoire sur le mur du fond, des lustres au plafond. Et un immense lit à notre droite. Un lit occupé, suis-je obligée de préciser. Une forme est pelotonnée sous les couvertures. Quand la porte se referme derrière nous, la silhouette sursaute et se redresse sur son séant. Gabriel se fige et je le vois serrer les poings. Il ouvre la bouche, ne masquant pas sa stupeur. Je ne connais pas l'homme qui nous fait face, mais lui oui apparemment.

— Il y a quelqu'un ? demande l'homme en scrutant l'obscurité, les yeux plissés. Manassé ?

C'est l'électrochoc qui secoue Gabriel. Telle une panthère, il bondit sur le type, le saisit par son pyjama et le plaque contre le mur. L'homme veut hurler mais Gabi lui donne un coup de poing dans l'estomac, faisant mourir le cri dans sa gorge.

— Qu'est-ce que tu fais ici, sale traître ?

Il y a une seconde de silence puis l'homme, haletant, répond, incrédule :

— Gabriel ?

— Lui-même. Réponds-moi ou je te balance par la fenêtre !

Il ne plaisante pas ! Sa voix est dure, inflexible. Je m'approche de lui, inquiète.

— Gabriel, qui est-ce ?

Il ne me regarde pas, gardant ses yeux plantés dans ceux de sa victime.

— C'est Brice Williams, le seul survivant de l'attaque de la Narque Linda. Je ne le répéterai pas trois fois, Brice. Que fais-tu ici ?

L'autre ne fait même pas mine de se défendre. Il déballe tout à une vitesse hallucinante.

— J'ai été invité ici par Manassé. Il veut signer un traité avec moi. Ma marchandise l'intéresse et nous devons en parler d'ici peu.

— Quel genre de traité ? demande Gabriel, sa voix tranchante comme un rasoir.

— Je ne sais pas ! panique Brice. Nous devions évoquer le marché une fois qu'il serait de retour. Je suis venu ici il y a une semaine, parce que j'en avais marre des journalistes et de leurs questions. Manassé est un homme influent et connu dans mon monde et quand il m'a proposé de venir m'abriter ici pour quelques jours, j'ai de suite accepté. Selon mes actionnaires, j'avais de bonnes raisons d'écouter la proposition qu'il allait me faire et je n'ai pas hésité une seconde. Je t'en prie, lâche-moi, j'ai mal au cou.

— Pourquoi il y a un garde devant ta porte si tu es un invité ?

Williams se tortille mais Gabriel tient bon.

— C'est mon garde du corps. Manassé a tenu à ce que ma sécurité soit absolue.

Gabriel serre les lèvres, puis lâche Brice qui s'écrase sur son lit et recule jusqu'au mur, apeuré. Gab se tourne vers Nathan.

— Est-ce que tu peux le sonder, histoire qu'on soit sûrs qu'il nous dit la vérité ?

Williams écarquille les yeux de terreur.

— Me sonder ? Comment ça ? Qu'est-ce que vous allez faire ? Si vous me touchez, je hurle !

Gabriel lui lance un sourire carnassier.

— Essaie un peu pour voir. Nathan ?

Mon frère n'a pas l'air ravi mais il obtempère. Il grimpe sur le matelas et pose sa main sur un Brice terrorisé. Il se passe quelques secondes puis il secoue la tête. Il saute du lit et touche brièvement Gabriel.

Celui-ci hoche la tête puis me regarde.

— Il ne sait rien de plus. Nat', est-ce que tu peux effacer les derniers souvenirs de notre ami ici présent et le replonger dans de doux rêves ?

Mon frère soupire de lassitude et s'exécute. Je comprends qu'il rechigne à utiliser son Sens à outrance. Je repense à ce qu'il a dit à Saphira un peu plus tôt : « On n'utilise pas son pouvoir de Tactile à tort et à travers. J'ai beau maîtriser le Flux, ce dernier est quand même versatile. Je ne sais jamais à l'avance si je vais avoir raison de lui, ou si c'est lui qui aura raison de moi. » Je pense que ce qu'il a voulu dire, c'est qu'il peut entrer dans l'esprit des gens sans rien leur imposer, pour leur parler par exemple, mais quand il s'agit de les manipuler, apparemment, cela demande d'invoquer « le Flux », ce qui est dangereux.

Il pose une main sur le cou de Brice et celui-ci, après un petit cri de stupeur, se fige. Ses yeux deviennent vitreux puis il tombe comme une masse sur son lit. Ses ronflements résonnent bientôt dans toute la pièce.

***

Nous allons sortir de la chambre quand je capte un bruit de course dans les couloirs du château. Je freine et attrape Gabriel par le bras.

— Attends...

— Quoi ?

Je sens la panique monter comme un geyser. J'écarquille les yeux et me tourne vers Nathan.

— Fais rentrer le garde et ferme la porte, vite !

Mon frère hoche la tête et se précipite sur le Narque. Gabriel m'attrape par les épaules et m'oblige à le regarder dans les yeux.

— Cass, que se passe-t-il ?

Je secoue la tête, ma gorge nouée par l'angoisse. Nathan tient le garde par la main et celui-ci pénètre dans la pièce, les yeux vides de toute émotion. Je devine qu'il lui ordonne mentalement quelque chose puis il le lâche. Le Narque hoche la tête et ferme la porte derrière lui avec des gestes rapides et précis.

— Cassiopée ?

Gabriel me secoue légèrement. Maîtrisant à grand-peine ma panique, je lui réponds :

— On ne peut plus rejoindre nos chambres par le couloir. Les gardes ont investi le château. Ils se dirigent vers nous.

Si mon père apprend ce que nous avons fait, ça n'est pas une simple fessée qui m'attend. J'explose :

— Oh, mon Dieu, mais ils vont seulement avoir à forcer la porte et à nous cueillir comme des abrutis de voleurs ! En plus, s'ils se rendent compte qu'on a manipulé Brice, ils vont nous tuer !

Gabriel hausse le ton pour se faire entendre.

— Bon ! Maintenant tout le monde se calme. On ne va pas être pris parce que j'ai une solution et qu'on peut sortir par un autre endroit.

Je le fixe avec espoir, m'attendant à ce qu'il me sorte qu'il est capable de se rendre invisible, de traverser les murs ou quelque chose dans ce goût-là.

Ben voyons, pourquoi est-ce qu'il ne serait pas Iron Man, tant que t'y es ?

— On va passer par la fenêtre. On va voler jusqu'à celle de notre chambre.

Je le regarde un instant, comme s'il venait de faire une bonne blague.

— Je vais te porter, Nathan volera tout seul.

Ce dernier roule des yeux à cette suggestion, mais ne répond rien.

En même temps, ça n'est pas comme s'il était muet, hein ?

Je lève les yeux au ciel. Ça faisait longtemps, tiens ! Gabriel continue à nous faire peur :

— On aura simplement à demander à Morgane ou à Saphira de nous ouvrir la fenêtre.

— Mais elle est verrouillée ! m'exclamé-je.

Il se dirige déjà vers la fenêtre.

— Bien sûr que non, elle ne l'est pas ! Ces fenêtres ont l'âge de mon arrière-arrière-grand-père, il faut juste tirer un peu dessus, c'est tout.

— Gab, dis-je d'une toute petite voix, pourquoi est-ce qu'on ne s'échappe pas de ce village, tout simplement ? On pourrait voler pour s'éloigner suffisamment, puis on ferait le reste à pied.

Gabriel pose un regard dur sur moi.

— Et Isha, qu'est-ce que tu en fais ? En plus, les Moaks de ton père finiraient irrémédiablement par nous retrouver et cela prouverait notre culpabilité. On n'a qu'une seule solution : regagner nos chambres en espérant qu'ils n'aient pas encore eu le temps de les fouiller.

Ce qui, à mon avis, est peine perdue, mais je ne compte pas le lui dire.

Gabriel se tourne vers Nathan.

— Ordonne au garde de fermer la fenêtre derrière nous. Je prendrai Cass. Tu te sens capable de voler ?

Nathan hoche la tête, avec, je dois le dire, une certaine incertitude.

Gabriel retire son pull, révélant une rangée d'abdominaux et des pectoraux à faire baver n'importe quelle fille.

Un coup sourd résonne tout à coup à la porte nous faisant tous sursauter.

— Sortez de là ! On sait que vous êtes là-dedans ! Sortez et on ne vous fera pas de mal.

Gabriel se tourne vers nous et porte un doigt à sa bouche.

— Plus un bruit, articule-t-il silencieusement.

Nathan acquiesce et se dirige vers le garde pour lui donner l'ordre de fermer la fenêtre derrière nous.

Le dos de Gabriel se met soudain à onduler, ses muscles à tressauter. Ses ailes couleur de nuit jaillissent de ses omoplates et se dressent fièrement au-dessus de sa tête. J'ai l'impression de voir les taches blanches qui les parcourent miroiter et frémir. Elles sont magnifiques.

Notre garde ouvre alors la bouche et me fait sursauter, me sortant de ma transe.

— Partez ! Je ne vous ouvrirai pas la porte !

Il y a un silence derrière celle-ci. L'autre garde n'en revient pas.

— Larry ? Mais qu'est-ce que tu fabriques ?

Notre garde pose une main sur le Glock qu'il porte à sa ceinture.

— Je vous ai dit de vous tirer ! C'est moi le responsable, c'est moi qui décide maintenant ! J'en ai marre des petites cachotteries de Manassé. Il est temps qu'on se rebelle ! Je ne libérerai pas Williams tant que je n'aurai pas obtenu un accord !

Je regarde Nathan avec incrédulité et pose une main sur son épaule.

« Il a l'air persuadé qu'il est le coupable ! »

« Il *est* persuadé. »

Gabriel se penche pour me prendre dans ses bras quand je l'arrête d'un geste en chuchotant très bas :

— Je peux voler. J'en suis capable, inutile que tu me portes.

Il n'hésite même pas. Il semble avoir une confiance inébranlable en moi.

— Dépêche-toi alors, me répond-il d'une voix quasi inaudible. Ça sent très mauvais, je sens qu'ils ne vont pas tarder à essayer d'enfoncer la porte.

Comme pour approuver, les gardes donnent un grand coup dans celle-ci avec un objet massif. Larry se crispe. J'ai mal au cœur pour lui. Il était loyal à Manassé et à cause de nous il va subir un châtiment dont je n'ose même pas deviner les conséquences pour lui et sa famille.

Gabriel ouvre la fenêtre aux carreaux fins et enjambe le portant. Il me regarde une dernière fois et me fait un clin d'œil avant de se laisser tomber dans le vide. Je retiens à temps un hoquet de surprise et le voilà qui surgit à nouveau, battant l'air de ses ailes puissantes. Il s'élève au-dessus de la fenêtre puis disparaît.

Je n'ai pas besoin de me déshabiller comme lui puisque mon pull Tiendé laisse dépasser mes ailes. J'enjambe à mon tour le rebord de la fenêtre et me retrouve tout à coup à moitié dans le vide intersidéral de la montagne. Le sort de Larry me semble alors doux comparé au mien si je m'écrase. Ma vue se trouble et je sens mon vertige prendre le dessus. Une main se pose sur mon épaule.

« Tu peux le faire, Cassiopée. Tu en es capable. Pense à l'allégresse que tu as ressentie en volant. »

Mon frère, afin de m'aider, fait remonter ce souvenir. Mes ailes frémissent puis se mettent à battre doucement.

Je lance un regard reconnaissant à Nathan et inspire profondément. Je garde bien à l'esprit cette joie et ce sentiment de liberté et, certaine que je vais m'en sortir, je me laisse tomber dans le vide.

Chapitre 43

Pendant une seconde interminable, j'ai l'impression que ma chute est irrémédiable. Que je ne vais pas reprendre de l'altitude. Que je vais mourir. Un début de hurlement meurt dans ma gorge au moment où mes puissantes ailes commencent à battre l'air et stoppent brusquement ma chute libre. Elles mettent quelques instants à me stabiliser puis je me mets à grimper. Mètre par mètre, je gagne de l'altitude. Mes ailes font un bruit presque insupportable pour mes oreilles sensibles. Elles fendent l'air avec une puissance incroyable.

Je me rends compte que je n'ai pas eu besoin d'avoir une pensée heureuse. Mes ailes, sentant la chute, se sont mises à battre toutes seules, mues par un réflexe qui m'échappe. Je m'autorise un coup d'œil dans le vide et au lieu de ressentir un terrible vertige, ce sentiment d'allégresse que j'ai expérimenté quelques semaines plus tôt en allant à Talkeetna se manifeste. Mes ailes se mettent à battre plus régulièrement, plus puissamment. Je m'élève encore dans le ciel où percent les rayons du soleil naissant.

Un sifflement me ramène à la réalité. Je lève les yeux et aperçois Gabriel, à des dizaines de mètres devant moi, qui me fait de grands signes. Torse nu, ses ailes battant à un rythme soutenu pour lui faire faire du surplace, il ressemble à un ange guerrier. Cette image me fait sourire et je m'élance sans aucune difficulté dans sa direction risquant un regard en arrière pour vérifier que mon frère nous suit. Nathan est à quelques mètres derrière moi et il n'a pas l'air de peiner du tout. Ses ailes argentées fouettent l'air aussi fortement que les miennes et sa bouche se fend d'un sourire. Lui aussi aime ce sentiment de liberté totale.

Je rejoins Gabriel en quelques secondes. Nous gardons quelques mètres de distance afin que nos ailes ne s'entrechoquent pas.

— On ne peut pas continuer en volant, me dit Gabriel. Si on vole trop haut, on risque de nous voir depuis le village. Si on vole trop bas, ce sont les fenêtres qui pourraient nous trahir.

Je lève les bras.

— Que fait-on alors ?

Il lève la tête et je suis son regard. Au-dessus de nous, le toit nous appelle. En deux battements d'ailes, Gabriel le rejoint et je fais de même. Nathan se hisse en dernier sur la toiture. À peine ai-je posé le pied sur les tuiles que la fatigue caractéristique s'abat sur moi. Heureusement, elle n'est pas aussi forte que les fois précédentes, loin de là. Je suis juste essoufflée et mes jambes tremblent un peu. Gabriel, lui, ne semble pas le moins du monde éprouvé. Il regarde autour de lui, calme et posé. Les toits du manoir sont assez pentus, mais certaines zones sont planes, comme celle sur laquelle nous sommes assis en ce moment. Il scanne les tuiles et les corniches en réfléchissant à toute vitesse.

— Comme il est trop risqué de voler, on va atteindre nos chambres par les toits. Enfin, on va essayer.

Il fait un pas en avant pour tester la solidité des tuiles alors que je le regarde avec un certain émerveillement, je dois dire.

— Tu as tant confiance en moi que tu penses que je suis capable de vagabonder sur les toits d'un bâtiment sans tomber et me tuer ? Ouah, c'est quand même assez profond comme amour, ça.

Il me tend sa main. Nathan a l'air aussi fatigué que moi, il est plié en deux, les mains sur les genoux. Il a beau être grand et musclé, il n'est pas entraîné pour voler. Son truc à lui, c'est le lavage de cerveau.

— J'ai même assez confiance en toi pour croire que tu es capable de *courir* sur les toits sans te tuer. Ce n'est pas de l'amour ça quand même ?

J'attrape sa main en grimaçant. Ça promet d'être drôle. Mes jambes se mettent à flageoler quand j'aperçois le vide immense qui m'attire vers lui. C'est étrange d'avoir autant peur du vide quand j'ai les pieds sur terre et de ne plus le craindre du tout en plein vol. Je détourne le regard en soupirant :

— Il y a trop de vent ici, Gab. Je ne crois pas que je pourrai y arriver.

Il plante ses yeux dans les miens :

— Écoute, tu ne vas pas avoir peur du vide alors que tu sais très bien que tes ailes t'empêcheront de chuter si tu glisses, n'est-ce pas ? Tu viens de voler au-dessus d'un vide immense, courir sur les toits à côté, c'est de la rigo...

Il n'a pas le temps de finir qu'un grand boum retentit un peu plus loin. C'est la porte qui vient de céder sous les assauts des gardes de Manassé. Il est suivi par une série de coups de feu et de cris que je soupçonne être la seule avec Nathan à entendre clairement.

Gabriel se retourne vers moi, inquiet :

— Ils viennent d'entrer, n'est-ce pas ?

Je hoche la tête en déglutissant. Maintenant, plus le choix : je dois regagner ma chambre avant qu'ils n'y arrivent avant nous.

De toute façon, Gabriel n'attend pas que je me décide. Il me tire d'un coup sec et nous voilà en train de crapahuter sur les toits du manoir. Je mets mon cerveau en veille et ne réponds qu'à mes instincts primaires. Plus le temps de réfléchir. Nous courons à demi baissés sur les tuiles humides et glissantes, sautons par-dessus les parapets, changeons d'angle à la vitesse de l'éclair, aidés par la paire d'ailes que nous avons dans le dos. Les miennes ne mettent pas longtemps à prendre le rythme et bientôt je vole plus que je ne cours. Je ne regarde pas une seule seconde le vide qui ne demande qu'à m'engloutir. Je ne suis pas assez stupide pour ça.

— On y est presque !

Gabriel ne semble pas le moins du monde essoufflé. Moi, j'ai les poumons en feu et la gorge sèche comme du papier. J'ai l'impression que je vais m'écrouler d'une seconde à l'autre.

Soudain, Gabriel freine. Prise par mon élan, je le dépasse et stoppe net quand sa main me retient. J'ai l'impression qu'il m'a démis l'épaule. Mais bon, qu'est-ce ?

Nathan nous rejoint et nous reprenons notre souffle au-dessus d'une corniche.

— La fenêtre est juste en dessous, nous informe Gabriel. Je vais descendre et prévenir Morgane et Saphira, puis tu descendras, Cass. Moi, je retourne illico à ma chambre et je fais profil bas. Toi, Nathan...

Mon frère l'interrompt d'un geste de la main, l'air de dire « ne vous occupez pas de moi, je vais me débrouiller ».

Gabriel hoche la tête. Il se tourne vers moi.

— N'oubliez pas de refermer la fenêtre derrière vous.

Je déglutis, encore hors d'haleine. Je semble être la seule d'ailleurs à manquer d'exercice si j'en crois la respiration calme de Nathan. Et ne parlons pas de Gabriel. Lui, il a carrément l'air de faire une balade de santé. Pour ma part, je ressemble à un hamster qui a trop fait de roue. Je suppose que ça n'est pas joli-joli à voir.

Mon homme n'attend pas que je lui donne l'autorisation (pourquoi ferait-il cela ?) et se suspend des deux mains sur le bord du toit. Un peu (d'accord, carrément) stressée pour lui, je me penche légèrement pour voir ce qu'il fabrique. D'un léger coup de pied, il prévient Morgane et celle-ci force comme une furie sur la fenêtre, et finit par l'ouvrir. Alors qu'il se hisse à nouveau sur le toit, et que je ne peux m'empêcher de remarquer la manière dont ses biceps se contractent sous l'effort et à quel point cela ne semble pas lui en demander beaucoup, Gab m'attrape par la main et me met dos au vide. Je le regarde comme s'il avait fondu un plomb.

— Qu'est-ce que tu fais ?

Il fait une grimace.

— Désolé, Cass, mais ça aurait pris trop de temps de te convaincre, et comme tu le sais, nous en manquons beaucoup.

— Me convaincre de quoi ?

Sans répondre, il me pousse dans le vide.

***

Tout d'abord, je ne comprends pas ce qui m'arrive. Mais mon cerveau rattrape vite le temps perdu, je vous rassure. En moins de temps qu'il n'en faut pour le dire, je me mets à hululer comme une chouette qu'on égorge et mes ailes commencent à battre frénétiquement, comme si elles refusaient catégoriquement de baisser les bras, pardonnez la métaphore, sans combattre. Gabriel me tient toujours par les mains, donc je ne serais pas vraiment tombée si jamais elles n'avaient pas fonctionné. N'empêche, elles ne veulent rien savoir et battent de plus en plus vite.

Du coup, au lieu de tomber, je m'élève par saccades. Pas très pratique quand on cherche à descendre. Je ne sais pas si vous arrivez à vous imaginer la scène : une fille avec une paire d'ailes vertes qui s'élève dans les airs au bord d'un toit avec un garçon qui la tient par les mains. Je parie que si je n'étais pas dans le rôle de la fille en question, je trouverais ça drôle. Sauf que là, pas du tout.

J'entends Gabriel qui s'égosille :

— Arrête de battre des ailes ! Arrête !

J'ai envie de lui hurler que j'en suis incapable, que ce n'est de toute façon pas moi qui décide à leur place mais aucun son, à part le hululement de la chouette bien sûr, ne sort de ma bouche.

Soudain, Gabriel saute du toit et s'abat sur moi comme un rapace. Son poids est trop lourd à supporter pour mes ailes et je perds soudain de l'altitude jusqu'à me retrouver en face de la fenêtre. Et sans que je comprenne comment ni pourquoi, je reprends mes esprits face contre terre, le plancher de ma chambre m'écrasant la joue droite. Je ne sais même pas comment je suis arrivée là, mais je suis tellement heureuse d'avoir regagné le plancher des vaches que je dois me retenir pour ne pas l'embrasser.

Je n'ai même pas le temps ni le loisir de récupérer qu'une boule de poils hirsutes me saute dessus et me lèche le visage en couinant.

Une voix retentit au-dessus de moi, apeurée et agacée en même temps.

— Qu'est-ce qu'il s'est passé ? Pourquoi es-tu revenue par la fenêtre ? Ils ont fermé la porte à clé, Cass ! Ils ont fermé la porte à clé avant que tu ne reviennes ! J'ai eu peur, j'ai cru que tu ne pourrais pas rentrer.

J'aimerais répondre à Morgane mais le Débile m'empêche de me relever, les quatre pattes sur mon dos. Il est tellement excité de me revoir qu'il ne trouve pas de moyen assez fort pour me prouver son affection. Du coup, il choisit de me grimper dessus. Normal.

Je le repousse après moult efforts et me redresse en essuyant la bave gluante de mon visage. ***Copine, copine !*** ne cesse de psalmodier frénétiquement son esprit surexcité. Je me sens obligée de lui donner une caresse pour tenter de le calmer, mais cela ne fait qu'amplifier ses démonstrations d'affection.

Tout en essayant de m'en débarrasser, je me tourne vers Morgane.

— On a eu des imprévus. Où est Saphira ?

Morgane me lance un regard méprisant.

— Dans la salle de bain. Elle se bande le bras. Quand elle a pénétré comme une furie par la porte d'entrée, ton imbécile de loup a eu peur et lui a sauté dessus. J'ai pratiquement dû l'assommer à coups d'oreiller pour qu'il la lâche. En plus, il n'a pas arrêté de hurler pendant que tu étais partie et il ne me laissait même pas l'approcher pour que je le calme. C'était vraiment insupportable.

Je lui lance un regard noir mais ne prends pas la peine de répondre. Je me précipite dans la salle de bain et ouvre la porte, anxieuse. Saphira, l'air de mauvaise humeur, est assise sur la cuvette des toilettes, une trousse de premiers secours sur les genoux. Elle ne lève même pas les yeux vers moi.

— Ça n'est pas le bon moment, Cassiopée, me dit-elle d'une voix calme mais acide. Si tu ne veux pas que je te fasse boire l'eau des toilettes, il vaut mieux que tu sortes, du genre tout de suite.

Je fais un pas en arrière et ferme la porte en grimaçant. Deb l'a vraiment mise en pétard. Heureusement qu'il a fini par la reconnaître, parce que je ne suis même pas sûre qu'il l'aurait lâchée avant de l'avoir zigouillée dans le cas contraire.

Je me dirige vers la fenêtre et jette un coup d'œil vers le toit.

— Gab ?

Personne ne me répond. Je passe en mode Serpent et me rends compte que Gabriel et Nathan sont en pleine discussion silencieuse au bord du toit. Je réessaie :

— Gabriel !

La silhouette de Gabriel se retourne vers le bord du toit et se penche en avant. Je récupère la Facette de l'Aigle et plonge mon regard dans le bleu de ses yeux. Même d'ici je peux voir les petits éclats dorés qui les parsèment. Ainsi qu'une ou deux taches de rousseur sur son nez. Je peux compter chacun de ses longs cils noirs.

Sa voix grave retentit et je reviens sur terre.

— On se barre, Cass. Je retourne à ma chambre. Nathan va rejoindre sa propre chambre en passant par la passerelle de l'entrée nord. Il fera mine de rentrer d'une excursion nocturne. De toute façon, lui, personne ne le soupçonnera. Suivez le plan et tout ira bien.

Le plan ? Quel plan ?

Mais il est déjà parti.

***

Une journée passe, puis une autre, sans qu'aucun visiteur vienne nous voir. Tout d'abord, je suis rassurée de ne voir personne débouler dans la chambre avec un gros AK47 dans les mains. Mais plus le temps passe, plus un mauvais pressentiment s'insinue en moi, me rongeant d'inquiétude. Pourquoi personne n'est-il venu vérifier que nous étions toujours dans la pièce ? Pourquoi tout me paraît-il si calme et si étrange dans le château ? Comme si chaque habitant chuchotait toute la journée. Je n'arrive à capter que quelques bribes de conversations et elles tournent toutes autour de l'incident qu'il y a eu deux jours plus tôt dans la pièce secrète de Manassé. Apparemment, personne ne semble au courant qu'il y a eu effraction, seulement qu'un des gardes a mal tourné.

Les rumeurs vont d'une crise de schizophrénie à un empoisonnement en passant par l'inévitable attaque de panique. Cela me rassurerait d'entendre cela si on était au moins venu nous voir une fois.

Mais personne ne semble se préoccuper de notre sort.

Cela fait deux jours que le Débile ne peut pas aller faire ses besoins. Deux jours qu'on ne mange pas. Je commence à me demander si on n'essaie pas de nous punir. Ou carrément de nous faire mourir de faim afin que l'une d'entre nous craque et balance les deux autres. Je pencherais plus pour Morgane, qui commence sérieusement à péter un boulon à force de boire de l'eau. C'est la seule chose que nous pouvons avaler et j'ai tellement faim que je considère même la possibilité de sacrifier le Débile pour nous rassasier. Mais nous n'en sommes pas là, bien sûr. Pas encore. Malgré tout cela, nous n'en sommes pas venues à appeler à l'aide. Nous avons trop peur qu'on se souvienne que nous existons. Et je ne sais pas ce qu'il se passera quand ça arrivera.

Je n'arrête pas de penser à ma mère aussi. Au fait qu'elle est toujours en vie. Je n'arrive tout simplement pas à y croire. C'est pour moi tellement irréel que je me demande parfois si je ne l'ai pas rêvé. Mon estomac en vrac et mon loup qui fait ses besoins dans tous les coins de l'appartement ont vite fait de me rappeler à l'ordre. Toute cette situation est malheureusement bien réelle. Je me demande encore si je suis heureuse qu'elle soit vivante ou si j'aurais préféré qu'elle reste bien au chaud dans sa tombe. Ne me regardez pas avec ces yeux-là. Bien sûr que je suis extatique à l'idée de savoir ma mère encore de ce monde, qui ne le serait pas ? Ce que je ressens par contre, c'est une colère noire envers mon père et une tristesse sans fond de la savoir dans un état végétatif. De la savoir inerte. Elle est comme morte, c'est tout ce à quoi j'arrive à penser.

Est-ce qu'elle se réveillera un jour ?

J'en doute.

Est-ce qu'elle est consciente de ce qu'il se passe autour d'elle ?

Peu probable.

Comme vous le devinez, ma conscience ne m'est pas d'une grande aide.

La voix de Saphira me sort soudain de ma torpeur.

— Cassiopée, ton clébard commence à me lancer des regards que je n'apprécie guère.

Saphira est allongée sur son lit et je suis forcée de constater qu'elle n'a pas tort. Deb est assis en face d'elle, droit comme un i, et la fixe sans cligner de l'œil. On dirait qu'il jauge la situation :

« *L'aile ou la cuisse ?* »

Je souris en imaginant la scène. Depuis qu'il est avec nous, le Débile a repris du poil de la bête, si j'ose dire. Il n'a plus ce pelage miteux et troué qu'il possédait lorsqu'il nous a rejoints. Son poil est brillant et a presque uniformément repoussé. Il a pris bien cinq kilos et on ne voit presque plus ses côtes. Je crois qu'il avait oublié ce qu'était la faim. En fait, je crois qu'il avait oublié son instinct de prédation tout court, puisque la seule chose qu'il avait à faire pour manger, c'était sauter après les morceaux de viande que nous lui balancions pendant nos repas. Tu parles d'une chasse ! Néanmoins, ledit instinct semble sortir de l'état d'hibernation dans lequel il était plongé depuis quelque temps. Et je peux dire que son choix s'est arrêté sur Saphira. Il a dû apprécier le goût de son bras quand il lui a sauté dessus, deux jours plus tôt.

Je me redresse sur mon lit en riant doucement.

— Deb. Deb, viens ici.

Le loup tourne la tête vers moi et vient me rejoindre en remuant la queue, la langue pendante. Il saute sur le lit et se love à côté de moi tout en continuant à battre frénétiquement de la queue, comme si ce membre avait une volonté propre et qu'il était bien décidé à montrer à quel point il était heureux que je l'appelle. J'ai en effet renoncé il y a un moment à faire dormir le loup sur le tapis près de mon lit. Peu importe le ton de ma voix ou le nombre de fois que je le fais descendre, il finit toujours par y remonter sans que je m'en rende compte. Une vraie belette.

Je me rallonge sur le lit en caressant son pelage tout doux et qui sent bon l'abricot depuis que Gabi et moi lui avons fait prendre un bon bain. C'est plutôt agréable comme sensation je dois dire.

Morgane prend la parole, pour la première fois depuis des heures. J'en viens presque à oublier sa présence parfois.

— Si je ne mange pas bientôt, je crois que c'est moi qui vais me venger sur le chien.

Je ne peux m'empêcher de sourire. Je n'aurais jamais cru possible le fait de sourire à une des suggestions de Morgane. C'est vrai quoi ! C'était quand même une ennemie, et pas des moindres. Elle m'avait laissé à mon triste sort dans une mare au beau milieu d'une forêt, avec seulement mes sous-vêtements pour me tenir chaud et une horde de loups qui traînaient dans les parages. Pas vraiment le genre de personne que j'aspirais à avoir comme amie. Ce n'est toujours pas le cas d'ailleurs. Elle est toujours aussi méchante et sarcastique avec moi. Elle n'a pas changé d'un iota. Mais, étrangement, je n'ai plus envie de l'étrangler quand elle ouvre la bouche. C'est un début, n'est-ce pas ?

Je plonge mes mains dans la fourrure épaisse de Deb. Celui-ci grogne de plaisir.

— Personne ne mangera mon loup. Je vous parie qu'on va bientôt se rappeler qu'on existe et qu'on va nous apporter quelque chose à nous mettre sous la dent.

Saphira se redresse.

— Tu es sûre de toi ? me demande-t-elle, sceptique. Moi, j'ai plutôt l'impression qu'ils comptent nous laisser moisir ici. Si jamais on reste encore un jour dans cette pièce, je crois que je vais me défenestrer.

Je lève les yeux au ciel.

— Il faut toujours que tu en rajoutes. Si tu te défenestrais, tu finirais écrasée en bas comme une grosse bouse, et ça te servirait à quoi ? À part nourrir les vautours ?

Elle souffle comme un cheval.

— Déjà, je ne me serais pas écrasée comme une grosse bouse. J'ai des ailes, tu te souviens ?

— Des ailes dont tu ne sais pas te servir.

— … et en plus ça m'aurait permis de prendre le large. La seule chose qui me retient, c'est mon frère. Je ne sais pas ce qu'il est devenu et ça me rend dingue !

Elle passe ses deux mains dans ses cheveux et enfonce sa tête dans l'oreiller.

Je fixe le plafond en réfléchissant. Moi aussi je suis inquiète. Pour Isha bien sûr, puisque c'est lui qui nous a servi d'appât. Mais surtout pour Gabriel. Je ne peux pas dire que mon père le porte dans son cœur. Je suis sûre que s'il doit s'en prendre à quelqu'un, c'est par lui qu'il va commencer. Rien que d'y penser, j'ai envie de tambouriner contre la porte en hurlant de me laisser sortir.

Je m'enfonce en soupirant dans mon oreiller. Je ferme les yeux et tente de m'endormir.

Chapitre 44

— Cass… arrivent !

Je sors lentement de ma torpeur alors qu'on me secoue comme un prunier.

— Cass, nom de nom ! Réveille-toi, ils arrivent !

J'ouvre complètement les yeux et regarde autour de moi. Saphira est au-dessus de moi, l'air inquiet. Morgane se tient dans un coin de la pièce, raide comme un piquet et blanche comme un linge. Le Débile n'est plus à mes côtés. Il est devant la porte, le poil hérissé et les babines retroussées. Je tends l'oreille et j'entends une armée se diriger vers notre porte puis s'arrêter juste devant.

Quelqu'un insère une clé dans la serrure et c'est l'élément qui me fait réagir. Je bondis de mon lit et attrape Deb par le cou. Je le tire en arrière mais il ne se laisse pas faire et continue de grogner.

La poignée tourne. Je retiens mon souffle… et mon loup, comme je peux. Celui-ci tire de toutes ses forces sur son cou et je crains qu'il finisse par s'arracher la pauvre fourrure qui vient à peine de repousser.

Puis la porte s'ouvre.

Une légion de gardes armés jusqu'aux dents pénètre dans la pièce avec une organisation qui fout les jetons. Ils se déploient autour de nous puis se mettent au garde-à-vous. Un Narque avec son arc en bandoulière sur l'épaule entre à son tour. Je le reconnais immédiatement. C'est Romain, le Kamkal qui nous a guidés jusqu'ici. Et qui a tenté de m'écraser le sternum par la même occasion.

Romain s'arrête en face de nous, un petit sourire aux lèvres qu'il masque derrière son regard froid et calculateur. Tout cela ne me dit rien qui vaille.

— Cassiopée O'Brien ?

Combien de Cassiopée crois-tu qu'il y ait dans cette pièce ? se croit obligée de commenter Constance. J'évite de transmettre sa question. Je sens déjà que la situation ne tourne pas en ma faveur. Je ne peux néanmoins pas résister à un tout petit peu de sarcasme. *Mea culpa.*

— Hum… oui ? Enfin, non. Enfin… ça dépend qui la demande.

Romain ne se départ pas de son sourire. Bien au contraire, il semble immunisé contre le sarcasme. Son regard, en revanche, se fait plus vicieux.

— Ton père. Ton père te demande, Cassiopée.

Là, avec seulement deux petits mots, Romain vient de signer mon arrêt de mort. Enfin, c'est une métaphore. J'espère.

Je porte un doigt à ma poitrine.

— Moi ? Je veux dire pourquoi ? On n'a rien fait, on est…

Tais-toi, tais-toi, tais-toi !

Je ferme mon clapet et inspire un grand coup.

— D'accord. Est-ce que je dois prendre quelque chose ? Mes affaires ou…

— Seulement ta petite personne. Et ton animal sauvage, si tu n'arrives pas à t'en débarrasser, ajoute-t-il d'un geste ennuyé de la main en direction de Deb.

Je sens les poils du Débile se hérisser un peu plus. Étrangement, savoir qu'il peut m'accompagner me rassure un petit peu. J'ai l'impression que je ne suis pas toute seule à affronter cette épreuve et je me sens mieux.

— Suis-moi.

Sans un autre mot, il fait volte-face et sort de la pièce. Je lui emboîte le pas en ordonnant à Deb de me suivre sans faire d'histoire. Il se calme un peu mais reste tout ébouriffé. C'est assez drôle à voir mais je suis bien trop stressée pour rire.

Deux gardes apparaissent tout à coup, nous encadrant, le Débile et moi. Le reste de la troupe nous suit, mais je remarque tout de même du coin de l'œil que deux gardes armés de kalachnikov restent plantés devant la porte ouverte de la chambre, gardant Saphira et Morgane prisonnières à l'intérieur.

Nous traversons un bon nombre de couloirs, passons quelques portes, et à mesure que nous approchons de la destination finale, si j'ose dire, une boule se forme dans mon estomac et grandit jusqu'à atteindre ma gorge. Je me retourne à de nombreuses reprises, vérifiant que je suis toujours suivie par une armada de Narques dopés aux testostérones, ce qui est inutile bien sûr, étant donné que je les entends très bien sans avoir besoin de les voir. Les vieilles habitudes ont la vie dure.

Nous nous arrêtons devant une porte en chêne massif que je reconnais immédiatement comme étant celle du bureau de mon père. Combien de fois ai-je pénétré dans cette pièce ? Combien de sermons y ai-je reçus ? Que vais-je découvrir derrière, cette fois-ci ? Ce sont à peu près les questions qui se bousculent dans mon esprit à ce moment même, mais en plus mélangées et plus anxieuses. « Oh mon Dieu, qu'est-ce qui va m'arriver ? Je vais mourir, je veux vivre. Qu'est-ce qui m'attend encore ? Je vais faire pipi dans ma culotte ! » Quelque chose dans ce goût-là.

Romain s'arrête devant la porte et me lance un regard amusé.

— Respire, Cassiopée. Il ne s'agit après tout que de ton cher père. Il ne te fera jamais de mal, puisque tu es innocente en toute chose, n'est-ce pas ?

J'ai envie d'étrangler à mains nues ce petit arrogant avec ses grands airs. Je jure que je suis à un cheveu de passer à l'acte quand il se retourne et frappe à la porte. Je me raidis et attends. Un « Entrez ! » calme et posé résonne à l'intérieur et Romain ouvre la porte, non sans m'avoir fait un clin d'œil par la même occasion.

Je rassemble toute ma dignité, redresse les épaules et pénètre dans la pièce, le Débile sur les talons. La porte se referme immédiatement derrière moi et je me campe solidement sur mes deux jambes, aussi droite que ma colonne vertébrale me le permet. Deb s'assoit à côté de moi, sur le qui-vive. Le bureau n'a pas changé du tout. Il est toujours comme je l'ai connu. Chaud et en même temps assez austère pour qu'on ne s'y détende pas trop. Assez grand pour qu'on puisse y marcher de long en large. L'imposant secrétaire de mon père trône toujours au même endroit. Et derrière se trouve le maître de maison.

Je déglutis et tente une parole amicale :

— Bonjour… hum, Manassé.

Il lève les yeux et un éclair passe dans son regard. Puis, très naturellement, il me sourit.

— Cassiopée, entre donc ! Installe-toi, je t'ai préparé une chaise pour que tu sois plus à l'aise.

Je reste un peu bête pendant quelques secondes. Je ne m'attendais pas vraiment à cet accueil. La boule qui se trouvait dans mon estomac se desserre un peu et je recommence à respirer. Je lui rends timidement son sourire et vais m'asseoir sur le fauteuil qu'il me désigne. Moelleux et confortable. Ce sont ces deux petits détails qui déclenchent la sirène d'alarme dans mon cerveau. *Attention*, hurle-t-elle, *attention piège* !

Je m'enfonce dans le fauteuil, légèrement méfiante. Mon père, lui, semble complètement détendu. Et particulièrement de bonne humeur.

— Alors, ma fille, comment vas-tu ces temps-ci ?

Je le regarde quelques secondes en me demandant ce qu'il peut bien mijoter puis je réponds la seule chose qui me vient à l'esprit, et aussi la stricte vérité :

— J'ai la dalle.

Mon père porte une main à son menton, pensif.

— En effet, nous avons été quelque peu occupés ces derniers temps. Enfin, d'après ce qu'on m'a dit, bien sûr, ajoute-t-il avec un petit rire. Je n'étais pas là, je viens de rentrer. Mais là n'est pas la question. Tu mangeras tout à l'heure, ne t'inquiète pas.

Il s'adosse tranquillement à son dossier.

— Bien ! Alors, Cassiopée, as-tu réfléchi à ma question ?

Je le fixe sans comprendre.

— Pardon ?

Il secoue la tête d'un air désolé.

— Cela m'aurait étonné que tu t'en souviennes. Ta mémoire semble être à l'image d'un gruyère. Certaines informations passent régulièrement à l'as, si je puis dire.

Je fronce les sourcils.

— Mais de quelle question parles-tu ?

Je ne m'attendais tellement pas à ça en étant convoquée ici que je suis complètement perdue. Je me voyais déjà interrogée, torturée, pour qu'on me fasse avouer.

— De celle qui concernait ma liaison avec Soraya.

Mon regard doit certainement s'éclairer d'intelligence parce qu'il se met soudain à rire avec un réel amusement.

— Ah, je vois que le gruyère n'a pas totalement effacé cette information. Alors, d'après toi, quel rapport y a-t-il entre ma liaison avec la leader des Myrmes et la disparition des enfants ?

Je pince les lèvres.

— Je… je n'ai pas réfléchi à la question.

Il me fixe et je me sens obligée d'ajouter :

— Désolée.

Il reste silencieux un moment, son regard froid rivé dans le mien. Je commence à me sentir légèrement mal à l'aise quand il se lève tout à coup.

— Cela ne m'étonne guère, vois-tu. Tu as une fâcheuse tendance à te concentrer sur les sujets de moindre importance quand ceux qui sont vitaux réclament toute ton attention.

Il fait le tour du secrétaire et vient s'asseoir sur le coin du bureau, à cinquante centimètres de moi. Je me tortille sur mon fauteuil, mais réussis à relever le menton.

— Puisque je ne cesse de te décevoir, éclaire-moi. Je ne suis pas assez intelligente apparemment pour te répondre.

Il me sourit.

— Détrompe-toi, Cassiopée. Tu es ma fille et je sais très bien que tu es intelligente. C'est juste que tu n'utilises pas ton cerveau pour les bonnes choses. Mais je vais t'éclairer, comme tu l'as si bien dit. Pour tout t'avouer, dit-il en me souriant de plus belle, c'est Soraya elle-même qui a fait enlever ces enfants.

Je le regarde, un peu hébétée.

— Pardon ? Comment ça ? Pourquoi aurait-elle fait ça ?

— Allons, allons, une question à la fois, me raisonne-t-il en riant.

Oui, en *riant*. Je commence à être de plus en plus angoissée, sachant que ce que je vais entendre ne va pas forcément me plaire.

— Je vais donc répondre à la plus intéressante des trois, la dernière. Pour cela, je vais te raconter une histoire. Il était une fois, commence-t-il avec emphase, une Myrme qui avait de grandes ambitions pour son peuple. Cette Myrme, tu l'auras deviné je l'espère, c'est Soraya. Maintenant, cette femme n'était pas comme les autres. Elle possédait une force que je n'ai pas. Cette femme, Cassiopée, savait manipuler les esprits, seulement en touchant les personnes du bout des doigts.

Je me redresse d'un coup, vivement intéressée.

— Une Tactile ? Soraya est une Tactile ?

Il fronce les sourcils.

— Chut, allons, n'interromps pas mon histoire, tu vas tout gâcher. Cette femme donc, possédait un grand pouvoir. Mais elle avait un problème. Elle ne pouvait pas manipuler les esprits des Kamkals, parce que ceux-ci étaient tous comme elle. Elle était considérée comme faible par son peuple. En effet, eux étaient tous capables de manipuler l'esprit d'un autre Kamkal.

Je lève un sourcil.

— Ton histoire est bidon. Tous les Kamkals ne sont pas capables de manipuler les esprits des autres. Le Sens Tactile est le plus rare des Sens Phares. Aucun des Myrmes que je connais ne le possède.

Il lève une main.

— J'y viens, j'y viens. Mais si tu m'interromps encore une fois, je crois que je vais me fâcher. Bref, cette femme était considérée comme faible par ses semblables. Elle faisait partie de la rare minorité des Kamkals à ne pouvoir manipuler que les simples humains. Et cela la pénalisait. Pourquoi ? Parce que jamais elle ne pourrait régner sur les Kamkals si elle ne se faisait pas respecter. Alors, la femme a eu une idée. Après de longues années à étudier ce Sens si particulier, elle a découvert un sérum qui annihilait tout pouvoir télépathique. Elle l'a testé en secret sur plusieurs Kamkals, et, constatant son efficacité, elle a tout simplement empoisonné son peuple, moi y compris. En ce temps-là, Myrmes et Narques ne faisaient qu'un. Puis elle a fait assassiner le Kamkal qui était au pouvoir. Rien de plus simple quand on est le seul à pouvoir manipuler l'esprit des autres. Et elle a fait croire à tout le monde qu'elle aussi avait perdu son pouvoir. Encore une fois, un jeu d'enfant.

Au fur et à mesure qu'il raconte son histoire, il me semble voir les pièces du puzzle se mettre en place, mais redoutant sa colère, je me tais et le laisse continuer son récit.

— Après une petite dizaine de subtiles manipulations, elle a accédé au pouvoir, comme elle le désirait. Mais une minorité de personnes se sont doutées qu'elle n'était pas « clean », comme vous dites, vous les jeunes. J'en faisais partie. C'est à ce moment-là que les Narques sont nés. Nous nous sommes séparés des Myrmes et avons formé deux communautés distinctes, aux objectifs diamétralement opposés. Je voulais que la race des Kamkals se répande dans le monde et prenne le pouvoir. Cette pauvre Soraya se contentait de régner sur son pauvre petit groupe de Myrmes amputés de leur plus grande fierté. Au début de son règne, les dix premières années, tout alla très bien. Elle faisait inoculer son poison en même temps que la Caïna aux jeunes Potentiels et éradiquait par la même occasion leur Sens principal. Les Myrmes n'étaient plus que l'ombre de ce qu'ils avaient été. Malheureusement, un rouage se grippa dans sa petite combine. Certains Myrmes, découvrit-elle bientôt, étaient immunisés contre le poison. Ils conservaient leur Sens Principal. Ils restaient des Tactiles. Et Soraya ne pouvait pas manipuler leur esprit. Elle essaya de leur faire injecter le poison dès leur naissance, mais le résultat restait le même. Dix pour cent des bébés qu'elle empoisonnait gardaient le gène du Tactile. Ils étaient plus puissants, plus résistants au poison. Alors elle commença méthodiquement à faire assassiner ces rouages qui grippaient sa belle mécanique.

Il se tait un instant, les yeux dans le vide, ménageant son effet. Moi, je suis complètement en transe. Je n'arrive tout simplement pas à croire que des centaines d'années auparavant, les Kamkals possédaient tous le même Sens, qu'ils étaient tous Tactiles. Je n'imagine même pas dans quel monde de tromperie et de trahison ils devaient vivre. Et j'arrive encore moins à croire que Soraya soit une telle vipère. Mais la manipulation d'esprit n'est-elle pas là justement pour me faire croire le contraire ? *Sauf qu'il y a un hic*, me rappelle ma conscience. *Tu ne peux pas être manipulée par elle, puisque tu es toi-même une Tactile.*

Mon père reprend, sans faire attention à mon trouble.

— Il y a une vingtaine d'années de cela, nous avons commencé à avoir une liaison elle et moi. Ne me demande pas comment cela est arrivé, ce serait bien trop long et trop ennuyeux à raconter. Je peux juste te dire qu'elle en pinçait pour moi depuis déjà fort longtemps et que j'ai profité de cette faiblesse sans scrupule. En échange, j'ai demandé un petit service, rien de bien méchant tu sais, une toute petite compensation en remerciement de mon amour éternel.

Il sourit d'un air mauvais en disant cela. Mais moi, il y a quelque chose qui me chiffonne dans son histoire. Excepté que je n'arrive pas à mettre le doigt dessus.

— Je lui ai demandé qu'elle me laisse enlever tous les petits Myrmes qui possédaient toujours le Sens Phare du Tactile. Bien sûr, elle n'y a vu que du feu. Elle était amoureuse la pauvre petite, elle ne pouvait pas me suspecter de lui voler ses précieux enfants Tactiles. Elle ne voyait qu'un moyen pratique de s'en débarrasser. Et quand Nathan est né, et qu'il est devenu évident qu'il faisait partie de ces malheureux dix pour cent, je lui ai sauvé la vie en faisant croire à une mort du nouveau-né. Tout le monde y a cru bien sûr. Et Soraya n'était que trop heureuse de s'en défaire. Tu comprends maintenant pourquoi il ne pouvait pas venir avec toi chez les Myrmes. Soraya l'aurait fait exécuter sur-le-champ. Bref. Pendant des années, j'ai fait semblant d'enlever des enfants. Je suis passé pour le grand méchant homme qui kidnappe les enfants Myrmes pour... eh bien, je pense que tu le sais.

Je croise les bras.

— Tu en as fait une armée, n'est-ce pas ? Les enfants que tu as enlevés. Tu les as entraînés et tu en as fait une armée. Eux, plus tous les jeunes Narques qui sont nés dernièrement et qui possèdent donc le Sens Tactile, puisque tu ne les as pas empoisonnés avec le sérum de Soraya.

Ses yeux se mettent à briller.

— Tout juste.

C'est là que ça me frappe. Le détail qui me turlupinait. J'ouvre grand la bouche, outrée, et pointe un doigt accusateur dans la direction de mon père, qui me regarde avec curiosité.

— Tu as couché avec Soraya alors que tu étais encore avec maman !

Il fait une grimace.

— En effet, et c'est à ce moment-là que ça s'est gâté.

Je me lève d'un bond, repoussant violemment mon fauteuil.

— Comment as-tu osé ?!

Il me fixe calmement du regard.

— Assieds-toi, Cassiopée.

Je le défie du regard.

— Et si je refuse ?

— Je te forcerai à le faire et ça risque de ne pas être agréable. En plus de cela, tu ne sauras jamais la fin de mon récit.

À ce stade de la conversation, je n'ai absolument plus peur de mon père. Je suis surtout dans une colère noire. Alors c'est plutôt sa dernière menace qui me fait reposer mes fesses sur le fauteuil. Je ne manque néanmoins pas de lui lancer un mauvais regard.

— Bonne fille, dit-il en se redressant, et j'ai soudainement envie de lui arracher les yeux avec mes ongles. Donc, où en étais-je ? Ah oui, ta mère. Elle a vite découvert que je la trompais avec une autre, même si elle ne savait pas qui exactement. Pour une Pisteuse comme elle, ce n'était pas bien difficile de sentir l'odeur d'une autre femme sur ma peau. Alors elle m'a immédiatement quitté. Pas un mot, pas une dispute. Je n'ai pu que constater son absence.

Une pause.

— Et la tienne. Elle était partie avec toi, mon unique enfant. Elle s'est d'abord réfugiée chez les Myrmes, pensant qu'elle y serait en sécurité. Mais la pauvre ne s'est pas rendu compte qu'elle était entrée dans la gueule du loup. Soraya, qui détestait ta mère, a tenté de la faire assassiner quelques mois après votre arrivée. Elle a échoué, bien sûr, mais il s'en est fallu de peu. J'ai laissé faire les choses, pensant qu'une fois qu'elle aurait constaté son erreur, elle reviendrait d'elle-même. Ne me regarde pas ainsi, Cassiopée. J'aimais ta mère, plus que je n'ai jamais aimé personne. Bref, bien au contraire, ta mère n'est pas revenue, elle s'est tout simplement volatilisée dans la nature. J'étais désemparé. Je l'ai fait rechercher pendant des années, sans succès. Puis, six ans après sa fuite, je l'ai retrouvée. La suite, tu la connais.

— Je ne te crois pas.

Ma voix a résonné comme celle d'un fantôme. Je lance un regard accusateur à mon paternel, un regard dur comme le granit.

— Je ne te crois pas quand tu dis que tu la recherchais seulement parce que tu l'aimais. Il doit y avoir une autre raison. Il y en a une, n'est-ce pas ?

Il me lance un regard mi-amusé, mi-surpris.

— Tu vois, Cassiopée ! Quand je te dis que tu n'es pas si stupide que cela ! En effet, il y a bien une autre raison.

Ta mère détenait une information qui m'est essentielle. Nous en venons donc au sujet qui m'intéresse.

Son regard passe d'impassible à prédateur. Il lève une main et attrape mon menton d'un geste ferme. Mon cœur se met à battre plus vite. Il plante ses yeux dans les miens et articule dans un sourire :

— Qu'est-ce que ta mère t'a dit quand tu es entrée dans son esprit ?

Chapitre 45

Je reste pétrifiée sur place. La seule chose à laquelle je suis capable de penser c'est : *Nom de Zeus, il m'a grillée ! Je suis foutue !*

Je garde pourtant un air neutre et soutiens son regard.

— Je ne vois pas de quoi tu veux parler. Ma mère est morte depuis douze ans. Et je n'ai jamais communiqué par télépathie avec elle. Elle est vivante ? Comment as-tu pu me le cacher ?! dis-je en essayant de noyer le poisson.

Il me lâche en éclatant d'un rire cruel.

— Cassiopée, ne me prends pas pour un idiot, je te prie, dit-il en ignorant ma dernière accusation. Tu crois qu'en tant que Pisteur je n'ai pas senti ton odeur dans la pièce ? Sur ta mère ? Je sais que tu y étais. Alors je répète encore une fois ma question : que t'a-t-elle dit ?

Et là, je fais un truc vraiment idiot. Le truc le plus idiot que je n'ai jamais fait de toute ma vie certainement. À part la fois où j'ai essayé de sauter sur un loup alors qu'il s'apprêtait à tuer mon copain. Loup qui s'avère être aujourd'hui un de mes amis les plus fidèles. Comme le monde est petit.

Bref, ce que je fais, c'est que je me lève lentement, je prends mon élan et je balance mon poing dans la tronche de mon père.

Il y a tout un tas de possibilités sur la suite des évènements. Mon poing aurait pu s'abattre sur le nez de Manassé, lui écraser le cartilage et j'aurais eu le temps de m'échapper, par je ne sais quel moyen. Ou alors j'aurais trébuché et me serais abattue sur le coin du secrétaire et c'est moi qui aurais eu le nez bousillé, et mon père aurait pu croire à une maladresse de ma part. Malheureusement, rien ne se passe jamais comme prévu dans la vie. Mon poing ne s'abat pas sur le nez de Manassé. Je ne trébuche pas non plus. En fait, vif comme une panthère, il attrape mon poing et me fait une clé de bras. Je me retrouve dos à lui, le bras tordu et une douleur fulgurante à l'épaule. Le Débile pousse un grondement à vous glacer le sang dans les veines et saute sur mon père, toutes dents dehors. Sa mâchoire se ferme dans le vide. Mon père, avec la fluidité de l'eau et la vitesse de l'éclair, s'est déplacé sur le côté. Il assène un violent coup de poing sur le crâne du loup et celui-ci s'affale sur le sol, inerte.

— Bien, dit-il tranquillement, je vois que tu ne veux pas entendre raison. Puisque la manière douce n'a pas fonctionné, passons à des méthodes plus musclées.

— Tu n'oseras pas, crachoté-je avec un certain venin.

Je jette un coup d'œil inquiet à Deb. Il respire, il n'est pas mort.

— Je suis ta fille. Tu ne me feras jamais de mal.

— Tu as raison. Romain ! Fais-le entrer.

Manassé me redresse et me met face à la porte.

Celle-ci s'ouvre à la volée et Romain entre en tirant quelqu'un par le bras et le balance à mes pieds. Je mets un moment à reconnaître le Kamkal qui rampe devant moi. Pourtant, nous en avons vécu des choses ensemble. C'est Isha.

Enfin, ce qu'il en reste. Son visage est sanguinolent. Tout semble cassé : le nez, l'arcade, la mâchoire...

Il rampe sur quelques centimètres puis lève les yeux vers une Cassiopée horrifiée.

— Tiens, salut, Cass, murmure-t-il d'une voix rauque. J'ai un sacré bol, hein ? Moi qui ressemblais déjà à une star de cinéma, maintenant je pourrai jouer dans des films d'horreur.

Il s'affale sur le parquet et ne bouge plus.

Je sors de mon hébétude et plonge vers lui. Mon père, qui ne m'a pas lâchée, m'empêche de le rejoindre et me tire en arrière. J'essaie de me débattre, mais malgré ses deux ou trois siècles au compteur, Manassé a une force hors du commun et je ne peux me libérer. Je me retourne vers lui, rouge de colère et d'essoufflement.

— Qu'est-ce que tu as fait ? sifflé-je. Pourquoi t'en être pris à lui ? Il n'a rien fait !

Il me regarde en secouant la tête.

— Pourquoi ? Parce que c'est lui que nous avons trouvé vagabondant dans le château, en pleine « crise de somnambulisme », me répond-il en faisant le signe des guillemets avec ses doigts. Cassiopée, ma chère, j'aimerais que tu arrêtes de te voiler la face dès à présent. Je détiens sept de tes amis, dont un qui est très mal en point. Oh, je ne m'en prendrai pas à ton cher Gabriel, il m'est bien trop précieux et je le garde dorénavant sous la main en cas de besoin, mais les autres, je t'avoue, sont plus un poids qu'utiles à mes projets. Je n'hésiterai pas à les tuer tous autant qu'ils sont. Sous tes yeux. Un par un.

Il fait un signe de tête à Romain. Celui-ci se baisse soudainement et attrape Isha par les cheveux de la main droite. De la gauche, il dégaine le Glock accroché à sa ceinture et le pointe sur la tête de mon ami.

Mes yeux sont exorbités. Je m'élance en avant, prête à tout pour libérer Isha, mais je suis toujours prisonnière de la poigne de mon père.

Je me tourne vers lui, suppliante :

— Arrête ! Arrête ! Je ferai tout ce que tu voudras, mais je t'en supplie, arrête ! Ne fais pas ça !

Il m'attrape fermement par les épaules et son expression change du tout au tout. Son regard se fait froid comme la glace, ses lèvres se crispent dans une grimace de colère et ses doigts s'enfoncent dans ma chair. Il me fait peur.

— Alors, dis-moi ce que Myriam t'a dit ! tonne-t-il.

Je sursaute, surprise par le ton de sa voix, dur et implacable.

— Dis-le-moi, reprend-il, ou il meurt sur-le-champ ! Je n'ai pas peur de salir mon tapis, tu sais. J'en ai d'autres.

Je me mets à paniquer.

— Mais elle ne m'a rien dit ! Je te le jure ! Elle n'a rien dit du tout ! Elle a essayé de me tuer !

Manassé s'immobilise et plisse les yeux.

— Cela ne m'étonne guère. Pourtant, comment se fait-il que tu sois encore de ce monde alors que tous les Tactiles qui ont essayé d'extirper l'information qui m'intéresse sont morts en quelques secondes ? Que me caches-tu, Cassiopée ? Je commence à perdre patience.

Il lève les yeux vers Romain et hoche la tête. Ce dernier appuie sur la gâchette et je ferme les yeux. Un clic retentit dans la pièce, se répercute dans mon cœur et je manque de m'évanouir.

Lorsque je les rouvre, Romain sourit d'un air amusé.

— J'ai dû oublier de faire sauter la douille, Votre Altesse. Veuillez excuser ma maladresse.

Il lâche Isha et charge son arme. La douille vole dans les airs, fait un arc de cercle et plusieurs tours sur elle-même puis atterrit non loin de moi dans un petit cliquetis.

Romain se baisse et attrape de nouveau Isha par les cheveux.

— Cette fois, c'est la bonne, Maître.

Mon cerveau tourne à plein régime. Je réfléchis soigneusement à ce que je peux lui dire pour qu'il épargne

Isha. Je réfléchis à ce que ma mère m'a dit, aux chiffres et aux lettres qu'elle m'a transmis pendant notre bref échange. Je sais que je ne peux pas les lui donner. Je sais que je dois découvrir ce qu'ils signifient et que c'est ce que Isha essaie de me dire en plantant son regard dans le mien. Mais je ne peux pas le laisser mourir. Alors, je réponds la seule chose qui me vient à l'esprit :

— J'en suis une, j'en suis une !

Mon père serre les dents.

— Tu es une quoi, Cassiopée ? Sois plus précise, je m'impatiente.

Je baisse le regard.

— Je suis une Tactile, dis-je d'une toute petite voix.

Les doigts de Manassé s'enfoncent un peu plus dans la chair de mes épaules et un sourire se dessine sur ses lèvres.

— Tiens, tiens ! En voilà une surprise ! Et qu'est-ce que tu sais faire, ma chérie ?

Je le regarde en le suppliant des yeux.

— Je-je ne sais pas me maîtriser… je manque de tuer tous les gens que j'essaie de manipuler… je ne peux pas…

— Cassiopée… dit-il d'un ton menaçant.

— Je parle aux animaux.

Tout d'abord, Manassé ne réagit pas. Puis il éclate d'un rire franc et sincère.

— Celle-là, c'est la meilleure. Je m'attendais un peu à ce que tu sois désespérée de sauver ton ami, mais de là à me raconter des âneries pareilles, c'est quelque chose ! Un seul Kamkal a réussi cet exploit dans toute l'histoire de notre peuple.

Je secoue énergiquement la tête.

— Mais c'est vrai ! Je peux leur ordonner de faire des choses. Comment crois-tu que j'aie pu communiquer avec un grizzli, ou apprivoisé un loup ? Je peux aussi parler à tous les animaux que je rencontre. Je peux tout faire. Mais le Flux, le pouvoir, la puissance, je ne sais pas comment tu appelles ça, qui sort de moi quand j'essaie de manipuler quelqu'un... je ne le contrôle pas.

Il me fixe un moment, d'un air impénétrable.

— Romain, lâche-moi ça et va chercher Loki. Son loup n'est pas en état de nous faire une petite démonstration.

En effet, Deb est toujours inerte sur le sol.

Romain obtempère sans broncher et sort de la pièce.

Je tente de nouveau de me libérer et cette fois mon père me lâche. Je sens encore la trace de ses ongles dans la peau de mes épaules. Je ne perds pas de temps à lui lancer un regard noir. Je plonge tout droit vers Isha et prends sa tête sur mes genoux. Il me fixe d'un air agacé. Au moins ça, ça ne change pas.

— Tu n'aurais pas dû, Cassiopée. Tu aurais mieux fait de laisser ta grande bouche fermée, pour une fois.

Un petit sourire se dessine sur mes lèvres.

— Moi aussi je t'aime, Isha. Ça va, tu tiens le coup ?

Il hausse légèrement une épaule.

— J'ai été mieux. Mais, au moins, ils s'en sont seulement pris à mon visage. Le reste de mon corps est, me semble-t-il, intact.

Mon père est en train de s'affairer derrière son bureau et je ne cherche pas à savoir ce qu'il fait. Cela ne m'intéresse pas vraiment. La seule chose à laquelle je pense c'est : « Comment vais-je faire pour nous sortir de là ? »

Je jette un coup d'œil à Deb. Il commence à remuer en poussant de petits gémissements. J'aimerais aller le voir mais je ne veux pas laisser Isha seul sur le sol. Il a l'air d'être rassuré de m'avoir à ses côtés.

J'entends tout à coup des bruits de pas dans le couloir ainsi que des cris furieux. Des cris animaux. Je fronce les sourcils et dirige mon attention vers la porte.

Romain pénètre dans le bureau, tenant une cage dans les mains. À l'intérieur se trouve le perroquet le plus laid que je n'aie jamais vu de toute ma vie. Il n'a pratiquement plus de plumes et sa peau est à vif à plusieurs endroits. Il a le bec tordu et les yeux qui roulent dans leur orbite. Le truc est tout simplement épouvantable. Il grimpe sur les barreaux de sa cage et essaie de mordre les mains de Romain qui fait tout son possible de son côté pour éviter le bec de l'animal. Il le pose finalement sur le secrétaire et le perroquet commence à pousser des cris perçants. Je me bouche les oreilles, agressée par le bruit que fait l'animal.

Je me tourne vers Manassé.

— Qu'est-ce que c'est que ça ?

— Je te présente Loki, mon cacatoès blanc. Enfin, ce qu'il reste de blanc. Il est atteint de nervosité chronique ou quelque chose dans ce goût-là. Il s'arrache constamment les plumes et s'attaque à tout ce qui l'approche, sauf moi. Je ne l'ai pas tué parce que nous nous connaissons depuis bientôt cent ans maintenant, mais je t'avoue qu'il me fait souvent de la peine. Alors ce que tu vas faire maintenant, c'est que tu vas ouvrir sa cage et tu vas le guérir de son anxiété, sans bien sûr te faire mordre ou crever les yeux. Vas-y, je t'en prie.

J'ai bien envie de lui dire que je ne suis pas vétérinaire, mais je sais que cela sera vain. Je veux dire, je vois bien qu'il ne me croit pas. Il me regarde avec un léger sourire moqueur, l'air de dire : montre-moi donc ces superpouvoirs que tu sembles détenir.

Je pince les lèvres. Il va voir ce qu'il va voir ce vieux schnock !

Je pose doucement la tête d'Isha sur le sol et me lève.

— Reste tranquille, je règle ça et je m'occupe de toi, O.K. ?

Il roule son œil valide :

— Où veux-tu que j'aille ?

Je m'approche lentement de la cage de Loki, posée sur le bureau de Manassé, et l'observe un petit peu.

Ses petits yeux rouges me fixent avec méchanceté et calcul. Il a l'air de réfléchir à la meilleure façon de me crever les yeux. Je grimace. Ça n'est pas gagné. Je respire un grand coup et laisse ma conscience ne faire qu'un avec ma personne. Je la sens se mélanger à mon esprit et s'envoler, si j'ose dire, vers la bête malade. Ne me demandez pas comment je fais. Cette manœuvre est devenue presque naturelle maintenant. Je n'ai plus besoin de réfléchir pour envoyer des messages subliminaux aux animaux que je veux amadouer. Je sais juste que je manipule leur sixième sens et que j'ai une « antenne » que d'autres n'ont pas.

Le plus dur néanmoins, est de rendre le message le plus simple possible.

N'aie pas peur, gentil perroquet. Je suis une amie.

La bête cesse de trembler et me regarde en penchant la tête sur le côté. Il arrête de crier et me fixe avec curiosité, l'œil vif. Je fais un pas vers la cage.

Je vais ouvrir ta cage et tu vas venir sur mon bras, d'accord ?

L'oiseau s'ébroue.

— AÀ bas les Myrrrrrrmes, vive les Narrrrrques ! crie-t-il à pleins poumons.

Je prends ça pour un assentiment. J'ouvre la cage et passe ma main dans la petite porte sans ressentir la moindre appréhension. Le perroquet hésite une seconde, regarde ma main, la tête penchée sur le côté puis pousse un croassement mécontent. Je ne la retire pas pour autant.

Amie. Amie, Loki.

Le cacatoès m'observe encore un instant puis grimpe tranquillement sur ma main et escalade mon bras pour venir s'installer sur mon épaule. Ses griffes s'enfoncent un peu dans ma chair et je retiens une grimace de douleur. Une pensée diffuse venant de l'oiseau me parvient tout à coup, emplie de tristesse. Encore une fois, c'est une pensée abstraite, imagée, mais je la comprends parfaitement. Je peux même la traduire avec des mots.

Loki ne peut plus voler. Loki ne peut plus voler.

Je lui gratte doucement le cou et il se frotte à mon doigt en roucoulant doucement. Je laisse mon esprit transmettre mes pensées le plus simplement possible.

C'est normal que tu ne puisses plus voler, Loki, tu t'arraches les plumes. Laisse-les repousser et tu pourras à nouveau utiliser tes ailes.

J'invite le perroquet à venir sur ma main et il obtempère sans broncher.

Loki a trop peur. Ça fait du bien d'arracher les plumes.

Super, je pense amèrement. Un perroquet masochiste. Un peu à l'image de son maître en fait.

Il s'ébroue, vexé par ma pensée.

Il faut que tu arrêtes de t'arracher les plumes, maintenant.

Non !

Je fronce les sourcils.

Si !

Il s'ébroue une nouvelle fois.

Non !

Si, à partir de maintenant, tu arrêtes de t'arracher les plumes !

Il détourne le regard. J'ai presque envie de dire qu'il pince le bec, tant son expression est humaine. Il semble peser le pour et le contre. Il finit par secouer ses ailes plumées.

Loki va essayer.

Je le caresse sur la tête et il se remet à roucouler.

— Bon perroquet.

Je jette un coup d'œil à mon père et manque d'éclater de rire. Je crois que c'est la première fois que je le vois vraiment surpris. Choqué même.

Il se tourne vers Romain.

— Prends Loki dans tes mains.

Romain le fixe un instant, comme s'il s'attendait à ce que son maître lui dise soit une bonne blague. Quand il comprend que ce n'est pas le cas, il obéit, même s'il n'a pas l'air ravi. Il n'est même pas encore à deux mètres de nous que Loki se met à grogner. À grogner ! Comme un chien. Les plumes qui lui restent se hérissent et il commence à proférer des menaces silencieuses que je suis la seule à entendre à l'encontre de Romain.

Loki va attaquer. Loki va manger ses yeux. Loki va griffer, mordre.

Enfin ce genre de choses un peu violentes.

Je pourrais lui ordonner de ne pas attaquer, mais je ne vais pas me priver d'un spectacle qui promet d'être divertissant.

Romain est encore à un mètre de nous quand le petit démon passe à l'attaque. Il fait un bond prodigieux dans sa direction. Le Narque esquive mais le mal est fait. Le perroquet furieux lui attrape le mollet. Et au cri que pousse Romain, cela doit être douloureux. Néanmoins, le Kamkal ne tente pas de s'en débarrasser. Il doit avoir encore plus peur de blesser le perroquet de son maître que du perroquet lui-même. Ce que je peux comprendre.

Manassé secoue la tête en se frottant les yeux. Il décide finalement d'intervenir, d'une voix très lasse qui détonne avec l'atmosphère sulfureuse du moment.

— Loki, Loki, lâche-le.

Autant siffler dans un violon.

Le perroquet continue à s'acharner sur le mollet du pauvre Romain qui fait des efforts surhumains pour ne pas hurler. Du sang commence à perler à travers le tissu de son pantalon.

Je fais un pas en avant et m'accroupis devant l'oiseau déchaîné.

— Loki, dis-je d'une voix douce, viens mon joli.

Le perroquet cesse immédiatement de secouer la tête et me regarde d'un œil intelligent. Il lâche Romain et trottine dans ma direction en poussant de petits caquètements. Il finit par m'atteindre et grimpe tranquillement sur la main que je lui tends. Mon père n'en revient pas, je peux le dire à la tête qu'il fait. Je me dirige vers la cage du perroquet et le glisse à l'intérieur. Je laisse ma main en contact avec lui un petit moment.

— Compris Loki ? Plus d'arrachage de plumes.

Loki va essayer.

Je retire ma main.

Mais au moment où je veux me retourner, triomphante, Isha se met à hurler.

— Non !

J'ai à peine le temps de regarder par-dessus mon épaule que Romain m'attrape violemment par le bras et me traîne vers la sortie. Je me débats, mais malgré son mollet sanguinolent, Romain reste fort et j'ai toujours la puissance d'une mouche. Je serre les dents et fais fi de l'avertissement de mon frère. Je n'ai aucun scrupule à m'en prendre à Romain. Je plante mes ongles dans sa main avec la ferme intention de le mettre K.-O. Je vais chercher au tréfonds de mon esprit et sens la porte interdite s'ouvrir en grand. Aussitôt, le fourmillement se fait sentir. Le Flux part de ma main à une vitesse fulgurante et atteint son cerveau. Lui aussi a dressé une barrière entre moi et son esprit. Mais comme celle du garde quelques jours plus tôt, cette barrière vole en éclats. Malheureusement, alors que je suis en train de prendre le contrôle de son corps, et de perdre en même temps la maîtrise du mien, me transformant en vampire assoiffé d'énergie brute, quelqu'un me saisit par les cheveux et m'arrache à ma victime. Je pousse un cri frustré alors qu'on me plaque au sol.

La voix de Manassé résonne au-dessus de moi, furieuse.

— Qu'on me trouve des gants en cuir et du scotch, exécution !

En moins de temps qu'il n'en faut pour le dire, je me retrouve avec les mains gantées et scotchées entre elles. Je ne peux plus manipuler qui que ce soit.

Romain est toujours à l'endroit où je l'ai laissé, l'air choqué. Il se tourne vers Manassé.

— Elle... elle a détruit ma Barrière sans même y penser... personne n'est capable de faire une chose pareille... personne...

— Romain ! aboie mon père alors que je halète, encore en prise avec mes démons intérieurs. J'aimerais le toucher et rentrer à nouveau dans son esprit. Le fait qu'on m'en empêche décuple ma colère.

Romain semble comprendre l'ordre et hoche la tête, tout en déglutissant. Il me relève brusquement. Puis il m'attrape par les épaules pour que je ne puisse plus bouger.

Mon père porte une main à son menton et sourit, l'air plus satisfait que jamais.

— Amène-la au cachot. Je veux que l'entrée en soit bien gardée. Au moins deux Tactiles devant et aussi puissants que possible. Je vais prendre des mesures de mon côté pour qu'on s'occupe de ses amis et de son... animal de compagnie.

Une lueur malveillante brille tout à coup dans ses yeux.

— Tu peux disposer.

Romain me traîne dans le couloir et je me débats de plus belle pour lui échapper. Mais rien n'y fait. Il est plus fort que moi.

Encore en colère, je dirais même furieuse qu'on m'ait privé de mon petit jouet, je me retourne vers Manassé.

— Si tu leur fais du mal, hurlé-je, je te tue ! Tu m'entends ?

La porte de la pièce se referme sur lui et je me laisse entraîner vers ma prison.

Chapitre 46

Gabriel

La nuit est déjà bien avancée quand Gabriel ouvre les yeux. Il ne se réveille pas, non. Il ne dort pas. Pas moyen de trouver le sommeil en sachant que Cassiopée est loin de lui et ne pas savoir où elle est à ce moment ou ce qu'elle peut bien faire met ses nerfs à rude épreuve. Il n'arrête pas d'imaginer ce que son père pourrait lui faire subir et il a beau se raisonner, garder un calme apparent pour ne pas stresser le reste du groupe avec qui il partage sa chambre, il ne peut s'empêcher de se faire un sang d'encre.

Est-ce qu'elle va bien au moins ? se demande-t-il. *Manassé se doute-t-il de quelque chose ?*

Ce genre de questions le tient éloigné du sommeil. Elles tournent dans sa tête, se changent en d'autres interrogations plus tordues les unes que les autres. La nuit et le manque de repos le rendent paranoïaque et il ne cesse de se retourner sur son matelas.

Il sait que quelque chose ne va pas. Il le sent.

Il se redresse sur les coudes et tend l'oreille. Il n'est pas Auditif mais n'a pas besoin d'avoir l'ouïe fine pour deviner que le calme mortel qui règne dans le château n'a rien de normal. Et puis inutile d'être devin pour savoir que quelque chose cloche. Le fait qu'on ne leur ait pas apporté leur repas depuis deux jours est une preuve on ne peut plus sérieuse. Il ne peut rien faire pour agir. Il est impuissant face à cette situation et ne supporte pas de voir le contrôle qu'il a sur sa vie glisser entre ses doigts.

Il se lève silencieusement et va se servir un verre d'eau dans la salle de bain. Il revient dans la pièce principale où dorment Arthur, Tom et Ethan et slalome entre les lits de fortune pour s'approcher de la fenêtre par laquelle il avait regagné la chambre. Il ne sait pas à quoi il a pensé. Sur le moment, son plan lui avait paru ingénieux. Maintenant qu'il y réfléchit à tête reposée, il se rend compte que c'était de la folie.

— Bravo Gabriel, murmure-t-il. Très malin de penser après coup. Mais généralement, c'est avant qu'on raisonne.

Il aurait aimé avoir un peu plus de jugeote et ne jamais avoir proposé à Cassiopée de forcer les pièces fermées à clé. À présent, elle est non seulement loin de lui mais en plus il l'a mise en danger. Et pire que tout, il lui a fait faire une découverte qui va la bouleverser pendant des années, il en est sûr. Parce que s'apercevoir que sa mère est toujours en vie (autant qu'on puisse l'être en étant dans un coma végétatif depuis plusieurs années) ne va pas l'aider à se stabiliser émotionnellement.

Il ouvre avec une certaine difficulté la fenêtre pour prendre un peu l'air. Il inspire une bouffée d'air frais à pleins poumons et laisse le vent jouer avec ses cheveux. Ils ont poussé, il n'a pas eu l'occasion de les couper depuis un bon moment, et ils lui tombent maintenant dans les yeux.

Il les repousse d'un geste de la main et scrute le paysage qui se déploie devant lui avec la Facette du Chat. Des montagnes, des vallons, un vert riche et des cols enneigés, éclatants. Ce décor aurait pu être magnifique s'il ne se trouvait pas dans l'antre du Diable. Il a l'impression d'être en sursis et cela met ses nerfs en pelote.

Il soupire et se tourne vers les matelas installés sur le sol. Les trois Mousquetaires dorment à poings fermés. Il envie leur innocence. Il parie qu'ils sont persuadés que tout va bien se passer, qu'ils sont sortis d'affaire. Ou peut-être qu'ils ne sont pas aussi naïfs mais qu'ils arrivent mieux à gérer leurs inquiétudes que lui.

— Isha, Isha, qu'est-ce que tu fais ? murmure-t-il dans un souffle, le regard perdu dans le vague.

Ils sont venus le chercher plus tôt dans l'après-midi, leur disant qu'il s'agissait simplement d'une opération de routine, qu'ils le ramèneraient d'ici quelques heures.

Gabriel attend toujours.

Isha est peut-être le plus stupide des imbéciles casse-cou qu'il connaisse, c'est quand même son ami et il s'inquiète pour lui. Il sait ce dont est capable Manassé. Il a eu l'occasion de le voir faire pendant des semaines alors qu'il le retenait prisonnier ici. Il joue la carte du dirigeant dévoué à son peuple, mais Gabriel a bien compris ce qui se cache derrière ce vernis. Manassé n'est intéressé que par le pouvoir. Il serait prêt à sacrifier tout ce qu'il a pour l'obtenir. Et ce n'est pas torturer, voire tuer un jeune Kamkal qui lui ferait froid aux yeux. Il serait prêt à tout, à *tout*, pour atteindre les objectifs qu'il s'est fixés. *Si seulement je pouvais savoir desquels il s'agit*, se dit le jeune homme.

Tout à coup, il lui semble entendre du bruit devant leur porte. Il fronce les sourcils et s'approche à pas lents de l'entrée. Il serre les poings, prêt à sauter sur la première personne qui pénétrera dans la pièce.

Mais il n'a pas à le faire.

Quelqu'un frappe très discrètement sur le bois massif et il hausse les sourcils de surprise. Qui que ce soit, il devrait savoir qu'il ne peut de toute façon pas lui ouvrir, qu'ils sont enfermés dans la chambre de l'extérieur.

Gabriel s'approche prudemment de la porte et colle son oreille contre le battant. Pas un son ne lui parvient. Il recule, méfiant. Il ne sait pas s'il a halluciné ou si on joue avec sa patience, mais il n'est pas prêt à céder dans un cas comme dans l'autre.

Il croise les bras et attend, les sourcils froncés. Un nouveau coup retentit, un peu plus fort.

Ce n'est donc pas le fruit de son imagination.

Il colle son œil devant la serrure et plisse la paupière pour essayer d'apercevoir quelque chose. Mais même avec la vision du Chat il n'arrive qu'à discerner un léger mouvement.

— Qui est là ? chuchote-t-il afin de ne pas réveiller les autres.

Quelque chose glisse sous la porte et atterrit à ses pieds. Il se baisse, ramasse le bout de papier et l'ouvre, de plus en plus interloqué.

« C'est Nathan, on a un problème, réveille les autres le plus silencieusement possible et attendez-moi, je reviens dans quelques minutes. »

Il n'entend plus rien derrière la porte et il comprend qu'il est déjà parti.

Il se retourne et se dirige sans attendre vers Arthur. Il se baisse et le secoue légèrement. Le rouquin ouvre des yeux endormis et le regarde sans comprendre.

Gabriel porte un doigt à sa bouche et lui fait signe de l'aider à réveiller les deux autres. Il comprend de suite et se lève pour sortir Tom du sommeil. Gaby s'occupe d'Ethan.

Celui-ci sursaute et lui fait quasiment une prise de ninja quand son ami le secoue. Il se lève d'un bond et tourne la tête en tous sens, comme si une armée de soldats invisibles allait les attaquer.

Gabriel le calme d'un geste de la main et il semble sortir de son état second.

— Chuuuuuuut, le rassure-t-il doucement. Pas de bruit, ce n'est que moi.

Il respire fort et des gouttes de sueur coulent sur son front mais il hoche la tête en s'humectant les lèvres.

— Désolé, articule-t-il silencieusement.

Son ami fait signe qu'il a compris. Ils rassemblent toutes leurs affaires en silence. Le calme étouffant qui règne dans le bâtiment oppresse Gabriel. Il a l'impression qu'il ne va pas tenir un instant de plus et qu'il va sauter par la fenêtre puis voler à tire-d'aile bien loin d'ici. Il n'en fera rien, bien entendu. S'il peut se vanter d'avoir conservé quelque chose, c'est bien son sang-froid.

Arthur vient lui tapoter l'épaule. Gabriel se retourne en retenant sa respiration pour ne pas sursauter. *J'ai peut-être une bonne maîtrise de moi*, pense-t-il avec sarcasme, *mais il faudrait que je fasse vérifier ma tension, juste au cas où. Je ne m'étonnerais pas d'être au bord de la crise de nerfs.*

— Qu'est-ce qu'il se passe ? chuchote Arthur.

Gabi hausse les épaules pour lui signifier qu'il n'en sait pas plus que lui.

Une clé pénètre dans la serrure et il observe avec une certaine anxiété la poignée tourner sur elle-même. Heureusement, et à son grand soulagement, c'est bien Nathan qui apparaît. Il porte un doigt à sa bouche et leur fait signe de le suivre, sans attendre et sans rien leur expliquer.

Les quatre amis se regardent un instant mais Gabriel ne tarde pas à obtempérer. Il suit Nathan dans les couloirs du château, incapable de dire où il les mène. Il finit par le rattraper en deux enjambées et le saisit par le bras.

— Que se passe-t-il, Nathan ? murmure-t-il en fronçant les sourcils.

Celui-ci secoue la tête.

— Attends, souffle-t-il sans voix.

C'est la première fois que Gabriel l'entend proférer un son et ça lui fait tout bizarre.

Le frère de Cassiopée leur fait signe de le suivre et les voilà repartis pour une balade nocturne dans le manoir. Gabriel n'arrête pas de penser à Cassiopée et à Isha. À chaque fois qu'il passe devant une porte, quelle qu'elle soit, il se demande si celle qu'il aime se trouve derrière. Mais peut-être qu'il se trompe. Peut-être est-elle déjà loin, peut-être son père les a-t-il séparés pour de bon.

Le jeune homme secoue la tête en se maudissant. Il ne sait pas ce que viennent faire ces pensées pessimistes dans son cerveau. Ce n'est pas son genre de baisser les bras et ce n'est certainement pas aujourd'hui qu'il va commencer.

Nathan s'arrête soudain et Gabriel, perdu dans ses pensées, manque de lui rentrer dedans. Malgré la surprise, il reconnaît immédiatement la porte devant laquelle ils se tiennent. C'est celle de Cassiopée, de Saphira et de Morgane.

Gabi tend le bras pour tourner la poignée, brûlant de savoir si Cassiopée se trouve à l'intérieur, mais Nathan le retient. Il fait non de la tête et porte un doigt à ses lèvres. Il pose une main sur le bras de son ami et ce dernier sent sa présence dans son esprit.

« Il y a des gardes à l'intérieur. Cassiopée n'y est pas, je te le dis tout de suite. Je vais t'amener à elle, mais je dois d'abord tous vous rassembler pour vous faire quitter les lieux le plus vite possible. »

— Mais pourquoi ? murmure-t-il dans un souffle.

« Parce que mon père a prévu de vous faire tous exécuter au petit matin. »

***

Pendant quelques secondes, il en reste sans voix. Mais finalement, se dit-il, il ne voit pas pourquoi il est si surpris. Ce n'est pas l'assassinat de quelques jeunes ex-Myrmes qui fait froid aux yeux du chef des Narques.

— Pourquoi ? demande calmement Gabriel.

« Parce qu'il a découvert que Cassiopée était une Tactile et que son don pouvait lui être très utile. Il veut avoir un moyen de pression sur elle, et quoi de mieux pour lui montrer ce dont il est capable que de vous tuer tous sous ses yeux ? »

— Mais s'il nous tue tous, il n'aura plus de moyen de pression sur elle !

Nathan plante ses yeux dans ceux de Gab.

« Il a prévu de te garder en vie, pour être sûr qu'elle se tiendra à carreau. »

Nathan lève la main pour déverrouiller la porte mais il le retient.

— Manassé serait présent pour notre exécution ? Et où se déroulera-t-elle ?

Il lève les yeux au ciel.

« Tu penses, il ne manquerait ça pour rien au monde. Il a prévu de faire ça dans la grande salle commune, au rez-de-chaussée. Il ne veut pas beaucoup de témoins, juste Cassiopée et quelques gardes. Tous ses effectifs sont partis de toute façon. Il ne lui reste que le strict minimum pour garder le château. »

Gabriel penche la tête sur le côté. Si Cass était là, il est sûr qu'elle lui dirait qu'il ressemble à un chien.

— Ses effectifs ? Partis ? Qu'est-ce que tu veux dire ? Explique-toi, mince !

« Tu crois que c'est le moment ? »

Il lève les yeux au ciel et le traîne non loin de là, dans un coin de couloir. Le reste de la troupe suit sans comprendre ce qu'il se passe.

« Écoute-moi bien parce que je ne me répéterai pas deux fois. Voilà ce que tu ne sais pas. Manassé possède une armée. Une armée dix fois plus puissante que celle de Soraya, parce qu'il s'agit uniquement de Tactiles. Des Tactiles qu'il a majoritairement sauvés de Tornwalker. »

Les yeux de Gabriel s'agrandissent.

— Attends… Sauvés de Tornwalker ? Tu veux parler des enfants disparus ?

« Ne m'interromps pas. Mais oui, c'est le cas. Cassiopée t'expliquera plus en détail si on arrive à s'en sortir vivants. Bref, tout ça pour te dire que cette armée n'est plus ici. Manassé s'en sert… ailleurs. Il n'y a plus un seul Tactile entre les murs de ce manoir. C'est le moment idéal pour quitter les lieux avec mon aide, parce que, désolé si cela paraît présomptueux, mais aucun mortel ne peut me résister. »

Gabriel réfléchit puis se penche en avant.

— Tu es sûr qu'il n'y a plus aucun Tactile ici ? Et pratiquement plus de gardes ? Seulement des femmes et des enfants ?

Nathan hoche immédiatement la tête.

— Et que Manassé sera présent à notre exécution ?

Il acquiesce encore une fois.

Le regard du jeune homme se teinte d'inquiétude.

— Alors je crois que j'ai une idée. Mais je te préviens, elle n'est pas du tout ingénieuse.

Chapitre 47

Cassiopée

Je tourne en rond dans ma lugubre cellule. Tout est humide ici : les murs, les draps de mon vieux matelas moisi, le sol en pierre qui chuinte à chaque fois que je fais un pas. J'ai l'impression de marcher sur de la mousse mouillée, mais avec cette obscurité je n'en suis pas sûre. Je n'ai pas envie de passer à la Facette du Chat pour inspecter les environs. Et il est tout simplement hors de question que je me baisse et touche pour vérifier.

Beurk.

C'est à peine si j'ose poser le pied par terre. Du coup je me déplace sur la pointe des orteils.

Un peu plus tôt, on m'a passé, sous la menace d'une arme, des espèces de moufles en acier qui m'enserrent les poignets et pincent ma peau dès que je fais un mouvement. Comble du comble, les moufles sont reliées entre elles par une chaînette en acier trempé. Mes mouvements sont restreints et je ne peux plus me servir de mes doigts. J'ai envie de pleurer mais je me retiens. Toute la colère s'est évaporée pour laisser place à la peur.

Le Débile est allongé sur le sol, et le fait qu'il soit trempé n'a pas l'air de le gêner. Il me regarde faire les cent pas, la langue pendante et la queue qui frémit à chaque fois que je passe à proximité de lui. On me l'a amené il y a quelques heures, soi-disant parce que mon père n'avait pas encore décidé ce qu'il allait en faire. Moi je pense que Manassé a décidé de ne pas s'en débarrasser, par peur que je fasse une dépression nerveuse si je me retrouvais séparée de tout ce que j'aime. Je lui ai sauté au cou dès que je l'ai vu. J'ai même versé une petite larme. Je ne m'étais pas rendu compte à quel point je m'étais attachée à lui. Le savoir avec moi me réconforte, même si ce n'est qu'un petit peu.

La raison pour laquelle je n'arrive pas à me poser (outre le fait que je ne veuille pas me retrouver avec les fesses trempées) est qu'il m'est impossible de déterminer si mon père bluffait quand il disait qu'il allait se débarrasser de tous mes amis.

Une part de moi me dit qu'il n'est pas aussi cruel, l'autre (ma conscience) me hurle que je me fourre le doigt dans l'œil.

Et j'avoue que j'ai tendance à croire la seconde.

Du coup, je me sens coincée. D'une, je ne peux pas sortir d'ici (j'ai essayé, la porte est aussi bien verrouillée que celle d'une prison et, en plus, plus moyen de me servir de mes mains) et de deux, même si j'arrivais à sortir, il y a deux ou trois gardes devant la porte pour m'empêcher d'aller bien loin. La Facette du Serpent me l'a confirmé. Plus le fait que j'entends clairement leur respiration. Et je sais que ce sont des Tactiles puissants. Je ne vois pas l'utilité de mettre des Tactiles devant ma porte d'ailleurs, vu les moufles en acier que mon père m'a fait enfiler de force. Je ne peux toucher personne maintenant et risque encore moins de manipuler qui que ce soit.

Tout à coup, ils se mettent à s'agiter et à chuchoter entre eux, des bribes de conversation que je n'arrive pas à comprendre.

« Ils viennent la chercher. Pour l'exécution. »

« Vous ne trouvez pas que c'est un peu extrême comme solution ? »

« En tout cas, on ne peut pas dire que ça ne soit pas radical. »

Je croise les bras sur ma poitrine, tant bien que mal avec la chaînette qui entrave mes mouvements, un frisson glacé me parcourant l'échine. Je déglutis, et soudain j'ai l'impression que la température de la pièce a chuté de dix degrés.

De quoi parlent-ils ? Quelle exécution ?

Je m'approche doucement de la porte et colle mon oreille contre le battant, mais les gardes se sont tus.

Je recule et pince les lèvres. Je ne pense pas que Manassé veuille me faire exécuter. Je suis bien trop précieuse à ses yeux. Et puis je pense que malgré toutes ses belles paroles, il doit avoir un petit peu d'affection pour moi. Sinon, il ne m'aurait pas rendu le Débile.

Tout à coup, celui-ci se lève d'un bond et dresse les oreilles et la queue. Il se met à gronder en sourdine, les babines frémissantes.

Je tends l'oreille et perçois tout à coup des bruits de pas dans l'escalier qui mène à mon donjon.

Un donjon ? Sérieusement ? Ils voulaient te faire passer pour la Belle au bois dormant ou quoi ?

Les gardes se figent et le nouveau venu s'arrête devant eux, légèrement essoufflé.

— Ouvrez la porte.

Je recule immédiatement et me positionne derrière le Débile, qui lui est prêt à bondir sur l'intrus. Je me baisse vers lui et le rassure.

— Tranquille, reste tranquille, tout va bien se passer.

Une clé tourne dans la serrure et la porte s'ouvre en grinçant.

Romain me fixe de son regard impénétrable. Un petit sourire se dessine sur ses lèvres, mais sans malice. Il a l'air désolé pour moi. Cela ne me dit rien qui vaille.

— Tu vas avoir droit à un beau spectacle, Cassiopée, un spectacle dont tu te souviendras toute ta vie.

***

Je suis dans une grande salle de rassemblement, de style médiéval, avec un trône à une extrémité et une énorme porte en bois à l'autre. Je me trouve entourée par des gardes, menottée par mes étranges moufles, juste devant le trône sur lequel siège Manassé, droit comme un I. Je rirais bien de lui, qui a l'air d'avoir un balai enfoncé dans le derrière tant il est raide, mais je suis si tendue moi-même qu'il serait bien hypocrite de ma part de me moquer. Le Débile est couché à mes pieds, comme je le lui ai ordonné, mais ses oreilles sont toujours dressées, prêtes à capter le moindre bruit qui pourrait l'alerter.

J'attends depuis bien dix minutes maintenant dans le silence le plus complet et j'ai l'impression que chaque seconde qui passe rend l'atmosphère plus lourde.

Des clameurs me parviennent soudain, des cris de colère, de douleur, des questions qui fusent en tous sens.

Je me redresse encore plus et ouvre de grands yeux en fixant la porte, comme si je pouvais la transpercer. Et puis je me souviens que je peux faire encore mieux. Je passe en mode Serpent.

Derrière la porte, à une dizaine de mètres de là, un groupe d'une vingtaine de personnes s'avance vers nous.

La porte s'ouvre à la volée et dans la salle pénètrent une nuée de gardes qui entourent sept ou huit personnes. Ce sont mes amis.

Je hoquète, horrifiée de les voir tous là, ceci ne pouvant signifier qu'une seule chose : je ne vais pas être exécutée en effet, ce sont eux les condamnés.

Gabriel est en tête, mais il n'a pas l'air de savoir ce qui se trame, il est serein. Son regard bleu outremer se pose sur moi et il sourit. Il me fait même un clin d'œil discret alors que je sue à grosses gouttes et que mon cœur bat la chamade. J'ai envie de lui hurler : « Cours, fuis ! Ne te retourne pas et fuis ! » mais ma voix est bloquée dans ma gorge. Tout mon corps est tétanisé, je n'arrive plus à faire un geste et mes muscles se mettent à trembler tout seuls.

Les autres, contrairement à Gabi, sont carrément paniqués.

Saphira tente d'échapper au Narque qui la retient, Arthur s'égosille en demandant ce qu'on lui veut et Isha se traîne tant bien que mal en se tenant les côtes et en grimaçant.

Mon cerveau me libère tout à coup et je m'élance vers eux. Malheureusement, les gardes qui me surveillent sont vifs et plus alertes que moi. Je ne fais même pas un deuxième pas avant d'être violemment ramenée en arrière.

Mes amis sont disposés en ligne devant Manassé, et un garde se place devant chacun d'eux, un Glock entre leurs mains. Gabriel est amené à l'écart, et forcé de s'agenouiller, juste à côté du trône de mon père. Je me débats pour me libérer mais il n'y a rien à faire.

Un mouvement près de la porte attire mon attention. C'est Nathan. Et lui aussi tient un flingue dans ses mains. Il me sourit avec bienveillance et je sens un encouragement dans son regard.

« Ne t'inquiète pas, tout va bien se passer », semble-t-il me dire.

Merci du conseil, docteur, mais c'est par où la sortie ?

Manassé prend alors la parole.

— Mes chers amis, nous sommes ici présents pour assister à l'exécution des traîtres qui ont mis en péril la sécurité et la paix de notre village. Nous sommes là pour nous rappeler que quoi qu'ils essaient de faire, nos ennemis ne nous vaincront jamais et nous serons toujours là pour le leur rappeler. À présent, messieurs, en ligne. À vos armes.

Les gardes lèvent leurs armes et les pointent sur la tête de chacun de mes amis, excepté Gabriel qui se retrouve surveillé seulement par un garde.

Mon groupe n'a pas l'air forcément angoissé, il y a juste un sentiment de « j'aimerais bien être ailleurs, quand même » qui flotte dans les airs. Seulement ça. Et c'est ce qui me met la puce à l'oreille.

Je tourne la tête vers Gabriel. Il me sourit avec amour et je sens une boule de chaleur me monter jusque dans les joues.

Et puis, tout à coup, il tacle son garde par les jambes. Comme ça, sans prévenir. Ce dernier tombe en arrière et – excusez mon langage – s'explose le crâne contre le sol en marbre. En une demi-seconde, Gabriel est debout et il pointe une arme sur la tête de mon père. Son bras puissant est tendu et le canon de son arme se trouve à un mètre environ de Manassé, de sorte que celui-ci ne peut pas le repousser.

Le regard de panthère est revenu dans les yeux de Gabriel.

Il sourit et me lance un bref coup d'œil avant de reporter son attention sur mon père qui bouillonne mais ne fait pas un geste.

— Maintenant, ô grand roi des Narques, tu vas gentiment demander à tes gardes de baisser leurs armes et de les poser à terre, ou je te promets, au nom de tous mes amis que tu as tués, que je n'hésiterai pas à te mettre une balle entre les deux yeux.

Je regarde sa main. Il ne ment pas. Son doigt appuie de plus en plus sur la gâchette. Il est prêt à tirer.

Manassé serre les mâchoires, mais après une interminable seconde, il lâche à contrecœur :

— Lâchez vos armes, vous autres.

Les gardes obéissent en lançant des regards noirs à Gabriel, et mes amis saisissent leurs Glock et les pointent sur la tête des gardes. Ceux qui restent repoussent leurs armes loin d'eux et Saphira va les ramasser et leur ordonne de se rassembler, dos à nous, dans un coin de la salle.

Je reporte mon attention sur Gabriel, toujours stupéfaite par la tournure qu'ont prise les évènements. Il sourit, une flamme dangereuse dansant dans ses prunelles noires.

— Bien, on va pouvoir discuter maintenant.

Chapitre 48

Je regarde Gabriel comme s'il était devenu dingue. Non pas que je désapprouve ses façons d'agir, mais je trouve un peu dangereux de viser mon père avec une arme à feu. Ceci pourrait nous attirer des ennuis dans le futur.

Un peu paniquée, tentant de garder un semblant de calme, je lui demande :

— Gabriel, qu'est-ce que tu fais ?

Sans quitter Manassé du regard, il me répond d'une voix beaucoup plus posée que la mienne :

— J'entame les négociations. Manassé, dit-il en s'adressant de nouveau à mon père, où sont tous les autres Narques ? Pourquoi n'y a-t-il personne dans le château ?

Manassé se tourne vers lui, une lueur glacée dans le regard.

— Tu crois que tu vas t'en sortir comme ça, jeune homme ? Tu crois que vous allez vous échapper d'ici vivants, toi et tes amis ?

Gabriel serre les mâchoires. Il a l'air de se maîtriser pour ne pas tuer mon paternel.

— Ce n'est pas ce que je t'ai demandé, martèle-t-il. Où est passé tout le monde ? Réponds-moi vite, je sens que je ne vais pas résister longtemps…

— Vous arriveriez trop tard, lâche le chef des Narques.

Après avoir ordonné à un garde de me retirer les horreurs qui entravent mes mouvements, je m'approche de Manassé en me massant les poignets. Mes mains sont moites et ça fait un bien fou de sentir l'air sur mes doigts.

— Qu'est-ce que tu veux dire par là ?

Il tourne son regard vers moi.

— Alors, Cassiopée, qu'est-ce que ça fait de trahir son père ?

— Pour l'instant, pas grand-chose. Tu peux me répondre, s'il te plaît ? On dirait que Gabriel arrive à bout de patience, et j'aimerais obtenir une réponse avant qu'il en vienne à te descendre.

Bien sûr, je bluffe. Je ne permettrai jamais à Gabriel de tuer Manassé. Même si j'en ai très, très envie parfois... c'est mon père, bon sang ! Enfin ce qui s'en approche le plus. Alors même s'il lui arrive d'être sanguinaire et sans pitié, eh bien, je ne sais pas pourquoi mais je me sens obligée de le défendre. Certainement un reste de lien père-fille. Par contre, dans ces moments magnanimes, il vaut mieux que j'évite de penser à ma mère qui est alitée dans une pièce qui pue le renfermé et les antiseptiques depuis bien douze ans sans que j'en sache rien, parce que je serais capable de prendre moi-même le flingue et de liquider mon géniteur. Sans rire.

Je mets les poings sur les hanches.

— Alors ?

Il plante son regard dans le mien et me fait cadeau de son petit sourire mystérieux qui devait faire craquer toutes les nanas de cette planète.

Beurk.

— Alors il n'y a plus personne dans le château parce que j'ai envoyé la quasi-totalité de mes gardes et de mon armée accomplir une mission que j'aurais dû entreprendre depuis longtemps.

Un frisson me parcourt l'échine.

— Une armée ? demande Arthur.

Je l'interromps d'un geste de la main sans le regarder. Je laisse mes yeux plantés dans ceux de Manassé.

— Je t'expliquerai, Art', mais pour l'instant, j'aimerais que Manassé précise sa pensée. Quel genre de mission ton armée est-elle allée accomplir ? Et qu'est-ce que tu nous caches ?

Cette fois-ci, mon père me sert son sourire machiavélique, celui qui fait froid dans le dos.

— Je les ai envoyés attaquer le village des Myrmes. Et mettre ces lâches hors d'état de nuire. Définitivement.

***

Un long silence suit cette déclaration glaçante. Et étonnamment, c'est Tom qui le brise en premier. Il se jette brutalement sur Manassé en poussant un hurlement de rage. Mon père est sauvé in extremis par Arthur et Ethan qui le maîtrisent en le tenant par les bras, mais Tom se débat et manque de leur échapper à plusieurs reprises.

— Espèce de salaud ! crache-t-il. Sale lâche ! Il y a des enfants là-bas ! Des familles innocentes qui n'aspirent qu'à vivre en paix avec les autres ! Tu envoies tes hommes faire le sale boulot à ta place et tu oublies que les gens que tu vas tuer ont autant le droit de vivre que toi et tes scélérats !

J'avais oublié que Tom est né à Tornwalker, qu'il y a là-bas sa famille, sa mère, son père, ses frères. C'est vrai qu'il a tout abandonné pour moi, mais cela ne l'empêche pas de leur rester vivement attaché.

Il finit par se libérer et jette un regard noir à Manassé. Puis il se retourne et quitte la pièce. Je n'ai pas le temps de le retenir, un détail assez important se rappelle à moi, comme une petite cloche d'alerte dans mon esprit. Plus personne ne prête attention aux gardes qu'Arthur, Tom et Ethan visaient avec leur arme. Plus personne, remarqué-je, non sans soulagement, sauf Nathan qui a pris le relais et les tient en respect avec sa kalachnikov.

Je me détourne, sachant que la situation est encore sous contrôle. Saphira vise toujours les gardes qui sont maintenant dos au mur avec son arme et Arthur et Ethan sont retournés à leur poste. Je me tourne vers Gabriel. Celui-ci reste bien concentré sur mon père. Il ne se laisse pas distraire par ce qu'il se passe autour de lui. Néanmoins, je peux voir dans ses yeux qu'il bouillonne d'une rage folle. Cette fois-ci, il est vraiment prêt à tuer Manassé. C'est pourquoi je fais cette chose un peu stupide.

Je prends par le canon une des armes que Saphira a posées loin des gardes, m'approche de mon père, lui lance un regard désolé et lui donne un violent coup de crosse sur la tempe. Il s'effondre dans un cri étouffé. Les gardes commencent à s'agiter mais Saphira leur hurle qu'elle va tirer s'ils ne se calment pas tout de suite. Ça paraît marcher parce qu'un silence pesant tombe sur la pièce. Le Débile me fixe en remuant la queue. On dirait qu'il est fier de moi. Puis il sort de la pièce la queue haute, l'air content. Je ne cherche pas à savoir où il va, trop préoccupée par des sujets plus importants.

Gabriel me regarde, les yeux exorbités. Lui ne semble pas très fier en tout cas.

— Pourquoi t'as fait ça ? me demande-t-il, ahuri.

Je lève les mains en signe d'impuissance.

— Eh, ne me regarde pas comme ça, tu allais le liquider ! Je ne pouvais pas te laisser descendre *le* Narque qui nous permettra de sortir d'ici vivants !

Il lève les yeux au ciel.

— Je n'allais pas le *liquider*, Cass. Je suis maître de mes émotions et je sais me contrôler, quand même ! Tu ne me connais pas à force ?

Je hausse les épaules.

— Excuse-moi mais j'avais un doute sur tes intentions.

Je me tourne vers un des gardes dos au mur. Il a une paire de menottes attachée à la hanche. Je me dirige vers lui (sans mon arme, cela va sans dire, je serais bien capable de me faire désarmer), tout en demandant à Saphira de tirer s'il fait un seul petit geste suspect. Le garde devient rigide comme de la pierre. Je prends une deuxième paire de menottes sur un autre garde et reviens vers Manassé. Je lui entrave les poignets et fais de même avec ses chevilles.

— Et maintenant ? me demande Gabi avec ironie. On fait quoi mademoiselle je-sais-tout ?

— Un des garçons, vraisemblablement le plus costaud, donc toi, va charger Manassé sur son dos et…

— … et personne ne bouge ou je tire !

Malgré l'ordre plus que clair qui tonne derrière moi, et prouvant que je suis définitivement une cause perdue, je me tourne vivement, les yeux écarquillés. Un Narque tient Tom par le cou et de son autre main il le vise à la tempe avec une arme. C'est Romain. Mon cœur se met à battre follement et je me fige de peur de provoquer une catastrophe.

— Maintenant, vous allez tous poser vos armes au sol et vous regrouper dans le coin de la pièce, sans faire de geste brusque. Et qu'on ne me prenne pas pour un rigolo. Je suis prêt à tirer, faites-moi confiance.

Oh oui, pour ça je lui fais confiance ! Mais apparemment les autres non parce que personne n'esquisse le moindre geste. Tom se met à bafouiller en pleurnichant.

— Cass, je suis désolé, c'est ma faute. Je ne voulais pas… je…

— La ferme ! hurle Romain avec venin. Tu la fermes ou tu vas y passer plus vite que prévu. Les autres, lâchez vos armes, tout de suite !

Gabriel est le premier à obtempérer. Il laisse tomber son bras et pose délicatement l'arme sur le sol. Il ne quitte pas Romain du regard, et tout porte à croire que ce dernier est le prochain sur sa liste « to kill ».

C'est à ce moment précis que je perçois un éclair blanc se faufiler derrière Romain, à pas de loup, c'est le cas de le dire. Le Narque a beau être un Auditif, il est trop concentré sur nous pour entendre la bête qui s'approche de lui.

Sans que j'aie besoin de me forcer, ma conscience et mon esprit se rassemblent pour ne faire plus qu'un.

Maintenant, disent-ils à l'unisson.

Deb saute sur Romain et referme ses mâchoires puissantes sur son cou. Les deux hommes et le loup s'effondrent par terre. Un coup de feu part et je me bouche les oreilles. Un des gardes de Saphira se rebiffe et elle lui tire dans la jambe sans sourciller. Le Narque s'effondre en se tenant le genou.

— Il y a d'autres apprentis héros ? demande-t-elle dans la cohue de grognements et de bataille qui fait rage non loin d'elle. Non ? Tant mieux, parce que le prochain, c'est dans ses bijoux de famille qu'il recevra une balle.

Romain se débat toujours avec le loup et commence à prendre l'avantage. Je m'élance vers eux pour aider Deb quand celui-ci pousse tout à coup un grognement terrifiant. Il fait une roulade sur lui-même, tel un loup ninja, la nuque de Romain toujours coincée entre ses mâchoires. S'ensuit un craquement sinistre et Romain s'immobilise. Je porte une main à ma bouche et retiens un haut-le-cœur. Je crois que Deb vient de lui rompre les cervicales.

Beurk, réitère ma conscience.

Chapitre 49

Je m'approche à toute vitesse de Romain et cherche son pouls d'une main fébrile. Je ne sens rien. C'est vrai que je ne suis pas une professionnelle du sauvetage, mais j'ai quand même quelques connaissances et j'ai vu assez de films pour savoir *à peu près* comment m'y prendre. Je me tourne vers Gabriel qui vient de balancer mon père sur son dos comme un sac de patates. Tom se relève péniblement, et le Débile vient s'asseoir à côté de moi, tout content.

— Gab, je crois qu'il est mort.

— On brûlera un cierge pour lui plus tard, me répond-il avec beaucoup de délicatesse et de savoir-vivre. Pour l'instant, ce qui devrait nous préoccuper en priorité, c'est de partir d'ici sans nous faire remarquer.

— O.K.... dis-je, un peu perturbée par son absence totale de compassion. Même si je pense que ton plan a de bonnes chances de réussir, je me sens obligée de préciser qu'on ne va pas être discrets avec Manassé. Et je parie que les femmes qui vivent ici sont des guerrières sanguinaires prêtes à mourir pour leur chef.

Gabriel me passe devant sans m'adresser un seul coup d'œil.

— À moins que les guerrières sanguinaires de ce village aient des flingues planqués sous leurs jupons, des Glock et une kalachnikov devraient rapidement les refroidir.

Je me mets à bougonner des paroles inintelligibles. Ce qu'il peut m'énerver parfois à être têtu !

Parce que toi tu ne l'es pas peut-être ? Têtue, s'entend.

Toi, répliqué-je silencieusement à Constance la conscience, *on ne t'a rien demandé. Mets-la en veilleuse.*

— Et les gardes, qu'est-ce qu'on en fait ? dis-je en me tournant vers eux. On ne peut pas les laisser ici, on n'aura pas mis le pied dehors qu'ils auront déjà donné l'alerte.

Gabriel se penche et arrache une paire de menottes à l'un des intéressés. Il l'entrave tout en gardant son équilibre avec un Narque de deux cent cinquante-cinq piges sur le dos mais au physique d'un homme dans la force de l'âge. Il est fort quand même, suis-je obligée d'avouer.

— On va les menotter et ils vont gentiment rester ici sans faire le moindre bruit. Si jamais on nous empêche de partir, si on a le plus petit doute que vous ayez donné l'alerte, on descend Manassé, est-ce bien clair ? Et ne croyez pas que ça sera un grand sacrifice pour moi, hein ? Si je dois mourir, je ferai en sorte que le maximum de Narques y passent avant, en commençant par votre chef bien-aimé. Je me suis bien fait comprendre ?

Tous les Narques hochent la tête.

— Allez ! s'exclame Saphira. Tout le monde dans ce coin de la pièce. On vide ses poches sans faire de gestes brusques. J'ai la gâchette un peu facile et le doigt qui tremble, ne me tentez pas trop.

Les gardes s'exécutent à contrecœur et sortent de leurs poches toutes sortes d'objets pour le moins hétéroclites. Des menottes (encore !), des couteaux, et l'un d'entre eux sort même une seringue remplie d'un liquide transparent. Gabriel la ramasse et se tourne vers le Narque, les sourcils froncés.

— Qu'est-ce que c'est ?

Le garde fusille Gabriel du regard, mais celui-ci ne bronche pas, attendant plus ou moins patiemment sa réponse.

— C'est un anesthésique puissant. Si on piquait quelqu'un avec ça, il dormirait pendant des heures.

— Et qu'est-ce que ça faisait dans ta poche ?

— Manassé s'assure qu'un des gardes qui est avec lui en a toujours en sa possession, ça peut servir.

— En effet, répond Gab en souriant. On va même s'en servir pour que Manassé, votre dieu à tous, roupille pendant un bon bout de temps.

Je dévisage le garde et ma vision supersonique capte une expression qui passe si rapidement sur son visage que je me demande si je ne l'ai pas rêvée. On dirait que pendant une nanoseconde il a été… satisfait. Je m'apprête à dire à Gabriel de s'abstenir, mais celui-ci a déjà planté l'aiguille dans le cou de Manassé.

— Gab, non ! Attends.

Gabi se retourne vers moi, les sourcils froncés.

— Quoi ? Qu'est-ce qu'il y a ?

Je regarde tour à tour Gabriel et le Narque, dont le cœur s'est mis à battre plus vite.

— Je… je crois qu'il nous ment.

— Pourquoi il nous mentirait ?

Je lève les mains en signe d'ignorance.

— Je n'en sais rien ! On ne sait même pas ce qu'il y a dans cette seringue ! Ça pourrait très bien être une dose d'adrénaline, ou un produit qui décuple les forces et les sens !

— Tu délires, ça n'existe pas un produit comme ça.

Je croise les bras.

— À ta guise. Fais ce que tu veux, mais je t'aurais prévenu.

Il hésite, jette un coup d'œil au Narque, qui transpire beaucoup, puis finalement retire la seringue du cou de mon père, remet l'embout et la fourre dans sa poche. Il se plante devant le Narque à genoux et croise les bras (Manassé toujours sur son épaule droite…).

— Je t'aurais bien interrogé, mais le temps nous manque. Tu as de la chance, crois-moi. Arthur, Ethan ! Aidez Isha à se relever et à marcher. Saphira, tu as l'air de savoir te servir d'une arme, tu vas passer devant et nous ouvrir la voie…

— Bien, chef ! À vos ordres, chef ! Toujours là pour vous servir, chef ! En plus, quand j'étais petite, mon père m'a payé des leçons de tir et…

— Désolé, Saphira, mais on n'a pas vraiment le temps. Nathan, poursuit-il, tu vas avec elle et tu la couvres. Cass et moi, on va fermer la marche.

Il se tourne vers moi et me fait un clin d'œil, semblant tout excité du retournement de situation. En même temps, c'est compréhensible. Il tient quand même notre ennemi juré depuis des siècles sur son dos, inconscient. Ça doit être plutôt jouissif.

— Tu me couvriras avec ton arme et ton clébard.

Deb, toujours à mes côtés, se met à remuer la queue. Il ne déteste plus autant Gabriel depuis quelque temps. Il a même l'air de l'apprécier un peu. Mais juste un peu.

— D'une, c'est un loup, j'énumère, de deux je ne sais même pas me servir d'un flingue. Je risquerais de blesser quelqu'un.

— C'est le but d'une arme à feu, tu me diras. Bon, allez, on y va. Que la Force soit avec vous tous.

Nous nous élançons vers la porte sans un regard en arrière.

***

Nous traversons le manoir pour ainsi dire sans encombre. Il est vraisemblablement vidé de ses habitants. Nous évitons tout de même de passer devant les portes habituellement gardées, parce que quelque chose me dit qu'elles le sont toujours. Nous descendons d'un étage et arrivons devant la porte nord. Je grimace.

— On est vraiment obligés de passer par là ?

La passerelle a toujours autant d'attrait pour moi, je dois dire. Rien qu'à l'idée de devoir la retraverser, j'en ai des nausées.

Gabriel se tourne vers moi, essoufflé. C'est qu'il doit faire son poids, le paternel !

— On n'a pas le choix, Cass. Pour aller vers l'entrée ouest, il faut passer devant les portes gardées. En plus, l'entrée nord est plus proche de la sortie du village. On aura plus de chances de passer inaperçus par là que par l'autre côté.

Je grimace de nouveau.

Isha, à moitié éveillé, trouve quand même la force de relever la tête et de me lancer un sourire moqueur.

— Allez, Cass, tu crois que tu vas y arriver sans te faire pipi dessus ?

Je le fusille du regard.

— Toi, tu la fermes, sinon je t'assomme pour de bon.

Saphira et Nathan ouvrent les lourdes portes puis brandissent leurs armes, prêts à tirer, mais il n'y a personne derrière. Le village a l'air très calme. Il a beau être près de vingt-trois heures, je trouve cela étrange. Et je ne suis pas la seule, apparemment.

— Pourquoi n'y a-t-il personne ? murmure Gabriel pour lui-même. C'est presque trop simple.

— Peut-être que Manassé a dit vrai, propose Ethan. Peut-être que tous ses gardes sont bel et bien partis combattre les Myrmes.

Gabriel secoue légèrement la tête.

— En laissant leur chef tout seul, sans personne pour le défendre ? Et si les humains décidaient de l'attaquer maintenant ? Il serait sans défense.

— C'est peut-être un risque qu'il est prêt à courir, dit Arthur.

Gabriel hésite un instant puis se décide à avancer.

— De toute façon, dit-il, on n'en saura pas plus en restant plantés ici. Il faut qu'on avance et qu'on arrive à quitter ce village, coûte que coûte. À partir de maintenant, plus un mot. Cass, passe devant avec Nathan et enclenche ta Facette du Serpent. Ça ne me plaît pas trop mais tu es la seule à l'avoir…

— Ça va, dis-je, je suis une grande fille, je peux me débrouiller toute seule, tu sais.

— Permets-moi d'en douter.

— Sale macho, murmuré-je en lui passant devant. Après tout, ce n'est pas comme si je t'avais déjà sauvé la peau plusieurs fois, hein ?

Je viens me placer à côté de Nathan et pose une main sur son épaule.

— Ça va toi ? Comment tu vis le fait de trahir ton père ? Je veux dire, tu es si fidèle à la cause, ça me fait tout bizarre que tu te joignes à nous.

Je vois un éclair de culpabilité passer dans son regard. Apparemment, ça n'est pas facile pour lui de se ranger à nos côtés.

« Je vais faire avec. »

Je hoche la tête.

— Merci, en tout cas.

Il détourne le regard.

— Allez, on y va ! chuchote Gabriel, et nous nous élançons sur la passerelle, moi avec plus ou moins d'enthousiasme. J'ai toujours autant le vertige et je fais des efforts surhumains pour ne pas regarder en bas. Pour me distraire, j'enclenche la Facette du Serpent et me mets à détailler le paysage qui m'entoure. Presque toutes les maisonnettes sont habitées, et les Narques semblent endormis, pour la plupart. Ils sont allongés sur leur lit et je vois leur poitrine se soulever à un rythme régulier. Néanmoins, nous passons devant trois ou quatre maisons complètement vides. Je me demande s'il s'agit de Narques partis au combat et qui habiteraient seuls. Je l'espère. Parce que si nous tombons sur un groupe d'insomniaques et qu'en plus ils sont armés, cela risque de se terminer par un carnage. C'est pour cette raison que je prie silencieusement pour qu'aucun Narque n'ait le sommeil fuyant ce soir. Mais plus nous nous éloignons du manoir, plus l'espoir grandit en moi. Nous ne croisons personne et l'atmosphère est calme au possible. Pas un chat ne traverse devant nous, aucun chien n'aboie… c'est comme passer dans un village fantôme. Si je n'avais pas la Facette du Serpent, je penserais que le village en question est bel et bien déserté.

Lorsque nous arrivons devant la petite corniche qui surplombe le chemin qui, lui, mène au pied de la montagne, nous nous arrêtons tous, incertains. Je pense que nous sommes tous incrédules d'être arrivés si loin sans encombre.

Je ne peux m'empêcher de regarder Gabriel, les yeux brillants. Je murmure :

— On a réussi, on va pouvoir s'échapper d'ici !

Il me caresse la joue et me regarde avec douceur.

— Attends qu'on soit à plusieurs kilomètres d'ici pour te réjouir, mon amour.

— Pourquoi ?

— Je ne sais pas. Il vaut mieux rester prudents et sur nos gardes. On ne sait jamais.

Nous entamons finalement la descente vers le pied de la montagne, moi collée contre la paroi en pierre pour éviter de me retrouver près du vide. La première fois que nous avions emprunté ce chemin, Tiphaine, Saphira et moi, j'étais terrifiée. Ça n'a pas changé aujourd'hui. Je suis toujours autant flippée.

Au bout d'une bonne demi-heure, nous finissons par arriver en bas. La nuit est claire, on peut apercevoir le lac à notre droite, qui brille de mille feux sous l'éclat de la lune.

— Quel bon souvenir, ce lac ! marmonne Gabriel. Je peux presque encore sentir la lame de ce fichu poignard s'enfoncer dans ma poitrine.

Il se tourne vers Nathan.

— En parlant de malheur, il est où Camille ?

Nathan hausse les épaules, l'air de dire : « Je n'en sais rien, je ne suis pas son père. »

— Peu importe. Par où faut-il passer maintenant, Cass ?

Je désigne la forêt en face de nous.

— Par là. On doit s'y aventurer. Il faut qu'on aille toujours vers le nord, c'est ça, hein Nat' ? Moi je n'étais pas passée par là, j'avais suivi une rivière. Mais je pense que ça doit considérablement rallonger le chemin. En suivant le nord, on va finir par arriver dans une immense clairière surplombée d'un grand chêne et où coule un ruisseau. Il faut suivre ce ruisseau et continuer toujours vers le nord. C'est là que Goliath m'a sauvée pour la dernière fois des Narques, et que Henry m'a retrouvée.

J'ai un pincement au cœur en pensant à mon ours. J'ai toujours un mince espoir. Peut-être est-il encore en vie ?

— C'est bien ça, Nathan ? Je ne me suis pas trompée ?

« Non, c'est bon. »

— Alors, on y va, dit Gabriel, une fois que j'ai retransmis la pensée de Nat'. Il vaut mieux que nous mettions le plus de distance possible entre le village et nous avant que les gardes ne donnent l'alerte, si ce n'est pas déjà fait.

Nous pénétrons dans la forêt, Nathan, Saphira et moi en tête, suivis par Tom, Isha, Ethan et Arthur qui le soutiennent ; Gabriel ferme la marche.

Nous avançons rapidement et je sens mon cœur se gonfler de joie et d'excitation. On l'a fait ! On s'en est sortis ! Tout à coup, Deb se met à grogner, le poil hérissé et je vois Gabriel humer le vent avec un air inquiet sur le visage.

À peine ai-je le temps de terminer cette pensée qu'un groupe de Narques sort de derrière les arbres et nous fait face, l'arme au poing. Nous freinons des quatre fers, et je peux sentir la déception et la peur émaner de tout mon groupe. Nous brandissons nos armes sur les nouveaux venus. Je ne comprends pas pourquoi ma Facette ne les a pas captés bien avant. Ça n'est pas normal, j'aurais dû voir leur chaleur émaner d'eux depuis des centaines de mètres ! C'est là que je remarque la combinaison noire qu'ils portent. Elle doit certainement conserver toute leur chaleur. Je ne vois pas d'autre explication.

Je reconnais immédiatement le groupe. Ce sont les jeunes Narques qui nous ont menacés, quelques jours plus tôt. Comment s'appelait leur chef, déjà ? Korah, ou un truc comme ça. Je me détends immédiatement. Ce ne sont que des gamins !

Nous nous regardons en chiens de faïence pendant quelques secondes, puis le fameux Korah se met à sourire.

— Vous voyez, les gars ? Je vous avais bien dit que ces combinaisons nous serviraient.

Chapitre 50

Je mets un moment à réagir. Vient-il d'insinuer qu'ils nous surveillaient ? Lui et sa bande de ploucs ? C'en est presque drôle. Et comme je verse un peu dans la provoc', je ne peux m'empêcher de glousser, sans bien entendu relâcher mon attention.

— Tu veux dire que toi et ton groupe de Razmokets, vous êtes restés plantés là depuis notre dernière rencontre dans l'espoir de nous pincer ?

Korah se met à rougir, et là, c'en est trop. Je ris pour de bon.

— Mais achète-toi une vie, mon pauvre mec, n'essaie pas de piquer celle de James Bond !

Avec ma Facette du Chat, je peux parfaitement voir ses mâchoires se crisper. Il serre les dents à se les casser.

— N'empêche que ça a marché. Vous allez tous baisser vos armes et les poser doucement à terre. Tout de suite.

C'est qu'il a l'air sérieux, le mignon ! Il est chou !

Je hausse les épaules en essayant de retenir mon hilarité qui, soit dit en passant, est en train de gagner Gabriel. Il ne sourit pas, mais j'entends sa respiration saccadée. Et Saphira n'essaie même pas de la cacher. Elle, elle sourit à pleines dents.

— Désolée, mais ça, je crois que ça ne va pas être possible. Dégagez de notre chemin les mioches, et lâchez vos flingues avant que vous ne fassiez une bêtise avec.

Les doigts de Korah se resserrent sur la gâchette. C'est qu'il serait prêt à tirer, l'abruti ! Sa petite sœur prend tout à coup la parole. Elle n'a pas du tout l'air à l'aise avec son arme. Elle la tient à bout de bras, comme si elle allait lui exploser au visage.

— Korah… ce n'est pas une bonne idée. Faisons ce qu'ils disent…

— La ferme, Lila ! aboie son frère. Tu la fermes ! Si vous ne lâchez pas vos armes, à trois on tire !

J'écarquille les yeux. La situation n'est plus très drôle et risque de devenir carrément morbide si ce gosse n'arrête pas de se prendre pour un héros.

— Korah, arrête, ne fais pas ça, il va y avoir des morts de chaque côté…

— Un !

— Korah, ne nous oblige pas à vous abattre !

— Deux !

Une goutte de transpiration coule le long de mon dos. On ne peut pas tuer ces gamins ! Ils ont tout juste quinze ans et ne savent pas ce qu'ils font. Il faut que je réagisse.

— O.K., O.K. ! Regarde, je pose mon arme.

— Tr…

Korah s'interrompt et je remarque que son teint devient tout à coup livide. Et quand je dis « livide », je parle de cadavérique. Ses yeux s'agrandissent sous l'effet de la terreur et il se met à trembler. J'ai un mouvement de recul. Qu'est-ce que j'ai dit de si terrible ? C'est à ce moment-là que je remarque l'attitude du Débile. Il ne regarde plus le groupe de jeunes Narques devant nous. Non, il est dos à eux et fixe quelque chose derrière nous, les babines retroussées dans un rictus terrifiant, un grondement sourd s'échappant de sa gorge.

Je me retourne lentement et quand je vois ce qui se trouve juste derrière Isha, Ethan et Arthur, mon cœur bondit dans ma poitrine. J'en ai même un haut-le-cœur tellement c'est violent. Parce que derrière nous, à trois mètres de moi, se trouve l'ours le plus gros que j'aie jamais vu. Un ours que je ne pourrai jamais oublier. Mon ours. Goliath.

Je réagis au quart de tour.

— Ne tirez pas ! Pour ceux qui l'ont vu, surtout ne tirez pas !

Morgane se retourne et pousse un hurlement de terreur. Du coup, tous mes amis font de même et finissent par remarquer la bête. Avec la Facette du Chat, on ne peut pas le louper. Ses yeux miroitent dans l'obscurité et il est ramassé sur lui-même, prêt à bondir. On dirait trait pour trait le grizzli dans *À couteaux tirés*. Sauf que je sais pertinemment que celui-ci ne me fera jamais aucun mal.

Le grizzli nous contourne sous le regard médusé de mes amis, qui heureusement ont la présence d'esprit de m'obéir (sinon je les aurais descendus), et se positionne devant nous. Il se lève alors sur ses pattes arrière et pousse un grondement terrifiant à l'adresse des jeunes Narque pétrifiés. Je crois que c'est le meilleur son que je n'aie jamais entendu, en même temps que le plus effrayant, et croyez-moi, mes oreilles sensibles en souffrent.

Remarquez, les jeunes Narques pétrifiés ne le restent pas longtemps. Korah lâche tout à coup son arme et s'enfuit en courant, imité rapidement par le reste de sa troupe.

Courageux, mais pas téméraires.

Ils doivent savoir qu'il faudra un grand nombre de balles pour abattre le monstre et je pense qu'ils ne sont pas prêts à tenter l'expérience. Surtout que ça le mettrait carrément en pétard.

Goliath retombe soudainement sur ses pattes avant et s'élance pour les poursuivre. Au train où ça va, il est parti pour en zigouiller un. Je ne lui en laisse pas le temps.

— Goliath !

Il stoppe net et se retourne. Son regard croise le mien et il souffle bruyamment. Il se retourne vers les fuyards, baisse les oreilles en arrière, hésite un instant puis finit par faire demi-tour et se dirige lentement vers moi. Il s'arrête à deux mètres de ma personne et attend. Il ne s'approchera pas plus. Pas avec tous ces Kamkals autour de moi.

Je n'hésite pas une seconde. Je m'élance en avant, plonge sur la bête et referme mes bras autour de son énorme cou en pleurant et en riant tout à la fois. Je le serre de toutes mes forces contre moi, plus heureuse que jamais. Goliath se met à me renifler sous toutes les coutures en poussant des petits gémissements tout mignons. Il me pousse de la tête et me bave dessus copieusement mais je m'en moque. J'ai retrouvé mon Goliath.

Tout à coup, j'entends un aboiement sauvage derrière moi. Alarmée, je lâche le grizzli et me retourne pour découvrir un Débile métamorphosé. Il a le poil hérissé, les dents découvertes et il est prêt à bondir sur l'ours. Son œil roule dans son orbite. Je fais un pas vers lui quand je comprends. Cet ours l'a rendu borgne plusieurs mois plus tôt et a failli le tuer. Deb doit s'en souvenir. En plus de ça, il doit s'inquiéter pour moi. S'il attaque Goliath, il ne s'en sortira pas vivant.

Je prends ma voix la plus autoritaire.

— Deb, couché !

Pour une fois, ça ne fonctionne pas. Je crois que son instinct a pris le dessus et qu'il n'écoutera pas. Pas ma vraie voix, en tout cas. Et maintenant que je m'avance vers lui, Goliath aussi se met à gronder. Je m'arrête, à mi-chemin entre les deux animaux, et inspire profondément. Ma conscience se mêle à mon esprit et je lance un appel aux deux bêtes.

On se calme.

Deb dresse les oreilles et ne montre plus les dents. Mais il continue de gronder et Goliath aussi. Au moins, ils ne chargent pas.

Ours et loup mes amis. Couchés maintenant.

Deb obtempère, la tête couchée entre les pattes, le regard toujours fixé sur moi. Juste au cas où.

Quand je me retourne, je découvre un Goliath immobile, les quatre pattes bien plantées sur le sol, et je jurerais que je vois danser une flamme moqueuse dans son regard, comme s'il me disait : « Tu crois vraiment que je vais t'obéir ? »

Je souris et me retourne vers mes amis, qui n'osent pas faire un mouvement. Je pense qu'ils ont peur que je me fasse réduire en charpie. Seul Gabriel a l'air assez confiant. Il me regarde, les bras croisés, un léger sourire en coin sur le visage. Lui a déjà été témoin d'une scène semblable. Mon père est allongé sur le sol, toujours inconscient. J'espère qu'il n'est pas mort quand même. Je fais un clin d'œil à Gab.

— Mes amis, je vous présente notre sauveur, Goliath. Vous n'avez rien à craindre de lui. En tout cas, pas tant que je suis là.

Ils se détendent un peu mais restent sur leur garde. Cette scène doit être irréaliste vue de l'extérieur. Un groupe de jeunes, sans lampe torche, sans lumière, qui regardent une de leurs amies papouiller un grizzli gigantesque, leurs yeux miroitant dans l'obscurité. En fait, ça doit être assez flippant.

Je plonge ma main dans la fourrure épaisse du grizzli. Il a de nombreuses cicatrices sur les flancs et les pattes, et je devine qu'elles doivent être un vestige de son combat avec les Narques. Cet ours est un guerrier. Comment a-t-il pu s'en sortir vivant ?

C'est là que je la sens pour la première fois. Une pensée.

Toujours là pour toi.

Elle n'est pas fuyante et sauvage comme celle des loups. Non, cette pensée-là est puissante, vibrante de vie et de force. Je vois des centaines de nuances dans cette petite idée qu'il vient d'énoncer. Comment ne pouvait-il pas mourir et me laisser seule. Comment me sera-t-il toujours fidèle. Comment restera-t-il à jamais sauvage et indomptable, quoi qu'il arrive. Je vois la fierté et la prestance de cette bête, l'affection qu'elle a pour moi, la confiance qu'elle m'accorde et le respect que je lui inspire.

Je vois tout ça, dans cette petite pensée.

Je plonge mon regard dans le sien et j'espère qu'il peut y lire toute la reconnaissance que j'ai pour lui. J'ai les larmes qui recommencent à couler quand je pense à ce que je vais devoir lui faire comprendre.

Je t'aime, mon ami. Tu peux partir en paix, dorénavant. Je suis bien protégée. Le loup veille sur moi. Mais toi, tu es sauvage, tu dois retourner vivre parmi les tiens. Trouver une compagne, avoir une descendance. Tu ne peux pas toujours veiller sur moi. Pars maintenant et que ta vie soit longue, mon ami.

L'ours me fixe un moment. Nous restons là, les yeux dans les yeux, plusieurs minutes, puis il se passe quelque chose de magique. Une voix résonne dans ma tête. Puissante. Incroyablement puissante, accompagnée de milliers de pensées papillon qui virevoltent autour d'elle.

Que la paix t'accompagne, fille des étoiles. J'espère que nos routes se recroiseront un jour.

Je reste interdite en le regardant s'éloigner. C'est sa voix. J'ai entendu sa voix. Dans ma tête. D'habitude, je ne ressens que des idées, des pensées assez vagues de ce que l'animal veut me faire comprendre, mais là… là, il n'y avait pas plus clair et plus limpide. Goliath m'a parlé. L'ours se retourne une dernière fois, se lève sur ses pattes arrière et pousse un grognement qui fait trembler la forêt et s'envoler les oiseaux. Puis il disparaît entre les arbres.

— Adieu, mon ami, murmuré-je en le regardant s'éloigner avec la Facette du Serpent.

La voix d'Isha retentit tout à coup derrière moi, enrouée et faible, mais toujours aussi sarcastique.

— Comment tu veux qu'on soit amis avec toi quand tu fais des trucs aussi chelous ?

Arthur rit.

— Ouais, faudra quand même que tu nous expliques comment tu fais ça, un de ces jours. Ça devrait être intéressant à entendre.

— En tout cas, moi j'ai trouvé ça carrément cool, commente Saphira. Il faut absolument que tu m'apprennes comment tu fais. J'ai toujours rêvé de communiquer avec un ornithorynque. Qu'il nous apprenne les secrets de sa conception, tout ça. Vous saviez que ces bêtes-là étaient les seuls mammifères à pondre des œufs et à allaiter leurs petits ? En fait, on ne sait pas où les classer dans les espèces, tellement ils sont étranges. En même temps, ils viennent d'Australie. Y a toutes sortes de choses bizarres là-bas. Y a même un serpent qui…

— Très intéressant, coupe Gabriel. On doit y aller maintenant, parce que je vous rappelle que nous sommes des fugitifs qui, s'ils ne sont pas déjà activement recherchés, le seront très rapidement avec les mioches qui sont partis donner l'alerte.

Il ramasse un des pistolets que les fuyards ont laissé tomber et se met tout à coup à rire.

— Ce sont des faux. Ce petit coq bluffait. Il en a dans le pantalon, quand même.

Il laisse retomber le jouet dans l'herbe et les feuilles mortes.

— Bon, il faut qu'on se décide rapidement. Où est-ce qu'on va maintenant ?

— Chez les Myrmes, déclare Tom sans une hésitation. Vous allez où vous voulez, mais moi je rentre chez moi. Il faut que je vérifie si ce que Manassé nous a dit est bien la vérité.

J'approuve de la tête.

— Je te suis.

Les autres acquiescent également. Gabriel se baisse et remet mon père sur ses épaules.

— Très bien, je suis d'accord avec vous. Alors puisque tout le monde est décidé, on y va. On ne s'arrête plus à partir de maintenant, quelle qu'en soit la raison. Il faut qu'on mette le plus de distance possible entre les Narques et nous.

Nous sommes tous d'accord. Morgane pose une main sur l'épaule de Tom pour lui signifier son soutien. Arthur et Ethan aident Isha à se relever et Nathan souffle pour se donner du courage. D'une main, il tient la kalachnikov, l'autre il la tend à Saphira, qui la prend en souriant Beatement. Je glisse la mienne dans celle de Gabriel en posant ma tête contre son bras et nous nous mettons en marche, plus unis que jamais.

Chapitre 51

Cinq jours plus tard

Nous regardons le village des Myrmes brûler en silence. De là où nous sommes, nous avons une vue imprenable sur Tornwalker 2, tout en étant sûrs d'être invisibles. Nous sommes sur la montagne en face de celle où se trouve le village, camouflés derrière les rochers et les maigres arbustes qui y poussent. Nous avons dû escalader et crapahuter pour arriver jusque-là, surtout avec un Manassé plutôt récalcitrant, et un Débile incapable de grimper un caillou. Il nous a fallu plus d'une demi-journée pour atteindre notre objectif. La montée a été très éprouvante, tout comme notre traversée de la forêt et des espaces du Grand Nord. Nous ne savions pas à quoi nous attendre. Nous ne savions pas si nous étions suivis. Durant tout le trajet, je n'ai cessé de prier. Prier pour que Max et Marlène s'en soient sortis. Pour que les parents de Tom soient sains et saufs. Pour que tout ce que nous avait dit Manassé ne soit qu'une vaste fumisterie.

Aucune de mes prières n'a été exaucée.

Les Narques n'ont laissé derrière eux que des ruines fumantes et des cadavres. Tellement de cadavres que je ne peux pas les compter. Ce qui est sûr, c'est qu'avec ma Facette de l'Aigle, j'ai pu constater qu'il n'y avait pas d'enfants dans le lot des morts. Seulement des adultes. Ça m'a un peu soulagée jusqu'à ce que je commence à reconnaître les visages sans vie allongés sur le sol en pierre ou à moitié pendus dans le vide, leurs pieds coincés dans les rambardes de sécurité. La mère de Tom, son père également. Marc, le vieux Myrmes que j'avais eu envie de tuer quand il nous avait fait passer ce stupide test dans la forêt, la fois où on nous avait tirés dessus avec de fausses balles. Maggy, Charles… Heureusement, je n'ai vu ni Marlène ni Max. En même temps, si Camille a une quelconque influence chez les Narques, il a dû demander à Manassé qu'on épargne sa mère et son frère. Je n'ai pas pris la peine de poser la question à mon père. Je me fais un point d'honneur à l'ignorer royalement. Du coup, je laisse Gabriel s'occuper de lui et il ne le ménage pas, croyez-moi. Ça me donne une certaine satisfaction. La plupart des Narques ont déserté le village mais il reste une vingtaine de pilleurs qui fouillent les maisons et les corps sans vie.

Nathan pose une main sur mon bras et je sursaute.

« Je ne vois pas Soraya. »

Il a l'air soulagé. Moi pas vraiment. J'aurais préféré la voir parmi les cadavres. Pas parce que je souhaite sa mort ou quoi que ce soit, mais ça nous aurait quand même enlevé une épine du pied. Une foutue grosse épine. Mais bon, il s'agit de sa mère, je peux le comprendre. Et même si elle ne voulait pas de lui (jusqu'à vouloir le tuer), je suppose qu'il doit lui rester de l'affection pour elle.

— Moi non plus. Elle s'est peut-être échappée.

« Ou Manassé a demandé qu'on la fasse prisonnière. »

— C'est une possibilité.

« On pourrait peut-être le lui demander ? »

Je lui lance un regard dur.

— N'y pense même pas. Cet homme est un serpent. Je ne veux pas que tu lui adresses la parole. Je veux que personne ne lui adresse la parole. S'ils ont fait ta mère prisonnière, tant mieux pour elle, sinon tant pis.

Je jette un coup d'œil à Tom. Il va un peu mieux mais ça n'est pas encore ça. Il n'a pas arrêté de pleurer depuis que nous avons découvert ses parents. Et maintenant, il est prostré dans un coin, la tête entre les genoux et les yeux dans le vague. Les seuls moments où il semble sortir de sa torpeur, c'est pour lancer des regards meurtriers à Manassé. Celui-ci est ligoté et bâillonné, mais ça ne l'empêche pas de nous jeter des petits coups d'œil triomphants. S'il continue comme ça, pensé-je, je ne vais pas réussir à tenir Tom bien longtemps et il va lui arracher le cœur avec ses dents.

J'exagère peut-être un peu mais l'idée est là. Et peut-être bien que je le laisserais faire. Il le mérite cette ordure.

Gabriel s'approche de moi en rampant.

— On ne peut pas rester là. Manassé a une odeur très spécifique. Pour l'instant, le vent nous est favorable, mais s'il change de sens, on est foutus. Ils nous retrouveront en moins de temps qu'il ne faut pour dire « ouf » et ils sont plus nombreux que nous. De plus, Isha a besoin de soins. Il a un bras cassé et des côtes fêlées. Il faut qu'on le soigne, sinon ça risque de mal se ressouder.

Je hoche la tête. Il a raison. On ne peut pas rester là à observer ce spectacle morbide. Ça ne nous avance à rien et on perd notre temps. J'ai bien pensé à aller secourir les rescapés, mais visiblement il n'y en a pas et ceux qui ont été faits prisonniers ont été emmenés avant que nous arrivions. Ce qui est étrange, c'est que nous n'avons croisé personne à l'aller. Pas de bruit de complaintes ou de marche. Rien. Le silence profond des étendues sauvages d'Alaska.

— Tu as raison. Mais où on va aller ?

— Je ne sais pas. Tu as une idée ?

Je hausse les épaules. Je suis fatiguée de fuir sans arrêt.

— Oui, mais je préfère la garder pour plus tard. Ce que je propose maintenant, c'est que nous rejoignions la ville la plus proche et qu'on s'y pose pour réfléchir à la situation. On reste groupés. D'ailleurs, tu sais où on se trouve, exactement ?

Gabriel lève les yeux vers la chaîne de montagnes qui nous précède de chaque côté et pointe un pic très lointain et très haut derrière Tornwalker.

— Ça, c'est le mont McKinley, le plus haut pic d'Amérique du Nord. On est dans la chaîne de l'Alaska. Sur quelle montagne par contre ? Ça, je n'en sais rien. Si on veut atteindre la ville la plus proche, une ville assez conséquente pour qu'on puisse se fondre dans la masse, il faut qu'on aille à…

— Talkeetna.

Gabriel me regarde avec surprise.

— En fait, j'y suis allée une fois quand tu avais disparu. Ça m'a permis de me renseigner sur ta prétendue mort et de prendre des bains de foule et de civilisation. Ça nous fait traverser une petite partie de la chaîne de montagnes, mais si on cherche une ville pas trop loin en Alaska, on n'a pas vraiment de choix.

Il laisse son regard vagabonder sur les monts couverts de neige éternelle puis se reconcentre sur moi.

— Tu as raison. On doit être à quarante, voire cinquante kilomètres de la ville. Ça veut dire que si on doit se déplacer à pied, on mettra…

Je m'esclaffe :

— À pied ? Mais on n'y arrivera jamais si on fait le trajet à pied !

Il me lance un coup d'œil railleur.

— Et tu comptes y aller comment ? À dos de caribou ?

— Non, à dos de cheval.

Il me fixe sans comprendre.

— Les Myrmes possèdent une écurie au pied de la montagne, dans une vallée. Il suffit d'aller leur piquer leurs montures et si on les pousse un peu, on mettra trois fois moins de temps qu'à pied. Je m'y étais rendue en volant, mais je ne suis pas sûre que tout le monde puisse suivre, en particulier Isha.

— Et Soraya, elle ne t'a rien dit quand tu t'es absentée ?

Je souris.

— Elle n'en a rien su. Pour une fois dans ma vie, j'ai su me montrer discrète.

Il me prend dans ses bras et m'embrasse sur le font.

— Ça, c'est ma chérie.

— Dites, si on vous dérange, faut le dire surtout, râle Isha, ne cherchant pas à cacher sa douleur. Nous aussi on aimerait bien être au courant de vos plans.

Gabriel se tourne vers lui.

— On va se rendre à Talkeetna et après on avisera sur la suite des opérations. Apparemment, Cass a déjà une idée. Est-ce que ça vous va ?

— Tant qu'on quitte ces montagnes maudites, moi ça me va, marmonne Tom en se frottant les yeux. Je ne veux plus jamais mettre les pieds ici. Et lui, qu'est-ce qu'on en fait ?

Il désigne Manassé du menton.

— On le prend avec nous, répond Gabriel. Tant qu'on peut se servir de lui, on va en profiter. Il peut nous servir au cas où. On s'en débarrassera plus tard.

— Je pourrai m'en charger si vous voulez.

Tom n'a pas l'air de plaisanter. Je réponds fermement :

— Personne ne se chargera de qui que ce soit. Ça n'est pas le moment de verser dans la vengeance. Tom, je sais que tu souffres, je sais ce que tu ressens. L'injustice, la colère, la tristesse. Tu n'arriveras jamais à effacer complètement cette douleur, mais je t'assure que ce n'est pas en tuant Manassé que tu l'apaiseras, crois-moi sur parole, j'ai voulu essayer. Nous, en tout cas, on sera toujours là pour toi et je sais que tu seras toujours là pour nous, pas vrai tout le monde ?

Le groupe acquiesce en silence. Une nouvelle larme glisse sur la joue rebondie de Tom. Le voilà orphelin, comme moi.

Il s'essuie rageusement la joue.

— Je sais tout ça. Merci, Cass. Et les autres ? Je veux dire tous ceux qui ont été faits prisonniers ? On devrait aller les secourir, non ? Il y a mes deux petits frères dans le lot…

Nathan secoue la tête en même temps que Gabriel. Ce dernier prend la parole.

— Non, malheureusement, c'est impossible. Il y a une armée secrète de Tactiles qui nous attend et nous sommes de loin inférieurs en nombre et en forces, autant par les Sens que par le physique. On n'aurait aucune chance. On ne ferait que se jeter dans la gueule du loup.

— Même avec Manassé comme otage ? insiste Tom.

— Je pense que ça ne ferait qu'aggraver les choses, au contraire. Je ne sais pas si tu regardes beaucoup les actualités mais ça ne se termine jamais bien pour les preneurs d'otages. On serait encore une fois submergés par le monde et on ne pourrait pas s'en sortir. Les Narques seraient déchaînés s'ils voyaient leur leader prisonnier. Ils feraient n'importe quoi pour le libérer. N'importe quoi.

Je passe une main autour de ses épaules.

— Allez, on y va. Si on part maintenant, on peut être à Talkeetna en fin d'après-midi. Allons piquer ces chevaux et dégageons d'ici.

Je me retourne, plongeant mes yeux dans ceux de mon père. Je sais qu'il peut y lire une lueur de revanche, comprenant qu'il ne s'en sortira pas comme ça.

Je détourne le regard pour scruter une dernière fois le village qui fut un jour ma maison. Une page se tourne dans mon esprit et dans mon cœur, une page dont je suis l'écrivain.

Un léger sourire danse sur mes lèvres, anticipant pour une fois la voix qui a bouleversé ma vie. Cette petite voix agaçante que je pensais ne jamais pouvoir supporter. Pourtant, aujourd'hui, c'est grâce à elle que je suis moi.

C'est grâce à elle que je suis libre.

Comme le vent, ma belle, comme le vent.

Remerciements :

Je ne saurais assez remercier les personnes qui ont contribué à ce que *L'exil* soit écrit. Je dois forcément commencer par toi, Nona, qui m'a toujours soutenue et poussée à écrire la suite, même quand j'étais découragée. Merci d'avoir cru en moi et merci pour ta franchise. Grâce à toi, ce second opus a le mérite d'exister.

Merci aussi à mes parents, qui continuent à me booster dans cette aventure en me rappelant constamment à quel point j'ai la chance de faire un travail que j'aime. Merci papa et maman, je vous aime.

Merci à ma famille en général, Tati Nicole, Tonton Patrick, Tati Eliane qui êtes mes supporteurs les plus ardents.

Je voudrais remercier particulièrement mon éditeur, Jean-Laurent, qui prend toujours le temps de répondre à toutes mes questions et aussi cède à bon nombre de mes caprices ! Merci d'avoir donné à *Les ailes d'Émeraude* la chance d'exister.

Merci également à toute l'équipe qui travaille dur pour que ce manuscrit soit aussi impeccable que possible et aux lecteurs qui ont corrigé le premier jet. Grâce à vous j'ai pu le modifier et il n'en est que meilleur.

Et enfin, merci à toi, lecteur, passionné par les aventures de Cassiopée. Ne sous-estime jamais l'impact et le pouvoir que tu as eu sur ma vie et sur la sienne. C'est grâce à toi qu'elle vit, dès à présent. Alors surtout ne cesse jamais de rêver et de t'échapper par la lecture.

Je t'en serai à jamais reconnaissante.

Achevé d'imprimer par GGP Media GmbH, Pößneck
en août 2016
pour le compte de France Loisirs,
Paris

Composition :
Studio Ben – 27 rue du Temple 95100 Argenteuil

N° d'éditeur : 00046
Dépôt légal : septembre 2016
Imprimé en Allemagne